영원의 밤

영원의 밤 1

초판 1쇄 인쇄 2015년 4월 10일
초판 1쇄 발행 2015년 4월 17일

지은이 백묘
발행인 오영배
책임편집 김보나
제작 조하늬
일러스트 아르도(http://ardoillust.com)
표지디자인 공간42

펴낸 곳 (주)삼양출판사 · 단글
주소 서울시 강북구 도봉로 173
대표 전화 02-980-2112 **팩스** / 02-983-0660
블로그 blog.naver.com/dan_gul
출판등록 1999년 3월 11일 제9-00046호

ISBN 979-11-313-0284-2 (04810) / 979-11-313-0283-5 (세트)

+ 이 도서의 국립중앙도서관 출판시도서목록(CIP)은 서지정보유통지원시스템홈페이지(http://seoji.nl.go.kr)와 국가자료공동목록시스템(http://www.nl.go.kr/kolisnet)에서 이용하실 수 있습니다. (CIP제어번호: 2015005683)

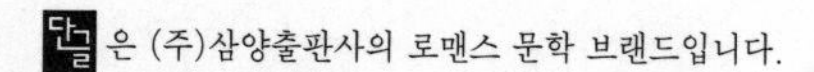

영원의 밤

백묘 장편소설

ROMANCE & FANTASY STORY

1

시작된 밤

단글

| 차 례 |

영원의 밤

프롤로그

샬롯의 검붉은 눈동자가 빨갛게 물들었다. 흰자위에 핏발이 섰다. 마치 눈동자 전부가 붉은 피에 물든 것 같았다. 샬롯은 떨리는 손을 뻗었다가, '그것'에 닿기 전에 도로 거둬들였다.

인정하고 싶지 않았다. 인정하고 싶지 않은데, 손이 닿으면, 그 체온을 확인하면, 인정하게 될 것이 두려웠다.

'아니야. 아니야.'

고개를 저으며 현실을 부정하는 샬롯을, 루시드는 가만히 서서 응시하고 있었다. 검고 깊은 눈동자는 한 여인이 무너져 내리는 모습을 봐도 꿈쩍하지 않았다. 서늘한 냉기만이 그의 눈동자 속에 가득했다.

그녀의 어깨를 다독이고 싶은 듯 그의 손가락이 움찔거렸지만, 그것은 아주 잠시일 뿐이었다. 루시드는 다시 석상처럼 미동조차 하지 않은 채, 인간의 감정이 없는 검은 늪 같은 눈으로 샬롯을 지켜봤다.

이윽고 샬롯의 하얀 얼굴이 서서히 움직였다. 오르데안 가문의 핏줄임을 뜻하는 검붉은 머리카락이 흰 얼굴 위에 무참히 흐트러져 있었다. 샬롯은 공작 가의 영양답지 않은 자신의 모습에 조금도 신경 쓰지 않았다.

샬롯의 눈동자는 오롯이 루시드를 향하고 있었다.

"왜……?"

붉고 도톰한 입술이 벌어지며 의문을 내뱉었다. 거칠게 갈라진 목소리였다.

"어찌하여……?"

목이 메는 듯, 샬롯은 끝까지 말을 잇지 못했다. 그러나 샬롯은 귀하게 자란 공작 가의 영양치고는 놀라울 만큼의 인내심을 발휘하고 있었다. 몸은 떨리지만 주저앉지 않았고, 입술이 떨리지만 눈물을 떨구지 않았다.

루시드는 그런 샬롯을 물끄러미 응시했다. 그의 찬 눈빛은 샬롯을 채찍질하고 있었다.

더 이야기해 봐. 완벽한 문장을 만들어 내 봐.

루시드가 소리 없이 샬롯을 몰아붙였다.

샬롯은 침을 삼켰다. 입안이 바짝 말라, 목구멍으로 넘어가는 것은 약간의 공기뿐이었다.

질문을 해야 하는데 차마 그 질문을 입에 담을 수 없었다. '그것'을 건드리지 못하는 것과 마찬가지의 이유였다. 질문을 내뱉는 순간, 이 끔찍한 악몽이 현실이 될 것 같아 두려웠다.

그러나 질문을 해야만 한다. 모르는 척 넘어갈 수는 없다. 이 악몽을 현실로 받아들여야만 한다. 오르데안 공작 가의 영양은 이런 일로 무너져서는 안 된다.

샬롯은 온힘을 다해 몸을 곧게 세웠다. 몸이 제 것이 아닌 것 같았다.

"어찌하여 이런 일을 한 겁니까, 백작?"

떨림이 사라지자 서늘하고 허스키한 음성이 흘러나왔다. 샬롯은 두 손을 앞으로 가지런히 모으고 루시드를 노려봤다. 선이 강한 루시드의 얼굴에 비릿한 미소가 떠올랐다.

"왜 저를 몰아붙이는 겁니까, 샬롯 님."

"그럼 아닙니까? 당신은 그저 여기에 서 있었을 뿐입니까? 그렇다면 누가 저 이를 저렇게…… 저렇게……."

간신히 버티고 있던 마음이 무너졌다. 바싹 마른 연인의 시체를 가리키는 샬롯의 손이 덜덜 떨리기 시작했다. 샬롯은 다른 손으로 떨림을 멈춰보려 했지만 불가능했다. 모든 것이 떨린다. 마음도, 몸도.

버틸 수가 없다.

젠이 죽었다. 혈귀를 잡는 가문의 저택에서, 혈귀에게 피가 빨린 채 죽었다. 젠의 피를 마신 혈귀는 지독하고, 또 지독해서, 젠의 몸에 단 한 방울의 피도 남기지 않았다.

젠은 바싹 마른 미라 같았다. 입고 있는 옷과 눈부시게 밝은 금발, 그리고 그의 손가락에 끼워진 반지가 아니었더라면 그가 자신의 연인이라는 것도 알아보지 못했을 것이다.

"샬롯 님, 이곳에 언제 혈귀가 들이닥칠지 모르니 일단 몸을 피하시는 게……."

"이 손 놓으세요!"

샬롯은 어깨에 닿는 루시드의 손을 힘껏 뿌리쳤다. 루시드는 내쳐진 손을 무표정하게 응시했다.

"내 몸에 함부로 손대지 마세요, 백작."

"샬롯 님."

루시드가 안타까운 목소리로 그녀의 이름을 불렀다. 그 순간 샬롯은 척추를 타고 흐르는 섬뜩함을 느꼈다. 목소리에 담긴 안타까움과 달리, 그의 눈엔 아무것도 담겨 있지 않았다. 끝없는 무(無).

"당신이 혈귀라고 생각하진 않습니다, 백작. 그렇다면 백작은 혈귀를 부리는 겁니까? 그 혈귀를 이용해 젠을 저렇게 만든 건가요?"

"혈귀를 부리다니요. 샬롯 님, 대체 무슨 말씀을 하시는 건지……."

"은근슬쩍 넘기려고 들지 마세요! 내가 나갔다가 온 시간은 5분도 되지 않습니다. 5분도 안 되는 시간에……."

샬롯은 책을 흘끗 내려다보며 마른침을 삼켰다.

"혈귀를 부리는 게 아니라면 혈귀가 한 짓으로 꾸민 건가요? 저 이의 목에 구멍을 뚫고 피를 뽑아냈나요?"

루시드는 대답하지 않았다. 아무것도 없는 눈동자. 검고 깊지만 그 어떤 것도 들어 있지 않은 공허한 눈동자가 고요히 샬롯을 바라봤다.

이런 눈빛을 가진 사내였던가? 이렇게나 메마르고 퍼석한 모래 같은 사내였던가?

샬롯은 뒷걸음질을 치고 싶은 마음을 가까스로 억눌렀다.

"그런 거였군요, 백작. 도대체 왜 이런 짓을 한 거죠? 젠이 당신을 불쾌하게 했나요? 그래서 이리도 끔찍하게 살해한 건가요?"

루시드는 크게 한숨을 쉬었다.

"말해요, 백작. 그냥 넘어가진 않을 겁니다."

샬롯이 허리춤에서 긴 검을 뽑아 루시드를 겨눴다. 날카로운 칼끝이 루시드의 눈동자 바로 앞에서 위협적으로 빛났다. 하지만 루시드의 표정은 변함이 없었다. 루시드는 여전히 검이 아닌 샬롯을 바라보고 있었다. 날카로운 검 따위는 아무런 문제가 되지 않는다는 듯한 태도였다.

무언가 이상하다.

'인간이 아니야.'

10여 년간을 알아온 사람이다. 부드럽고 다정하고 사교적이며 예의가 발라 친구가 많았다. 많은 여인들이 흠모하는데도 허투루 여자를 농락하지 않는 올곧은 사람이었다.

그런데도 샬롯은 그리 생각했다.

'이건 인간이 아니야.'

루시드에 대해 처음으로 그런 생각을 했다. 샬롯의 동요를 눈치챈 루시드가 입을 열었다.

"혈귀의 천적 오르데안 공작 가문. 아모른의 사랑을 받아 그의 권능을 빌려 쓸 수 있는 최고의 가문. 대륙의 영웅 오르데안 공작도 사람은 사람인가 봅니다."

"무슨 소리를 하는 겁니까?"

"사랑스러운 딸을 아끼고 또 아껴서, 그 딸만큼은 혈귀의 공포로부터 벗어나게 해 주고 싶었던 거겠죠. 아름답고 순수한 샬롯. 오르데안의 핏줄 중에서 혈귀로부터 한 걸음 떨어져 있는 유일한 사람."

루시드의 손가락이 검 끝을 잡고 있었다.

'언제?'

샬롯은 루시드가 움직이는 것을 눈치채지 못했다.

'도대체 언제?'

분명 검 끝을 보고 있었다. 루시드가 움직이는 순간 공격할 수 있도록. 그런데 루시드가 손을 움직여 검을 잡는 것을 미처 보지 못했다.

'마력을 쓸 줄 아는 건가? 하지만 마력이라기엔……?'

연인의 죽음에 대한 슬픔은 사라지고 없었다. 원인 모를 공포와 의문이, 슬픔이 있던 자리를 대신 채웠다.

"사랑스러운 샬롯."

검이 부러졌다.

"가문을 비방하는 소리는 듣고 싶지 않을 테지만, 꼭 한 마디 해 주고 싶습니다."

루시드의 눈빛이 변했다. 짐승과도 같은 흉포함이, 아무것도 없던 눈동자에 가득 들어찼다. 그것은 물질감을 가지고 새어 나와 당장이라도 샬롯의 목을 부러뜨릴 것처럼 강렬했다.

루시드가 샬롯의 어깨를 잡아 벽에 밀어붙일 때도, 샬롯은 움직일 생각을 하지 못했다. 공포 때문에 움직이지 못하는 뱀 앞의 개구리처럼, 위험을 앞에 두고도 꼼짝할 수 없었다.

"네 가문은 허명에 둘러싸여 있을 뿐이다, 샬롯."

루시드의 목소리 역시 변했다. 짐승이 으르렁거리는 듯한 목소리. 그 소리는 목이 아닌 뱃속 깊은 곳에서 울려 퍼지는 것 같았다.

"대륙의 영웅? 바로 곁에 있는 혈귀조차 알아보지 못하는데 영웅 칭호가 말이 된다 생각하나?"

왜일까?

왜 움직일 수 없는 걸까?

루시드는 그저 샬롯의 한쪽 어깨를 누르고 있을 뿐이었다. 샬롯이 마음만 먹는다면 얼마든지 벗어날 수 있었다. 하지만 샬롯은 꼼짝도 하지 못했다. 손가락 하나, 마음대로 움직일 수 있는 것이 없었다. 온몸이 루시드의 눈빛에 사로잡혔다.

"기뻐해라, 샬롯."

루시드의 입술 사이로 날카로운 송곳니가 보였다.

"너는 내가 만든 첫 번째 정혈귀가 될 것이다."

루시드가 입을 벌렸다. 송곳니는 샬롯의 긴 검보다 위협적이고 날카로웠다. 세상에 존재하는 어떤 것도 그의 송곳니를 부러뜨릴 수 없을 것 같았다.

샬롯은 루시드의 송곳니가 자신의 목에 꽂힐 거라 생각했다. 혈귀란 그러한 존재니까. 인간의 목에 송곳니를 꽂아 넣고 그 피를 즐겨 마시는 저주 받은 존재니까.

그러나 루시드는 샬롯의 목이 아닌 그의 손바닥에 송곳니를 깊이 박아 넣고, 그 상태로 아래로 쭉 찢어 내렸다. 인간의 것과 똑같이 붉은 피가 그의 손목을 타고 흘러내렸다.

루시드는 멀쩡한 손으로 샬롯의 턱을 잡아 거칠게 벌렸다. 그리고 벌어진 입술 사이로 그의 피를 흘려 넣었다. 비릿한 피가 샬롯의 입술을 적시고 안으로 들어가, 혀를 지나 식도를 타고 내려갔다.

'마시면 안 돼!'

라고 생각했지만 이미 늦었다. 아니, 늦지 않았다 하더라도 샬롯으로서는 벗어날 방도를 떠올릴 수가 없었다.

"사랑스러운 샬롯. 네 연인을 왜 죽였느냐 물었지?"

갑작스러운 격통이 샬롯의 전신에 찾아왔다. 불에 타는 듯한, 참기 어려운 고통. 몸 안 깊은 곳에서 시작된 고통이었다. 커다란 손이 배를 뚫고 올라가 심장을 멋대로 주무르는 것 같았다.

"혈귀로 살아온 지 천 년. 처음으로 곁에 두고픈 여인을 만났다."

루시드가 샬롯의 뺨을 쓰다듬었다. 그의 손바닥에 생겼던 깊은 상처는 이미 사라지고 없었다.

"다른 사내의 손이 그 여인을 농락하는 것을 두고 볼 수는 없었지."

숨이 가빠졌다. 샬롯은 헐떡거리며 루시드를 노려봤다. 루시드는 그런 모습조차 사랑스럽다는 듯 작게 웃었다.

"그만 눈을 감아라, 샬롯. 일어나면 너는 내 동반자가 될 것이다."

루시드의 커다란 손바닥이 샬롯의 눈 위를 덮었다. 샬롯은 눈에 힘을 줬지만 무거운 눈꺼풀을 이길 수 없었다. 온몸이 깊은 어둠 속으로 침잠했다. 한 치 앞도 보이지 않는 어둠 속에서, 루시드의 나직한 목소리만 크게 들려왔다.

"나와 함께 영원한 밤을 걷게 될 것이다, 샬롯."

1장

이상한 여자

레드는 한쪽 눈썹을 슬쩍 올리며 라울을 쳐다봤다. 라울은 부드러운 미소를 짓고 있었다. 자신의 대답을 기다리는 라울에게, 레드는 퉁명스럽게 말했다.

"헛소리 지껄이지 말고 꺼져."

거친 대꾸에도 라울의 얼굴에 떠오른 미소는 사라지지 않았다.

"어서요, 레드. 테드가 일부러 사온 책이에요."

"일부러는 무슨. 유흥을 즐기러 떠났다가 우연히 눈에 띈 책을 사온 거겠지. 그걸 가지고 우리한테 생색내려고 하는 게 분명해."

"생색을 내면 어때요? 테드가 사다주는 책들 덕에, 우리 가게

매출이 늘었는데."

"돈 몇 푼 더 번다고 살림살이 나아지는 것도 아냐."

"그 몇 푼으로 레드 입속에 들어가는 음식을 산다는 거 몰라요? 일하지 않는 자는 먹지도 말라고 했어요. 빈둥거리지 말고 일어나서 테드에게 다녀와요."

"빈둥거리긴 누가 빈둥거린다는 거야? 지금 일하고 있는 거 안 보여?"

"안 보이는데? 오늘 레드가 나와서 한 거라곤 누워서 쿠키를 먹은 것뿐이잖아."

판매대 끝에 걸터앉아 책을 읽던 유키가 끼어들었다.

"꼬맹이는 어른들 일에 끼어드는 거 아니다. 버르장머리 없는 녀석."

"꼬맹이여도 형보다는 아는 거 많은 꼬맹이네요. 형을 만나면서 나이가 많다고 여기에 든 게 많지는 않다는 걸 알게 됐지."

유키가 자기 머리를 톡톡 두드리며 빈정거렸다. 레드는 주먹을 불끈 쥐고 벌떡 일어났지만 곧 귀찮아져서 도로 드러누웠다.

"시끄러, 애송이. 머리만 똑똑하다고 해서 배불리 먹고 사는 건 아니니까. 네가 아는 것들이 밥이라도 먹여줄 것 같냐?"

"나야 정 할 일 없으면 시험을 봐서 관리직이라도 얻을 수 있지. 레드 형은 이 가게 아니면 굶어 죽을걸? 성격 나쁜 데다가 머리까지 나쁜 사람을 써줄 만한 곳은 없으니까."

"해체되고 싶냐, 유키?"

"그만해요, 레드. 한참 어린 유키랑 싸우고 싶어요?"

"싸우긴 누가 싸워? 사회의 어둠을 알려 주려는 것뿐이야."

"사회의 어둠은 레드 같은 사람으로부터 비롯돼요."

"내가 뭘?"

"일하지 않으면서 주둥이에 뭔가를 자꾸 집어넣잖아요."

"생글생글 웃으면서 악담하지 마, 라울. 너도 해체되고 싶냐?"

"가만히 앉아서 해체될 생각은 없어요. 얼른 일어나서 테드에게 다녀와요!"

라울은 웃는 얼굴로 레드의 팔을 잡아 일으켰다. 여자처럼 고운 얼굴과 가느다란 팔을 가진 라울이지만, 덩치 큰 레드를 한 손으로 잡아 일으킬 만큼 힘이 셌다.

"아파!"

레드가 외쳤다.

"그래요. 나도 빈둥대는 레드를 보면 마음이 아프네요."

"나도 그래, 라울."

유키가 두 다리를 까딱거리며 동의를 표했다.

"네놈들이 뭔가를 오해하는 모양인데, 이 가게는 내 거야. 내가 주인이라고. 주인이 무슨 뜻인지 모르냐?"

"가게의 안녕을 위해 누구보다도 열심히 일하는 사람이라는 뜻이겠죠."

"아니. 종업원들이 개처럼 일해서 벌어오는 돈을 마음껏 쓸 수 있는 사람이란 뜻이다."

레드는 팔짱까지 끼고 당당하게 주장했다. 라울은 크게 한숨을 쉬더니 말했다.

"알겠어요, 레드. 그럼 개처럼 일하는 내가 직접 테드에게 다녀오죠."

"엉, 잘 생각했다."

도로 드러누우려는 레드에게, 라울이 덧붙였다.

"단, 가게 보면서 손님들 상대 잘해야 합니다. 오늘 상선이 들어와서 손님이 많을 거예요."

레드가 움직임을 멈췄다.

"내가 왜 손님을 봐야 돼? 유키가 있잖아."

"유키는 어리잖아요."

"맞아. 어린애는 일을 하지 않아도 돼."

유키가 생글생글 웃으며 덧붙였다.

"이럴 때만 어린애 찾지 마, 애송이. 똑똑한 척은 혼자 다하는 주제에."

"똑똑하더라도 어린애는 어린애거든. 얼마 전에 공고 붙은 거 몰라? 18살 미만의 어린아이에게 강제 노역을 부담케 하는 가게는 두 달 동안 문을 닫게 한댔어. 나한테 일 시키고 싶으면 돈을 두둑하게 챙겨주시든가."

"끄응……."

할 말이 궁해진 레드는 오만상을 찌푸렸다.

"어떡할래요, 레드? 테드에게 다녀오겠어요, 아니면 여기서 여성 손님들을 상대하겠어요? 난 어느 쪽이든 상관없어요."

레드는 깊은 고민에 빠졌다. 여자는 싫다. 지독한 향수 냄새도, 간드러지는 목소리도, 조금만 마음에 안 들면 눈물을 글썽이는 것도. 전부 싫었다.

라울은 레드에게서 어떤 대답이 나올 줄 안다는 듯, 여유롭게 레드의 대답을 기다렸다. 작게 신음을 흘리던 레드는 결국 이를 악물고 중얼거렸다.

"테드에게 다녀오마, 비열한 웃음쟁이."

라울이 웃었다.

"조심히 다녀와요, 성격 나쁜 붉은 사자."

그리하여 레드는 걷고 또 걷는 중이다. 보텔로 산 입구까지는 말을 타고 왔지만, 산세가 험한 터라 말을 타고 산을 올라갈 수는 없었다. 결국 레드는 보텔로 산 입구에 있는 쉼터에 말을 메어 두고 씩씩거리며 산을 올랐다. 그는 거친 돌이 발끝에 채일 때마다 벌컥벌컥 화가 치미는 것을 간신히 억눌렀다.

"테드, 이 쓸모없는 자식!"

레드는 괜히 테드에게 화풀이를 했다. 이 모든 일이 테드 때문인 것만 같았다.

"도대체 저택을 왜 이런 산속에다가 지어놓은 거지? 아주 팔자가 늘어졌구만. 팔자가 늘어졌어! 팔자가 늘어졌다고오오오!"

가게의 주인임에도 궂은일을 해야 하는 현실을 견디다 못해,

하늘을 올려다보며 크게 우짖었을 때였다.

바스락.

풀잎 스치는 소리가 들려왔다.

'산짐승인가?'

레드는 입을 다물고 소리가 들려온 쪽을 응시했다. 아무렇게나 길게 자란 풀에 가려져, 건너편이 잘 보이지 않았다. 눈을 가늘게 뜨고 한참을 주시했다. 언제든 검을 뽑아 들 수 있도록, 허리춤에 손을 가져간 상태였다.

'잘못 들었나?'

한참이 지나도 움직이는 기척이 없었다.

'아니면 소리를 죽이고 날 보고 있는 건가?'

펠타 시에 인접한 보텔로 산은 험하기로 유명했다. 산세도 험하지만 몬스터들이 유독 극성이었다. 라울이 유키를 보내지 않으려고 한 것도, 보텔로 산에 살고 있는 몬스터 때문이었다. 가장 크고 위험하다는 '오만돈'이 보텔로 산에 살고 있었다.

오만돈은 거대하고 흉포했다. 말이 통하지는 않지만 약간의 지능이 있고, 무엇보다 인간의 고기를 좋아했다. 언젠가 오만돈이 한 마을을 초토화시킨 적이 있었다. 피부가 단단해 검기를 두르지 않은 무기는 통하지 않으니, 힘없는 인간들은 오만돈을 두려워할 수밖에 없었다.

그나마 다행인 점은 오만돈이 무리를 짓지 않는다는 것이었다. 그 거대하고 강한 몬스터가 무리를 짓는다면, 왕국의 군대도 당해낼 수 없을 것이다.

'설마 오만돈은 아니겠지? 마주치면 귀찮아질 텐데…….'

레드는 흘긋 하늘을 올려다봤다. 해가 쨍쨍하다.

낮이라도 몬스터가 없는 건 아니지만, 몬스터 대부분은 밤에 활동하는 걸 즐겼다. 그들의 시력은 어두운 곳에서 더욱 힘을 발휘하기 때문이다.

상당히 오랫동안 풀숲 쪽을 노려봤지만 아무 움직임이 없었다. 바람이 스치는 소리를 잘못 들은 건지도 모르겠다. 안심한 레드가 다시 걸음을 옮기려고 할 때였다.

바스락. 바스락.

소리가 났던 곳에서 무언가가 이쪽을 향해 다가오고 있었다. 움직이는 속도와 소리로 봐서는 짐승 따위가 아니다. 그보다는 조금 더 큰 무언가.

그걸 파악한 순간, 레드는 훌쩍 뛰어 바로 위에 있던 두꺼운 나뭇가지를 붙잡고 위로 올라갔다. 가벼운 몸놀림으로 몇 개의 가지를 잡고 높은 곳으로 올라간 레드는, 그의 무게를 지탱하기에 충분히 두꺼운 가지에 엎드렸다. 무성한 나뭇잎이 레드의 모습을 가려주었다.

위에서 보니 '그것'의 움직임이 확실히 보였다. 풀숲 가운데가 길 쪽으로 스치듯 움직이고 있었다. 레드는 자세를 잡은 후, 그것을 향해 활을 겨눴다.

잠시 후 그것이 풀숲 밖으로 나왔다.

정체를 드러낸 '그것'은 몬스터가 아니었다.

'여자잖아?'

바람에 흩날리는 긴 머리카락, 유행에 뒤처진 낡은 드레스. 여자는 오랫동안 길을 헤맨 듯 옷매무새가 형편없었다. 긴 드레스 자락은 흙에 더럽혀져, 원래의 색이 무엇이었는지 짐작할 수 없을 정도였다.

'머리카락 색이 이상한데?'

지금껏 여러 머리색을 봐왔지만 저런 머리색은 처음이다. 해가 비치는 방향에 따라 검게도, 붉게도 보이는 오묘한 색깔. 적포도주 같기도 하고, 붉은 피 같기도 하고, 때로는 짙은 어둠 같기도 한 색깔이었다.

'여기서 뭘 하는 거지?'

보텔로 산은 목적 없이 올라오기엔 너무도 험하다. 진귀한 약초가 자라기도 한다지만, 몬스터 때문에 약초꾼들도 잘 찾지 않았다. 때때로 용병을 고용한 상인들이 동업자인 약초꾼을 데리고 올라오는 것이 전부였다.

레드는 숨을 죽였다. 여자가 높은 곳에 몸을 감추고 있는 레드를 찾아낼 수는 없겠지만, 만에 하나라도 발견되고 싶지 않았다. 여자를 상대하는 일은 지친다.

가만히 서서 길 끝을 바라보던 여자가 천천히 고개를 들었다. 레드는 여자가 그저 하늘을 보려고 하는 거라 생각했다. 하지만 아니었다. 여자의 얼굴은 정확히 레드가 숨어 있는 나뭇가지 위로 향했다. 무성한 나뭇잎 너머의 레드를 보고 있는 듯했다.

'아니, 그럴 리 없어.'

레드는 기척을 감추는 능력이 탁월하다. 레드가 마음먹고 기척을 감추면, 예리한 아란조차도 레드를 찾지 못했다.

여자는 두 손을 앞으로 가지런히 모은 자세로, 가만히 레드 쪽을 응시했다.

눈이 마주쳤다. 착각이 아니다.

햇빛을 받아 붉게 빛나는 눈동자와 시선이 얽히는 순간, 레드는 이루 말할 수 없는 기묘한 감정을 느꼈다. 울고 싶기도 하고, 한편으로는 웃고 싶기도 한 감정. 슬프기도 하고, 한편으로는 기쁘기도 한 감정. 그 모순된 감정이 일순간에 레드를 덮쳐 왔다.

아름다운 여자였다.

여자의 외모를 보며 감상이란 것을 해본 적이 없는 레드다. 그런 레드의 눈에도, 여자는 '아름답다.'는 표현으론 부족할 외모를 가지고 있었다. 세상에서 가장 아름답다는 평가를 받는 종족인 라티족조차 눈앞의 여자 앞에선 빛을 발하지 못할 것이다.

그녀의 얼굴이 한참 바라보고 있으려니 눈이 시렸다. 눈물이 날 것 같았다.

'해가 너무 쨍쨍해.'

레드는 태양을 탓했다. 눈물이 날 것 같은 건 햇빛 때문이다. 저 여자 때문이 아니다.

'그런데 왜 심장이 이렇게…… 아프지?'

아플 정도로 심장이 뛰었다. 혈귀 수십 마리와 마주했을 때도 이렇게 심장이 뛰진 않았다. 겪어본 적 없는 격한 박동이 레드를 당혹케 했다.

손에 힘이 빠진 레드는 잡고 있던 활시위를 놓치고 말았다. 레드가 그것을 깨닫기도 전에, 화살이 그녀의 얼굴을 향해 날아갔다.

"안 돼!"

레드는 비명을 지르며 나무에서 뛰어내렸다.

날카로운 화살촉이 여자의 아름다운 얼굴 중앙에 꽂힐 것이다. 이 세상의 것 같지 않은 아름다운 얼굴이, 실수로 날아간 화살 때문에 엉망으로 짓이겨질 것이다.

그 광경을 차마 볼 수 없어, 레드는 질끈 눈을 감았다.

하지만 화살이 박히는 소리도, 여자의 비명도 들려오지 않았다. 들리는 것이라고는, 고요함 가운데 흘러가는 바람 소리뿐이었다.

레드는 슬며시 눈을 떴다.

화살은 여자의 얼굴에 박히지 않았다. 그녀의 얼굴은 멀쩡히 레드를 향하고 있었다.

'화살을…… 잡은 건가?'

여자는 무심히 그녀의 손에 들린 화살을 흘끗 보고는 다시 레드에게 시선을 돌렸다. 그녀의 눈동자는 조금 전과 똑같이 붉은 빛을 내고 있었다.

날아드는 화살을 손으로 잡은 여자. 그리고 그 사실을 당연하다는 듯 받아들이는 여자. 그걸 뭐라고 해석해야 할까?

레드는 멍하니 여자를 바라봤다. 여자의 도톰하고 붉은 입술이 서서히 벌어지며, 낮고 허스키한 음성이 흘러나왔다.

"위험한 것을 가지고 노는구나, 아이야."

'아이'라는 호칭에 화를 내려고 했는데, 갑작스레 여자가 쓰러졌다. 예고도 없이 풀썩 쓰러지는 바람에 레드는 당황했다.

"뭐야? 갑자기 왜 쓰러지는 거지?"

레드는 여자의 옆으로 달려갔다. 여자는 조심성 없이 돌투성이의 바닥에 누워 있었다. 흰 피부는 검붉은 머리카락과 대조되어 더욱 창백해 보였다.

핏기라고는 전혀 없는 얼굴을 보자 '혈귀'가 떠올랐지만, 곧 그 생각을 지웠다. 혈귀는 밤의 생물이다. 이렇게 태양이 빛나는 낮에 혈귀가 돌아다닐 리 없다. 태양 아래의 혈귀는 고통스러운 비명을 지르며 타들어간다. 여자는 창백할지언정 타들어 가진 않았다.

"이봐. 약한 척하지 마."

정신을 차리고 나니, 여자와 눈이 마주쳤을 때 느꼈던 감정들이 현실로 받아들여지지 않았다. 이 세상에서 가장 아름다운 존재라니. 라울이 알게 되면 그 반질반질한 얼굴에 재수 없는 미소를 짓고 실컷 빈정거릴 것이다.

오만돈인 줄 알았던 것의 정체가 인간 여자라서 당황했을 뿐이다. 레드는 그렇게 해석하며, 길에 떨어진 나뭇가지를 주워 와 여자의 어깨를 쿡쿡 찔렀다.

"이봐. 약한 척하지 말라고."

여자는 꿈쩍도 하지 않았다.

"어이. 일어나라니까? 다친 척해서 약값 좀 뜯어내려는 모양인데, 나한텐 그런 거 안 통해. 어이."

쿡쿡 찌르는 나뭇가지가 거슬릴 법도 한데, 여전히 여자는 미동조차 하지 않았다.

"설마…… 죽은 건 아니지?"

그러고 보니 숨을 쉬는 기색이 없다.

"주, 죽은 거냐, 너?"

죽었다면 대답할 리 없지만, 당황한 레드는 거기까지 생각이 미치지 않았다.

"어이, 죽었으면 대답해 봐! 야, 대답해 보라고!"

여자는 대답하지 않았고, 레드의 얼굴에선 핏기가 빠져나갔다.

레드는 꼼꼼히 여자의 몸을 살펴봤다. 큰 부상이라도 입었나 싶어서였다. 하지만 여자에게서는 잔 흉터 하나 발견할 수 없었다. 여자의 몸은, 드레스가 더러워질 정도로 헤맸던 사람이라고 생각할 수 없을 만큼 깨끗했다.

'내가 죽인 건가? 화살 때문에 놀라서 심장마비로 죽었나?'

레드는 패닉에 빠졌다.

수많은 혈귀를 죽여 왔지만 인간을 죽인 적은 단 한 번도 없었다. 라울, 유키처럼 살인 충동을 불러일으키는 놈들과 같이 살아도, 진짜로 그들을 죽이진 않았다.

그런데 죽일 생각이 없던 사람을 죽이고 말았다. 의도한 것이 아니더라도 죽인 건 죽인 거다.

"내가 살인자가 됐어!"

레드는 머리를 쥐어뜯으며 하늘을 향해 외쳤다.

"내가 살인자가 됐다고!"

"아이야."

그때, 여자의 목소리가 들려왔다. 레드는 소스라치게 놀라 펄쩍 뛰어 뒤로 물러섰다. 여자는 기절한 적 없다는 듯 표표히 일어나, 아까처럼 단정한 자세로 서서 레드를 응시했다.

"너는 참으로 시끄러운 아이로구나. 배가 고픈 게냐?"

"너…… 너……!"

죽은 줄 알았던 여자가 아무 일 없었다는 듯 말을 거는 통에, 레드는 여자를 향해 삿대질을 하면서도 말을 이을 수가 없었다.

"호오. 그것은 새로운 인사법인 게냐?"

여자가 흥미롭다는 듯 고개를 갸우뚱하더니, 레드의 행동을 따라했다.

"만나서 기쁘구나, 아이야."

여자가 레드에게 삿대질을 하며 인사했다.

그제야 레드는 정신을 차렸다.

'이 여자, 정신이 이상한 여잔가?'

삿대질이 새로운 인사법이냐며 따라 하는 여자는, 좋게 봐줘도 제정신으로는 안 보였다. 그렇게 생각하면 많은 부분이 설명된다.

몬스터가 즐비한 보텔로 산을 혼자서 헤매는 것, 이상한 옷차림, 갑자기 기절한 척했다가 아무 일도 없었던 것처럼 일어난 것, '아이'라는 호칭, 이상한 말투와 인사.

'그래, 정신이 이상한 여자군.'

레드는 확신했다.

그러자 아까 여자를 보고 기묘한 감정을 느꼈다는 사실에 자존심이 상했다. 미친 여자를 보고 아름답네, 심장이 뛰네, 하고 있었다니. 이 일은 무덤까지 가지고 갈 비밀이다.

여자도 싫은데, 미친 여자까지 상대하고 싶지 않은 레드는 주저 없이 돌아섰다. 가겠다는 인사도 하지 않았다. 어차피 미친 여자인데, 인사 따위가 무슨 의미가 있겠는가.

테드의 저택을 향해 발길을 서두르던 레드는, 잠시 후 다시 걸음을 멈췄다.

"왜 따라와?"

여자가 레드의 뒤를 졸졸 따라오고 있었다.

"조금 더 같이 있고 싶구나."

"일 없다. 마을로 가는 길을 찾는 거라면, 이쪽은 완전 반대 방향이야. 저쪽 길을 타고 가면 마을이 나올 거다."

여자는 대답 없이, 길을 가리키는 레드의 손가락을 쳐다봤다. 레드는 여자가 또 삿대질을 할까 봐 얼른 손을 거뒀다.

"가."

"잠시 더 같이 있자꾸나."

"내가 왜 너랑 같이 있어야 되지?"

"보고 싶었단다."

예상치 못한 말을 하면서도 여자는 무표정했다. 레드는 인상을 찌푸렸다.

"보고 싶었다고? 날…… 알고 있나?"

"모르지."

"대체 뭐야? 알지도 못하는 사람이 보고 싶을 리 없잖아!"

레드는 잠시나마 '보고 싶었다.'는 말에 동요한 자신을 원망하며 버럭 소리를 질렀다.

붉은 사자라는 별명이 괜히 생긴 것이 아니다. 레드의 목소리는 우렁차고 깊어서, 언성을 높이면 천지가 진동하는 듯한 울림이 있다. 그런 목소리로 소리를 치는데도, 여자는 꿈쩍하지 않았다.

두 손을 가지런히 모은 단정한 자세. 조금도 삐딱하지 않은, 곧게 편 허리.

동네 개가 짖어도 눈앞의 여자보다는 반응이 있을 터였다.

'하다하다 나 자신을 동네 개랑 비교하게 되는군.'

레드는 짜증이 치밀었다. 미친 여자라고 믿기 어려울 만큼 고귀한 기품이 흐르는 자세가 더욱 신경을 건드렸다.

"아이야. 너는 참으로 그리운 힘을 가지고 있구나."

짜증을 삭히는 레드를 향해, 여자가 알아듣지 못할 소리를 했다.

"그리운 힘?"

"그래. 그 힘에 이끌려 여기까지 왔단다."

"뭔 헛소리야?"

여자는 대답하지 않았다. 신기할 정도로 표정이 없는 얼굴이다. 그녀의 얼굴을 가만히 들여다보던 레드는, 여자에게서 신경을 끄기로 마음먹었다. 미친 여자를 상대해 봐야, 피곤한 건 이쪽이다. 일일이 상대할 필요 없다.

레드가 걷자 여자도 걸었다. 레드는 여자가 따라오지 못하도록 속력을 냈다. 이 앞에서부터는 길이 험해지니 여자의 몸으로는 따라올 수 없을 것이다.

그러나 레드의 예상은 보기 좋게 빗나갔다.

* * *

레드조차도 힘겹게 올라가는 산길을, 여자는 조금도 힘들어하지 않고 걸었다. 두 손을 가지런히 모은 상태로 숨도 내뱉지 않고 바짝 따라오는 여자의 행동에, 섬뜩함이 느껴질 정도였다.

'정체가 뭐야, 저 여잔?'

레드는 결국 걸음을 멈추고 뒤를 돌았다.

"어이. 대체 어디까지 따라올 셈이지? 모르는 남자는 따라가지 말라고 배우지 않았나?"

"글쎄. 잘 기억이 나지 않는구나. 그런 예법도 있더냐?"

"도대체……! 하아, 됐다. 너랑 무슨 말을 하겠냐."

"그럼 대화 없이 걸어가는 것도 좋을 것 같구나."

"그래, 그럼 대화 없이 걸어……… 가는 게 문제가 아니잖아! 도대체 어디까지 따라올 생각이냐고?"

벌컥 화내는 레드를 향해, 여자는 조금 애달픈 눈빛을 보냈다.

"그리움이 가실 때까지만 함께 있게 해다오."

레드는 이제껏 마음이 약해지는 법이 없었다. 상대가 여자건, 아이건, 노인이건, 레드는 자신이 원하는 행동을 해야 직성이 풀렸다. 상대의 감정 따위는, 레드에게 아무런 영향도 미치지 못했다.

그런데 어째서일까?

여자의 애달픈 눈빛을 무시할 수가 없다. 정말이지, 이상한 눈빛이다. 말투나 행동거지는 미친 여자 같고, 얼굴은 인형처럼 보일 만큼 표정이 없는데, 눈빛만큼은 다르다. 무감정하게 보이는 짙은 눈동자 깊은 곳에, 딱 잘라 설명하기 힘든 무언가가 들어있다. 온화함이라고 해야 할지, 슬픔이라고 해야 할지.

여자의 눈동자 속에 자리 잡은 그것의 이름이 무엇이든, 쉽게 거부할 수 없는 것만큼은 분명했다. 레드는 매몰차게 뿌리치지 못하고 입술만 달싹거리다가 돌아섰다.

뒤를 따라오는 여자에게선 기척이 느껴지지 않았다. 부러진 나뭇가지와 날카로운 돌멩이가 굴러다니는 산길에서 기척을 완전히 죽이는 것은, 레드로서도 힘든 일이었다. 하지만 여자는 거의 소리를 내지 않았고, 거친 숨을 내뱉지도 않았다.

"아이야. 넌 참 아름다운 머리카락을 가지고 있구나."

여자가 갑작스레 레드를 칭찬했다.

"마치 불타오르는 전설의 새와도 같은 머리구나. 아름답다, 참으로."

"칭찬은 관둬. 그런다고 데리고 다니진 않을 거니까."

레드가 퉁명스레 말했다.

"이미 데리고 다니지 않느냐."

"이건 네가 멋대로 따라오는 거고."

"그래, 그런 차이가 있구나."

어린애를 다루는 듯한 말투가 거슬렸다.

"이봐. 너 대체 몇 살인데 나한테 그런 식으로 말하는 거냐?"

"글쎄다. 나이를 세는 것은, 내겐 무의미한 일이더구나."

"몇 살이나 먹었다고, 세상 다 산 노인네 같은 소리를 해? 나보다 어려 보이는데. 이름이 뭐지?"

"이름? 그런 건 잊었다."

"대체 기억하는 게 뭐야? 그 작은 머리통 속엔 이름을 기억할 공간도 없는 거냐?"

레드의 빈정거림에도 여자는 불쾌한 기색을 보이지 않았다. 레드 따위는 한낱 개미에 지나지 않는다는 듯한 고고한 태도였다.

"제길."

레드는 투덜거리며 걸음을 빨리했다.

"내 이름은 레드다. 그놈의 아이 소리 좀 집어치워. 너한테 아이라고 불릴 만한 나이는 아니니까."

"레드. 붉은 머리라 그런 이름이 붙은 게냐?"

"알아서 해석해. 넌 뭐라고 불러줄까?"

"원하는 대로 부르거라."

"원하는 대로? 후회할 텐데."

"후회 안 한다."

레드는 최대한 수치스럽고 모멸감을 느낄 만한 호칭을 찾아내기 위해 궁리했다. 그러나 기품 있는 여자의 자태를 눈앞에 두고, 이상한 이름을 붙일 수가 없었다.

"클레어."

결국 머릿속에서 맴도는 이름 하나를 끄집어냈다.

"나랑 동행할 동안은 클레어라고 부르지."

"그래, 좋구나."

"뭐가 좋다는 건지 모르겠군. 되는 대로 붙인 이름인데. 넌 자기 취향이라는 것이 없나 보지?"

"너는 참으로 시비 거는 걸 즐기는 아이로구나."

"아이 아니라고 몇 번을 말해야 알아듣겠냐? 해체되고 싶냐?"

"해체라…… 가능하다면 그것도 좋겠지."

사사건건 빈정거리고 화내는 레드를, 클레어는 흥미롭다는 듯 응시했다. 그런 눈빛이 기분 나빴다. 마음 같아서는 클레어의 가녀린 어깨를 잡고 분이 풀릴 만큼 흔들며,

"넌 얼마나 품격 있고 고상하기에, 날 그런 눈으로 봐!"

라고 외치고 싶었지만 참았다.

미친 여자다. 정신이 나간 여자다. 그러니까 참자. 내가 참자.

레드는 아모른 신전의 사제들이 기도를 하듯, 몇 번이나 같은 문장을 속으로 되풀이했다.

낯선 이와 동행하는 것은, 레드로서는 몹시 파격적인 일이었다. 남들보다 배는 의심이 많고 불만이 많은 레드이기에, 잘 알지도 못하는 사람에게 등을 보이고 걷는 일은 이제껏 단 한 번도 없었다. 하지만 레드는 자신이 클레어에게 등을 보이고 있다는 사실조차 자각하지 못했다.

길은 점점 험해졌다. 크고 날카로운 바위들로 즐비한 길에 접어들자, 레드는 잠시 걸음을 멈췄다.

"여기서부터는 길이 험하다. 옆으로는 낭떠러지라서 자칫 잘못하면 저 아래로 떨어질지도 몰라. 넌 그만 가라. 너까지 챙기고 싶지 않으니까."

"나는 신경 쓰지 않아도 된다."

"어떻게 신경을 안 써?"

레드가 외쳤다. 클레어의 얼굴에 착각이라고 생각될 만큼 엷은 미소가 떠올랐다가 사라졌다. 아주 짧은 순간이었지만 레드는 분명히 목격했다.

그녀의 미소는 심장이 철렁 내려앉을 만큼 아름다웠다. 태양신 아모른이 내려주는 축복의 빛과도 같은 달콤한 부드러움. 그것이 레드를 강타해, 그는 저도 모르게 뒷걸음질을 치고 말았다.

뒤는 절벽이었다.

발이 허공을 밟았다. 레드는 위험스럽게 비틀거리며 자세를 바로하려 했지만, 체중이 뒤로 쏠려 몸이 넘어가기 시작했다. 그때 클레어의 팔이 뻗어 나왔다. 절체절명의 상황에서도 레드는 그녀의 팔이 몹시 희고 가늘다는 생각을 했다.

클레어의 손이 레드의 손을 잡았다. 그 순간 레드는 섬뜩함을 느끼며 그녀의 손을 뿌리치고 싶다는 충동에 휩싸였다. 손을 놓는 순간 낭떠러지로 떨어지겠지만, 그 편이 그녀의 손을 잡는 것보다는 나을 거란 생각마저 들었다.

그녀의 손은 얼음보다도 차가웠다. 그 차가움이 손끝을 타고 심장까지 잠식할 것만 같았다.

클레어가 힘들이지 않고 레드를 끌어당겼다. 갑자기 힘이 앞으로 쏠리며, 레드의 몸이 클레어 쪽으로 기울었다. 레드는 다리에 힘을 줘서 어떻게든 버티려 했지만, 클레어의 힘이 너무 강했다. 앞으로 쏠린 레드의 머리가 클레어의 가슴에 묻혔다.

여자의 가슴에 얼굴을 묻었다!

레드의 인생에서 처음 있는 일이고, 절대로 일어날 리 없는 일이 벌어졌다. 그 충격적인 상황 속에서도, 레드는 그것을 인지할 겨를이 없었다.

'왜 이렇게 차갑지?'

차가운 것은 그녀의 손뿐만이 아니었다. 클레어의 가슴 역시 차가워서, 그 냉기가 레드를 얼어붙게 만들었다.

레드는 앞으로 기울어진 채 고개를 들었다. 클레어는 조용히 레드를 내려다보고 있었다.

그녀의 눈빛을 가까이에서 마주하는 순간, 레드는 클레어의 손을 뿌리치려 했다는 사실을 잊었다. 얼어붙을 듯 차가운 손을 꼭 잡은 채, 그저 그녀의 서글픈 눈동자만을 하염없이 응시했다.

검붉은 눈동자, 그리고 붉은 입술.

대체 이 여자는 왜 이렇게 아름다운 걸까? 혼이 빼앗길 만큼, 심장이 떨어져 나갈 만큼.

"아이야, 조심하거라."

도톰한 입술이 달싹거리며 허스키한 음성을 내보냈다. 레드는 잡히지 않은 쪽의 손을 들었다. 그것은 아주 충동적인 행동이었다.

손이 의지와 상관없이 움직여 클레어의 입술 위에 닿았다. 클레어는 움찔했지만 레드의 손가락을 뿌리치지 않았다. 레드는 조심스레 그녀의 입술을 쓰다듬었다.

손가락 끝에 닿는 입술은 차갑지만 촉촉하고 부드러웠다.

"넌……."

레드는 몸을 바로 세웠다. 클레어의 입술을 만지던 손은 거뒀지만, 그녀에게 잡힌 손은 빼내지 않았다. 손을 맞잡은 채, 레드는 물었다.

"왜 이렇게 차가운 거지?"

이번엔 제대로 된 대답이 돌아왔다.

"시간이 얼어붙었기 때문이겠지."

그러나 그 의미까지는 알 수 없었다.

머릿속 가득한 혼란 가운데, 어떤 생각 하나가 비집고 올라오려 했다. 클레어의 정체. 오만돈이 나오는 위험한 산을 거침없이 돌아다니고, 기척도 없이 움직이고, 날아드는 화살을 손으로 잡은 여자의 정체에 대한 생각.

하지만 레드는 그 작은 반짝거림을 억지로 내리눌러 꺼뜨렸다.

'이 여자가 혈귀일 리 없어.'

혈귀 같다. 그러나 혈귀일 리 없다.

클레어는 몇 번이나 입술을 벌렸다. 입술 사이로 송곳니는 보이지 않았다. 햇빛이 쨍쨍한데도 아무 문제가 없고, 대화도 가능하다. 인간의 말을 제대로 구사하지 못하고, 피에 대한 갈망만을 가진 채 살아가는 짐승 같은 혈귀와는 다르다.

혈귀가 아니다. 몸이 차가운 것은 체질이고, 기척을 감추는 것은 재능일 것이다. 레드 본인도 기척을 감추는 것만큼은 누구보다 뛰어나니까.

레드는 애써 그렇게 생각하며 클레어에게 잡힌 손을 내려다봤다.

"이제 손 놔도 된다."

"그래. 다치지 않아서 다행이구나."

"손, 놔도 된다니까?"

클레어도 꼭 잡고 있는 손으로 시선을 내렸다.

"조금만 더…… 아주 잠시만 더 잡고 있으면 안 되겠느냐?"

"왜? 내가 또 떨어질까 봐?"

"그런 게 아니다, 아이야. 나는 그저……."

클레어가 시선을 올려 레드를 바라봤다.

"나는 그저 네 손을 잡고 있는 게 참으로 좋구나."

레드의 심장이 거칠게 뛰기 시작했다.

* * *

테오도르 퍼거슨 남작. 레드 일행에게는 '테드'라 불리는 남자.

어렸을 때부터 무역 상단을 따라다니며 일을 배워 산전수전 다 겪고, 남들에게 얘기를 하면 믿지 않을 만큼 놀라울 일들을 다수 경험한 테드였다. 하지만 그런 테드도 지금 눈앞에서 벌어지는 상황만큼은 도무지 믿을 수가 없어서, 입을 쩍 벌린 채 동

상처럼 굳어버렸다.

테드가 아무 말 없이 굳어 있는 게 거슬린 레드가 버럭 외쳤다.

"힘들어 죽겠다! 얼른 비켜!"

남의 모습을 흉내 낼 줄 아는 괴물 하나가 레드로 변신한 걸지도 모른다고 생각했다. 하지만 벌컥 화를 내는 더러운 성질머리를 보니 레드가 맞기는 한 것 같다.

성격 나쁘기로 따지자면 유란 대륙 최고라고 해도 과언이 아닌 레드. 수틀리면 여자고, 아이고 가리지 않고 화를 내는 레드. 여자라면 치를 떨 정도로 싫어하는 레드.

그런 레드가 대체 왜 여자의 손을 꼭 붙잡고 나타난 걸까?

"자네, 괜찮은 건가?"

테드가 진심을 다해 걱정스럽게 물었다. 레드의 파란 눈이 번쩍였다.

"헛소리 말고 비켜. 구워지기 싫으면."

"자네가 정말 레오나드 군이라는 것을 확인하기 전에는 비키지 않겠네."

"호오. 원래의 이름은 레오나드인 모양이구나."

레드의 손을 꼭 잡고 나타난 여자가 말했다. 여자의 음성은 낮고 허스키했다. 오싹해질 정도로 매력적인 목소리였다.

테드는 그제야 여자를 살펴봤다.

'이건…… 굉장하군.'

테드는 속으로 혀를 내둘렀다.

아름다운 여자다. 검게도 붉게도 보이는 머리카락과 눈동자. 우유처럼 하얀 얼굴에 자리 잡은 이목구비는 또렷하고 시원시원했다. 매서운 눈매와 작고 오뚝한 코, 딸기처럼 붉고 도톰한 입술의 조화가 완벽하다.

이 정도라면 대륙 최고의 미인이라고 불리는 제단 공작의 딸과 함께 있어도 우열을 가릴 수 없을 것이다.

여자의 얼굴을 확인하니, 레드가 여자의 손을 꼭 잡고 나타난 이유를 이해할 수 있었다. 이렇게 아름다운 여자니까, 여자를 싫어하는 레드의 심장조차 녹인 것이리라.

"무슨 생각하는지 알겠는데, 그런 거 절대 아니니까 괜한 오해 하지 마라."

테드의 생각을 눈치챈 레드가 으르렁거리듯 말했다. 테드는 껄껄 웃었다.

"그래, 그래. 자네가 그렇다면 그리 생각하도록 하지."

"진짜로 네가 생각하는 그런 거 아니다."

테드는 레드를 무시하고 여자를 향해 정중하게 인사했다.

"안녕하십니까. 테오도르 퍼거슨 남작입니다. 테드라고 편하게 불러 주십시오."

여자가 살짝 고개를 숙였다. 기품 있는 태도였기에, 테드는 여자가 어느 귀족가의 영애일 거라고 짐작했다.

"클레어다."

"클레어. 좋은 이름입니다."

"이 아이가 붙여준 이름이란다. 본인은 되는 대로 붙인 거라고 화를 내더구나."

클레어의 말투는 뭔가 이상했다. 테드가 레드를 쳐다보자, 레드는 여자의 손을 잡지 않은 손으로 자기 관자놀이 부근에 빙글빙글 원을 그렸다. 미쳤다는 뜻이다.

'이 여자가 정신이 나갔다고?'

테드는 눈을 휘둥그레 뜨고 클레어를 쳐다봤다. 꼿꼿한 자세, 서늘하고 맑은 눈빛. 미친 여자로 보이지는 않는다.

다시 레드를 쳐다보자, 레드가 아까보다 열정적으로 원을 그렸다. 자기 말을 믿어달라는 뜻이다.

테드는 믿지 않기로 했다. 레드의 말을 믿느니 지나가던 오만 돈의 말을 믿고 말겠다.

"안으로 드시지요. 먼 길 오시느라 고생하셨습니다."

테드가 문을 활짝 열었다. 레드와 클레어는 여전히 손을 잡은 채 테드의 저택 안으로 들어갔다.

클레어는 유란 대륙 전역에서 사 모은 장식품들을 쭉 둘러보더니 말했다.

"아이야. 참으로 아름다운 저택에서 살고 있구나."

테드는 입을 쩍 벌렸다.

'아이? 지금 날 아이라고 한 건가?'

테드가 다시 레드를 쳐다보자, 레드가 눈을 슬며시 감고 고개를 끄덕였다. 바로 그런 부분이 미친 거라는 뜻이다. 그제야 테드는 클레어가 정상이 아니라는 것을 인정했다.

그렇다고 해도 레드의 행동은 받아들이기 힘들었다. 레드는 상대가 미쳤다고 해서 동정심을 갖는, 그런 인간적인 남자가 아니다.

'레드가 클레어에게 반한 건 틀림없어!'

테드는 속으로 확신했다. 레드가 뭐라고 변명을 하든, 테드는 자기가 믿고 싶은 것을 믿을 생각이었다.

테드는 둘을 응접실로 안내했다. 레드와 클레어는 손을 잡고 나란히 앉았다. 테드가 앉아서도 놓지 않는 둘의 손을 보며 의미심장한 미소를 짓자, 레드는 소리를 지르고 싶은 듯 입술을 달싹거렸다. 하지만 정말로 소리를 지르지 않는 걸 보면, 클레어를 많이 좋아하긴 좋아하는 모양이라고, 테드는 해석했다.

"차라도 한 잔 하겠는가?"

"차는 됐고 책이나 가지고 와."

"나는 마시고 싶구나, 아이야."

클레어의 말에 레드가 오만상을 찌푸렸다. 하지만 딱 잘라 마시지 말라는 말은 하지 않았다. 역시 레드는 클레어를 마음 깊이 사랑한다.

'좋아한다.'에서 '사랑한다.'라고 제멋대로 해석한 테드는 흐뭇하게 웃으며 응접실에서 나갔다. 차를 타는 건 고용인에게 시키면 되는 일이지만, 둘만의 다정한 시간을 만들어 주자는 의도였다.

테드가 나가자마자 레드가 클레어를 노려봤다.

"테드가 이상하게 보잖아. 이 손은 언제 놓을 생각이지?"

"내 손을 잡고 있는 것이 그리 싫은 게냐?"

"……."

"끔찍하게 싫다면 놓도록 하마."

"……됐다. 아주 분이 풀릴 정도로 잡고 있어라."

"그렇다면 영원의 밤을 잡고 있어야 할 텐데도?"

"뭔 소리래?"

퉁명스럽게 대꾸하긴 했지만 사실은 심장이 벌컥벌컥 뛰었다. 영원의 밤이라니. 영원히 잡고 있고 싶단 말인가!

'아니, 대체 이 심장은 왜 멋대로 야단이야! 영원히 잡고 있겠다는 건 영원한 족쇄라는 거잖아! 아, 그런가? 정말 영원히 잡고 있을까 봐 무서워서 뛰는 건가?'

레드도 테드만큼이나 자기 마음을 멋대로 해석했다.

"테드란 아이는 왜 이리 험한 산속에 사는 것이냐?"

클레어가 물었다. 레드는 테드의 옛 이야기를 해도 될지 판단하기가 어려워 잠시 망설였지만, 곧 마음을 정했다. 어차피 정신이 나간 여자니까 어떤 말을 해도 상관없을 것이다.

"몇 년 전에 혈귀한테 가족을 잃었어. 혈귀라고 알아?"

"알고 있단다."

“자기 이름이랑 나이는 모르면서 혈귀는 안다고? 도대체 그 머리통은 어떻게 돌아가는 거지?”

“아이야. 너는 정말로 시비 거는 것을 좋아하는구나. 그런 게 그리도 즐거운 게냐?”

“……됐고. 하여간 혈귀를 피하려고 이런 데 사는 거다. 사람 없는 곳엔 혈귀도 나타나지 않는 편이고, 지형 자체가 방어하기 좋아서.”

“허나 이런 곳에 있다가는 여차하는 순간 도움을 받기도 힘들고, 도망치기도 힘들겠구나.”

“그렇지. 그래서 차라리 우리랑 같이 살자고 하는데도 싫대. 겉으로는 저래 보여도 가족을 잃었으니 마음이 심란한 거겠지. 딸이 고작 다섯 살이었거든. 마을에서 살다 보면 딸 또래의 아이들을 보게 되니까 괴로운가 봐.”

“그래, 괴로운 일이겠지.”

기분 탓인지 클레어의 음성이 쓸쓸하게 들렸다. 레드는 고개를 돌려 클레어의 얼굴을 쳐다봤다. 클레어는 곧게 앉아 정면을 바라보고 있었다. 속눈썹이 길어서 눈 아래에 잔 그늘이 생겼다.

“너도 혈귀한테 가족을 잃은 거냐?”

‘그래서 정신이 이상해진 거냐?’라는 질문은 덧붙이지 않았다. 클레어는 대답했다.

“그런 것은 잊었다.”

그런 것을 잊은 말투가 아니다. 간혹 드러나는 쓸쓸함과 슬픔은 가족을 끔찍하게 잃었기에 나타나는 현상인지도 모르겠다.

"정말 기억이 나지 않는 거야?"

"아이야, 나는 네가 상상하지 못할 만큼 긴……."

클레어가 거기까지 말했을 때, 응접실의 문이 열리고 테드가 돌아왔다. 테드는 찻잔 세 개가 놓인 은쟁반을 들고 있었는데, 넓은 응접실을 가득 채울 만큼 쓴 냄새가 풍겼다. 레드는 오만상을 찌푸렸다.

"호오. 레캉 차인 것이냐?"

클레어가 물었다.

"레캉 차를 아십니까?"

"그래. 좋아한단다. 아직도 레캉 차가 있을 줄은 몰랐구나."

레캉 차는 가격이 어마어마하게 비싸서 귀족이나 돈 많은 상인이 아니라면 접하기 힘든 차였다. 클레어가 그런 비싼 차를 좋아한다는 것이 이상했다.

'귀족이었나? 행동거지를 보면 귀족 같기도 해. 하지만 이름도, 나이도 잊었는데 레캉 차 같은 건 기억한다고? 이 여자, 뭘 감추고 있는 거지?'

레드는 클레어를 만나고 나서 처음으로 클레어의 정체에 대해 진지하게 고민하기 시작했다. 레캉 차를 좋아한다는 말은 거짓이 아닌지, 클레어는 그 쓰디쓴 차를 맛있게 마셨다.

'혈귀에게 가족이 죽임을 당한 건 숨길 일이기는 하지. 본인이 혈귀에게 물려 혈귀가 됐다는 의심을 받을 수도 있으니까. 하지만 나이나 이름을 감추는 이유는 뭐지? 나라에 죄를 저지른 가문이었나? 드러내놓고 말할 수 없는 가문이었다면 이름을 말할 수 없겠지. 범죄자인가?'

레드는 귀찮은 일에 휘말리고 싶지 않았다. 혈귀를 사냥하는 것만으로도 벅찬 와중에 경비대까지 상대하긴 싫다.

아쉽지만 클레어와 헤어져야 한다.

'아쉽긴 뭐가 아쉬워! 정신 나간 여자랑 헤어지는 건 홀가분해야 하는 일이라고!'

저도 모르게 아쉽다고 생각한 자신을 질책하며, 레드는 클레어에게 잡힌 손을 빼냈다. 클레어가 힘을 주고 있지 않았는지, 서운할 정도로 쉽게 빠졌다.

'그러니까! 서운하긴! 뭐가! 서운하냐고!'

레드는 비명을 지르고 싶었다.

클레어는 레드의 속도 모르고 편안하게 레캉 차를 마셨다. 레캉 차는 굉장히 쓰지만 몸에는 좋아서, 한 잔을 마시고 나면 죽어가던 사람도 벌떡 일어나게 만든다고 한다. 그렇게 생각해서인지 클레어의 얼굴에 핏기가 도는 것처럼 보였다.

"책은 얼마나 돼?"

레드는 서둘러 일을 끝내고 마을로 돌아가야겠다고 생각했다. 클레어와 함께 있으면 뭔가에 홀린 듯, 자꾸만 바보 같은 생각을 하게 된다.

"많지 않네. 열 권 정도니까 들고 가기 힘들진 않을 거야."

"같이 내려가지 그래?"

"일 없네. 아, 이번에 소문을 들었는데 라볼르에 굉장한 연금술사가 살고 있다고 하더군."

"연금술사? 그런 게 진짜 있나?"

"아마 발명가 같은 거겠지. 한번 만나보면 활동할 때 도움이 되지 않겠나?"

"글쎄. 좋은 무기를 얻을 수 있다면야 좋지만…… 라볼르까지는 너무 멀어. 갔는데 이상한 놈이면 어떡해?"

"무기들이 계속 부서지니 그 문제를 해결해야 되지 않겠나. 지난번에도 싸우던 중에 유키의 검이 부서져서 큰일이 날 뻔했다면서."

"그럼 네가 다녀와."

"난 자네들의 후견인이지 고용인이 아냐."

"허구한 날 싸돌아다니잖아. 싸돌아다니는 김에 라볼르에 갔다 오면 되지."

"갈 일이 있으면 가보겠지만…… 연금술사같이 수상쩍은 건 나랑 안 맞아서."

"수상쩍은 건 네놈 얼굴이겠지. 뭐, 라울에게 얘기는 해볼게. 얼른 책이나 가지고 와."

"하루 자고 가지 그러나?"

"남자랑 둘이 자는 취미 없다."

"남자랑 둘이라니."

라며 테드가 클레어 쪽으로 의미심장한 눈짓을 했다. 레드는 테드를 한 대 때려줄까 하다가 관두고 일어났다.

"해체되기 싫으면 책이나 갖고 와라. 혼자 자기 싫으면 마을로 내려와서 사람들이랑 부대끼고 살든가."

"그런 소리는 하지도 말게."

테드가 쓴웃음을 지으며 딱 한 명 있는 고용인 '잭'을 불렀다. 작은 소리로 불렀는데도 잭은 기가 막히게 알아듣고 응접실로 들어왔다. 밝은 갈색 고수머리와 쌍꺼풀이 진한 눈이 매력적인 청년이었다.

"잭. 내가 이번에 가지고 온 책들 있지? 들고 가기 편하게 해서 가져오게."

"네, 주인님."

잭이 꾸벅 인사를 하고 응접실을 나갔다.

무심코 클레어를 돌아본 레드는 숨을 멈췄다. 클레어의 검붉은 눈동자가 차디찬 기운을 내뿜고 있었다. 클레어의 눈빛은 유란 대륙 최고의 장인이 만든 검보다 날카로웠다. 눈빛이 만져지는 것이라면, 슬쩍 스치기만 해도 베일 것 같았다.

클레어의 눈동자는 잭의 등을 향하고 있었다.

잭은 클레어 또래의 잘생긴 청년이었지만, 농담으로라도 '반했냐?'라는 질문을 할 수가 없었다. 그만큼 클레어의 눈빛은 험악했다.

잭은 클레어의 시선을 느끼지 못한 듯 뒤도 돌아보지 않고 응접실에서 나갔다. 잠시 후 잭이 돌아왔을 때, 클레어는 더 이상 잭을 쳐다보지 않았다. 그 무엇도 보이지 않고 들리지 않는다는 듯, 고요히 정면만 응시하고 있었다.

"어때? 들 만한가?"

잭은 테드의 옆에 장식품처럼 가만히 서 있었다. 레드는 방금 전 봤던 클레어의 시선이 마음에 걸려서, 테드의 말에 대답할 수가 없었다.

'왜 그런 식으로 쳐다본 거지?'

클레어를 만난 지 얼마 되지 않아서 클레어답네, 어쩌네 할 사이는 아니다. 하지만 아까의 눈빛은 정말이지, 그녀답지 않았다. 아니, 인간 같지가 않았다. 짐승, 그것도 맹수와 비슷한 눈빛. 사나운 맹수가 적을 쏘아보는 눈빛과 비슷했다.

"이봐, 레드. 자네, 괜찮은가?"

레드의 낯빛이 좋지 않은 걸 본 테드가 걱정스럽게 물었다. 레드는 정신을 차리고 책 꾸러미를 들었다. 잭이 워낙 정갈하게 포장을 해 와서 들기 편했다.

"괜찮아."

"힘드시면 제가 들어다드리겠습니다."

잭이 상냥하게 말했다. 레드는 고개를 저었다.

"네 도움을 받을 만큼 약하지 않아. 내가 계집앤 줄 아냐?"

"먼 길을 올라 오셨으니까요."

잭이 부드럽게 웃었다.

"그래, 레드. 자네 얼굴빛이 별로 좋지가 않네."

테드가 거들었다. 레드는 둘의 말을 건성으로 들으며 꾸러미를 등에 맸다.

"됐다니까. 이봐, 가자. 해 떨어지기 전에 내려가야 돼."

클레어가 천천히 일어났다. 테드가 레드의 귓가에 속삭였다.

"레이디한테 너무 무례하게 구는 거 아닌가?"

"정신이 나간 여잔데 뭐 어때?"

"아무리 그래도 여자잖나. 너무 거칠게 대하지는 말게."

"그렇게 걱정이 되면 네가 데리고 살든가."

"내 인생에 내 아내 이외의 여자는 없어."

"어이구, 애절해라."

둘이 숙덕거리는 동안, 클레어가 다가와 레드의 옆에 섰다. 클레어와 잭의 시선이 마주쳤다. 레드는 클레어가 또 사나운 눈빛을 지을 거라 생각했지만, 예상과 달리 클레어의 눈빛은 고요했다. 잭이 미소를 지으며 정중하게 인사를 했고, 클레어는 테드에게 그랬듯 고개만 살짝 움직여 인사를 받았다.

레드와 클레어는 테드의 배웅 받으며 테드의 저택에서 나왔다. 아모른의 태양이 서쪽으로 기울고 있었다. 산속은 밤이 빨리 찾아온다. 몬스터와 마주치지 않으려면 서둘러야만 한다.

"아이야."

레드가 빠르게 걸음을 옮기는데, 클레어가 뒤를 따라오며 불렸다. 레드는 걸음을 멈추지 않고 대답했다.

"왜?"

"테드란 아이는 네게 소중한 존재더냐?"

"돈줄이니 소중하다면 소중하다고 할 수 있지. 왜?"

"그렇다면 저 아이를 저 집에서 데리고 나와야 하겠구나."

"말했잖아. 본인이 싫어한다고. 매번 얘기를 해도 거절만 당해."

"그래도 네게 소중한 존재라면 반드시 데리고 나와야 한다."

"억지로 끌고 올 수는 없지. 자기가 싫다는데. 저래 봬도 저 집에서 꽤나 만족스럽게 살고 있잖아. 잭도 일을 잘하고 잘 챙겨주니까."

"잭이란 아이는 언제부터 그 집에 있었지?"

"글쎄…… 테드가 우리랑 만나고 나서 일 년쯤 지나서니까…… 아마 3년 정도 됐나?"

"3년이나 저리 살았단 말이냐?"

"응. 왜 그래? 뭐가 문젠데?"

"아이야. 잭이란 아이는 혈귀란다."

우뚝.

느닷없이 튀어나온 '혈귀'라는 단어에, 레드가 갑작스럽게 걸음을 멈췄다. 빠른 걸음으로 레드의 뒤를 따라오던 클레어의 얼굴이 레드의 등에 부딪쳤다. 레드는 돌아보지도 않고 낮은 목소리로 말했다.

"혈귀를 가지고 장난치지 마. 혈귀와 테드, 그 조합으로 농담을 하는 건 별로야."

"아이야. 나는 농담을 하지 않는다. 그 아이는 정말로 혈귀란다."

"그럴 리가 없지."

"아이야."

"혈귀? 잭이 혈귀라고? 그럴 리가 없잖아. 잭은 너보다 훨씬 정상적인 인간이야. 걔가 테드를 잘 보좌해서 테드가 그나마 정신을 차리고 살 수 있는 거고."

"아이야. 잭은……."

"그만하라고. 그 농담, 재미없으니까. 테드의 아내와 딸이 혈귀의 손에 얼마나 끔찍하게 죽었는지 알아? 더는 테드랑 혈귀를 엮지 마."

"그렇기 때문에 더욱 걱정이 되는구나. 잭이 왜 그 아이의 곁에 있는 건지는 모르겠지만 아마도……."

"그만하라고!"

레드의 인내심이 바닥났다. 레드는 홱 돌아서서 클레어의 양어깨를 잡아 멀리 밀어냈다. 그 어깨를 꽉 움켜쥐고 클레어를 노려봤다. 푸른 눈이 형형한 빛을 내뿜었다.

"자기 이름도 나이도 기억을 못 하면서 레캉 차에 대해서는 알고 있더군. 제 가족에 대해서는 기억도 안 난다면서, 혈귀에 대해서는 아주 잘 알고 있다고 말하는 건가? 날 가지고 놀 생각인가 본데, 관둬라. 혈귀에 대해서 나만큼 잘 아는 사람도 없어. 잭은 혈귀가 아냐. 혈귀는 말을 못 하거든."

"아이야, 혈귀는……."

"입 닥치고 내 말 들어. 너한테 휘둘려 주는 것도 여기까지야. 불쌍해 보여서 하고 싶은 대로 해 주는 것도 여기까지라고. 내 눈앞에서 꺼져!"

레드는 클레어의 어깨를 탁 쳐서 밀어냈다. 클레어는 꼿꼿이 서서 레드를 물끄러미 응시했다. 레드는 클레어와 눈을 마주치지 않았다. 아니, 마주칠 수 없었다.

그 깊고 깊은 눈동자를 마주하면 마음이 흔들릴 게 분명하다. 잘 설명할 수는 없지만, 클레어의 눈동자에는 마력 같은 것이 있다. 오늘 하루 종일 클레어에게 휘둘린 것도, 그 알 수 없는 마력 때문이다. 그뿐이다. 그 마력의 잔재 때문에 가슴이 욱신거리고 속이 쓰린 것뿐. 다른 의미는 없다.

클레어가 너무나 아름다워서 마음이 동했다던가 하는 것은 테드의 망상에서나 존재하는 일일 뿐. 레드 자신이 여자 따위에게 마음을 빼앗길 이유는 전혀 없다.

"꺼지라고!"

움직이지 않는 클레어를 향해 외쳤다. 소리가 높아지는 만큼 레드는 가슴이 답답했다. 어째서일까? 소리를 지르고 화를 내는 건 이쪽인데, 왜 이쪽의 가슴이 칼로 쑤신 것처럼 아픈 걸까?

클레어는 특유의 무표정한 얼굴로 레드를 바라보며 말했다.

"가거라, 아이야. 더는 따라가지 않으마."

심장이 난도질당한 것 같다. 통증이 너무 심하다.

레드는 돌아서서 걷기 시작했다. 클레어는 정말로 따라오지 않았다. 한참을 걷다가 뒤를 돌아봤을 때, 클레어는 여전히 그 자리에 서 있었다.

무언가를 기다리는 듯, 혹은 무언가를 그리워하는 듯.

바람결에 흔들리는 긴 머리카락을 내버려둔 채 가만히 서 있는 그녀의 모습이 망막에 새겨졌다. 레드는 이를 악물고 클레어에게서 눈을 떼었다. 이제 돌아보지 않으리라. 한 번 더 돌아보면 같이 가자고 손을 내밀게 될 것 같으니까.

* * *

산속에 어둠이 내려앉았다. 레드의 모습은 더 이상 보이지 않는다. 그러나 그가 가진 힘은 여전히 느껴진다. 그리운 힘.

클레어는 커다란 나무 둔치에 등을 기대고 앉아 눈을 감았다. 정말이지 그리운 느낌이다. 부드럽고 상냥하고, 그리고 뜨거운.

레드의 붉은 머리와 새파란 눈동자가 선명하게 기억났다. 바다처럼 푸른 눈동자는 거칠지만 다정했다. 인간의 감정 같은 것은 더 이상 남아 있지 않은 줄 알았는데, 아주 사라진 것은 아닌 모양이다. 레드와 함께 있는 동안 참으로 따뜻하고 즐거워서, 클레어는 아주 오랜만에 인간이 된 듯한 기분을 느꼈다.

이런 몸이 된 지 얼마나 시간이 흘렀을까? 몇십 년? 아니, 족히 몇백 년은 흘렀을 것이다. 어쩌면 천 년쯤 되었을지도 모르겠다.

혈귀가 된 후, 이름을 버렸다. 루시드, 그 남자가 부르는 이름을 사용하고 싶지 않았다.

너무도 긴 시간을 살아온 터라 기억이 또렷하지 않다. 인간의 피를 마시지 못해 이성을 잃고 정신을 잃은 적이 수없이 많다. 그러는 동안 추억이 하나, 기억이 하나, 이름이 하나. 하나둘씩 지워지고 뒤섞여 머릿속이 엉망진창이 되었다.

가족의 이름도, 가문의 이름도, 더는 생각나지 않는다. 다만 기억나는 것은 그 남자의 이름.

'루시드.'

반드시 죽여야만 하는, 가장 증오스러운 남자의 이름만이 또렷하다.

도망치듯 루시드의 곁을 떠나온 후, 산에서 산짐승의 피를 마시며 살아왔다. 피의 낙인은 인간에게만 통용되는 것인지, 클레어에게 피가 빨린 짐승이 되살아나는 일은 없었다.

그동안 살아 있는 인간을 만나지 않았다. 인간을 보는 순간 이성을 잃고 달려들게 될 것 같아서 두려웠다. 인간의 피만큼은 죽어도 마시고 싶지 않았다. 그것이 이 몸의 뇌를 짓이겨 바보로 만들더라도 상관없었다.

그리하여 오랜 시간 산속에서 산짐승에게 말을 걸며 살아왔다. 길고 긴 시간이었다. 그러나 끝나지 않을 시간이었다. 끝이 보이지 않기에 더욱 절망스럽고 서글펐다. 외로움에 눈물조차 흘릴 수 없는 몸이라서, 커다란 바위가 이 몸을 짓이겨 죽여 주었으면 하고 소망할 만큼 괴로웠다.

"레드. 다정한 아이야."

클레어는 눈을 감은 채 중얼거렸다. 긴 시간 혼잣말을 하며 살아왔기에, 그것이 어색하지 않았다.

"너를 만나 내가 조금씩 예전의 일을 떠올리게 되는구나. 네가 가진 그 힘 때문일까?"

레드의 힘에 이끌려 이곳까지 왔다.

"너와 함께 있으면 내 가족과 함께 살던 그날의 일을 기억할 수 있게 될까? 내가 사랑했던 연인의 얼굴도 떠올릴 수 있게 될까?"

클레어는 천천히 눈을 떴다. 회청빛 하늘에 동그란 달이 신비로운 은빛으로 빛나고 있었다. 달을 향해 손을 뻗었다. 검지와 약지에 낀 반지가 달빛을 받아 은은한 빛을 뿌렸다. 똑같은 모양의, 크기만 다른 반지.

검지에 낀 반지의 주인은 이 세상에 없다. 그의 얼굴이 도무지 기억나지 않았다. 절대로 잊지 못할 줄 알았던 얼굴이, 이리도 쉽게 잊힐지는 몰랐다.

기억나는 것은 그와 나누었던 달콤한 언어의 유희.

—영원히 함께 하자.

—죽은 후에도 기억할 거야.

—죽어서 영혼이 돼서도 같이 살자.

쓴웃음조차 나오지 않았다. 영원히 함께할 수 없다. 죽은 후에 만날 일도 없다. 그와 함께할 영혼은 저주를 받으며 사라졌을 것이다. 이 저주받은 몸은 영혼도 없이 영원의 밤을 걸어갈 고깃덩이일 뿐이다.

사랑도, 슬픔도, 그리움도 클레어에게는 사치였다.

"아이야."

클레어는 이제 옆에 없는 레드를 향해 말했다.

"내가 예전의 일을 기억한다면, 너의 힘을 이끌어 그 남자를 죽일 수 있을까? 그 남자를 죽이면 나도 이 길고 긴 밤을 끝낼 수 있을까?"

클레어는 천천히 일어났다.

아까부터 쿵쿵 땅이 울리고 있었다. 진동의 근원지가 점점 가까워졌고, 풀숲 사이로 비쭉이 청록색 피부의 대머리가 보였다. 그것은 점점 가까워졌고 곧 모습을 드러냈다.

해가 진 뒤였지만 어둠을 걷는 클레어의 눈에는 모든 것이 또렷하게 보였다. 저 하늘의 작은 달빛이 없더라도 클레어는 상대를 볼 수 있었을 것이다.

오만돈이었다.

인간과 비슷하지만 청록색의 단단한 피부를 가진 거대한 괴물.

오만돈은 그저 산책을 하던 것뿐인지, 클레어의 모습을 발견하고는 크게 놀라워했다. 인간의 냄새가 전혀 나지 않는 클레어이기에, 오만돈은 클레어의 존재를 눈치채지 못했던 것이다.

정신을 차린 오만돈이 들고 있던 커다란 몽둥이를 들어 올렸다. 인간의 머리쯤은 단박에 부술 수 있을 정도로 단단하고 큰 몽둥이었다.

하지만 그 몽둥이는 휘둘려지기도 전에 바닥으로 떨어졌다. 오만돈은 무슨 일이 벌어진 건지 모르겠다는 듯, 바닥에 떨어진 몽둥이를 내려다봤다. 오만돈의 굵은 팔이 깨끗이 잘려나가 몽둥이와 함께 바닥을 뒹굴고 있었다.

"꾸아아아아악!"

오만돈이 한발 늦게 비명을 질렀다. 오만돈의 비명에 잠을 자고 있던 숲이 들썩거렸다.

오만돈의 팔을 잘라낸 클레어는 미동조차 하지 않고 오만돈을 응시했다.

"가거라, 아이야. 해치고 싶지 않구나."

오만돈에게 인간의 말이 통할 리 없었다. 오만돈은 남은 한 팔을 휘두르며 클레어를 향해 달려들었다. 클레어의 손톱이 길게 자라났다. 손톱은 마치 칼처럼 달빛에 빛났다. 날카롭고 단단한 손톱이 허공을 갈랐다. 오만돈의 남은 팔이 떨어졌다.

"꾸어어어어억!"

오만돈은 믿을 수 없다는 듯 다리를 구르며 고함을 내질렀다.

"그리 덤비겠다면 어쩔 수 없구나, 아이야. 걱정 말거라."

클레어는 자신을 향해 덮쳐오는 거대한 몸뚱이를 향해 손을 뻗었다. 손톱이 가로로 길게 움직이며 오만돈의 두툼한 목덜미를 베어냈다. 오만돈의 흉측한 머리가 바닥으로 툭 떨어졌고, 머리를 잃은 거대한 몸이 클레어를 향해 쓰러졌다. 클레어는 한 팔로 그녀보다 세 배는 큼직한 몸을 받아내며 말했다.

"네 피는 내가 남김없이 마셔주마."

* * *

"레드가 왜 저럴까?"

레드의 눈치를 보다가 지친 유키가 라울을 향해 속삭였다.

"정신이 좀 나간 것처럼 보이지 않아?"

"그러게요. 하도 저러니까 이젠 내 정신이 나갈 것 같습니다."

"신경 거슬려 죽겠어. 요샌 화도 안 내잖아. 차라리 소리를 지르면 좀 나을 텐데."

"어젠 내가 여자 손님들 좀 상대해 달라고 했는데, 정말 상대를 하더군요."

"미쳤나?"

"그럴 가능성이 높네요."

"내가 성질 더러운 레드를 그리워하게 될 줄이야…… 사람 인생 어떻게 흘러갈지 모른다는 게 사실이었어."

"그러니까요. 저러고 있으니 차라리 소리를 버럭버럭 질러대는 게 나을 것 같습니다."

"가슴이 답답해. 요새 레드랑 같이 있으면 숨이 막혀."

레드가 이상해진 것은 한 달 전 테드의 저택을 방문한 후부터였다. 유령이라도 본 사람처럼 멍한 표정으로 돌아온 레드는, 아무 말 없이 들고 온 책을 건넸다.

유키와 라울은 그때부터 놀랐다. 한참 투덜거릴 줄 알았는데 아무 말도 하지 않다니! 피곤해서 저러는 거라고 간신히 납득했는데, 이튿날에도 레드는 똑같이 이상했다. 불평불만도 없고, 갑자기 소리를 지르지도 않는다. 귀찮게 해도 받아 주고 뭔가를 시키면 말없이 해냈다. 가끔 아무것도 안 할 때는, 창문 밖으로 하늘을 바라보며 한숨을 내쉬었다.

사색하는 레드라니.

"끔찍해."

유키가 두 팔로 몸을 감싸고 부르르 떨었다. 라울이 고개를 끄덕였다.

"인간이라면 생각을 하며 살아가는 게 당연하다지만, 레드만큼은 그러면 안 되죠."

"응응. 레드가 생각을 한다는 건 있을 수 없는 일이잖아. 혹시…… 레드가 아닌 거 아닐까?"

"나도 그런 생각을 해봤습니다. 산속에서 유령한테 홀렸다거나, 몬스터가 레드로 둔갑한 걸지도 모른다고."

"그런 것 같아?"

"그럴 가능성이 농후합니다. 유령이든, 괴물이든, 저건 진짜 레드가 아닌 게 분명해요."

"그럼 어떡하지?"

"일단 두고 봅시다. 익숙해지면 저게 더 낫지 않을까요?"

"근데 레드 얼굴로 저러는 건, 정말 익숙해지지 않을 것 같아. 레드 하면 악독하고 흉포한 놈, 악독하고 흉포한 놈 하면 레드잖아."

"그건 그렇죠."

유키와 라울이 들릴 정도로 수군거리는데도, 레드는 그들에게 관심을 주지 않았다. 레드의 시선은 창밖의 하늘을 향해 있었다.

'아아, 무료하다.'

무료하다, 고 표현할 감정을 느끼는 건 아니다. 지금 느끼는 감정은 '보고 싶다.' 혹은 '그립다.'라는 표현과 어울리는 감정이다. 하지만 레드는 인정하고 싶지 않았다.

클레어와 손을 잡았던 기억이 사라지지 않는다. 좋을 이유가 없는 접촉이었다. 클레어의 몸은 너무 차가웠다. 그 냉기가 레드의 체온을 앗아갈 정도로.

그런데 왜 한 번 더 손을 잡고 싶다는 생각이 드는 걸까?

레드는 자신의 감정을 도무지 이해할 수가 없었다. 이해할 수가 없어서 이상한 생각만 하는 머리를 똑 잘라 먼 곳에 갖다 버리고, 새 머리를 가져다가 끼우고 싶었다.

'그 연금술사인지 뭔지는 할 수 있으려나?'

마음이 심란하니 별생각이 다 든다.

마지막에 보았던 클레어의 모습이 머릿속에서 떠나질 않았다. 나무 그림자 사이에 홀로 고고하게 서 있던 모습. 그것이 익숙해 보였기 때문에, 더 슬펐다.

'슬프긴 뭐가 슬퍼! 정신 나간 여자가 그게 익숙하든, 말든 나랑 뭔 상관이냐고!'

하지만 시간이 갈수록 선명해지는 그 영상 때문에, 레드는 괴로웠다. 그냥 손을 내밀걸. 같이 가자고 할걸. 이 집에 여자 하나 더 들일 방이 없는 것도 아닌데. 테드에게 말하면 얼마든 지원을 해 줄 텐데.

'하지만 아직도 거기에 있을 리 없어. 한 달이나 지났잖아. 요새 비도 많이 왔고. 몬스터가 많은 곳인데 한 달이나 거기서 지낼 수는 없…… 설마! 죽은 건 아니겠지?'

레드가 벌떡 일어나자, 수군거리던 유키와 라울이 펄쩍 뛰어 뒤로 물러났다.

"왜, 왜 그래?"

"레드, 무슨 일입니까?"

레드는 대답 없이 도로 앉았다. 클레어를 생각하느라 유키와 라울의 반응 따위는 안중에도 없었다.

'그래, 죽었을 리는 없어. 정신이 이상하지만 바보는 아니잖아. 위험하니까 알아서 피했겠지.'

레드는 깊은 한숨을 내쉬었다. 보다 못한 라울이 레드의 어깨에 조심스레 손을 얹었다. 레드가 고개를 들어 라울을 쳐다봤다.

"레드. 도대체 뭘 생각하는 겁니까?"

제 딴에는 큰 선심을 베풀어 고민 상담이라도 해 주자는 생각에 물어본 라울이었다. 그런 라울에게, 레드는 정말이지 '느닷없다'고 표현할 수밖에 없는 질문을 했다.

"테드네 집에 갈 일 없냐?"

* * *

햇빛이 강한 날이다. 연이은 장마로 지겨워하던 사람들이 모조리 거리로 나왔다. 피탄 제국에서 출발한 커다란 상선까지 도착한 터라, 펠타 시는 오랜만에 활기를 띠었다.

상인들은 숙박할 곳을 찾기 위해 동분서주했고, 여관 점원들은 너도나도 소리를 높여 호객을 했다. 상선을 타고 온 여행객들은 펠타 시의 신선한 음식에 눈이 휘둥그레, 짐을 나르는 인부들은 밥 먹을 생각에 군침을 삼키고 있었다.

'사람이 많으니 혈귀도 기승을 부리겠군. 오늘 밤엔 주의해야겠어.'

아란은 앞에서 달려오는 꼬마아이를 피하며 생각했다.

길고 길었던 장마가 끝났다. 혈귀도 비를 맞는 것은 싫어하는지, 비가 많이 내리는 동안에는 잠잠했다. 하지만 어젯밤, 비가 잦아들기 시작하자마자 혈귀가 기어 나왔다. 혈귀의 등장을 알리는 알림벨이 울렸고, 그들이 그곳으로 달려갔을 땐 이미 혈귀 두 마리가 식사를 마친 후였다.

'늘 늦어.'

사람의 피가 흘렀을 때에야 알림벨이 울린다. 혈귀는 빠르게 움직이기 때문에, 도착한 후에는 늘 늦었다. 그들은 그저 식사를 마친 혈귀를 죽일 수 있을 뿐, 희생자를 구하진 못했다.

좀 더 빠르게 대처할 방안에 대해 고민을 해봤지만 마땅한 수가 없었다. 혈귀의 기운을 감지하는 알림벨도, 사실은 인간의 피 냄새에 반응을 하는 것뿐이다. 마력을 담은 값비싼 마력석을 사와서 이리저리 연구를 해봤지만, 피 냄새에 반응하게 하는 것이 전부였다. 장난을 치다가 다친 아이가 흘린 피에 반응할 때도 왕왕 있어서, 괜한 발걸음을 한 적이 한두 번이 아니었다.

'그나저나 레드는 괜찮은 건가?'

라울이 억지로 레드를 테드의 저택으로 보냈었다고 들었다. 그날부터였단다. 레드가 이상해진 것이.

어제의 레드는 확실히 이상했다. 손가락 끝에서 만들어지는 불꽃도 어딘지 흐물흐물한 것이, 레드의 멍청해 보이는 눈빛과 비슷했다. 아란을 보자마자 시비를 걸 법도 한데, 어제는 그저

"왔냐?"

라고 아는 체를 했을 뿐. 사실은 아란이 그 자리에 있다는 것도 인식하지 못하는 것 같았다. 그럭저럭 힘을 합쳐 혈귀를 죽이긴 했지만, 가장 강한 레드가 그 모양이라 평소보다 애를 썼다.

'대체 뭐가 문제지?'

유키는 레드가 테드의 저택에 가는 게 죽을 만큼 싫었기 때문에 삐친 것 같다고 추측했지만, 아란의 생각은 달랐다. 레드는 성질이 사납지만 마음에 담아두는 성격은 아니다. 돌아와서 화를 내면 냈지, 그것 때문에 꽁해있지는 않을 것이다.

레드를 생각하며 발걸음을 옮기던 아란은, 맞은편에서 걸어오는 여자를 발견했다.

건물이 가득한 펠타 시의 시장 거리. 마차 한 대가 간신히 들어갈 수 있는 넓지 않은 길에 북적거리는 사람들. 그 사람들에 섞여 있는 여자가 망막에 또렷이 새겨졌다.

'아름답다.'는 표현이 맞은편의 여자보다 어울리는 사람은 없을 것이다. 우유처럼 새하얀 피부, 큼지막하지만 약간은 매섭게 보이는 눈매, 작고 오뚝한 코와 도톰하고 붉은 입술. 귀족 가문의 영애인 듯 꼿꼿하고 기품 있는 걸음걸이.

'옷차림이 이상하군.'

얼굴도 행동거지도 어마어마하게 신분이 높은 여자인 것 같은데, 옷차림은 형편없었다. 여자 옷에 관심이 없는 아란의 눈에도, 그 옷은 유행에서 한참 뒤떨어지고 낡아 보였다.

여자와 눈이 마주쳤다.

검붉은 눈동자가 햇빛을 받아 붉게 반짝거렸다. 팔에 소름이 돋았다.

어째서일까?

아란은 여자가 당장이라도 자신의 목을 물어뜯을 것 같다는 기분을 느꼈다.

아란은 자신이 걸음을 멈췄다는 사실을 인지하지 못했다. 어느새 가까워진 여자가 아란을 올려다봤다. 기분 탓인지, 여자의 주위가 조금 서늘하게 느껴졌다.

"아이야."

여자의 도톰한 입술이 벌어지며 낮고 허스키한 음성을 만들어 냈다.

"좋은 힘을 가지고 있구나."

아란이 미간을 좁혔다.

'무슨 소리지?'

'좋은 힘'이라는 게 무엇인지 고민할 틈도 없이, 여자는 아란을 스쳐 지나갔다. 여자가 떠나자 더운 공기가 다시 돌아왔다. 굳어 있던 아란은 마력에서 풀려난 사람처럼 휙 뒤로 돌았다. 표표히 걸어가는 여자의 뒷모습이 보였다. 정리하지 않은 검붉은 머리카락이 바람에 흔들렸다.

기이하다는 생각을 했다.

'이 광경, 뭔가 이상해.'

아란은 습관적으로 허리춤의 검에 손을 대고, 사람들 틈에 섞인 여자의 뒷모습을 눈으로 좇았다.

'뭐가 이상한 거지?'

여자의 모습이 점점 작아졌고, 곧 보이지 않게 되었다. 그제야 아란은 이상한 점을 깨달았다.

'왜 사람들이 저 여자에게 아무 관심을 보이지 않는 거지?'

이상한 옷차림을 한 여자다. 검붉은 머리카락에 검붉은 눈동자. 유란 대륙에는 존재하지 않는 색이다. 그런 걸 차치하더라도 여자의 외모는 눈에 띄게 아름다웠다. 사람들이 한 번쯤 돌아볼 법도 하다.

그러나 아무도 여자를 쳐다보지 않았다. 여자의 기이한 옷차림도, 라티족과 견줄 만큼 아름다운 외모도 관심이 없다는 듯. 아니, 그 여자 자체가 이곳에 존재하지 않는다는 듯.

'마력을 쓰는 건가?'

아란은 잠시 기척을 지우는 마력이 있는지 떠올려봤다. 몇 가지 짐작이 가는 마력이 있기는 했다.

'뭐, 마력사인가 보군.'

그렇게 생각한 아란은 여자에 대한 생각을 멈추고, '책 파는 가게'를 향해 걷기 시작했다.

* * *

레드는 팔짱을 끼고 앉아 테이블 위의 고급스러운 찻잔을 노려봤다. 싫다고, 싫다고 하는데도 방문할 때마다 레캉 차를 내오는 테드의 저의를 알 수가 없다.

하지만 문제는 레캉 차가 아니다.

테드의 저택에 오는 동안 클레어를 발견하지 못했다. 클레어와 헤어졌던 그 자리에서 두리번거리다가, 풀숲에서 뭔가를 발견했다. 가까이 다가가 보니 오만돈이었다. 반쯤 썩어 지독한 냄새를 풍기는 오만돈의 시체. 오만돈의 양팔이 잘려나가 근처에서 뒹굴고 있었다.

'누가 그런 짓을 한 거지?'

썩어서 확실하게 알아볼 수는 없지만, 잘린 자리가 깨끗했다.

강철 같이 두꺼운 오만돈의 피부를 깨끗이 베려면 검기를 두를 수 있는 실력자여야 했다. 레드도 전에 오만돈과 한 번 붙은 적이 있는데, 검을 두 번이나 휘두른 후에야 간신히 오만돈의 손목을 자를 수 있었다.

'클레어가 한 짓인가?'

하지만 클레어에게는 검이 없었다. 그 누더기 같은 드레스는 무기를 감추기엔 힘든 스타일이었다. 무기를 갖고 있는 것처럼 보이진 않았다.

'지나가는 검사나 기사가 저 짓을 한 건가? 하지만 그들이 굳이 이 산을 지날 이유가 없잖아. 좋은 길 다 놔두고.'

그래도 오는 길에 클레어의 시체를 발견하지 못했으니, 일단은 안심이다.

"그런데……."

의아한 표정으로 레드의 얼굴을 살피던 테드가 입을 열었다.

"자네는 여기 왜 온 건가?"

레드는 고개를 들어, 있는 줄 몰랐다는 표정으로 테드를 쳐다봤다. 테드가 인상을 찌푸렸다.

"여기 우리 집이네. 내 집. 테드의 집. 내가 여기 있는 건 당연한 거 아니겠는가?"

손가락으로 자기 가슴을 가리키며 설명하는 테드를, 레드는 물끄러미 응시하다가 벌떡 일어났다.

"간다."

"뭐?"

"볼일 없으니까 간다고."

"……자네, 괜찮은가?"

대뜸 찾아오더니 대뜸 돌아가는 레드를 보며, 테드가 걱정스레 물었다. 레드는 파리라도 쫓아내듯 손을 휘휘 젓고는 응접실을 나갔다. 근처에서 기다리던 잭이 레드를 배웅하기 위해 따라왔다.

"배웅은 됐어."

"아닙니다. 제가 할 일인데요."

잭이 부드럽게 말했다.

클레어는 잭이 혈귀라고 했다. 레드는 한 발자국 뒤에서 따라오는 잭을 돌아봤다. 잭이 왜 그러냐는 듯 눈을 크게 떴다.

혈색이 좋다. 송곳니도 없다. 인간 중에도 기형적으로 송곳니가 긴 사람이 있는데, 잭은 그렇지도 않았다. 아주 고른 치아를 가지고 있다.

'혈귀일 리가 없지. 애초에 혈귀가 햇빛 아래서 나다니고, 말을 한다는 게 말이 안 되잖아.'

레드는 아주 작게나마 싹텄던 의심을 털어 냈다.

"종종 들러 주십시오, 레드 님."

문을 나서는 레드에게, 잭이 말했다.

"주인님께서 저래 봬도 레드 님이 찾아오시면 참 즐거워하십니다."

"생각해 볼게. 간다."

레드는 건성으로 대꾸하고 훌훌 날듯이 산을 내려왔다.

마을로 돌아왔을 때는 해가 진 후였다. 상선이 들어온 펠타 시는 해가 졌는데도 시끌벅적했다. 해산물을 꼬치에 끼워 굽는 냄새가 식욕을 자극했다. 그러고 보니 아침부터 아무것도 못 먹었다.

"배고파."

레드는 사람들을 요리조리 피해 시장 안쪽 골목으로 들어갔다. 골목 깊은 곳에 〈책 파는 가게〉의 간판이 보였다. 손재주 좋은 아란이 통나무를 잘라 직접 만든 간판이었다. 간판 가장자리에 빛을 내는 마력석을 박아 넣어, 어두워도 반짝반짝 빛을 냈다.

문을 열자 시원한 기운이 확 덮쳐 왔다. 마력으로 만든 냉방 기구의 덕분이다. 어마어마하게 비싸서 돈 없는 귀족이나 평민들은 꿈도 못 꾸는 기구이지만, 돈 많은 테드가 어딘가에서 구해다 줬다.

먼 길을 다녀온 레드는 처음으로 테드에게 고맙다는 생각을 하며, 안으로 들어갔다.

"레드다!"

유키가 삿대질을 하며 외쳤다.

욱신, 가슴이 쑤신 이유는 클레어가 떠올랐기 때문이다. 삿대질을 하며 인사를 하던 클레어.

'내가 왜 유키를 보면서 그 여자를 떠올려야 하냐고!'

레드는 발끈했지만 화를 풀 곳이 없었다. 그래서 어쩔 수 없이 유키의 뒤통수를 때렸다.

"왜 때려!"

유키가 머리를 감싸고 레드를 노려봤다.

"어디서 버르장머리 없이 삿대질이야?"

"버르장머리 없는 걸로 따지면 형이 최고지. 형은 흰머리 할아버지한테도 소리 지르잖아."

"그게 다 애정 표현이다."

"두 번 애정 가졌다가는 뼈도 못 추리겠네."

유키가 입술을 비쭉거리며 라울에게 달려갔다. 라울이 한 팔로 유키의 어깨를 감싸고 레드에게 물었다.

"저녁 먹었어요?"

"배고파."

"아란 왔습니다."

"뭐 하러?"

"밥해 준다고요."

"그래?"

레드는 어깨를 으쓱하고는 계단을 올라갔다. 레드의 모습이 사라지자마자 유키가 라울에게 투덜거렸다.

"레드가 이상해지긴 했지만 폭력성은 여전하잖아. 그러면 변해도 소용없는 거 아냐?"

"소리는 안 지르잖아요."

"차라리 지르는 게 낫겠어. 적어도 언제 주먹을 날릴지는 예고해 주잖아."

"어려운 문제네요."

"어렵긴. 레드만 여기서 쫓아내면 해결되는 문젠데. 아파 죽겠네."

유키가 라울에게 한참 레드 욕을 하는 동안, 레드는 2층에 있는 숙소로 들어갔다. 꽤 넓은 숙소는 레드와 유키, 라울이 함께 사용하고 있었다. 여관처럼 복도가 있고, 양쪽으로 방이, 가장 안쪽에 넓은 주방과 식당이 있다.

주방에서 볶음 요리 냄새가 풍겨왔다.

레드는 고픈 배를 움켜쥐고 비틀거리며 주방으로 들어갔다.

아란은 앞치마까지 두르고 요리를 하는 중이었다. 덩치는 산만 한 사내가 앞치마를 두른 꼴은 못 봐주겠다.

"왔냐?"

아란이 돌아보지도 않고 물었다.

"왔다. 밥은?"

"곧."

"메뉴는?"

"매운 돼지고기 볶음."

"후식은?"

"직접 사다 드시지."

"앙탈은."

아란이 뒤를 돌아 레드를 노려봤다. 검은 눈동자가 잔잔한 노기를 띠고 있었다.

"남한테 앙탈 소리하기 전에 네놈 앙탈 좀 어떻게 하는 게 좋겠군."

"내가 뭘?"

"한 달 전부터 정신이 나가 있잖아. 어제 네가 정신을 딴 데 팔고 있는 바람에 라울이 다칠 뻔했다."

"안 죽었으면 됐지."

"그런 태도는 집어치워라, 레드. 대체 뭐가 문제지?"

"배고픈 거."

아란의 눈동자가 어둡게 가라앉았다.

"레드. 도대체 산에서 무슨 일이 있었던 거냐?"

"아무 일 없었다. 고기 탄다."

레드가 귀찮아하며 손을 휘저었지만 아란은 아랑곳하지 않았다. 앞치마를 두르고 걱정스럽게 다가앉는 아란을 보자, 레드의 머릿속에 한 단어가 떠올랐다. '엄마.'

"너 같은 놈 엄마로 둔 적 없다. 신경 꺼."

근육질의 엄마라니, 상상만으로도 끔찍하다.

"누가 네놈 엄마라냐? 네가 신경 쓰이게 하니까 이러는 거다. 신경 끄게 하고 싶으면 태도부터 고쳐."

"그러니까 신경을 끄라고. 남들 다 안 쓰는 신경을 왜 네가 쓰고 그래? 그렇게 할 일이 없냐?"

"남들이 다 안 쓴다니."

아란이 황당하다는 듯 말했다.

"유키랑 라울이 네놈을 신경 쓰고 있는 게 안 보이냐?"

"내가 써달란 것도 아니고."

"네놈은 정말……."

아무리 어르고 달래도 소용없다는 것을 일찌감치 깨달은 아란이다. 더 말을 걸었다가는 역효과가 날 것 같아서, 레드와의 대화를 포기하고 돌아섰다. 향신료를 뿌려 매큼한 냄새를 풍기는 고기를 뒤집는데, 레드의 목소리가 들려왔다.

"여자가 있다."

여자. 레드의 입에서 나올 리 없는 단어다. 아란은 자기가 잘

못 들은 거라고 생각했다. 여치 같은 걸 말한 거겠지.

"산에서 만났는데, 약간 정신이 이상해 보이더라. 아마 혈귀한테 가족을 잃고 나서 정신이 나간 것 같다. 어쩌면 미친 척하는 걸지도 모르고."

'여치를 산에서 만났는데 혈귀한테 가족을 잃었다고? 혈귀가 곤충도 먹나?'

"모르고 화살을 쐈는데 그 화살을 손으로 잡더라. 어쩌면 기사 가문이었거나 무술가의 가문이었을지도 모르겠어. 하여간 이상한 여자야."

또 나왔다. 여자.

그제야 아란은 레드가 진짜로 '여자' 이야기를 하고 있다는 걸 깨달았다. 아란은 뒤를 돌아볼 수 없었다. 이 뒤에 앉아 있는 남자가 정말 '레드'가 맞는 걸까? 담담한 목소리로 '여자' 이야기를 하는 저것이, 정녕 레오나드이긴 한 걸까?

혼란스러운 아란에게, 레드는 더욱 놀라운 발언을 했다.

"데리고 올 걸 그랬어."

등 뒤의 레드는 정말 이상하다.

'무시하자.'

아란은 결론을 내렸다. 이상할 때마다 상대를 해 주려면 골치가 아플 뿐이다. 이상한 것은 피하거나 무시하는 것이 상책.

아란은 주제를 바꾸기로 했다.

"아까 시장에서 이상한 걸 봤다."

레드는 다시 자기 생각에 빠진 듯 대꾸하지 않았다. 아란은 신경 쓰지 않고 말했다.

"기묘했어. 존재하지만 존재하지 않는 마력. 혹시 들어본 적 있냐?"

역시 대답은 없었다.

"게다가 머리카락과 눈동자의 색도 이상했다. 한 번도 본 적 없는 색이더군. 빛을 받으면 붉은색으로 빛나는데, 보기에 따라서 검게도 보이는 색깔. 그렇게 특이한데도 아무도 신경을 안 쓰던데. 대단한 마력사일지도."

이야기를 하는 동안 요리가 완성됐다. 그것을 알리기 위해 돌아서던 아란은, 바로 뒤에 서 있는 레드 때문에 깜짝 놀랐다. 레드는 아란에게 바짝 붙어, 이글거리는 눈으로 아란을 노려보고 있었다.

"왜? 고기볶음이 마음에 안 드냐?"

"여자였냐?"

레드가 물었다. 아란의 짙은 눈썹이 살짝 휘어졌다. 오늘따라 레드의 입에서 '여자'라는 단어가 자주 나온다. 이 녀석이 레드가 맞긴 한 걸까? 레드를 닮은 몬스터는 아닐까?

"여자였다."

"옷차림은?"

"너, 괜찮은 거냐? 여자의 옷차림 따위에 왜 신경을 쓰는 거지?"

"옷차림이 어땠는지 말해."

레드의 음성이 낮게 가라앉았다. 아란은 기억을 더듬었다.

"낡은 옷이었다. 드레스를 입었는데 유행에서 한참 뒤처졌더군. 치맛단은 흙에 끌려서 다 헤져 있었고."

"어디서 봤는데?"

"시장 거리에서."

"제길!"

레드는 작게 욕설을 내뱉고는 붙잡을 새도 없이 뛰쳐나갔다. 아란은 레드에게 무슨 일이 벌어진 건지 도통 짐작할 수가 없었다.

'왜 저러지?'

유키와 라울이 레드의 눈치를 볼 법도 하다. 아란은 앞치마를 벗어던지고 레드의 뒤를 따랐다. 가게에 있던 라울과 유키가 놀란 표정으로 입구를 쳐다보고 있었다.

"레드가 왜 저러는 거죠?"

"모르겠다."

"같이 갈까요?"

"아니. 내가 갈게."

따라오려는 라울과 유키를 놔두고 아란은 가게 밖으로 나갔다. 레드는 보이지 않았다. 눈을 감고 레드의 기척을 찾아 더듬었다. 멀리 가지는 않았으리라.

가게가 있는 골목 바깥의 시장 거리에서 레드의 기척이 느껴졌다. 시장 거리를 향해 달려간 아란은, 오가는 사람들 사이에서 다급히 두리번거리는 레드를 발견할 수 있었다. 혈귀를 앞에 두고도 의연한 레드가 초조하게 행동하는 것을 보는 건 처음이었다. 심장이 덜컥 내려앉았다.

"레드."

아란이 조심스럽게 레드를 불렀다. 레드는 꿈에서 깬 사람처럼 멍한 표정으로 아란을 쳐다봤다.

"너 진짜 왜 이래?"

레드의 얼굴이 금방이라도 울음을 터뜨릴 듯 일그러졌다. 레드는 괴로운 듯 두 손으로 얼굴을 감싸며 중얼거렸다.

"나도 모르겠다. 내가 왜 이러는 건지……."

* * *

펠타 시는 유독 인간이 많다. 인간이 많은 곳은 괴롭다. 인간들에게서 흘러나오는 땀 냄새와 피 내음이 식욕을 자극한다. 자칫 잘못하면 이성을 잃을 만큼 달콤해서, 클레어는 정신을 바짝 차리고 있어야만 했다.

보텔로 산을 떠나기 전, 들짐승을 잡아 배를 채웠다. 인간의 것이 아닌 피는 몸에 맞지 않아 구역질이 났지만, 견뎌냈다. 산돼지 두 마리와 흑늑대 일곱 마리. 충분히 마시고 내려왔는데도 벌써 허기가 진다.

클레어는 걸음을 멈추고 배 위에 손을 얹었다.

도시의 인간들은 평화로워 보였다. 모두 활기차고 즐거운 표정으로 밤거리를 돌아다녔다. 혈귀의 존재를 모르고 있는 듯하다. 저주 받은 밤의 생물을 인식하고 있다면, 아모른의 축복이 없는 시간에 이렇게 편히 다닐 수는 없을 것이다.

아혈귀는 인간과 대화가 잘 통하지 않기는 해도, 지능은 있다. 자신들의 존재를 감춰야 식량을 얻기 쉽다는 것, 그러려면 시체를 잘 감추거나 다른 몬스터에 해를 입은 것처럼 꾸며야 한다는 것, 무리를 지어야 식량을 공수하기가 더 쉽다는 것을 알고 있다.

보텔로 산에서는 몰랐는데, 펠타 시로 내려오는 순간 아혈귀의 존재를 느꼈다. 도시에서 조금 떨어진 곳에, 아혈귀들이 몸을 감추고 있는 게 분명하다.

익숙한 기운을 느낀 클레어는 훌쩍 몸을 띄워, 옆에 있던 건물의 지붕 위로 올라갔다. 익숙한 기운은 레드가 내뿜는 힘이었다. 감춘다고 감춘 것 같은데, 힘을 완벽하게 갈무리하기에는 아직 미숙한 것 같다.

북적거리는 사람들 사이로 붉은 머리카락이 보였다. 불사조와도 같은 붉은 빛. 레드는 누군가를 찾는 듯 두리번거리고 있었다. 그리고 한 사내가 레드의 곁으로 다가갔다. 은색 머리카락에 검은 눈동자를 가진, 진지한 얼굴의 사내였다.

'아까 보았던 아이구나.'

그리운 힘을 가지고 있다 싶었는데, 레드와 아는 사이인 모양이다. 그러고 보니, 레드의 주위에서 맴도는 동안 비슷한 힘을 가진 이들이 뭉쳐 있는 느낌을 받았었다.

'네 개의 힘. 네 명이라면 그 남자를 이길 수 있을까?'

하지만 그것보다는 과연 레드의 무리가 클레어의 뜻을 함께 해 줄지가 문제였다. 목숨을 걸어도 모자랄 일에 그들을 끌어들이는 것이 망설여졌다.

'하지만 그를 죽이지 않으면 이 어둠은 끝나지 않을 것이야. 인간들은 영원히 혈귀에 대한 공포 속에서 살아가겠지.'

그때 도시 밖의 아혈귀들이 움직이는 것을 느꼈다. 놈들은 도시를 향해 빠른 속도로 다가오고 있었다. 클레어는 조금 더 레드를 지켜보고 싶었지만, 아쉬운 마음을 뒤로하고 몸을 날렸다. 클레어의 형체가 어둠 속으로 사라졌다.

* * *

"왜 그래?"

어깨에 놓인 손이 경직되는 걸 느낀 레드가 아란에게 물었다. 아란은 어느 건물의 지붕 위를 올려다보고 있었다. 달도 없는 밤이라, 지붕 위는 어둠에 쌓여 아무것도 보이지 않았다.

"뭔가가 있는 것 같았는데…… 내 착각이었나 보군. 일단 들어가자. 라울이랑 유키가 걱정한다."

“그놈들이 날 걱정한다고? 이대로 나가서 안 돌아오기를 바라겠지.”

“그럴 가능성도 있군.”

아란이 진지하게 동의했다. 레드는 눈썹을 씰룩거리며 아란의 뒤를 따랐다.

아란이 봤다는 여자는 클레어가 분명했다. 유행이 지난 낡은 드레스에 기묘한 머리색을 가진 여자가 펠타 시에 둘 이상 존재할 리 없었다.

당혹스러운 것은 자신의 행동이었다.

‘난 대체 왜 뛰어나온 거지?’

이성을 되찾자 자신의 행동에 대한 의문이 생겼다.

‘클레어를 찾아서 뭘 하게?’

막무가내로 찾아 나섰지만, 찾은 후의 일은 생각해 보지 않았다. 클레어는 정신이 이상해 보였고, 정신병자를 관리하는 것은 쉬운 일이 아니다. 게다가 여자 아닌가.

‘하아. 이제 정신 차리자. 슬슬 혈귀가 기승을 부릴 시간이야. 나 때문에 다른 녀석들을 다치게 할 순 없지.’

증오스러운 혈귀를 떠올렸다. 그들의 송곳니에 죽어간 불쌍한 영혼들도. 그러자 클레어와 만난 후로 지속되던 심장의 고통이 조금은 사라졌다. 산에서 만난 이상한 여자에게 정신을 팔기엔, 해야 할 일이 많았다.

레드와 아란이 가게로 돌아갔을 때, 라울과 유키는 나가려고 하는 중이었다.

"어디 가?"

"알림벨이 울렸어."

유키가 다급히 대답하며 레드를 밀치고 밖으로 나갔다. 반쯤 정신이 나가 있는 레드는 필요 없다는 행동이었다. 레드는 쓴웃음을 삼켰다.

'내가 심하긴 했지.'

혈귀와의 싸움에서 딴 데 정신이 팔려 라울이 다칠 뻔했다. 말이 다칠 뻔한 것이지, 여차하면 죽음으로 이어진다. 혈귀는 그만큼 지독한 생물이었다.

아란이 레드를 흘끗 쳐다보고는 가게에서 나갔다. 라울이 그 뒤를 따랐다. 레드도 정신을 차리고 그들을 따라갔다. 혈귀가 나타난 곳으로 달려가면서 무기를 점검했다. 허리에 찬 두 개의 단검. 싸울 일이 생길지 몰라서 활은 두고 나왔다.

'검으로 되려나?'

검보다는 활이 익숙한 레드였다. 혈귀는 접근전을 하기엔 너무 빨라서, 먼 곳에서 활로 쏘는 것이 가장 편했다. 그것도 놈들이 희생자의 목에 송곳니를 박아 넣고 있을 때의 일이지만.

싸울 준비를 갖춘 혈귀와 맞서게 되면 일이 커진다. 두 명이 달려들어도, 혈귀 한 마리를 죽이는 것이 버겁다. 게다가 라울의 힘은 치유계라서, 오로지 무기에 의존해 싸우는 수밖에 없었다.

"위치는?"

레드는 일행을 제치고 유키의 옆으로 가서 물었다.

"서쪽 관문 근처."

"이미 들어왔나?"

"응. 알림벨이 울린 걸 보면 이미 피 흘린 사람이 있다는 거겠지."

"희생자가 경비대면 귀찮은데."

"관문 근처에도 민가가 있으니까 민가일 가능성이 높아. 혈귀 놈들, 무기를 가진 사람은 잘 안 건드리잖아."

서쪽 관문 옆에는 경비초소가 있다. 경비대들은 평상시처럼 지루한 표정으로 관문 옆에 서 있었다. 역시 혈귀는 경비대를 덮치지 않았다.

"어느 쪽일까?"

민가는 관문에서 양쪽으로 있었다. 혈귀가 떠나기 전에 덮쳐야만 한다.

"왼쪽."

아란이 말했을 때였다.

"꺄아아아아악!"

"살려 주세요!"

비명이 들려왔다.

'비명?'

레드와 아란은 서로를 마주 봤다.

혈귀는 머리가 좋다. 인간을 덮쳤을 때 가장 먼저 하는 행동은, 인간이 비명을 지르지 못하도록 목에 송곳니를 박거나 입을 틀어막는 행동이었다. 지금껏 혈귀에게 희생된 인간이 비명을 지르는 것을 들어본 적이 없다. 그렇기 때문에 사람들 사이에 혈귀의 존재가 부각되지 않았던 것이었다.

어둠을 찢는 비명 소리에 경비대가 당황한 듯 움직이기 시작했다. 상선이 드나드는 항구 도시이기에, 훈련을 잘 받은 경비대가 지키고 있었지만, 레드 일행의 눈에는 그들이 한없이 굼떠 보였다. 저런 대응으로는 혈귀를 상대하지 못한다.

"희생자가 늘겠네."

유키가 짜증스레 중얼거리며 비명이 들려온 왼쪽 민가를 향해 달려갔다. 한 손은 등에 매달고 있는 거대한 검 손잡이에 댄 채였다.

마찬가지로 민가를 향해 달리던 경비대는, 갑자기 등장한 레드 일행 때문에 당황한 듯했다.

"거기 서!"

경비대원이 외쳤다. 비명의 원인이 레드 일행에게 있는 줄 알았던 것이다.

"어쩌죠?"

라울이 곤란한 듯 물었다.

"그냥 달려."

레드는 단호하게 말했고, 라울은 그 말에 따랐다. 경비대가 그들의 뒤를 뒤쫓았다.

"죽기 싫으면 거기 서랏!"

"공격하겠다!"

경비대가 성가시게 외쳤다. 레드는 그들의 목소리를 뒤로하고, 허리에 매달고 있던 쌍검을 뽑아 들었다. 성인 남자의 팔뚝 정도 되는 길이 단검이 날카롭게 빛났다.

"무기를 버려!"

레드가 양손에 든 검을 본 경비대원들이 외쳤다.

'귀찮아 죽겠네.'

경비대가 지르는 소리가 혈귀들을 자극할 것 같았다. 심상치 않음을 느낀 혈귀가 공격 태세를 갖추고 그들을 기다린다면, 레드 일행뿐 아니라 경비대원들도 죽은 목숨이다.

비명은 계속해서 들려왔다. 여자 한 명의 비명에, 굵직한 남자와 어린아이들의 소리도 섞였다.

'어떻게 된 거지?'

다급한 와중에도 이상했다. 혈귀가 실수로 한 명을 놓칠 수는 있는 일이다. 하지만 여러 명이 무사하다니.

'혈귀가 아닌 건가?'

이럴 경우에는 알림벨의 오보였을 가능성이 높다. 아이들이 장난을 치다가 피를 흘린 걸지도 모른다.

'그럼 귀찮은데.'

경비대원들과 부딪치는 상황만큼은 피하고 싶었는데, 일이 귀찮게 됐다. 드디어 민가가 모습을 드러냈다. 나무로 만든 자그마한 집. 가족으로 보이는 사람들이 마당에 나와 있었다.

우뚝.

가장 앞서가던 유키가 걸음을 멈췄다. 그 뒤를 따르던 라울도, 아란도 걸음을 멈췄다.

'역시 오보였군.'

참담한 기분으로 한숨을 쉬며 일행의 옆으로 다가간 레드는, 눈앞에 펼쳐진 광경에 할 말을 잃었다.

"이게……."

어지간하면 놀라지 않는 아란도 말문이 막히는지, 말을 잇지 못했다. 뒤늦게 도착한 경비대원들이 레드 일행을 둘러쌌다.

"다들 무기를 버려!"

"순순히 투항해라!"

레드는 말없이 경비대를 응시했다. 레드와 눈이 마주친 경비대원이 움찔 뒷걸음질을 쳤다.

"무, 무기를 버리라니까!"

레드가 천천히 팔을 들어 올렸다. 레드의 손에 든 단검이 유려한 곡선을 그리며 위로 올라갔다. 레드가 공격하는 줄 안 경비대원들이 각자의 검을 레드에게 겨눴다.

"저기…… 선배님."

그때, 한 경비대원이 옆에 있던 경비대원을 불렀다.

"뭐야?"

"저기…… 저길 좀……."

후배 경비대원이 떨리는 목소리로 말했다. 선배 경비대원은 짜증 섞인 눈으로 후배를 노려봤다.

"자세 바로 하지 못해?"

"하지만 저길……."

후배 경비대원의 눈이 공포에 질려 있었다. 선배 경비대원은 인상을 잔뜩 찌푸리고, 후배 경비대원의 시선이 향한 곳을 쳐다봤다.

"저, 저게 뭐야?"

그의 말에 경비대원들이 전부 그쪽을 바라봤다.

"으악!"

"저게 뭐지?"

"사, 살인인가?"

"피투성이잖아!"

"어떻게 된 일이야?"

민가의 마당에 펼쳐진 참상에, 경비대원들이 혼란에 빠졌다. 레드는 그곳을 가리켰던 팔을 내리고, 검을 칼집에 집어넣었다. 의연한 행동이었지만, 레드의 머릿속은 경비대원들만큼이나 혼란스러웠다.

'어떻게 된 거지? 도대체 누가 저런 짓을……?'

누군가 레드의 옷자락을 잡았다. 레드는 흠칫 하며 아래를 내려다봤다. 유키였다. 유키는 하얗게 질린 얼굴로 레드를 올려다봤다.

"레드. 누가…… 저랬을까?"

그 순간, 클레어의 얼굴이 떠올랐다. 하지만 레드는 곧 그 생각을 떨쳐냈다. 화살을 한 손으로 잡은 건 우연일 뿐이다. 클레어가 저런 짓을 할 수 있을 리 없다.

"전부…… 혈귀인 거죠?"

라울이 물었다.

"긴 손톱을 보니 혈귀가 맞군. 송곳니는 잘 보이지 않지만."

아란이 중얼거렸다.

민가의 마당에는 혈귀 다섯 마리의 시체가 뒹굴고 있었다. 전부 목이 떨어져 나간 상태였다. 주인인 듯한 남자의 얼굴에 작은 생채기가 있지만, 그것을 빼고는 인간의 희생이 없었다.

혈귀를 해치운 자가 누구든, 그는 다섯 마리의 혈귀를 단숨에 벨 만큼 강하다는 뜻이었다.

* * *

희생될 뻔한 사람들은 부부와 아이 세 명으로 이루어진 5인 가족이었다. 그들은 혼란과 공포 때문에 두서없이 주절거렸다. 경비대원은 그들을 진정시키느라 곤욕스러워했다.

레드는 혈귀를 죽인 자가 누구인지 듣기 위해 그들을 향해 다가갔다. 그 앞을 앳된 얼굴의 경비대원이 막았다. 아까 혈귀의 시체를 발견하고 선배를 부른 경비대원이었다.

"꼼짝 마."

레드는 차가운 눈으로 그를 쏘아봤다.

"뭐야? 설마 저게 우리 짓이라고 생각하는 건 아니겠지?"

"너, 너희들은 무기를 갖고 있다."

"저런 게 돌아다니니 안 가지고 다닐 수가 있나?"

"저것이 뭔지 아는 건가?"

갈색 머리의 경비대원이 다가왔다. 앳된 경비대원보다 한참 선배로 보이는 중후한 남자였다.

"알면?"

"우리와 함께 가야겠군."

"난 죄가 없는데?"

"그건 얘기해 보면 알겠지. 얘들아, 묶어라."

"잠깐."

아란이 다가왔다. 아란의 얼굴을 확인한 경비대원이 인상을 찌푸렸다.

"소장님 아닙니까? 왜 여기에 계신 겁니까?"

아란은 동쪽 관문 경비초소의 소장이었다. 레드 일행을 묶기 위해 다가오던 경비대원들이 움직임을 멈췄다.

"경비대장님을 만나야 될 것 같다."

"경비대장님이 관계된 일입니까?"

"만나보면 답이 나오겠지. 일단 경비대원들의 입을 단속하는 게 좋을 것 같군. 저 가족들도 그렇고."

"그, 그렇습니까? 위험한 일입니까?"

"글쎄."

경비대원은 아란에게 상대하도록 놔두고, 레드는 다시 민가의 가족들에게로 시선을 돌렸다. 그들은 손짓, 발짓을 섞어가며 자신들에게 벌어진 일에 대해 설명하는 중이었다.

"그게, 이빨이 이렇게…… 이렇게 날카로운 괴물들입니다. 굉장히 빨랐어요. 엄청나게요."

남자의 말에 경비대원 한 명이 시체를 확인했다. 굳이 입술을 들추지 않아도 송곳니가 살짝 입술 밖으로 나와 있는 게 보였다.

"무슨 일이 생긴 건지도 몰랐습니다. 그것들이 우리 아이들을 붙잡았고, 내 아내의 입을 틀어막았어요. 도망치려고 하는데 그것 중 하나가 날 향해 손을 뻗었습니다. 손톱이 뺨을 스쳤어요. 어마어마하게 날카롭더군요. 칼보다 날카로웠어요. 그때 갑자기 바람 같은 것이 불어왔습니다. 처음에는 그냥 센 바람이 불어온 건 줄 알았는데…… 우리 애들을 잡고 있던 놈들의 머리가 툭 툭 떨어지더라고요. 아내랑 저를 잡고 있던 놈들이 우리를 밀치고 뒤로 물러섰습니다. 그리고 그…… 고마운 분이 우리 앞을 막아섰습니다."

"얼굴을 봤나?"

"어, 얼굴을 못 봤습니다. 등을 보이고 계셨거든요. 여자 분이셨습니다. 드레스를 입고 있었고, 머리가 긴…… 검은 머리인 것 같았는데."

"여자였다고?"

"네. 드레스가 많이 낡았더라고요. 그분이 놈들을 향해 말했습니다. 그…… 그, 뭐랬더라……."

"아이야. 안쓰럽구나. 그만 잠들게 해 주마."

남자의 아내가 넋이 나간 표정으로 중얼거렸다. 레드의 눈이 커졌다.

"정말 그렇게 말했어?"

레드가 달려들듯 묻자, 남자의 아내는 겁에 질린 표정으로 남자의 뒤에 숨었다.

"말해 봐. 정말 그렇게 말한 거야? 아이야, 라고?"

여자가 고개를 끄덕거렸다.

"머리카락 색이 검은색이라고 했지? 혹시…… 붉어 보이진 않았어?"

"아, 그러고 보니…… 언뜻 빨갛게 보인 것 같기도 하고……."

"낡은 드레스에?"

"네."

"클레어……."

역시 그녀였다. 화살을 한 손으로 잡은 건 우연이 아니었다. 낭떠러지에 떨어질 뻔한 레드를 한 손으로 잡아끌어 올린 것 역시 우연이 아니었다. 그녀는 강하다.

"아는 사인가?"

경비대원이 수상쩍다는 시선을 보냈다.

"레드."

유키가 걱정스러운 듯 레드의 손목을 잡았다. 레드는 작게 머리를 흔들었다. 붉은 머리카락이 흐트러졌다.

"그래서? 어떻게 됐는데? 그 여자가 놈들을 다 해치운 건가? 혼자서?"

레드의 질문에 남자가 고개를 끄덕였다.

"네. 어떤 식으로 죽였는지는 모르겠습니다. 너무 빨라서…… 그냥 획획 움직이는가 싶더니 다음 순간에 놈들의 목이 바닥으로 떨어졌습니다."

"그 여자는?"

"사라졌습니다."

"사라져?"

"네. 그대로 사라졌습니다. 어디로 갔는지도 못봤어요. 놈들의 목이 떨어졌고, 바람이 부는 것 같았고, 아무도 남지 않았습니다."

남자가 거기까지 말했을 때, 아란이 불렀다.

"레드, 유키, 라울. 가자."

2장

새로운 사실

손톱을 뽑아내는 것도, 빠르게 움직이는 것도 상당한 체력을 요구한다. 클레어는 〈책 파는 가게〉의 지붕 위에 누워, 회청빛 밤하늘을 올려다봤다.

허기가 휘몰아쳤다. 온몸의 세포가 피를 갈구했다. 피를 요구하는 외침에 머리가 아플 지경이었다. 근처에서 풍겨오는 인간의 체취가 식욕을 더욱 자극했다.

클레어는 이를 악물고 눈을 감았다.

'조금만 견디자.'

인간의 피를 마실 수는 없다. 그것을 마시는 순간, 천 년이라는 시간 동안 간직해 온 무언가가 산산조각 날 것만 같았다.

'간직해 온 것이 있기는 한가?'

입 안이 썼다. 가족의 기억도, 연인의 기억도 없는데 간직하고 싶은 것이 무엇인지, 그녀 자신도 알 수 없었다.

온몸이 불타듯 뜨거웠다. 다만 그것은 클레어만의 생각으로, 사실 그녀의 전신에서는 얼어붙을 듯한 냉기가 흘러나오고 있었다. 평범한 인간이라면 근처에 있는 것만으로도 피부가 얼게 될 것이다.

이성을 간직하기 위해 차선책으로 선택한 것이 짐승과 몬스터의 피였다. 하지만 피를 마신다는 것 자체에 거부감이 있어서, 어지간하면 마시지 않고 버티려고 노력했다.

'일주일은 더 버티고 싶었는데…….'

어쩔 수 없다. 지금 마시지 않는다면 이성을 잃고 인간을 공격하게 될 것이다.

클레어는 간신히 일어나 보텔로 산이 있는 방향으로 몸을 날렸다.

* * *

펠타 시 시청에 경비대 본청이 함께 있었다. 고르돈 왕국에서 두 번째로 큰 도시답게 시청 역시 화려했다. 시청의 입구는 마력석을 넣어 만든 등불로 밝게 빛났고, 안으로 들어가는 자갈길 양쪽으로는 잘 가꾼 잔디밭이 펼쳐져 있었다.

경비대 본청은 세 개의 건물 중 오른쪽에 위치했다. 3층에 있는 넓은 회의실에서, 레드 일행은 경비대장인 포테인 랑데 자작이 오기를 기다렸다.

"레드. 말해 봐. 혈귀를 상대한 여자, 아는 여자인 거야?"

유키는 아까부터 레드를 닦달하는 중이다. 본청에 오는 내내 레드는 한 마디도 하지 않았고, 도착한 후에도 생각에 잠긴 듯 입을 열지 않았다. 레드 일행으로서는 답답할 노릇이었다.

"레드, 대체 어떻게 된 겁니까?"

라울이 채근해도 레드는 반응을 보이지 않았다. 아란은 그런 레드를 물끄러미 응시할 뿐이었다.

곧 회의실의 문이 열리고 포테인 랑데 자작이 들어왔다. 잿빛 곱슬머리에 파란 눈을 가진 포테인 자작은, 자고 있다가 나온 건지 머리가 심하게 흐트러져 있었다.

"레오나드 님."

레드를 발견한 포테인이 레드를 향해 깊이 고개를 숙였다. 레드는 건성으로 한 손을 흔들었다.

"다치신 곳은 없으십니까?"

포테인이 걱정스럽게 물었다.

"없어. 없는데, 그런 식의 태도는 관두는 게 어때?"

"그런 식이요?"

"그래. 그 빌어먹을 귀족 대하는 태도 좀 바꿔."

"하지만 레오나드 님은……."

"레드라고 불러. 그리고 난 귀족 아냐."

"그래도……."

"문제는 그게 아니에요, 아저씨."

유키에게 아저씨라 불린 포테인이 충격 받은 표정을 지었다. 아직 결혼도 안 했는데 아저씨라니. 그저 머리가 잿빛이라 나이가 들어 보이는 것뿐, 포테인은 싱싱한 젊은 총각이었다. 하지만 유키는 아랑곳하지 않았다.

"아저씨. 혈귀의 존재가 드러났어요. 얘기 들었죠?"

"그래. 희생자들이 살아남았다고 들었다. 게다가 경비대원들도 혈귀의 시체를 목격했고."

혈귀의 존재는 상부에서만 알고 있는 비밀이었다. 인간의 피를 마시고, 피가 빨린 인간을 자신들과 똑같이 만드는 혈귀. 그들의 존재가 드러나면 대륙 전체가 혼란에 빠질 것이다. 군대와 관련된 높은 지위의 사람들을 제외하면, 귀족들조차도 혈귀에 대해서는 모르고 있었다.

"일단 입단속은 단단히 시켜놨네. 하지만 경비대원들이야 어떻게든 입을 다물게 한다고 쳐도, 민간인들은 이 일의 중대함을 모르니 입이 가벼워질 게야."

"초반에는 헛소문처럼 번지겠죠. 다들 괴담을 듣는 것처럼 가볍게 받아들일 거예요. 앞으로만 잘 대처하면 돼요. 문제는 이런 일이 여러 번 생길 경우예요. 목격자가 많아지면 괴담이 아닌 진실이 되죠. 진실로 받아들인 후엔 혼란이 찾아올 거고요."

똑 부러지게 말하는 유키를, 포테인은 흐뭇하게 쳐다봤다.

"혈귀를 해치운 게 여자라고 하던데…… 혹시 아는 여인인가?"

포테인의 질문에 레드 일행은 동시에 레드를 돌아봤다. 레드는 담담한 표정으로 고개를 끄덕였다.

"알아."

"누구지?"

"아란, 너도 본 적 있는 여자다."

"내가? 난 혈귀 다섯 마리를 혼자서 해치울 만한 여자랑 알고 지낸 적 없다."

"시장 거리에서 봤다면서. 검붉은 머리에 유행 지난 드레스."

"아……!"

"아란도 알고 있었어?"

"아는 건 아냐. 그저…… 마주쳤을 뿐이다. 이상한 건, 사람들이 그 여자의 존재를 인식하지 못했다는 점이야. 그리고 나한테 좋은 힘을 갖고 있다고 하더군."

"나한테도 그런 소리를 했지. 그리운 힘을 갖고 있다고."

레드는 일행에게 클레어와 만났을 때의 일에 대해 설명했다.

"한 손으로 화살을 잡았다고?"

"레드를 한 손으로 끌어올렸다고요?"

"마력사인 것 같던데."

레드의 이야기가 끝나자 제각기 한 마디씩 했다. 레드는 미간을 좁혔다.

"마력사는 아닌 것 같아. 마력사가 그렇게 힘이 셀 리가 없지."

"하지만 아란이 그 여자의 존재를 사람들이 인식하지 못했다고 했잖아요. 그런 종류의 마력을 사용한 게 아닐까요?"

"마력? 글쎄……."

마력이라고 하면 설명이 되겠지만, 레드는 그게 마력이 아닐 거란 생각이 들었다.

"게다가 그 여자가 나타났을 때 바람이 불어왔대잖아. 마력사일 가능성이 높은데."

"혈귀 다섯 마리를 혼자서 상대할 만큼 강한 마력사가, 유행에 뒤떨어진 드레스를 입고 이런 곳을 돌아다닌다고? 그 정도 마력사라면 왕성에서 모셔가려고 할걸?"

"은둔하고 있는 마력사인가 보지."

"그럼 그렇게 힘을 드러낼까?"

"위험한 상황이었으니까요."

여자의 정체에 대해 한동안 의견을 나눴지만, 답이 나오지 않았다. 마력에 대해 잘 아는 유키는 '존재하면서도 존재하지 않는 마력'은 상당히 상급 마력이라고 했다.

"치유계보다 위였으니까, 5성급 이상이어야 할 거야."

"5성급 마력사가 있긴 한가?"

"왕성에 두 명 있습니다."

가만히 듣기만 하던 포테인이 끼어들었다.

"이렇게 생각해 볼 수도 있겠군요. 왕성에서 혈귀에 대해 알아

보게 하기 위해, 상급 마력사를 시찰 보냈다고."

"이쪽 경비담당은 포테인 님이잖아요. 시찰을 보낼 거라면 포테인 님에게 먼저 연락이 오지 않았겠어요?"

"글쎄. 왕성에서 계획하는 게 있다면 내게 알리지 않았을 수도 있지. 굳이 혈귀의 일로 마력사를 보낸 게 아닐지도 모르니까."

"아, 5성급 이상의 마력사라고 하면 여러 가지가 설명이 되네. 5성급이 되면 나이보다 훨씬 젊어 보이게 된다고 했어. 그러면 그 여자가 레드보다 어려 보였어도, 사실은 훨씬 나이가 많았을지도 몰라. 그래서 레드를 아이라고 부른 걸 거야. 유행 지난 드레스는 신분을 감추기 위해서 입은 거고."

유키가 손바닥을 마주치며 확신에 찬 어투로 말했다.

"그러게요. 그럼 일단 그 여자를 찾아야 되지 않을까요? 무슨 일로 펠타에 온 건지는 모르겠지만, 혈귀가 나타날 때마다 시체를 남기고 사라지면, 사람들이 혈귀에 대해 알게 되는 것도 시간 문제일 거예요."

"그 여자는 어떻게 혈귀의 위치를 알아냈을까?"

가만히 듣고 있던 아란이 중얼거렸다. 모두 아란을 쳐다봤다.

"생각해 봐. 혈귀는 빠르게 움직여. 희생자를 잡는 순간 피를 빨고. 우리가 갔을 땐 늘 끝나 있지. 그런데 그 여자는 혈귀가 희생자를 붙잡은 순간 나타났다. 이상하지 않나?"

"근처를 지나가던 길 아니었을까?"

"그 근처엔 민가밖에 없어. 무슨 볼일이 있다고 지나가지?"

"그쪽에 아는 사람이 있을지도."

"왕성에서 일하는 5성급의 마력사가 평민과 알고 지낸다고?"

"아주 없을 일은 아니잖아요."

"아니. 그런 건 아닌 것 같다. 어쩌면 그 여자가 혈귀의 위치를 알아내는 방법을 알고 있을지도 몰라."

"그럼 더더욱 그 여자를 찾아야겠네요. 우린 그 방법을 모르니까."

레드 일행은 포테인을 쳐다봤다. 포테인이 빙그레 미소를 지었다.

"그 여자를 찾아보라는 거지? 믿음직한 대원들을 시켜서 최대한 빨리 찾을 수 있도록 힘쓰겠네."

그때 갑자기 레드가 벌떡 일어났다. 포테인이 놀라 엉덩이만 든 엉거주춤한 자세로 레드를 쳐다봤다.

"레, 레오나드 님. 무슨 일……."

"그 여자를 찾아. 이름은 클레어. 정확히 검붉은 머리에 검붉은 눈동자. 피부는 희고 입술은 도톰해. 마른 편이고, 스무 살도 안 된 것 같은 외모를 가지고 있어. 찾는 대로 연락 줘. 간다."

"레오나드 님."

제대로 된 설명을 듣지 못한 포테인이 간절하게 불렀지만, 레드는 황급히 그곳을 나갔다. 어리둥절하게 지켜보던 라울과 유키, 아란도 레드의 뒤를 따랐다.

그들은 길게 회의하는 것을 귀찮아하는 레드가 변덕을 부리는 거라고 생각했다. 가게로 돌아갈 줄 알았는데, 레드는 동쪽 관문을 향해 걷고 있었다.

"왜 그러세요, 레드?"

라울이 물었다. 레드는 속도를 늦추지 않고, 대답 대신 질문을 던졌다.

"클레어가 정말로 5성급 마력사에 혈귀의 위치를 알아낼 수 있을 만큼 강하다고 생각해?"

"그게 아니라면 그녀가 희생자 없이 혈귀를 해치운 걸 설명할 수 없지 않겠어요?"

"그렇다면 말이야. 인간이랑 대화가 통하고 햇빛 아래서도 움직일 수 있는 혈귀가 존재할 거라 생각해?"

"글쎄요. 말이 통하는 거야…… 있을 법도 하죠. 하지만 햇빛 아래서도 괜찮은 혈귀는…… 없을 것 같은데요."

"그래? 확신해?"

"확신할 순 없죠. 우리가 혈귀에 대해 완벽하게 아는 건 아니니까요."

"만에 하나라는 게 있을지도 모른다는 거군."

"그렇죠. 있을 수도 있죠."

"인간의 말이 통하고 햇빛 아래서도 영향을 받지 않는 혈귀. 만약 그런 혈귀가 있다면, 그건 뭘까?"

"돌연변이…… 아니겠어요?"

"돌연변이? 그래, 몬스터 중에도 돌연변이가 돼서 강해지는 놈들이 있으니까. 그래, 돌연변이. 돌연변이인가 보군."

"무슨 말이야, 레드. 어딜 가는 건데?"

듣고만 있던 유키가 참다못해 끼어들었다. 레드는 인상을 찌푸리며 말했다.

"보텔로 산."

레드의 푸른 눈이 어둡게 가라앉았다.

"정말 그런 혈귀가 있다면, 테드가 위험해."

* * *

급작스레 찾아온 악몽이 테드의 목을 움켜쥐었다.

가차 없이 잘려나간 가느다란 목. 바람에 흩날리는 붉은 선혈. 발치까지 굴러온 자그마한 머리를 끌어안고 절규하는 갈색 머리의 한 남자를, 테드는 타인처럼 바라보고 있었다. 남자의 절규가 테드의 가슴을 두드리고, 남자의 눈물이 테드를 중독 시켰다. 숨이 막혀 입술을 달싹거리는데, 남자가 고개를 들어 테드 쪽으로 얼굴을 돌렸다.

테드였다.

이곳에 서서 구경을 하는 것도, 아내의 머리를 끌어안고 울부짖는 것도 테드였다. 테드의 품에 안겨 있던 아내의 얼굴 역시, 이곳에 서 있는 테드를 향했다. 아내의 눈꺼풀이 올라가며 녹색 눈동자가 드러났다. 죽음에 가려져 혼탁한 빛을 띤 녹색 눈동

자. 그 탁한 눈동자에 담긴 것은 공포, 그리고 짙은 원망.

"지켜 준다고 했잖아요. 영원히 내 곁에서 날 지켜 주겠다고 했잖아요."

사랑의 언어를 속삭이던 입술이, 원망의 말을 내뱉었다.

"약해 빠진 남자 같으니. 당신을 만나는 바람에 이렇게 돼버린 거야. 이럴 줄 알았으면 돈 주고 귀족 작위를 산 남자 따위는 만나는 게 아니었어. 돈을 버느라 가족은 등한시하고, 내 사랑하는 딸도 죽게 만들었어. 당신이 죽인 거야. 그 돈 때문에, 당신이 나와 딸을 죽인 거라고!"

그녀의 입에서 나오는 한 마디, 한 마디가 테드의 폐부를 찔렀다. 그녀를 안고 있는 테드는 피눈물을 흘리며 테드에게 말했다.

"그래, 네가 죽인 거야. 그리고 죄책감 없이 살아가고 있지. 지켜주겠다 약속한 네 아내도, 네 딸도, 모두 죽었는데 말이야."

원망하는 그들에게, 그 어떤 변명도 할 수 없었다. 사실이니까. 그들의 말이 정답이니까.

아내의 목에서 흐른 피가 넘실넘실 테드를 향해 다가왔다. 그것은 곧 거대한 파도처럼 테드를 덮치리라. 테드의 목을 움켜쥐리라.

테드는 도망칠 생각도 하지 않고 가만히 다가올 순간을 기다렸다. 살아가는 것은 절망이며, 고통이고, 또한 슬픔이다. 행복 따위 찾을 수 없는 삶, 이대로 죽는 것이 낫다. 아내의 손에 죽게 된다면, 그것 또한 기쁨이겠지.

살아 있을 때 구하지 못했으니 죽어서라도 함께 하자.

그러나 악몽은 늘 거기서 끝났다. 붉은 피가 테드를 덮치기 전, 어디선가 날아온 거대한 불덩어리가 피의 파도와 부딪쳤다. 그리고 테드는 쫓겨나듯 꿈에서 깨어났다.

4년 전의 그날 이후, 매일같이 찾아오는 악몽이지만 좀처럼 익숙해지지 않는다. 깨어날 때마다 땀에 흥건히 젖어 있고 목이 칼칼했다. 입안이 바싹 말라 있었다.

침대 옆에 있는 물을 찾아 손을 뻗다가 쓴웃음을 흘렸다.

'나는 왜 살고 있는 거지? 왜 물을 마시며 갈증을 없애려 하는 거지?'

삶의 전부였던 아내 라오네와 딸 리나가 죽었다. 삶의 전부가 사라졌는데, 아득바득 살아가는 이유를 여전히 찾지 못했다. 수시로 찾아오는 슬픔과 고통. 약간의 희망이나 즐거움이 있다면, 그걸 위해서라도 살아가려고 하련만. 라오네와 리나가 다시 살아나지 않는 이상, 희망도 즐거움도 없다.

입술이 말라 약간만 움직여도 갈라질 지경이 되었지만, 테드는 물을 마시지 않고 도로 침대에 드러누웠다. 물을 마셔도 타는 듯한 갈증은 사라지지 않는다. 그렇다면 굳이 마실 필요가 있을까.

생을 유지하기 위해, 그 생을 조금이나마 윤택하게 하기 위해 발버둥치는 자신의 꼴이 우스울 뿐이었다.

살짝 열어둔 창문 틈으로 귀에 익은 목소리가 들려온 것은, 테드가 다시 눈을 감았을 때였다.

"테드. 자냐? 일어나 봐."

약간 낮고 굵직한 음성은 레드의 것이다. 달빛도 없는 이 시간에 귀찮은 걸 싫어하는 레드가 찾아올 리는 없다. 테드는 꿈의 연장일 것이라 생각했다.

"어이, 테드. 안 일어나? 이 게으른 자식. 구워버린다?"

"레드, 진정해요. 이 시간에 자는 건 당연한 거죠. 레드야말로 잘 때 건드리면 애고, 어른이고 할 거 없이 다 태우려고 하면서."

"시끄러, 라울."

"……레드가 제일 시끄럽거든요?"

테드는 벌떡 몸을 일으켰다. 꿈이 아니다.

창가로 달려가 창문을 열었다. 창문 앞에 레드와 라울, 유키, 게다가 아란까지 옹기종기 모여 있었다.

"다들…… 어쩐 일인가?"

"너, 무사한 거냐?"

"무사하다니? 무슨 일이라도 있나?"

"얘기가 길어. 문이나 열어."

레드가 다짜고짜 명령했다.

"금방 열겠네."

레드 일행이 한꺼번에 테드를 찾아오는 일은 드물었다. 테드는 저택의 문을 열어 주기 위해, 서둘러 가운을 걸치고 방문을 열었다.

그때, 테드는 비명을 지를 뻔했다. 방문 앞에 검은 그림자가 서 있었다.

"재, 잭인가?"

"주인님."

잭이 살짝 고개를 숙였다.

"주인님 방에서 시끄러운 소리가 들려서 와봤습니다. 괜찮으신 겁니까?"

"그래, 괜찮네. 레드들이 찾아왔어."

"레드 님이요? 응접실에 계시지요. 제가 가서 문을 열겠습니다."

"아니, 내가 가겠네."

테드는 걸음을 빨리했다. 레드 일행이 한꺼번에 찾아왔다면 큰일이 생긴 게 분명하다. 잭은 조용히 테드의 뒤를 따라오고 있었다.

굳게 잠갔던 저택의 문을 열었다. 문이 열리자마자 "테드!"라고 외치며, 유키가 달려들었다. 테드는 품에 안기는 유키를 한 팔로 보듬고, 어리둥절한 표정으로 레드 일행을 쳐다봤다. 그들은 심각한 표정이었다. 늘 미소를 짓고 있는 라울의 얼굴도 경직되어 있었다.

"테드. 너……."

레드가 한 걸음 다가서서 입을 열 때였다.

"어서 오십시오."

테드의 뒤에 서 있던 잭이 인사를 건넸다. 무슨 말을 하려던 레드는 입을 굳게 다물었다. 테드는 그들의 행동을 도무지 이해할 수가 없었다.

"무슨 일인가, 이 시간에? 큰일이라도 생긴 겐가? 혈귀가 관련된 일인가?"

테드의 조급한 질문에 레드는 미간을 좁혔다. 하지만 답을 하진 않았다.

레드의 눈은 잭을 향하고 있었다. 단정한 얼굴, 선량한 눈동자, 부드러운 미소. 클레어의 말이 진실이라 믿고 찾아오긴 했지만, 잭을 눈앞에 두니 그가 혈귀라는 것을 믿을 수가 없었다. 잭의 눈빛은 인간다웠다. 오히려 클레어의 공허한 눈동자가 더 혈귀처럼 보일 정도였다.

하지만 클레어의 말을 아예 무시할 수도 없었다. 클레어는 혈귀의 위치를 알아내고, 혼자서 다섯을 처리할 만큼의 실력자다.

만에 하나라도 잭이 혈귀라면 테드의 목숨이 위험하다.

바람 앞의 촛불처럼 위태로운 상황에 놓였으면서도, 잠에서 덜 깬 표정을 짓고 있는 테드를 한 대 때려주고 싶었다. 정신 차려, 네 옆에 있는 그놈, 어쩌면 혈귀일지도 몰라.

아란이 레드의 어깨를 두드려 주의를 끌고 눈빛으로 물었다.

'어떻게 할 거냐?'

그건 레드가 묻고 싶은 말이었다. 어떻게 해야 할까? 혈귀라면 목을 베어 버리거나 심장을 뚫어버리면 그만이다. 하지만 잭이 혈귀가 아니라면 괜한 사람을 죽이는 꼴이 된다. 일단 잭이 혈귀라는 것을 확인해야 한다.

레드는 위험 거리에 있는 테드에게 손을 뻗어, 자기 쪽으로 끌어당겼다. 테드는 당황해하면서도 레드가 하는 대로 끌려왔다. 테드를 보호하기에 충분한 위치를 선점한 후, 레드가 입을 열었다.

"잭, 너 말이야……."

"레캉 차를 한 잔 더 타 줄 수 있느냐?"

이곳에서 들려올 리 없는 목소리가 레드의 말을 끊었다. 레드는 화들짝 놀라 뒤를 돌아봤다. 레드뿐 아니라 모두의 시선이 그곳을 향하고 있었다.

검붉은 머리카락과 눈동자, 유행이 지난 낡은 드레스, 두 손을 앞에서 가지런히 모은 기품 있는 자세.

"클레어……."

클레어가 있었다.

그들을 놀라게 한 클레어는 뻔뻔하게도 담담하게 말했다.

"아이야. 네가 대접해 준 레캉 차가 참으로 맛있어서 계속 생각이 나더구나. 예의에 어긋나는 일이라는 것은 알지만, 도저히 버틸 수가 없어서 이들을 졸라 찾아왔단다. 늦은 시간에 미안하지만 레캉 차를 한 잔 대접해다오."

클레어는 테드가 위험할지도 몰라 숨도 제대로 못 쉬고 달려온 그들을, 말 몇 마디로 예의 없는 식충이로 만들어 버렸다. 레드 일행이 할 말을 잃고 그녀를 쳐다보는데, 산전수전 다 겪은 테드는 예의 바른 미소를 지으며 대답했다.

"아가씨가 드시고 싶다면 언제든 대접해 드려야지요. 입에 맞으셨다니 기쁩니다. 아, 어서 안으로 드시지요. 응접실로 모시겠습니다."

클레어는 자신이 불청객이라는 자각도 없는 듯, 도도하게 테드의 뒤를 따랐다.

이런 곳에서 클레어를 다시 보게 될 줄 몰랐던 레드는, 입을 쩍 벌린 채 그녀의 뒷모습을 바라보고 있었다. 유키가 레드의 옷소매를 잡아당겼다.

"저 여자가…… 그 여자야? 혈귀를 해치운……?"

"어어……."

"엄청 예쁜데? 레드, 역시 저 여자한테 반한 거야?"

"지금 그게 문제가 아니잖아! 이 멍청한 꼬맹이!"

"왜 때려! 아파! 난 어리다고!"

"저 여자가 어떻게 알고 여기를 찾아온 거지?"

유키가 레드에게 맞은 머리를 부여잡고 끙끙거리는 동안, 아란은 날카로운 눈빛으로 클레어의 뒷모습을 노려보고 있었다.

"혈귀의 위치를 아니까 잭을 해치우려고 온 게 아닐까요?"

"잭이 정말 혈귀일까? 아무리 봐도 충성스러운 하인으로만 보이는데. 잭은 테드를 정말 잘 챙기잖아. 잭이 없었다면 테드는 지금쯤 자살했을걸?"

유키가 고개를 갸우뚱했다.

"자네들은 안 들어오나?"

앞서 걷던 테드가 그들을 돌아보며 물었다.

"일단 가 보자. 저 여자도 뭔가 생각이 있는 거겠지."

아란이 단호하게 말하며 걸음을 옮겼다. 하지만 레드는 아란의 말에 동의할 수 없었다.

클레어에게 무슨 생각이 있을 거라고?

그럴 리 없다.

낯선 남자였던 레드의 손을 잡고 싶어 하고, 레드와 동행하고 싶어 하던 여자다. 이번에도 별 생각 없을 것이다.

다들 찝찝한 마음으로 저택 안에 들어갔다. 응접실에 자리를 잡고 앉은 후, 테드는 잭에게 레캉 차를 부탁했다. 레드가 뒤늦게 레캉 차는 싫다고 외쳤지만 묵살 당했다.

레캉 차가 나오기를 기다리는 동안, 모두의 시선은 클레어를 향해 있었다. 레드 일행이 의심 가득한 시선을 보내는데도, 클레어는 무표정하게 앉아 있었다. 두 손을 허벅지 위에 가지런히 모으고 허리를 꼿꼿이 세운 채 앉아 있는 모습은, 귀족 가문 영애의 침실을 장식한 아름다운 인형 같았다.

잭이 레캉 차를 가지고 들어왔다. 레캉 차 다섯 잔의 쓴 냄새가 응접실을 가득 채웠다. 레캉 차 냄새를 유독 싫어하는 레드는 오만상을 찌푸리고 클레어를 쏘아봤다.

잭이 혈귀라고 경고한 클레어는, 정작 잭에게 조금의 관심도 주지 않았다. 그저 레캉 차를 마시고 싶어서 죽겠다는 듯, 잭의 손가락만 주시하는 중이었다. 모두의 앞에 찻잔을 하나씩 내려놓은 잭은 조용히 고개를 숙여 인사하고 응접실을 나갔다.

레드 일행은 클레어가 잭이 나가기를 기다리는 거라고 생각했다. 잭이 나가고 나면 테드에게 잭의 정체에 대해 알려 주리라. 혹은 앞으로의 행동 방침에 대해 설명해 주리라. 그렇게 기대하며 클레어를 바라봤다.

"역시 맛이 좋구나."

찻잔을 들어 입술을 축인 클레어가 만족스러운 듯 말했다. 테드가 미소를 지었다.

"다행입니다. 클레어 님이라고 부르면 될까요?"

"클레어라고 불러라. 나는 님을 붙일 만한 존재가 못 된다."

"그럼 클레어. 그동안 레드가 잘 대해 주었습니까?"

클레어의 시선이 잠깐 레드에게서 머물렀다가 떨어져 나갔다.

"그래, 잘해 주었다."

레드는 인상을 찌푸렸다. 잘해 주기는커녕, 몬스터가 즐비한 산에 내버려 두고 떠났다. 클레어가 왜 거짓말을 하는 건지 알 수 없었다.

"다정한 아이더구나."

덧붙인 말에, 레드를 제외한 일행의 입이 벌어졌다.

레드가 다정하다고?

흉포하기로 따지자면 오만돈을 능가하는 인물이 레드다. 레드와 십여 년 이상을 함께 지내면서도 레드의 '다정함'을 목격한 적은 단 한 번도 없다. 그런데 다정하다니.

레드의 옆에 팔짱을 끼고 앉아 있던 아란이 신음을 흘리며 작은 목소리로 중얼거렸다.

"미친 여자인가?"

레캉 차에 손을 대는 사람은 클레어뿐이었다. 레캉 차는 고급일수록 맛이 진하고 쓰다. 가진 거라곤 돈뿐인 테드가 공수해 오는 레캉 차는 대륙에서도 다섯 손가락 안에 드는 고급 차였다. 마시는 순간 입 안이 얼얼해질 것이 분명하기에, 다른 이들은 레캉 차로 입술을 축일 엄두도 내지 못했다.

'언제 얘기를 꺼내려는 거지?'

다들 클레어가 책에 대한 이야기를 꺼내길 기다렸다. 클레어는 모두의 주목을 받으면서 차를 말끔히 마셨고, 레드 일행을 돌아보며 말했다.

"자, 다 마셨으니 돌아가자꾸나."

"야, 너 구워지고 싶냐!"

결국 레드가 폭발했다. 레드로서는 길게 참은 것이었다.

"가긴 어딜 가? 레캉 차를 마시려고 온 게 아니잖아!"

잭이 혈귀일지도 모른다는 사실조차 잊고 버럭 소리를 지르는 레드를, 클레어는 신기하다는 듯 쳐다봤다.

"무슨 말을 하는지 모르겠구나. 나는 레캉 차를 마시려고 온 거란다. 아까 말했을 텐데."

"웃기지 마, 네가……!"

클레어가 일어나자 레드는 말을 멈췄다. 클레어는 테이블을 피해 천천히 레드를 향해 다가갔다. 레드의 앞에 선 클레어가 슬며시 손을 올렸다. 마르고 흰 손은 공중에서 잠시 머뭇거리다가 레드의 볼에 닿았다.

뼛속까지 얼릴 듯한 냉기가 전해졌다. 역시 그때 느낀 차가움은 착각이 아니었다.

'5성급 마력사라는 건, 원래 이렇게 차가운 건가?'

화를 내는 중이었다는 사실도 잊고, 레드는 생각했다. 그런 레드를 물끄러미 바라보며 클레어가 말했다.

"돌아가자, 아이야. 그만 돌아가고 싶구나."

낮고 허스키한 음성엔 마력이 있었다. 그 마력은 순식간에 레드를 휘감았다. 마력에 사로잡힌 레드가 할 수 있는 일이라고는 그저 고개를 끄덕이는 것뿐이었다.

라울은 눈앞에서 벌어진 일을 믿을 수가 없었다. 잭이 혈귀라는 것보다 더 믿기 어려운 일이었다.

'레드가 저렇게 순순히 고개를 끄덕이다니. 대체 저 여자는……?'

레드의 행동에 놀란 것은 라울만이 아니었다. 유키와 아란도 눈앞의 광경을 믿을 수 없어서, 멍하니 두 사람을 쳐다봤다.

"뭣들 해?"

정신을 차린 레드가 일행을 돌아보며 짜증 섞인 목소리로 말했다.

"가자."

* * *

레드 일행이 폭풍처럼 왔다가 돌아간 후, 테드는 다시 잠자리에 들기 위해 침실로 향했다. 잭이 테드의 뒤를 따랐다.

"자네도 그만 가서 자게."

테드의 말에 잭이 가볍게 웃었다.

"아닙니다, 주인님. 잠자리에 드시는 걸 보고 자겠습니다."

"고생이 많네. 피곤하지?"

"아닙니다. 저보다는 주인님이 더…… 요새 잠을 제대로 못 주무시는 것 같습니다."

"그런가?"

"그런데…… 레드 님은 무슨 일로 찾아오신 겁니까? 급한 일로 오신 것 같았는데……."

"자네도 들었잖아. 레캉 차 마시러 왔다고. 클레어가 내 레캉 차에 푹 빠진 모양이야. 아름다운 아가씨가 기뻐해 주니 마음이 즐겁군."

"그렇습니까? 다른 일 때문에 오신 건 아니고요?"

"그래. 원래 그들이 좀 엉뚱하잖나."

"하지만 이런 늦은 시간에……."

잭이 미심쩍다는 듯 중얼거렸다.

고용인이 주인에게 꼬치꼬치 캐묻는 것은 범죄와도 같은 행위였지만, 테드에게 있어서 잭은 고용인이라기보다는 친동생에 가까웠다. 때문에 잭이 손님의 방문 목적에 대해 물어봐도, 테드는 기분이 상하지 않았다.

침실로 들어간 테드는 침대에 누워 눈을 감았지만 쉬이 잠들 수가 없었다. 잭에게 그렇게 말해두긴 했지만, 오늘의 레드 일행은 무언가가 이상했다. 다급해 보였고, 뭔가를 걱정하는 것처럼 보이기도 했다.

'도대체 무슨 일이지?'

테드가 침대에 누워 레드 일행에 대해 걱정하는 동안, 레드는 클레어를 닦달하는 중이었다.

"이봐, 대답 안 해? 무슨 생각이냐고 물었어! 이 자리에서 해체되기 싫으면, 무슨 꿍꿍이인지 말해!"

아무리 그래도 여자인데 너무 심하지 않나 싶었다. 평범한 여자였다면 레드의 강압적인 태도와 다그침에 울음을 터뜨렸을 것이다. 적어도 겁에 질린 표정은 지었으리라. 그러나 클레어는 평범하지 않았다.

값비싼 인형 같은 그녀의 얼굴엔 공포도, 짜증도 없었다. 아무것도 담지 않은 무심한 얼굴로, 그녀는 레드의 고함소리를 흘려들었다. 레드 따위, 세상에 존재하지도 않는다는 듯한 태도였다.

"레드, 역시 이상하지 않아?"

소리를 버럭버럭 지르면서도 클레어에게 손대지 않는 레드를 지켜보던 유키가, 라울과 아란에게 물었다. 라울은 고개를 끄덕였고, 아란은 작게 신음을 흘렸다.

"정말 이상해. 평소의 레드라면 지금쯤 저 여자는 무사하지 못했을 거야."

"그렇죠. 저 더러운 성질머리로 일을 내도 한참 냈겠죠. 낭떠러지도 많은 곳이니, 거기에 대롱대롱 매달아 놓지 않았을까요?"

"그러니까. 아까도 봤지? 저 여자가 그냥 돌아가자고 하니까 그러겠다고 한 거."

"심장이 내려앉는 줄 알았습니다. 사람이 안 어울리는 짓을 하는 걸 보면, 한 대 치고 싶어진다는 걸 처음 알았어요."

"그치? 나 아까 하마터면 레드를 때릴 뻔했다? 고분고분한 레드는 너무 징그럽잖아."

"맞아요. 그나마 레캉 차 냄새 덕분에 참았지, 그게 아니었으면 구토 증상이 나타났을지도 모르겠네요."

"그나저나 저 여자의 정체는 뭐지?"

유키와 라울이 거침없이 레드의 욕을 하는 걸 듣고만 있던 아란이 입을 열었다.

클레어는 가장 앞에서 걷고 있었다. 긴 드레스를 입고 험한 길을 걸어 내려가는 것은 쉬운 일이 아닌데, 클레어의 발길은 거침이 없었다. 마력을 쓰는 건가 싶어서 자세히 살폈지만, 마력이 느껴지지 않았다. 순전히 육체적인 능력만으로, 이 험한 산길을 어려움 없이 내려가는 것이다.

충분히 의심스러울 만한 상황이다.

마력사는 정신적인 힘이 강한 반면 육체적인 힘이 약하다. 마력을 몸 안에 잡아두기 위해선 끊임없는 정신의 수행이 필요하기에, 육체를 단련할 시간을 갖지 못하는 것이다. 간혹 마검사처럼 마력도, 검술도 사용할 수 있는 이들이 등장하기는 하지만 극히 드물다. 게다가 클레어는 무기도 없었다.

레드답지 않은 행동보다는 클레어의 정체를 파악하는 게 더 시급한 문제라는 걸 깨달은 유키와 라울은, 보텔로 산을 내려가는 내내 클레어의 뒷모습을 살펴봤다. 하지만 살펴본다고 답이 나올 일이 아니었다.

보텔로 산에서 가장 험하다는 낭떠러지의 길을 통과했을 때였다. 무언가 검고 큰 것이 나무 사이에서 튀어나왔다. 그것은 몸을 공중으로 띄워, 클레어를 향해 덮쳐들었다.

"위험해!"

레드가 손을 뻗었다. 클레어의 가느다란 팔뚝을 잡아끌어당겨 자신의 뒤에 세운 레드는, 동시에 검을 빼 들어 '그것'을 찔렀다.

캐갱!

그것이 비명을 지르며 뒤로 물러났다.

"흑늑대?"

보텔로 산에는 흑늑대가 무리를 지어 살고 있었다. 여느 늑대와 달리 인간 정도의 크기에, 몇 뼘이나 되는 긴 송곳니를 가진 늑대였다.

"근처에 흑늑대 무리가 있을 거야. 다들 조심해."

레드가 남은 검을 뽑아 들며 말했다. 클레어가 레드를 제치고 앞으로 나가려 하자, 레드가 한 팔을 들어 클레어를 막았다.

"넌 여기 있어."

"아이야."

"잔말 말고 있어. 다들 클레어를 보호해."

레드의 말에 따라 등에 지고 있던 거대한 검을 빼 들며, 유키는 클레어의 얼굴을 흘끗 살펴봤다. 잔혹하기로 유명한 흑늑대를 앞에 두고도, 클레어의 표정은 평온했다. 두 손은 여전히 앞에서 모아 쥔 채였다.

'레드는 정말 멍청해. 혈귀 다섯을 해치운 여자인데, 뭘 보호하라는 거지? 보호는 이쪽이 받아야 할 판인데.'

불만스러웠지만 레드의 말을 따르지 않으면 두고두고 괴롭힐 것이다. 유키는 클레어의 왼쪽에 서서 그쪽 방향을 경계했다.

아오오오오.

레드의 검에 상처를 입고 물러난 흑늑대가 하늘을 바라보며 긴 하울링을 했다. 아주 잠깐 클레어의 얼굴에 괴로운 빛이 떠올랐다가 사라졌다.

"무리를 부르고 있다."

아란이 말했다.

"몇 마리나 될까요? 너무 많으면 길이 험해서 상대하기 힘들텐데."

"글쎄. 보통 삼십에서 사십 마리쯤이 무리를 짓는다고 들었다."

"전부 몰려들면 큰일이겠네요."

하지만 다른 흑늑대의 움직임은 전혀 없었다. 긴 하울링을 끝낸 흑늑대는 자세를 살짝 낮췄다가, 다시 뛰어올랐다. 놀라운 도약력이었다. 커다란 덩치에도 불구하고 흑늑대는 레드의 얼굴 높이까지 날아올랐다. 날카로운 송곳니를 번쩍거리며 달려드는 흑늑대를 향해, 레드의 단검이 뻗어나갔다. 검 끝이 흑늑대의 가슴에 박혔다.

'틀렸나?'

흑늑대의 목적은 레드의 얼굴이 아니었다. 검이 박힌 통증이 엄청날 텐데도, 흑늑대는 아무 소리 없이 더욱 앞으로 나아갔다. 검은 털을 흩날리며 레드의 머리 위를 넘어간 흑늑대가 공격하려던 것은, 그 뒤에 있던 클레어였다.

레드는 단검의 손잡이를 잡은 상태였고, 검 끝은 흑늑대의 배에 꽂힌 상태. 그대로 앞으로 진행한 흑늑대의 배는 완전히 갈라져 있었다.

비장한 광경이었다. 흑늑대는 마치 하나의 목적을 이루기 위해 생명을 바친 것처럼 보였다. 때문에 레드 일행은, 생명이 빠져나가는 검은 짐승이 클레어의 작은 몸 위로 떨어지는 것을 막을 생각도 하지 못했다. 흑늑대의 갈라진 배에서 새어 나온 피가 클레어의 드레스 위에 떨어졌다.

흑늑대가 바로 눈앞에 올 때까지, 클레어는 고요히 서 있었다. 흑늑대를 향해 애달픈 시선을 보내던 클레어는, 그것이 몸에 닿기 전 손을 뻗었다.

작은 손이 믿을 수 없을 만큼 놀라운 힘으로 흑늑대의 목을 움켜쥐었다. 그녀 자신의 몸보다 큰 흑늑대를 한 손으로 들어 올렸으면서도, 클레어는 힘든 기색이 아니었다.

"미안하구나, 아이야."

레드는 그것이 그에게 하는 말이라고 생각했다. 하지만 클레어의 눈은 흑늑대를 향하고 있었다. 흑늑대의 생명력은 질겼다.

배가 찢겨 내장을 드러냈으면서도 클레어를 향해 이빨을 드러냈다. 크르르르. 신음과도 같은 으르렁거림이 흘러나왔다.

"내가 너를 외롭게 만들었구나."

크르르르르.

흑늑대의 눈에서 생명의 빛이 꺼지고 있었다. 흑늑대의 으르렁거림도 빛과 함께 작아졌다.

"참으로 미안하다, 아이야. 고통 없이 보내 주마."

우두둑.

클레어의 손이 흑늑대의 목을 부러뜨렸다. 그 놀라운 힘에 다들 말문이 막혔다. 아니, 흑늑대를 한 손으로 든 클레어를 봤을 때부터 다들 움직일 생각을 하지 못하고 있었다.

흑늑대의 시체를 조심히 내려놓은 클레어가 레드 일행을 돌아봤다. 기분 탓일까? 허무하던 그녀의 눈동자에 깊은 슬픔이 서려 있었다. 하지만 그것은 아주 잠시였다. 클레어의 눈동자는 순식간에 원래의 암흑으로 돌아왔다.

"너…… 뭐야?"

레드가 입술을 달싹거렸다.

"그게 문제가 아니야. 이놈을 죽였으니 이놈 무리들이 공격해 올 거다."

아란이 긴장을 늦추지 않고 말했다. 그 말에 다들 수많은 의문을 접어 두고 주위를 경계하기 시작했다. 그런 레드 일행에게 클레어가 단조로운 음성으로 말했다.

"무리들의 공격은 없을 게다. 내가 이 아이의 동료와 가족을 모조리 죽였으니까."

*　　*　　*

보텔로 산의 초입에 다다를 때까지 누구 하나 입을 열지 않았다. 있을 수 없는 것을 봤을 때의 두려움과 의문이 레드 일행의 머릿속을 가득 채우고 있었다. 그 원인인 클레어는 아무 일도 없었다는 듯 표표히 걷다가, 보텔로 산 입구의 경비초소에 다다랐을 때 걸음을 멈췄다.

"그럼 이만 가 보마."

일행의 대답을 듣지도 않은 채, 클레어가 돌아섰다. 뒤늦게 정신을 차렸을 때 클레어는 이미 손가락만 한 크기가 되어 있었다.

'언제 저렇게 멀리 간 거지?'

라울이 멍하니 생각하는데, 레드가 클레어의 뒤를 따라 달려갔다. 클레어는 내려왔던 길을 다시 올라가고 있었다.

"클레어!"

레드의 외침에 클레어가 뒤를 돌아봤다.

"꼼짝 마! 거기 서!"

남들이 들으면 범죄자로 오해할 법한 소리를 하며, 레드는 클레어를 간신히 따라잡았다. 클레어는 두 손을 앞으로 모으고 레드를 물끄러미 올려다봤다. 이 정도 거리를 뛰어올라오고 숨을 헐떡거리는 레드가 신기하다는 눈빛이었다.

"너…… 어디 가게?"

"돌아간다."

"돌아가? 어디로?"

클레어가 보텔로 산을 가리켰다.

"보텔로 산? 산에 있을 거라고?"

"그래. 문제가 되느냐?"

"주인한테 허락은 받았나?"

"주인?"

"테드가 이 산의 주인이다."

"호오. 그 아이는 보기보다 부유한 모양이구나. 그럼 일단 그 아이한테 허락을 받으러 가 볼까?"

"팔자 좋은 소리하고 있네. 가긴 어딜 가? 너한테 묻고 싶은 게 많아."

"내게? 아이야, 나는 이 세계를 모른단다."

마치 이 세계에 사는 사람이 아니라는 듯한 말투였다.

"국제 정세에 대해 물어보려는 게 아니야. 너, 그리고 그 힘. 그리고…… 혈귀."

"흐음."

"그리고 보텔로 산은 위험해. 몬스터며 산짐승이 얼마나 많은지 알고나 있는 거냐?"

"아까 내 힘을 보았지 않느냐."

"하루 종일 긴장을 하고 있을 건 아니잖아. 방심하는 순간, 넌 죽어."

클레어가 고개를 살짝 옆으로 기울였다.

"아이야, 넌 역시 다정하구나."

"그 빌어먹을 다정하단 소리 좀 집어 치워! 너 때문에 애들이 날 이상하게 본다."

"무엇을 이상하게 본단 말이냐? 다정한 것을 다정하다 말하면 안 되는 것이냐?"

"그러니까…… 그건……."

"내게 다정히 대해 주었으니 내가 아는 것이 있다면 성실히 대답해 주마. 질문하거라."

"……넌 원래 그렇게 뭐든 명령조냐?"

"거슬리는 게냐?"

"거슬리지 않는 게 이상하지. 귀족이라도 돼?"

"말했잖느냐. 님을 붙일 만한 존재가 아니라고."

"그럼 말투가 왜 그 모양이지? 좀 평범하게 할 순 없나?"

"그냥 두거라. 나는 이게 편하다."

"그리고 그 아이 타령. 나도 아이, 테드도 아이, 라울이랑 유키도 아이. 전부 아이라고 하면 누가 누군지 어떻게 구분을 해? 이름을 부를 수도 있는 거잖아. 이름도 못 외울 만큼 머리가 나쁜 거냐?"

"이름을 부르면 정이 든단다. 정이 들면 슬퍼지지."

"……뭔 소리야?"

"질문은 끝났느냐?"

"어?"

"그럼 가 보마."

"아, 잠깐!"

레드는 무심코 클레어의 팔을 잡았다가 그 차가움에 놀라 황급히 손을 떼었다. 클레어로선 기분 나쁠 만한 행동인데도 그녀는 아무 표정 없이 레드가 이야기하기를 기다렸다.

"이런 쓸데없는 걸 물어보려고 한 게 아니야."

"쓸데없는 질문을 하라고 한 적 없단다."

"제기랄. 넌 정말……."

"마력사인가?"

어느새 뒤로 다가온 아란이 흥분하는 레드를 대신해서 물었다. 유키와 라울도 아란의 옆에 서 있었다. 클레어는 가만히 시선을 돌려 아란을 응시했다.

"내 직업이 너희들에게 그리도 중요한 것이냐?"

"이상하니까."

"참으로 호기심이 많구나."

"대답해라, 여자. 네가 사용한 힘은 마력이었나?"

"마력은 아니다. 나는 마력을 사용할 줄 모른다."

"그렇군. 어쩐지 아무것도 느껴지지 않았어. 그렇다면 네가 사용한 힘은 뭐지?"

"내가 사용한 힘은……."

"가게. 가게 가서 얘기하면 안 돼? 또 뭔가가 덮치면 어떡해?"

유키가 끼어들었다. 막 궁금증을 풀 뻔한 레드는 분을 참지 못하고 유키의 정수리를 쥐어박았다.

"아, 왜 때려! 어린애 때리는 습관 좀 고쳐!"

"난 맞을 만한 짓을 한 놈만 때린다."

"성질 더러운 사자 같으니."

"넌 입살맞은 고양이야."

유키와 레드가 티격태격하는 동안 라울이 클레어에게 권했다.

"그래요, 클레어……라고 불러도 되는 거 맞죠? 같이 우리 가게로 가죠. 이야기가 길어질 것 같네요."

* * *

레드 일행은 제각각 다른 시선으로, 맞은편에 앉은 기묘한 여자를 살펴봤다. 라울은 미심쩍단 표정이었고, 유키는 흥미롭단 표정이었고, 아란은 험악한 눈빛이었다. 그리고 레드는 의미를 알 수 없는 강렬한 시선을 보내고 있었다.

세 청년과 한 소년의 시선을 한 몸에 받으면서도 클레어의 표정은 변화가 없었다. 잘 만들어진 인형 같다고 생각될 만큼 무표정하고 공허한 눈동자가 그들 너머의 허공을 응시하고 있었다.

"저기, 그러니까…… 클레어?"

침묵이 힘들어서 몸을 달싹거리던 유키가 입을 열었다. 허공을 응시하던 그녀의 검붉은 눈동자가 스르륵 움직여 유키를 향했다. 유키는 확 덮쳐오는 섬뜩함을 억누르며 물었다.

"그…… 직업이 뭐야? 네 힘, 그거. 우리한테 설명해 주기로 했잖아."

유키의 발랄한 목소리 덕분에 분위기가 조금 가벼워졌다.

"궁금합니다. 마력인가요?"

라울이 유키를 거들었다. 아란은 침묵했고, 레드는 미간을 좁혔다. 클레어는 그들을 한 명, 한 명 천천히 돌아본 후 입을 열었다.

"아이들아. 너희는 혈귀를 상대하느냐?"

질문에 대한 답이 아니었지만, 유키는 고개를 끄덕였다.

"응, 우리는 혈귀랑 싸우고 있어. 전부 해치울 만큼 강한 건 아니지만."

"그래, 그렇구나."

공허한 그녀의 눈동자에 잠시나마 다른 빛이 떠올랐다가 사라졌다. 그 잠깐의 변화를, 레드는 눈치챘다.

'넌 대체 뭘 그리워하는 거지?'

그렇게 묻고 싶은 마음을 억누르는데, 클레어가 말했다.

"그런데 너희들은 알고 있느냐? 세상에는 정혈귀라는 것이 있는 걸."

* * *

검은 그림자 하나가 갈리트 백작 가에 숨어들었다.

갈리트 백작 가는 대대로 펠타 시의 시장을 역임해 온 유서 깊은 가문이었다. 고르돈 왕국에서 두 번째로 큰 도시의 시장으로 있는 만큼, 저택의 경비도 삼엄했다. 하지만 담을 넘는 그림자는 인간의 눈으로 좇을 수 없을 만큼 빨랐기에, 아무도 그를 보지 못했다.

거대한 저택의 정원은 끝이 보이지 않을 만큼 넓었다. 저택 건물의 왼쪽으로 들어가면 바닥에 작은 문이 있었는데, 그것은 나무에 가려져 잘 보이지 않았다. 그림자는 문이 그곳에 있는 것을 아는 듯 망설이지 않고 그곳으로 향했다.

탁— 탁— 타악— 타악—

짧게 두 번, 길게 두 번.

문을 두드리고 잠시 기다리자 문이 열렸다. 문을 열어준 여자가 그림자를 바라보며 부드럽게 웃었다. 여자가 들고 있는 횃불에 그림자의 모습이 드러났다. 밝은 갈색 머리에 눈빛이 곧은 잘생긴 얼굴. 잭이었다.

"늦었네."

"죄송합니다, 나탈리 님. 주인이 불면증에 시달려서 몰래 빠져나오기가 힘들었습니다."

나탈리라고 불린 여자의 눈이 가늘어졌다.

"잭, 뭔가 오해를 하는 모양인데. 그대의 주인은 그 천한 돼지가 아니라 나야. 나탈리, 갈리트 백작 부인. 모르겠어?"

부드러운 말투였지만 녹색 눈에는 약간의 질투와 노기가 묻어 있었다. 잭은 얼른 고개를 숙여 나탈리의 어깨에 입을 맞췄다.

"물론 알고 있습니다, 하나뿐인 주인님."

어깨에 닿는 촉촉한 입맞춤에 나탈리의 표정이 누그러졌다. 나탈리는 지하로 통하는 문을 활짝 열었다.

"들어와."

잭은 안으로 들어가 문단속을 꼼꼼히 하고 나탈리의 뒤를 따라 계단을 내려갔다. 아래로 내려갈수록 짙은 피비린내가 풍겼고, 여러 사람이 내는 신음 소리가 들렸다. 신음 소리는 지하의 벽에 부딪쳐 우웅— 우웅— 기괴하게 울렸다.

"이곳에 올 때마다 허기가 집니다."

독한 피비린내가 식욕을 자극했다. 인간 한 마리의 피를 마시면 보통 일주일 정도를 버틸 수 있다. 하지만 맛있는 냄새를 맡으면 배가 고프지 않아도 입맛이 도는 것처럼, 혈귀 또한 피비린내의 자극에는 태연할 수가 없었다.

어제 인간 한 마리를 해치웠음에도 입안의 침을 삼키는 잭을 보며 나탈리가 웃었다. 어린 아들을 보듯 애정이 담긴 눈빛이었다.

"한 마리 줄까?"

"……아닙니다. 괴물이 되고 싶진 않습니다."

잠깐 망설인 잭이 단호하게 거절했다.

"자주 마시는 편도 아니잖아. 가끔은 포식을 해두는 것도 몸에 좋아. 더 강해지기도 하고."

"자칫 잘못하면 이성을 잃은 괴물이 되어 버리잖아요. 주인님을 해치게 될까 봐 두렵습니다."

"사랑스러운 잭. 널 정혈귀로 만들길 잘했어. 네가 없었다면 정말 지루했을 거야."

나탈리가 발끝을 세워 잭의 입술에 살짝 키스를 했다. 다정한 애정 행각을 하는 그들의 주위로 괴로운 신음 소리들이 흘러넘쳤다. 어느 여자가 끔찍한 비명을 내질렀지만 나탈리는 음악을 듣는 듯 즐거운 표정이었다.

"가자. 무슨 일로 왔는지 들려 줘."

계단의 끝은 환히 밝혀져 있었다. 값비싼 마력석을 수십 개씩 사용해 만든 샹들리에가 천장에 매달려 빛을 흩뿌렸다. 지하의 넓은 공간은 감옥이었다. 가운데에 길이 있고, 양쪽으로 단단한 철창으로 막은 감옥이 있었다. 하나의 감옥에 3명에서 4명쯤 되는 인간들이 갇혀 있었고, 그러한 감옥이 열 개가 넘었다. 갇힌 인간들은 젊은 여자, 혹은 어린아이였다.

대부분은 눈앞에서 벌어진 끔찍한 광경과 앞으로 자신에게 닥칠 가혹한 운명을 이기지 못해 정신이 나간 상태였다. 간혹 제

정신을 유지하고 있는 인간들은 구석에서 벌벌 떨며 비명인지 신음인지 모를 소리를 내뱉었다.

감옥 통로의 중앙, 각 감옥들을 가장 잘 들여다볼 수 있는 곳에는 고급스러운 세공을 거쳐 만든 대리석 욕조가 있었다. 연녹색 칠을 한 욕조 안은 붉은 피가 가득했다. 그리고 그 위에는 온몸에 깊은 상처가 나 피를 흘리는 인간 여자 셋이 거꾸로 매달려 있었다. 두 명은 정신을 잃은 듯했고, 한 명은 발작적으로 비명을 지르는 중이었다. 피투성이가 된 여자들은 원래의 얼굴조차 알아볼 수가 없었다.

나탈리는 욕조에 채워진 피를 보고는 만족스러운 듯 가운을 벗었다. 흰 가운이 바닥으로 떨어지며, 곱고 매끄러운 육체가 드러났다. 엉덩이를 살살 흔들며 욕조 안으로 들어가자, 가득 채워졌던 피가 욕조 밖으로 흘러넘쳤다.

"들어올래?"

나탈리가 욕조 깊이 몸을 담그며 물었다.

"여기 있겠습니다."

"그래. 무슨 일로 온 거야?"

나탈리가 손을 뻗자, 잭은 욕조 옆의 테이블에 있던 와인 잔을 들어 나탈리에게 내밀었다.

"며칠 전에 레오나드가 테오도르를 찾아왔었습니다."

"붉은 사자 말이지? 원래 자주 찾아가지 않았니?"

"그날은 좀 이상했습니다. 붉은 사자 일행이 한꺼번에 찾아왔습니다. 그것도 자정을 넘긴 시간에요."
"무슨 이야기를 하든?"
"레캉 차를…… 아, 그러고 보니 붉은 사자에게 새로운 일행이 합류했습니다."
"새로운 일행?"
"여자입니다. 클레어라는 이름인데, 기이한 분위기를 풍기더군요."
"흐응. 어떤데?"
"머리카락과 눈동자 색이 검붉은 색이었습니다."
"검붉은 색. 어둠과 피가 섞인 색이네. 대륙에 그런 색이 있었나?"
"지금까지는 듣지 못했습니다."
"수상해?"
"잘 모르겠습니다. 아무 힘도 없는 것처럼 보이는데, 레오나드가 꼼짝도 못 하더군요."
"꼼짝도 못 했다고?"
"하고 싶지 않은 일을 시키는데도 억지로 하는 듯한 느낌이었습니다. 게다가 화를 내다가도 클레어가 쳐다보면 갑자기 입을 다물고. 레오나드답지 않은 행동을 보였습니다."
잭의 설명에 나탈리가 웃음을 터뜨렸다. 심각한 이야기를 하는데 갑자기 웃는 나탈리를, 잭은 당황한 표정으로 쳐다봤다.
"아하하하. 잭, 내 사랑스러운 남자. 모르겠니? 그건 사랑에 빠진 거야."

"사랑……이라고요? 그게?"

"그래, 잭. 사랑이야. 사랑하는 상대에게는 화가 나도 내지 못하고, 불만이어도 말하지 못하지. 시키는 대로 다 하게 되고 말이야. 인간은 사랑 앞에서 약해지는 동물이거든."

"그렇습니까?"

"후후후. 재미있네. 그 흉포한 붉은 사자가 사랑에 빠지다니. 다른 애들은 몰라도 그이는 절대로 사랑 같은 걸 안 할 줄 알았는데."

"하지만 주인님, 아무리 봐도 이상하지 않습니까? 갑자기 일행이 늘어난 것도 그렇고, 그 시간에 테오도르를 찾아온 것도 그렇고."

"보여 주고 싶었겠지. 원래 친한 사람에게 가장 먼저 자신의 사랑을 보여 주고 싶은 법이거든."

"자정을 넘긴 시간예요?"

"언제든지, 어디서든지."

잭은 미심쩍었지만 더 반박했다가는 나탈리의 기분을 상하게 할 것 같아 입을 다물었다. 나탈리는 즐거운 듯 핏물을 손으로 찰박찰박 튀겼다.

"아무 힘도 없는 것 같아 보인다고 했지? 무기는 있든?"

"없었습니다."

"그래? 마력은?"

"그것도 느끼지 못했습니다."

"괜찮네. 여차하면 그 여자를 인질로 삼을 수도 있겠어."

"그래야 할 만큼 붉은 사자가 강합니까? 우리의 존재도 모르고 아혈귀나 잡을 뿐인데. 그들은 아혈귀 한 마리를 처리하는데도 힘들어합니다."

"카세 님이 그들을 주의하라고 하셨어. 그분께서 카세 님에게 경고하셨대. 붉은 사자가 힘을 얻으면 혈귀가 위험에 처할지도 모른다고."

"그분께서…… 직접이요?"

"응. 그러니까 계속 지켜봐. 행여라도 그분에게 누를 끼쳐서는 안 되니까. 그분의 계획이 완성되면, 우린 이렇게 숨어서 지내지 않아도 될 거야."

* * *

레드의 입가가 실룩거렸다. 금방이라도 폭발할 것 같은 표정이었지만, 정작 상대는 눈치채지 못한 듯 생글생글 웃으며 레드를 닦달했다.

"레드 님. 어서 골라 주세요. 라티족과 관련된 이야기로요. 네?"

연두색의 풍성한 드레스를 입은 여자에게서는 향수 냄새가 진하게 났다. 레드는 코를 막고 싶은 걸 참으며 책장을 향해 뚜

벅뚜벅 걸어갔다.

애초에 서점을 하겠다고 마음을 먹은 것은, 손님이 별로 없을 것 같았기 때문이다. 특히 여자. 글을 아는 여자는 귀족 가의 영애가 대부분이었고, 귀족의 자제는 이런 허름한 가게를 잘 찾지 않는다. 여자를 상대하고 싶지 않아서 시작한 가게인데, 의도와 다르게 여성 손님들만 즐비했다.

이 모든 게 라울 때문이다.

연갈색 머리에 옅은 녹색 눈동자를 가진 라울은 달콤한 미소와 다정다감한 행동으로, 펠타 시의 여자들을 사로잡았다. 가끔 살롱에 들러 귀족 여성들에게 〈책 파는 가게〉를 홍보하는, 쓸데없는 짓까지 했다. 덕분에 〈책 파는 가게〉는 손님의 발길이 끊이질 않았다. 그것도 여성 손님으로만.

'네놈 탓이니까 네놈이 알아서 처리해.'라는 말로 모든 손님 상대를 라울에게 맡겨뒀지만, 오늘은 라울이 볼일이 있어서 유키를 데리고 나갔다. 덕분에 레드가 끔찍한 여자들을 상대해야 하는 사태가 생긴 것이다.

라티족에 대한 이야기가 담긴 책을 찾아 책장을 뒤적거리는 레드를, 클레어는 조용히 바라보고 있었다. 흥미롭다는 듯한 그녀의 시선이 거슬렸다.

"뭘 봐?"

레드의 퉁명스러운 말에, 옆에서 기다리고 있던 여자 손님이 화들짝 놀라 눈을 크게 떴다.

"네?"

"아, 그쪽 말고…… 저쪽한테 한 말입니다."

레드가 클레어를 가리켰다. 레드의 손을 따라 시선을 옮긴 여자 손님이 "아!"하고 낮게 탄성을 질렀다.

"먼저 오신 손님이 계셨군요."

이상한 일이다. 며칠 전부터 비슷한 일이 반복됐다. 클레어는 늘 서점 안에 있었는데, 찾아오는 손님들은 클레어의 존재를 눈치채지 못했다. 다들 누군가 알려 준 후에야 그곳에 있다는 것을 깨달았다.

클레어는 그것이 '기척을 감추는 능력'이라고 했다. 하루 종일 능력을 발휘하는 것은 지치는 일일 텐데도, 클레어는 힘든 기색이 없었다.

레드는 책을 한 권 끄집어내 여자에게 내밀었다.

"이거."

여자 손님이 웃으며 책을 받아 들었다.

"마음에 듭니까?"

"네, 좋아요."

찾아온 이유가 책이 아닌 레드였기 때문에, 여자 손님은 내용을 확인하지도 않고 고개를 끄덕였다.

"그럼 계산하시죠."

레드가 최대한 부드럽게(그러나 다른 사람의 귀에는 퉁명스럽게) 말하며 카운터로 향했다. 여자 손님은 종종 걸음으로 레드의 뒤를 따라갔다.

"레드 님."

"네."

"오늘 저녁에 뭐하세요?"

"일합니다."

"9시면 문을 닫지 않나요?"

"청소하다 보면 10시가 넘습니다."

"같이 저녁을 먹고 싶은데……."

"체중 관리 중입니다."

"아……."

"그럼 안녕히 가세요."

"네, 저…… 혹시라도 생각이 있으시면 저 앞의 〈폰다네 집〉 여관에서 묵고 있거든요. 거기로……."

"네, 그러죠."

여자 손님은 쫓기듯 가게에서 나갔다.

"피탄 제국에서 온 여자들은 피곤해. 너무 개방적이야."

고르돈 왕국의 여자들은 수줍음이 많고 보수적인 편이라서, 가게에 오더라도 구경만 할 뿐 섣불리 말을 걸지 않았다. 하지만 외국에서 온 여자들은 거침없이 달려들었다.

"여자들에게는 참으로 친절하구나."

클레어가 말했다.

"어쩔 수 없잖아. 먹고 살아야 하는데."

"테드란 아이가 자금줄이라 하지 않았느냐?"

"손을 벌리는 것도 한두 번이지. 매번 뜯어먹을 순 없으니까."

"호오. 의외로 양심적이구나."

"의외라니. 이래봬도 고르돈 왕국 최고의 양심 왕으로 뽑힌 게 나다."

"거짓말이 능숙하구나. 따로 교육이라도 받은 게냐?"

"……됐고. 이제 말할 때도 됐잖아. 너, 진짜 정체가 뭐냐?"

며칠 전, 레드 일행과 합류한 클레어는 믿어지지 않는 이야기를 해 주었다. 하지만 자신의 정체에 대해서는 제대로 이야기를 하지 않았다. 그때는 충격적인 사실을 받아들이느라 경황이 없었는데, 어느 정도 마음을 추스른 지금은 다시 클레어의 정체가 궁금해졌다.

"내 정체가, 네게 그리도 중요한 것이냐?"

"정체가 뭔지도 모를 녀석을 데리고 있을 수는 없으니까. 게다가 난 아직도 믿기지 않는다고. 정혈귀라는 존재가 있다니……."

인상을 찌푸리는 레드를, 클레어가 안타깝게 쳐다봤다.

"햇빛 아래서도 괜찮고 목을 베어내도 안 죽어. 그럼 그건 불사신인 거 아냐?"

그날 밤 클레어는 정혈귀와 아혈귀의 존재에 대해 알려 주었다. 그것은 믿고 싶지 않고, 믿을 수도 없는 진실이었다.

지금껏 레드 일행이 힘겹게 싸워온 존재는 '아혈귀'라고 하여,

혈귀 중에서도 약한 축에 속하는 놈들이었다.

인간이 정혈귀나 아혈귀에게 물리면, 그 상처를 통해 혈귀의 타액이 섞여 들어간다. 혈귀가 작정하고 모든 피를 빨아 마시지 않으면, 물려서 죽었던 인간은 다시 살아나게 된다. 인간의 피를 갈구하는 저주 받은 종족으로.

그렇게 만들어진 것이 '아혈귀'로, 대부분 지능이 없고 인간일 때의 기억이 거의 남아 있지 않아, 인간의 언어를 구사할 수 없어진다. 그들에게 남은 것은 인간의 피를 향한 탐욕뿐. 제법 똑똑한 녀석들이 있기는 하지만, 대부분은 짐승처럼 어둠을 헤매며 피를 찾아 돌아다닌다.

"아혈귀를 구분하는 건 쉽단다. 너희들이 상대해 온 그것들이 아혈귀니까. 날카로운 송곳니와 손톱을 집어넣을 줄도 모르고, 아모른의 태양 아래선 살아남을 수가 없지. 그들은 그리 큰 문제가 아니란다."

클레어는 그렇게 말했다.

큰 문제가 아니다.

레드 일행에게는 아혈귀가 큰 문제였다. 그들은 너무도 빠르고 강했다. 하지만 클레어는 키우는 개보다 아혈귀를 죽이는 것이 더 쉽다고 말했다.

"키우는 개는 사랑스럽잖느냐. 어찌 그 사랑스러운 아이들을 죽일 수 있겠느냐."

문제는 정혈귀였다.

정혈귀가 자신의 피를 흘려 그것을 인간에게 먹이면, 그것을 마신 인간은 정혈귀가 된다고 했다. 그렇게 만들어진 정혈귀는 아혈귀와는 비교할 수 없을 만큼 강하다. 손톱과 송곳니의 길이를 조절할 수 있고, 햇빛을 쬐어도 타지 않는다. 목을 잘라도 다시 붙일 수 있단다.

정혈귀의 존재, 그리고 그들의 강력함을 알게 된 레드 일행은 몰아닥치는 진실을 받아들이기 힘들었다. 질문해야 할 것도, 들어야 할 것도 많았지만, 그들은 혼란스러운 머릿속을 정리하기 위해 서둘러 자리를 파했었다.

이야기를 끝내고 나가려는 클레어를 붙잡은 건 유키였다.

"아직 궁금한 게 많이 남아 있어. 우리가 생각을 정리하고 그걸 받아들일 때까지만 기다려 줘. 그때까지 우리랑 같이 지내. 우리, 남는 방도 많이 있어."

클레어는 거절하지 않았다. 그리고 오늘에 이른 것이다.

"게다가 그 위험한 놈이 테드랑 같이 있다. 테드를 구해야 되는 거 아냐?"

레드는 한 손으로 흐트러진 머리를 쓸어 넘기며 말했다.

"너희들의 힘으로는 무리다."

"넌? 넌 혈귀, 그러니까 아혈귀 다섯 마리를 한 번에 해치울 만큼 강하잖아. 너라면 할 수 있는 거 아냐?"

"잘 모르겠구나. 그 정혈귀 아이가 얼마나 강한지를 알 수 없으니……."

"너보다 강할 수도 있는 거냐? 아혈귀 다섯 마리를 처리할 수 있는 너보다?"

"정혈귀는 인간의 피를 많이 마실수록 강해진단다. 그 아이가 얼마나 많은 피를 마셨는지 알지 못하니, 얼마나 강한지도 가늠하지 못할 수밖에."

사실은 묻고 싶은 게 따로 있었다. 레드는 목구멍까지 치솟은 질문을 간신히 삼켰다.

'넌 어떻게 그렇게 잘 알지? 너도 정혈귀인 거냐?'

3장
그들의 힘

클레어는 아혈귀를 해치웠다. 게다가 레드 일행에게 정혈귀의 존재에 대해 알려주기도 했다. 종족에게 해가 되는 일을 할 리는 없다고 생각하지만, 클레어의 정체가 정혈귀일지도 모른다는 생각을 지울 수가 없었다.

가느다란 몸에서 나오는 강한 힘. 흑늑대의 굵은 목을 단번에 부러뜨렸던 그 힘.

평범한 인간 여자가 그런 힘을 가지고 있을 수 있는 걸까?

"이상하다는 생각이 들지 않느냐?"

문득 클레어가 물었다.

"뭐가 이상한데?"

"어째서 그 정혈귀 아이가 네 동료의 저택에 있는 겔까?"

"사람인 척하면 활동하기가 편하잖아. 테드 잘 때 잠깐 나와서 피를 마시고 돌아갈 수도 있는 거고."

"그것이 이상하다는 게다. 인간의 피를 마시기에는 인간이 많은 곳에 사는 편이 편하지 않겠느냐. 산의 저택에서 이곳으로 내려오는 것은 귀찮은 일일 게다. 정혈귀의 체력이 남아돌기는 해도 굳이 그런 귀찮은 일을 자처할 이유는 없겠지."

"그럼 테드를 도시락으로 생각하나 보지. 인간이 다 사라졌을 때 먹을 마지막 식량."

"아이야, 넌 역시 비아냥거리는 것을 좋아하는구나."

클레어가 어쩔 수 없다는 말투로 말했다. 레드는 발끈했다.

"그럼 지금 상황에서 좋은 말이 나오겠냐? 넌 엄청난 사실을 던져 줬으면서 그 해결 방법에 대해선 말해 주지 않았잖아. 그런 상황에서 하하호호 즐겁게 담소를 나누는 게 이상한 거지."

"그래, 그 말이 옳구나. 내가 생각이 짧았다."

"……해결 방법은 전혀 없는 거냐?"

"기억을 더듬어봐야 할 것 같구나."

"알았던 적이 있긴 하냐?"

"그래, 분명 알고 있었다. 다만…… 기억이 잘 안 나는구나."

"그런 중요한 걸 까먹으면 안 되지! 해체해 줄까? 엉? 그 머릿속을 해체하면 뭐라도 나오지 않겠냐?"

"아이야."

"왜!"

“네가 자꾸 화를 내니 함께 있는 것이 고단하구나.”

“그럼 나가!”

“그래. 잠시 머리를 식히고 있거라.”

“머리는 네가 식혀야지! 이 건망증 환자야!”

레드의 외침이 가게 안에 우렁우렁 울려 퍼졌지만 클레어는 신경도 쓰지 않고 표표히 걸어 나갔다. 조용히 사라지는 그녀의 뒷모습이, 잘못 건드리면 산산이 부서져 바람에 날려갈 듯 위태로웠다.

클레어의 모습이 사라지자마자, 레드의 눈에서도 열기가 사라졌다. 레드는 차게 식은 눈동자로 가게 안을 둘러봤다. 가게의 구석에는 대륙의 전설을 모아 놓은 책들이 꽂힌 책장이 있었다. 레드는 그곳으로 걸어가, 가장 두껍고 낡은 책을 한 권 뽑아 들고 읽기 시작했다.

* * *

찻집 〈풀잎의 노래〉에서, 유키는 자신의 또래인 가게 주인의 딸 로타와 대화를 나누고 있었다. 대부분은 잡담이지만 그 중에 흉흉한 소식도 섞여 있었다. 많은 사람들이 드나드는 찻집인 만큼, 손님들에게 들은 것이 많은 로타는 가감 없이 유키에게 최근의 소식을 전해 주었다.

이번에 들어온 특산품, 얼마 후에 열릴 바다의 축제, 왕성에서 왕위를 놓고 벌어지는 쟁탈전. 다들 유키와는 관계없는 일이었지만, 딱 하나 유키의 귀를 잡아끄는 소식이 있었다.

"여행객이 사라진다고?"

"응. 사라지고 있대. 소문일 뿐이라는 얘기도 있는데…… 분명 같이 배를 타고 펠타 항에 들어왔는데, 어느 순간부터 보이지 않게 된 사람들이 있나 봐."

"확실해?"

"확실한 건지는 잘…… 다들 서로 아는 사이가 아니니까, 다른 도시로 여행을 갔겠거니 생각하는 것 같아. 그리고 가족들끼리 온 경우에는 가족들이 전부 사라지니까. 어쩌면 고르돈에 몰래 망명하려고 온 사람들일 수도 있고."

"망명이라……."

"아무래도 고르돈은 제국보다는 법률이 강하지 않잖아. 제국 쪽은 법을 어기면 그 자리에서 사살하기도 한다던데?"

"그거야말로 소문이야. 그렇게 심각한 수준은 아니거든."

"유키가 그렇다면 그런 거겠지. 아무튼 별일은 아닐 거야."

'모를 일이지. 혈귀가 관련된 일일지도.'

"아참, 맞다. 그리고 얼마 전에 대상선이 들어온 거 알지?"

"응. 라토우 왕국에서 출발한 상선 말이지?"

"응, 응. 그거 타고 노예상이 왔었거든. 노예 40명 데리고. 근데 그 노예들을 다 산 사람이 있대."

"노예 수십 명을 다 샀다고? 말도 안 돼. 대체 누가?"

"그게 누군지도 모른다나 봐. 한 번에 대금을 치르고 데리고 갔대. 노예상은 신이 나서 수도로 놀러갔고."

"대체 그렇게 많은 노예를 사서 뭘 하려는 거지? 노예를 많이 데리고 있으면 관청에 신고를 해야 하는데…… 신고한 사람도 없고?"

"응. 다들 궁금해하는데 펠타 시 시청에는 아무도 안 나타났대. 사람들 얘기로는 다른 나라의 귀족이나 다른 영지의 영주일 것 같다고 하더라."

"그래……?"

미심쩍은 이야기였다.

노예는 한 명당 3골드에서 5골드 사이이다. 1골드가 4인 가족의 5년 치 생활비를 하고도 남는다고 하니, 싼 가격이 아니었다. 40명이나 샀다면 적어도 120골드를 한 번에 지급했다는 말이 된다. 어지간한 귀족이라도 쉽게 지불하기 힘든 금액이다.

'노예 40명을 데리고 할 수 있는 일이 뭐가 있지? 군대를 만들려는 것도 아닐 테고…….'

유키는 새롭게 시작된 유행 중인 드레스에 대한 로타의 이야기를 건성으로 들으며 생각에 잠겼다.

'다른 귀족에게 선물로 주려는 건가? 아니면 귀족 지위를 사기 위한 뇌물인가?'

고민을 하고 있을 때, 딸랑— 문에 달린 방울이 소리를 냈다. 들어온 사람의 얼굴을 확인한 로타가 환하게 미소를 지었다. 로타의 볼이 붉게 상기되었다.

"라파엘 님!"

"라울이라고 부르세요, 로타. 라파엘이라는 이름은 너무 거창하잖아요."

"그치만요. 라파엘이라고 부르는 게 훨씬 멋있는 걸요."

"그런가요?"

라울은 로타의 머리를 살며시 쓰다듬어 주었다. 로타의 얼굴이 더 붉게 물들어, 저러다 펑 터져버리는 게 아닌지 걱정될 정도였다.

"차, 차 드시겠어요?"

로타는 유키를 대할 때와는 정반대로, 수줍은 소녀처럼 조심스럽게 물었다. 목소리를 한껏 예쁘게 끌어올린 로타가 재미있어서, 유키는 작게 웃었다. 로타가 테이블 아래로 유키의 발을 툭 찼다.

'왜 웃어?'

로타의 눈이 유키를 나무랐지만 유키는 장난스러운 미소를 지우지 않았다.

"커피……라는 차가 새로 들어왔다고 들었어요. 그걸 한 번 마셔보고 싶은데요. 이 가게에도 있나요?"

로타와 유키 사이에 오가는 눈짓을 보지 못한 라울이 메뉴판을 확인하며 말했다. 라울의 주문을 들은 로타의 표정이 어두워졌다.

"있기는 한데……."

"그럼 그걸로 주세요."

"아, 하지만…… 비싼 가격에 비해 평가가 좋지 않아서요."

"맛이 없나요?"

로타가 고개를 끄덕였다.

"괜찮아요. 그래도 새로운 걸 맛보고 싶으니까. 아, 유키. 쿠키 먹을래요?"

"응. 로타가 만든 쿠키는 맛있으니까."

주문을 받은 후, 로타가 주방으로 사라졌다.

"라울, 총포상에선 뭐래?"

라울은 그의 무기인 총의 상태가 안 좋아 총포상에 들렀다가 온 것이었다.

"너무 망가져서 고칠 수 있는 정도가 아니라고 하네요. 아무래도 새로 하나 구입해야 될 것 같아요."

"그럴 만도 해. 라울은 총을 쏘는 게 아니라, 그걸로 적을 때리잖아. 그러니까 빨리 망가지지."

"왠지 때리는 게 더 빠를 것 같다는 느낌이 들지 않아요?"

"바보. 그럴 리가 없잖아."

"후후. 이번 달에도 가게 매상이 적어서 테드에게 부탁해야 될 것 같아요. 테드한테 미안하네요."

"응. 따지고 보면 테드도 우리 팀에 합류하고 싶어서 합류한 게 아니잖아. 레드가 닦달하는 바람에 떠밀리듯이 함께하게 된 거지. 우리가 되게 귀찮을 거야."

"그러게요. 되도록 테드 손을 빌리지 않고도 무기를 구입할 수 있어야 할 텐데."

"애초에 서점으로 돈을 버는 건 무리였어. 차라리 여관이나 식당 같은 걸 했어야 하는 건데."

"레드, 그 게으름뱅이가 여관이나 식당처럼 많이 움직여야 하는 일을 하려고 들겠어요?"

"대체 레드 뜻을 따라주는 이유가 뭐야?"

"일일이 상대하려면 귀찮아지니까요. 성격은 더러운데 고집까지 센 사람은 아예 부딪치지 않는 게 낫잖아요."

"진짜 골치 아프다니까. 아, 맞다. 라울. 나 방금 로타한테 이상한 얘기를 들었는데 말이야."

유키는 빠른 속도로 노예상과 실종자들에 대한 이야기를 전했다. 이야기를 막 끝냈을 때, 로타가 차와 쿠키를 들고 돌아왔다. 흰색 자기 찻잔에 담긴 '커피'라는 차는 딱 보기에도 맛없어 보였다.

"으엑. 시궁창 물 아냐?"

찻잔 바닥이 안 보일 만큼 까만 액체를 보고 유키가 토하는 시늉을 했다. 로타가 샐쭉한 표정을 지었다.

"말했잖아. 반응이 별로라고."

"저건 너무 이상하잖아. 냄새도 이게 뭐야? 으, 냄새만 맡아도 써. 레캉 차보다 더 심한데? 어, 어어어. 라울, 마시지 마! 독이

들었을지도 몰라!"

찻잔을 입에 대는 라울을 향해 유키가 외쳤다. 로타가 유키의 정강이를 걷어찼다.

"내가 라파엘 님이 드시는 차에 독을 탔을 거란 거니?"

"아, 때리지 좀 마! 난 어리다고!"

"너랑 나랑 같은 나이거든?"

유키와 로타의 싸움에도, 미소를 지은 채 커피를 한 모금 마신 라울이 중얼거렸다.

"이건 정말…… 못 쓰겠군요."

"여, 역시 그렇죠?"

로타가 얼른 다소곳한 자세를 취했다.

"로타 말을 들을 걸 그랬네요. 이 정도일 줄은 몰랐어요."

"맛이 어때?"

"굉장히 써요. 뒷맛도 개운하지가 않고……."

"레캉 차보다?"

"레캉 차는 마시고 나면 개운하고 몸이 편해지는데, 이건 꼭 독을 마신 기분이 드네요. 심장도 빨리 뛰는 것 같고."

"으에. 것 봐, 수상쩍은 건 먹지 말라고."

결국 라울은 다른 차를 주문했다. 로타는 새로운 차를 가져다가 준 후에 눈치껏 자리를 비켜 주었다. 어쩌면 눈치가 빠른 게 아니라 라울과 같은 자리에 있는 것이 수줍어서 그런 것일지도 모르겠다.

“한 사람이 40명이나 되는 노예를 사들였다는 건 정말 이상하지?”

“그보다는 실종자 건이 더 수상한데요. 사람들 사이에서 말이 나올 정도면 평균보다 자주 일어나고 있다는 건데.”

“혈귀 짓일까?”

“하지만 알림벨이 그렇게 자주 울리진 않았어요. 누구의 소행이든 펠타 시 안에서 피를 흘린 사람이 많진 않다는 거예요.”

“정혈귀의 짓일 수도 있잖아.”

정혈귀.

이제껏 의식적으로 피해오던 단어였다. 그 이름을 입에 담는 순간, 그들의 존재가 현실이 될 것 같았다. 그래서 몇 번이나 튀어나올 뻔한 그 단어를 애써 삼키고 있었다. 라울의 표정이 어두워지자 유키가 크게 한숨을 쉬었다.

“계속 모르는 척할 수는 없어. 나는 클레어가 하는 말이 그럴싸하다고 생각해. 나 예전에 정혈귀랑 관련된 문헌을 본 적이 있거든.”

“정혈귀랑 관련된 문헌이 있다고요?”

“정혈귀라는 단어가 나왔던 건 아니야. 하지만 거기에 보면 ‘죽여도 죽지 않는 자. 영원의 밤을 걷는 자. 생명을 마시는 자.’라는 문장이 반복돼. 나는 그게 혈귀 이야기인 줄 알았어. 그러니까…… 아혈귀. 하지만 아혈귀는 죽이면 죽잖아.”

“그렇죠. 심장을 꿰뚫거나 목을 자르면 죽으니까요.”

“클레어가 그랬잖아. 정혈귀는 목을 베어내도, 심장을 다치게 해도 죽지 않는다고. 그게 바로 죽여도 죽지 않는 자가 아닐까?”

“그럴듯하네요.”

“게다가 인간이랑 똑같고 햇빛 아래서도 돌아다닐 수 있다면, 이제껏 우리가 몰랐을 만도 하고. 아혈귀를 아는 사람들이 적다는 건, 아혈귀가 생긴 지 얼마 안 됐다는 거야. 고작해야 2, 3백 년? 아혈귀를 만들어 낸 무언가가 있을 수도 있다는 거지.”

“그게 정혈귀고요.”

“응.”

“하지만 모두 가능성일 뿐입니다. 아혈귀 하나로도 충분히 강한데, 그보다 더 강한 존재라니. 도대체 그런 게 왜 생겨난 거죠?”

“그렇게 따지면 오만돈이라든가, 오크 같은 것도 마찬가지지, 뭐. 걔들이 혈귀 정도는 아니지만, 인간보다 센 건 사실이잖아.”

라울의 미간이 좁아졌다. 라울로서는 드물게도 웃음기가 사라진 상태였다.

“앞으로가 큰일이군요. 정혈귀의 존재를 알게 되었는데 모르는 체 할 순 없는 노릇이고.”

“그렇다고 정혈귀를 상대할 수도 없고 말이야. 우린 약하니까.”

“네, 약하죠.”

“클레어한테 도움을 받을 순 없을까? 클레어는 강하잖아. 아혈귀도 혼자서 상대하고."

"하지만…… 난 그녀를 믿지 못하겠습니다."

"그래?"

"만약 정혈귀가 진짜로 존재한다면, 난 그녀야말로 정혈귀라고 생각합니다. 세상에 없는 머리카락과 눈동자 색을 가지고 있고, 어마어마하게 힘이 세잖아요. 인간이 아닌 것 같지 않습니까?"

"하지만 아혈귀를 죽였잖아. 우리한테 정보도 가져다줬고."

"뭔가 꿍꿍이속이 있는 거겠죠."

"라울 형은 안 그렇게 생겼는데 엄청 깐깐하단 말이야."

"의심이 많아서요. 유키, 클레어에게 너무 마음을 주지 마세요. 뭘 감추고 있는지 모를 여잡니다. 실제로 본인에 대한 정보는 하나도 알려 주지 않았잖아요."

"그건 그래."

건성으로 대답하며, 유키는 클레어의 얼굴을 떠올렸다. 아니, 얼굴보다는 눈동자. 유키를 응시하는 클레어의 눈동자는 공허한 듯 보였지만, 계속 보다 보면 그리운 무언가가 담겨 있었다. 너무 깊은 곳에 작게 웅크리고 있어서 잘 보이지 않을 뿐, 레드 일행을 보는 클레어의 눈빛은 늘 다정했다.

그런 여자가 꿍꿍이속을 가지고 있을 거란 생각은 들지 않는다. 아니, 그런 생각을 갖고 있지 않았으면 좋겠다.

"클레어 진짜 예쁜데."

중얼거리는 유키의 말에 간신히 여유를 되찾은 라울이 싱긋 웃었다.

"맞아요. 정말 아름답긴 하죠. 이 세상 사람이 아닌 것처럼."

* * *

짜악—

날카로운 소리가 시장 거리를 갈랐다. 시끌벅적한 시장이었지만 뺨을 때리는 소리가 너무 커서 사람들의 시선을 끌었다. 바삐 걸음을 옮기던 사람들은 깜짝 놀라 걸음을 멈췄다.

두 여자가 마주 보고 서 있었다. 비슷한 키. 하지만 풍기는 분위기는 달랐다.

한 여자는 눈부신 금발에 파란 눈동자를 가진 인형 같은 외모였고, 누가 봐도 귀족 가에서 곱게 자란 영애 같은 복장을 하고 있었다. 최신 유행인 화려하고 세련된 드레스를 입은 여자는 천천히 숨을 몰아쉬며 다시 손을 올렸다.

짜악—

그녀의 작은 손이 상대편 여자의 뺨을 매섭게 내리쳤다. 보는 이의 눈살이 찌푸려질 정도였지만, 정작 맞은 여자는 담담하게 서 있었다.

검붉은 머리에 검붉은 눈동자. 인형 같기는 하지만 어딘지 섬뜩함을 풍겼고, 잠깐 시선을 돌리면 사라질 듯 위태로운 여자였다. 허름한 차림새는 평민보다 형편없었지만, 자태만큼은 기품이 넘치는 이상한 여자였다.

"감히 내 앞길을 가로막다니. 죽음이 두렵지 않은 모양이지?"

금발의 여자는 캐서린 폰 다케. 펠타 시 근처에 있는 커다란 영지의 영주인 다케 백작의 둘째 딸이었다. 예쁘기로 따지면 고르돈 왕국에서 세 손가락 안에 들었고, 백작이 세 딸 중 가장 사랑해 줘서 오만하기가 하늘을 찌른다고 소문이 났다.

"난 다케 백작 가의 캐서린이다. 내 이름을 들어봤을 텐데."

이름을 들은 상대가 화들짝 놀라 고개를 숙이기를 기다리는 듯, 캐서린의 입술이 비릿하게 미소를 그렸다. 하지만 검붉은 머리의 여자는 묵묵히 캐서린을 응시하고 있었다. 다케 백작 가의 명성도, 캐서린이라는 이름도 생전 처음 들었다는 듯이.

캐서린을 호위하던 세 명의 호위병은 갑자기 일어난 사태에 당황해 어쩔 줄을 몰라 했다. 백작 가의 영애가 사람 많은 거리에서 성격을 드러내는 것이 괜찮은 건지, 그들로서는 판단할 수가 없었다.

게다가 캐서린의 상대인 검붉은 머리의 아름다운 여자는 옷차림만 허름할 뿐, 귀족처럼 보였다. 다소곳하게 두 손을 가지런히 모으고 허리를 꼿꼿이 세운 작은 몸은, 감히 범접할 수 없는 기품을 내뿜었다. 캐서린보다 훨씬 높은 가문의 자제인 듯 보이는 그녀에게 함부로 손을 댈 수가 없었다.

"다케 가의 이름을 들었으면서도 감히 두 눈을 똑바로 쳐들고 날 쳐다봐? 다들 왜 가만히 있는 거지? 당장 저 여자를 죽여!"

"아이야."

이윽고 검붉은 머리의 여자가 입을 열었다. 상상도 못 할 호칭에, 캐서린을 비롯한 모든 구경꾼들의 입이 벌어졌다.

"왜 그리 화를 내는지 모르겠구나. 이 길은 사람이 다니라 만들어놓은 길이 아니더냐."

캐서린은 이 기가 막힌 상황을 받아들이지 못하고 그저 멍하니 서 있었다. 잠깐의 시간이 지난 후, 그녀가 '아이'라고 호칭한 것이 자신이라는 것을 깨달은 캐서린은 입술을 파르르 떨며 옆에 있던 호위병에게 달려들었다. 호위병이 행동을 취하기 전, 그의 검을 빼낸 캐서린은 그대로 몸을 돌려 검붉은 머리의 여자를 향해 달려들었다.

날카로운 검이 여자의 배를 향해 꽂혀 들어오는데도, 여자는 아무것도 보지 못했다는 듯 가만히 서 있었다. 그 검이 여자의 배에 닿기 직전.

채앵—

누군가의 검이 캐서린의 검을 막았다.

"누구얏!"

방해를 받은 캐서린이 비명처럼 외쳤다.

"캐서린 님. 아무리 평민이라도 부당하게 죽이면 처벌을 받게 됩니다."

낮은 음성이 들려오자 캐서린은 천천히 고개를 들어 목소리의 주인공을 쳐다봤다.

"퍼피."

퍼피라고 불린 아란은 살짝 미간을 좁혔지만 곧 무덤덤한 표정으로 돌아왔다.

"이 여인이 무슨 잘못을 저질렀습니까?"

아란은 클레어의 앞을 막아선 상태였다. 아란의 건장한 몸에 가려져, 캐서린에게는 클레어가 보이지 않았다.

"내 마차를 막았어. 내가 가는 길 앞을 뻔뻔하게 걸어갔다고."

"허나 이 길은 마차가 들어오면 안 되는 길 아닙니까?"

"난 다르지. 난 다케 백작 가의 캐서린이야. 우리 아빠가 내가 못 갈 길은 없다고 하셨어."

아란이 작게 한숨을 쉬었다.

"이 여인은 제 보호 아래 있는 여인입니다."

아란의 말에 캐서린이 눈을 부릅떴다.

"퍼피가 보호하고 있다고……?"

"네, 캐서린 님. 제게 꼭 필요한 여인입니다. 이 여인에게……."

'들어야 할 것이 많습니다.'라는 말은 하지 못했다. 얼굴에 홍조를 띤 캐서린의 외침이 아란의 말을 막았기 때문이다.

"뭐야, 아란! 사랑에 빠진 거야?"

절대 아니다.

하지만 이대로 오해를 받는 게 나을 것 같았다. 캐서린은 아란이 사랑에 빠졌다는 사실에 정신이 팔려 클레어에 대한 분노를 잊었다.

아란은 구경꾼들을 향해 시선을 돌렸다. 차가운 검은 눈동자가 그들을 쭉 둘러보자, 구경꾼들은 흠칫 놀라서 흩어지기 시작했다.

"캐서린 님. 레드는 가게에 혼자 있을 겁니다."

"정말? 레드 혼자? 라울이랑 유키는?"

"볼일이 있어서 나갔습니다."

"웬일이야. 레드랑 둘만 있을 시간이 별로 없었는데…… 나 어때? 예뻐? 레드가 놀랄 만큼?"

"네, 아름다우십니다."

"옷은? 옷은 괜찮아? 너무 평범하지 않아?"

그렇게 말하는 캐서린의 드레스는 레이스가 잔뜩 달려 있고, 값비싼 분홍 진주까지 수십 개를 박아 넣어 화려하게 빛나고 있었다.

"아뇨, 충분합니다. 레드는…… 분홍 진주를 좋아합니다."

근거 없는 소리였지만 캐서린은 아란의 말을 믿었다.

"좋았어! 오늘에야말로 레드를 사로잡겠어! 그만 가 볼게. 되도록 늦게 와야 돼, 퍼피."

캐서린의 머릿속에서 클레어의 존재는 깨끗이 사라진 듯했다. 호위병들이 아란에게 눈짓으로 감사 인사를 보내고 캐서린의 뒤를 따랐다.

캐서린의 마차가 사라진 후, 아란이 뒤를 돌아봤다. 클레어는 여전히 그곳에 서 있었다.

"클레어."

아란의 부름에 클레어가 고개를 들었다. 둘의 눈이 마주쳤다.

"너와 이야기하고 싶은 것이 있다."

동쪽 관문을 벗어나면 위험 지역 팻말이 여러 군데에 세워져 있다. 관문밖에는 펠타 시의 세 관문 중 가장 크고 삼엄한 경비초소가 있었다.

몬스터가 많은 보텔로 산을 접하고 있는 만큼, 동쪽 경비초소를 지키는 경비대원들은 상당한 실력가였다. 싸움 한 번 제대로 해 보지 못하고 시험을 쳐서 들어온 다른 초소의 경비대원들과 달리, 동쪽 경비초소에는 근육질의 몸이 상처투성이인 인물들이 많았다.

험한 일을 많이 경험해서 성정이 사나운 이들만 보인 곳이라 귀족들도 동쪽 경비초소의 경비대원들과 상대하기를 피했다. 그런 동쪽의 경비대원들 사이에서도 두려운 존재로 취급 받는 것이 아란이었다.

태양 아래서 찬란하게 빛나는 은색 머리카락과 무슨 생각을 하는지 알 수 없는 검은 눈동자. 농담을 들어도 웃지 않는 입술과 왕성에서 불러들이고 싶어 할 정도로 강력한 검술.

경비대원들은 아란을 경외했다.

그런 아란이 여자를 데리고 돌아왔다. 이 믿을 수 없는 현상에 경비초소가 떠들썩해졌다. 경비대원들은 아란의 설명을 기다렸지만 아란이 설명해 줄 리 만무했다.

아란은 호기심 어린 시선을 보내는 경비대원들을 무시하고 경비초소에 있는 작은 방으로 클레어를 데리고 들어갔다. 방음 마력을 걸어놔 안에서 하는 소리가 밖으로 새어 나가지 않는 장소였다.

“소장님이 뭘 하시려는 걸까요?”

“여자랑 둘이 왔는데 뭘 하겠냐? 저 여자 어마어마하게 예쁘잖아. 보나 마나 뻔하지.”

“하지만…… 소장님이 그런 인간적인 감정을 느낀단 말입니까? 전 소장님이 애정을 느끼는 건 검뿐인 줄 알았는데요.”

“덜떨어진 자식. 소장님도 남자는 남자잖냐. 저런 여자를 만났는데 내버려 둘 수 있겠냐? 방음되는 공간에 들어간 이유가 뭐겠냐? 여자가 흘릴 신음 소리를…….”

문이 열렸다. 주절주절 떠들어대던 경비대원의 얼굴에서 핏기가 빠져나갔다.

“제프.”

아란이 수염이 무성한 제프를 물끄러미 응시했다.

“하하하하. 소장님!”

제프가 어색하게 웃으며 차렷 자세를 했다.

“나한테 뭐 할 말 있나?”

"그, 그럴 리가요? 이 미친한 놈이 소장님께 무슨 할 말이 있겠습니까? 모두 소장님이 옳습니다! 전부 소장님이 옳아요! 소장님이 최곱니다!"

아란이 보이지 않을 때와는 완전히 달라진 제프의 행동을, 비난하는 이는 아무도 없었다. 그들 역시 마찬가지였기 때문이다.

"분명 일 때문이실 거라고 생각합니다. 소장님은 우리 같은 놈들이랑 다르니까, 예쁜 여자를 본다고 해서 마음이 동하진 않겠죠."

"물론이죠, 소장님. 분명 저 여자가 범죄를 저지른 거겠죠."

"아, 어쩌면 몬스터일지도 모른다고 생각합니다!"

제각각 떠들어 대는 경비대원들을, 아란은 한 명, 한 명 천천히 응시했다. 입 닥치고 저 멀리 꺼지지 않으면 베어 버리겠다는 눈빛이었다.

"이, 일 보십쇼!"

"좋은 시간 되십쇼!"

아란의 눈빛을 깨달은 경비대원들은 향락가 점원이나 할 법한 소리를 하며 멀찌감치 사라졌다. 아란은 작게 한숨을 내쉬며 문을 닫았다.

클레어는 중앙에 놓은 의자에 다소곳이 앉아 정면을 응시하고 있었다. 무슨 생각을 하는 건지 전혀 알 수 없는 모습이었다.

아란은 의자를 끌어가 클레어의 옆에 앉았다. 그래도 클레어는 아란을 돌아보지 않았다.

아란은 주머니 속에서, 조금 전 시장에 나가 사온 샌드위치 세 개를 꺼냈다. 두툼한 고기가 세 조각이나 들어 있는 푸짐한 샌드위치였다. 아란은 그중 하나를 말없이 클레어에게 건넸다.

"고맙구나."

클레어는 샌드위치를 받아 들었다.

둘은 샌드위치를 다 먹을 때까지 아무런 대화도 나누지 않았다. 묵묵히 샌드위치를 먹으면서, 아란은 곁눈질로 클레어의 얼굴을 살폈다. 잡티 하나 없는 깨끗한 피부, 붉고 도톰한 입술. 샌드위치를 삼킬 때마다, 가느다란 목이 살짝 움직였다.

한참 동안 살펴보며, 아란은 한 가지 사실을 깨달았다. 아란의 의심을 확신으로 변하게 만들 만한 사실이었다.

"맛이 좋구나."

클레어는 커다란 샌드위치를 남김없이 먹었다. 지금까지 아란이 봐 온 여자들과는 다른 행동이다. 여자들은 적게 먹는 것을 미덕으로 여겼다. 저렇게 먹어도 살아갈 수 있을지 의심이 될 만큼 먹는 것이 보통이었다.

"묻고 싶은 것이 있다 했지?"

아란과 클레어는 나란히 앉아 잿빛 벽을 응시했다. 아란은 클레어가 앉은 왼쪽에서 서늘한 냉기가 다가오는 것을 느꼈다. 기분 탓이 아니다.

떨쳐내고 싶은 충동을 억누르며, 아란은 물었다.

"캐서린을 죽일 생각이었나?"

"은빛의 아이야. 나는 살인마가 아니란다."

날 선 질문이었지만, 클레어는 담담히 대답했다.

"그럼 왜 그 검을 피하지 않은 거지? 그 검은 네 복부를 노리고 있었다. 거기에 찔렸다면 넌 죽었겠지."

"그리 죽는다면 그것으로도 좋겠지."

바람이 부는 듯, 달빛이 이지러지는 듯 쓸쓸한 음성이었다. 아란은 다시 고개를 돌려 클레어를 바라봤다. 자신이 보았던 것을 확인하기 위해서였다.

'역시…….'

클레어를 처음 봤을 때부터 무언가 기묘하다고 느낀 이유는 옷차림이나 머리 색상 때문이 아니었다. 존재하면서도 존재하지 않는 현상 때문이 아니었다. 다른 이유가 있었다.

인간이라면, 아니 살아 있는 생물이라면 당연히 해야 하는 그것을, 클레어는 하지 않았다.

그것이 클레어를 기묘해 보이게 했던 것이다.

아란은 클레어에게서 시선을 떼고 정면을 응시하며 말했다.

"넌 호흡을 안 하는군."

* * *

〈세계의 전설〉을 다 읽고 〈유란 대륙의 역사〉를 꺼내 읽던 레드는, 문에 달린 방울이 딸랑거리는 소리에 건성으로 인사했다.

“어서오십쇼.”

“레오나드!”

약간 높고 간질거리는 음성에, 레드는 책장을 넘기던 자세 그대로 굳어버렸다. 목소리의 주인은 상관없다는 듯 달려와 레드를 끌어안았다.

“보고 싶었어!”

캐서린이었다.

“너……!”

레드가 뻣뻣하게 고개를 돌려 캐서린을 내려다봤다.

“뭐냐?”

“뭐긴. 다케 백작 가의 캐서린이지. 책 읽고 있었어?”

“그래. 책 사러 온 거라면 얼른 고르고, 그게 아니면 꺼져.”

“말이 심해, 레오나드.”

“레오나드란 이름 집어치워.”

“어째서? 난 레드라는 애칭보다 레오나드라는 본명이 훨씬 더 어울린다고 생각하는걸? 아니면 레오. 왜 레오라고 부르질 않는 거지? 레오나드는 사자보다 훨씬 강하고 멋진데.”

“이름 따윈 아무래도 좋으니까 비켜.”

레드는 차갑게 캐서린을 뿌리쳤다. 다른 사람들 앞에서는 한없이 오만한 캐서린이지만, 레드 앞에서의 그녀는 순한 양과도 같았다. 거칠게 뿌리쳐진 캐서린은 불쾌한 기색을 전혀 내비치지 않고 생글생글 웃었다.

"있지, 레오나드. 이런 가게 같은 건 관두고 우리 저택으로 가자. 아버님께서도 내 결혼 상대가 레오나드라면 허락해 주신다고 했어."

"눈이 없나? 나 지금 책 읽는 중이다."

"이런 걸 뭐 하러 읽어? 읽지 않아도 강하면서. 레오나드가 마음만 먹으면 왕성 기사단 단장 자리도 얻을 수 있을걸?"

레드는 캐서린의 말에 쓴웃음이 나왔다.

강하다고?

전혀 그렇지 않다. 인간을 상대로 한다면 강할지도 모르겠다. 하지만 혈귀를 상대로 한다면, 레드는 터무니없이 약했다. 비교적 약하다는 아혈귀를 간신히 해치우는 주제에, 남들보다 강하답시고 뻐기던 애송이일 뿐이었다.

캐서린의 어리광을 받아 줄 기분이 들지 않았다. 레드는 책을 덮고 캐서린을 노려봤다.

전에 없이 사나운 시선에 캐서린이 움찔했지만, 곧 어깨를 펴고 오만하게 말했다.

"레오나드 폰 라셀. 나한테 키스해도 좋아."

맥락 없는 허락에 레드는 황당해서 벌어진 입을 다물지 못했다. 레드의 어리벙벙한 표정을 무시하고 캐서린은 계속해서 말했다.

"난 레오나드의 거야. 레오나드가 내 것인 것처럼. 원할 때 언제든 키스해도, 난 화내지 않을 거야."

"캐서린 다케."

캐서린은 레드의 한 톤 낮아진 음성을 눈치채지 못하고 해사하게 웃었다.

"응?"

"해체되기 싫으면 꺼져라."

"솔직하지 못하긴."

"너랑 장난칠 여유 없다."

"난 장난치는 거 아닌데?"

캐서린이 웃으며 레드의 팔에 매달렸다. 레드는 신경질적으로 캐서린을 뿌리쳤다.

"아악!"

캐서린의 작은 몸이 힘없이 날아가 책장에 부딪혔다. 캐서린의 비명을 들은 호위병들이 가게 안으로 뛰어들어왔다. 그들은 쓰러진 캐서린을 형형한 눈빛으로 노려보는 레드를 발견했다.

검을 빼 들려고 하는데, 힘겹게 몸을 일으킨 캐서린이 한 손으로 그들을 제지했다. 호위병들은 눈치를 보며 느릿하게 검을 집어넣었다. 하지만 레드를 향한 험악한 시선은 거두지 않은 채였다.

레드는 호위병 따위 안중에도 없다는 듯, 캐서린을 노려보고 있었다.

"귀족 가의 영애 놀이를 하려거든 다른 데 가서 해. 나는 가문도 이름도 버리고 여기서 내 할 일을 하고 있다. 귀족의 딸과 놀아 줄 여유 없어."

레드가 으르렁거리듯 말했다. 캐서린의 얼굴에서 미소가 사라졌다. 캐서린은 허리를 곧게 펴고 레드를 올려다봤다.

"가문도, 이름도 버렸다면 오빠가 날 이런 식으로 대할 수는 없을 텐데."

"……."

"가문이 없으면 오빠는 일개 평민일 뿐이야. 평민 따위가 다케 백작 가의 여식에게 그런 식으로 행동할 순 없지. 내가 원하면 평민 남자 정도는 언제든 저택 안으로 잡아갈 수 있어. 유키도, 라울도 다 내 저택에 가둬두고 관상용으로 즐길 수 있다는 말이야. 나한테 그렇게 고자세로 나오지 않는 게 좋을 거야."

"호오, 그래?"

레드의 얼굴에 찬 미소가 서렸다. 푸른 눈에 맺힌 서늘한 냉기에, 호위병들은 얼어붙었다. 하지만 레드는 호위병들에게 관심을 주지 않고, 캐서린만 똑바로 응시했다.

"그렇다면 이 자리에서 너랑 저놈들을 죽여 버리면 되겠군. 시체를 잘 감추기만 하면 내가 너희들을 죽였다는 게 밖으로 새어 나갈 일 없으니까."

"레오나드……."

"농담하는 것 같냐? 험한 길 오다가 도적을 만났다, 하늘 높을 줄 모르는 노예상에게 납치를 당했다…… 꾸며낼 이야기는 많아."

캐서린의 입 안이 바싹 말랐다.

어릴 적부터 레드를 알고 지내온 캐서린은, 레드의 무서움을 알았다. 평상시에는 다혈질인 척하지만, 진심이 되면 아란보다 차가워지는 게 레드였다.

"레오나드…… 왜 이렇게 화가 난 거야?"

캐서린이 떨리는 목소리로 물었다. 레드의 찬 눈빛은 변하지 않았다.

"내가 말했다. 장난칠 여유 없다고. 그러면 넌 장난을 치지 말고 가게에서 나갔어야 돼. 안 그래?"

"하지만…… 정말로 내 마음은……."

"다케 백작 가의 영애는 가문에 어울리는 남자나 만나. 죽었다가 깨어나도 너랑 내가 맺어질 일은 없으니까."

"그래도……."

"뭣들 해? 사랑스러운 네놈들 아가씨를 데리고 이 가게에서 나가. 아니면…… 정말로 시체가 되고 싶은 건가?"

레드가 호위병들을 돌아보며 말했다. 레드의 거센 기운에 눌려 꼼짝 없이 굳어 있던 호위병들은, 그제야 정신을 차리고 검을 빼 들었다.

채앵―

날카로운 소리에도 레드의 눈빛은 식지 않았다.

"호오. 시체가 되는 걸 선택한 거냐? 그래, 그것도 좋겠지."

한 남자와 세 남자 사이에서 일어나는 험악한 기류에, 캐서린은 바들바들 떨뿐 나서지 못했다. 모든 것을 마음대로 주무르던 캐서린의 앞에서 칼부림이 일어나려고 하는 건 처음이었다.

오만하다고는 해도 험한 일 한 번 못 보고 곱게 자란 귀족 가의 영애일 뿐이다. 번쩍이는 검신과 살기가 캐서린을 짓눌렀다.

레드가 자신의 검에 손을 가져갈 때였다.

딸랑—

방울 소리와 함께 문이 열리며,

"레드, 레드, 레드! 있잖아……! 헉?"

유키가 뛰어들어왔다.

유키의 등장으로 팽팽하게 당겨졌던 공기가 산산조각이 났다. 호위병들과 캐서린은 안도의 한숨을 쉬었고, 레드는 굳은 표정으로 유키를 돌아봤다.

"뭐야?"

"아니, 저…… 괜찮아?"

"안 괜찮아 보이냐?"

레드의 눈빛이 원래대로 돌아왔다.

"요새 좀 이상하잖아. 진짜로 돌아버린 건가 했지."

"말이 심하네. 냄새 나는 평민 따위가 감히 레오나드에게 그따위로 말하다니."

레드가 원래대로 돌아오자, 캐서린의 오만함도 돌아왔다. 캐서린의 날카로운 음성에 유키는 눈을 크게 떴다.

"아…… 캐서린 님."

"너 같이 지저분하고 천한 것이 레오나드 옆에 들러붙어 있으니까, 레오나드가 변하는 거야. 천한 것이라 그런지 생각하는 것도 짧구나. 이제 슬슬 레오나드에게 신세지는 짓은 그만둬야 한다고 생각하지 않니?"

"죄송……합니다."

유키가 고개를 푹 숙이고 사과했다. 그래도 캐서린의 표정은 변하지 않았다. 레드 때문에 놀란 가슴을 유키에게 화풀이하려는 것 같았다.

"죄송한 줄 알면 여기서 나가. 언제까지 그 냄새나는 몸뚱이를 이 가게에 둘 생각이야?"

"죄송합니다. 그럼……."

"그냥 있어."

돌아서는 유키를, 레드가 불러 세웠다. 유키는 움찔했지만 그대로 가게 문으로 향했다. 레드가 유키의 어깨를 붙잡았다. 유키는 레드에게 어쩔 수 없다는 시선을 보냈다. 하지만 레드는 유키를 보고 있지 않았다.

"이 가게에서 냄새나는 몸뚱이를 가진 건 너뿐이다, 캐서린."

레드의 말에 캐서린이 얼굴을 붉혔다. 커다란 눈에 눈물이 고였다. 모멸감과 부끄러움, 그리고 슬픔이 범벅된 표정이었다.

"빌어먹을 향수 냄새 그만 풍기고, 여기서 꺼져."

"레드, 그러지 마."

유키가 레드를 말렸다.

"레오나드. 아무리 오빠라도 나한테 그런 식으로 대하면 안 좋을 텐데. 사랑하기에 참아 주는 것도 한계가 있어."

"참으라고 한 적 없다. 분풀이를 하고 싶으면 나한테 해. 괜한 유키를 건드리지 말고."

"걔가 오빠한테 뭔데? 걘 그저 오빠가 주워 온 비렁뱅이일 뿐이야. 냄새 나는 걸레도 걔보다는 쓸모 있을 거야. 걔가 오빠를 위해 해 준 게 대체 뭐야?"

레드의 손이 올라갔다. 그 손이 거세게 날아가기 전, 누군가 그 손을 붙잡았다. 라울이었다. 라울은 레드의 손목을 꽉 붙잡고, 캐서린을 향해 상냥한 미소를 지었다.

"캐서린 님. 이만 가보시는 게 좋겠습니다. 레오나드 님이 요새 신경이 예민해지셔서…… 조만간 댁으로 레오나드 님을 보내도록 하겠습니다."

캐서린도 바보는 아니었다. 분풀이로 유키를 괴롭히긴 했지만, 더했다가는 레드의 손에 죽을지도 모른다는 두려움이 생겼다. 하지만 내색하지 않고 턱을 들었다.

"좋아. 라파엘의 얼굴을 봐서, 오늘은 그만 가도록 할게. 레오나드, 기억해 둬. 오빠는 어릴 적부터 나와 결혼하기로 약속이 되어 있었어. 슬슬 날 받아들이는 게 좋을 거야. 그러지 않으면, 가문을 버린 공작 가의 차남 따위, 평민보다 못한 취급을 받게 될 테니까."

지그시 노려보는 레드의 시선을 피해, 캐서린은 서둘러 가게에서 나갔다.

"레드, 괜찮아?"

캐서린이 사라지자 유키가 걱정스레 레드를 올려다봤다. 클레어가 정혈귀라는 것의 존재를 알려 준 후, 레드는 굉장히 날카로운 상태였다. 잘못 건드리면 폭발할 듯 위태로운 상태에서, 레드의 신경에 가장 거슬리는 캐서린이 나타났던 것이다.

캐서린이 나간 문을 노려보던 레드가, 유키의 황금빛 고수머리를 슥슥 문질렀다.

"괜찮지 않은 건 너겠지."

"나야, 뭐…… 원래 귀족들 눈엔 평민이 그렇게 보이잖아. 특히 캐서린은 금이야 옥이야 길러졌으니까, 저럴 법 하다고 생각해."

"어른스러운 척하지 마, 꼬맹이. 징그러워."

"아, 진짜! 위로를 해 줘도 난리네!"

유키가 버럭 하며 레드의 손을 뿌리쳤다. 레드는 큰 한숨을 내쉬며 판매대에 걸터앉았다. 라울이 레드의 옆에 서서, 레드의 흐트러진 붉은 머리를 가지런히 정돈했다.

"레드. 캐서린의 말이 맞아요. 가문을 버렸다면 레드는 그저 평민일 뿐. 캐서린에게 그런 식으로 행동해서는 안 돼요. 캐서린이 레드에게 눈이 멀어 있으니 이 정도로 끝난 거지, 만약 캐서린이 정말로 돌아서면 레드는 물론 우리도 무사하지 못할 거예요."

"우리에겐 잘난 아발란체 경이 계시잖냐."

"다케 백작 가는 강해요. 따르는 사람도 많죠. 아란 한 사람의 힘으로는 막기 힘들 걸요."

"……."

"레드. 늘 말하는 거지만, 우리는 괜찮아요. 레드가 원한다면 언제든……."

"거기까지."

레드가 라울의 손목을 꽉 틀어쥐었다. 라울은 미간을 좁히고 레드를 응시했다.

"그 집을 나온 걸 후회한 적 없다. 후회한 적이 없으니 돌아갈 생각도 없고. 지금 내 고민은 딱 하나야."

레드는 라울을 놔주고 아까 책을 골랐던 책장으로 걸어갔다. 거기서 〈세계의 전설〉이란 제목의 두꺼운 책을 꺼낸 레드는 펄럭펄럭 책을 넘겨 한 부분을 찾아 라울에게 내밀었다.

"클레어를 믿을 수 있는가, 없는가."

* * *

아란은 클레어를 돌아보지 않고 그녀의 대답을 기다렸다. 그녀는 잠시의 틈을 둔 후 말했다.

"그래, 그렇구나."

어린아이를 달래는 듯 부드러운 목소리는, 자신의 비밀을 들킨 사람답지 않았다. 순간 아란조차 자신이 착각을 한 게 아닌지 의심이 될 정도였다.

하지만 아란은 다시금 마음을 다잡았다.

숨을 쉬지 않는다. 게다가 함께 앉아 있는 것만으로도 냉기가 느껴진다.

평범한 사람이라면 느끼지 못하겠지만, 감이 좋은 아란은 느낄 수 있었다. 스물스물 다가와 온몸을 잠식하려는 차디찬 기운.

"너는 정혈귀인가?"

클레어가 둘 중 하나의 반응을 보이리라 예상했다. 질문을 하자마자 공격을 하든가, 도망을 치든가. 하지만 클레어는 예상 밖의 행동을 했다.

"그래. 너는 참으로 눈치가 빠르구나."

대답을 듣자마자 아란은 검을 빼 들고 클레어의 어깨를 잡아 바닥으로 내동댕이쳤다. 아무 반항하지 않고 쓰러진 클레어의 위에 올라가, 다리로 그녀의 팔을 짓누르고 검으로 그녀의 가느다란 목을 겨누었다. 검 끝이 그녀의 피부를 살짝 찌르고 들어갔다.

클레어의 검붉은 눈동자는 갑작스러운 공격을 받은 자답지 않게 고요했다. 자칫하면 빨려 들어갈 것 같은 눈동자로 아란을 응시하며, 클레어는 말했다.

"나는 정혈귀란다."

"왜…… 가만히 있는 거지?"

"내가 무엇을 하길 바라는 게냐?"

클레어는 도리어 질문했다.

"네 말대로라면 정혈귀는 우리가 상대해 온 아혈귀보다 훨씬 강하다. 난 아혈귀 한 마리도 제대로 해치우지 못하지. 그런데 왜 날 죽이지 않는 거지?"

"말했잖느냐. 나는 살인마가 아니라고."

"말도 안 되는 소리를 하는군. 혈귀는 인간의 피를 마시지 않고는 살아갈 수 없다는 걸 안다. 우리는 이미 실험을 해봤지. 아혈귀이기는 했지만, 사로잡은 놈을 지하실에 가둬놨었다. 일주일 정도 지났을 때는 괴롭게 발악을 하던데?"

"그래. 죽지는 않지만 온몸이 부서지는 고통을 받게 된단다. 정혈귀도 마찬가지다. 고통이 극에 달하면 이성을 잃고 닥치는 대로 흡혈을 하게 되지."

"그런데 네가 살인마가 아니라고?"

"그래, 아니다."

아란의 얼굴에 차가운 조소가 맺혔다.

"그건 마치 네가 인간의 피를 마시지 않는다고 말하는 걸로 들리는군."

"그래, 네 추측이 맞다."

"……."

"은빛의 아이야. 나는 이제껏 단 한 번도 인간의 피를 마셔본 적이 없단다."

아란은 클레어의 말을 믿을 수 없었다. 인간의 피를 마시지 않는 혈귀라니. 그런 게 있을 리 없다.

지난번에 우연히 아혈귀를 잡아 피를 주지 않고 묶어뒀을 때, 일주일이 지난 후부터 아혈귀가 내지르던 비명은 듣는 이조차 괴로워질 정도로 끔찍했다. 나중에는 고통 때문에 자신이 무엇인지도 잊은 것처럼 날뛰고 자해를 했다.

하지만 아란은 클레어를 놔주었다. 클레어는 아무 일 없었던 것처럼 일어나 다소곳이 서서 아란을 응시했다.

"날 죽이지 않는 게냐?"

"목을 베어도, 심장을 뚫어도 죽이지 못한다고 하지 않았나?"

"그래, 맞다. 내 말을 믿는 게냐?"

"믿는다. 그러지 않으면 네 존재를 설명할 수 없으니까."

"내 존재……."

"처음에는 마력사인 줄 알았다. 하지만 아니야. 넌 인간이 아니다. 몬스터도 아니지. 숨을 쉬지 않는 몬스터는 없으니까. 게다가 네 몸에서 흘러나오는 냉기…… 그건 단순히 얼음이나 물의 기운이 아니다. 그건……."

"죽음의 냉기겠지."

"그래. 그게 닿으면 아주 끔찍하고 더러운 기분이 든다. 이 세상에 존재해서는 안 될 것을 마주한 기분이지. 정혈귀……라고 생각할 수밖에 없군."

"그렇구나. 조심하마."

그 순간 팔뚝에 닿던 냉기가 깨끗이 사라졌다. 아란은 고개를 돌려 클레어의 얼굴을 살폈다. 클레어는 여전히 평온한 표정으로 정면을 응시하고 있었다.

"엄청나군. 기운을 이렇게 순식간에 없애다니. 넌…… 강한가?"

"강하지 않다. 혈귀는 인간의 피를 많이 마실수록 강해지지. 말했듯이, 나는 단 한 번도 인간의 피를 마신 적이 없다."

"그 말은 믿을 수가 없군."

"그러하냐? 그렇다면 그것도 좋겠지."

아란은 클레어의 달관한 듯한 말투가 신경에 거슬렸다.

"우리에게 접근한 이유가 뭐지?"

"그리운 힘을 가지고 있더구나. 나도 모르는 새에 이끌려 왔단다."

"그리운 힘? 전에 나한테 그런 말을 했었지. 좋은 힘을 가지고 있다고. 그 힘을 말하는 건가?"

"그래."

"그렇다면…… 넌 우리가 가진 힘의 정체를 아는 건가?"

레드 일행은 이상한 힘을 가지고 있었다. 어느 순간, 내가 '나'라는 것을 자각하기 시작할 무렵부터 그 힘이 겉으로 드러나기 시작했다. 레드는 불, 라울은 치유, 유키는 물, 그리고 아란은 바람.

다루기 어려운 힘은 아니었다. 감추려고 하면 얼마든 감출 수 있었고, 마음만 먹으면 그 힘을 드러낼 수 있었다. 감당하지 못해 폭주한 적도 없고, 받아들이지 못해 지쳐 쓰러진 적도 없다.

처음에는 마력인 줄 알았다. 하지만 마력과는 달랐다. 세상에 흩어져 있는 마력을 몸속에 가둬, 그것을 증폭시켜 힘을 발휘하는 마력과 달리, 레드 일행이 가진 힘은 내부에서 생겨나는 힘이었다.

"그래, 알고 있다."

"대체…… 이 힘은 뭐지?"

"아이야, 혈귀가 어떤 존재인지 아느냐?"

"……."

"혈귀는 아모른 님의 저주를 받은 존재란다."

"아모른 님의…… 저주?"

"그래. 그렇기에 태양 아래서 살아갈 수 없는 것이지."

"하지만 정혈귀는…… 태양 아래서도 살아가지 않나?"

"그렇기에 더욱 끔찍한 것이지. 정혈귀가 된다는 것은, 참으로 잔혹한 일이란다."

클레어의 말을 이해할 수가 없었다. 정혈귀는 아혈귀보다 강하고, 인간의 말을 구사할 줄도 안다. 약점이랄 것이 없는 존재인 것이다.

"약점이 없어 죽고 싶어도 죽지 못한다는 것은…… 참으로 고통스러운 일이지."

아란의 마음을 읽은 듯, 클레어가 덧붙였다. 쓸쓸한 음성이었다.

"저주 받은 채로 영원의 밤을 살아갈 수밖에 없다는 것은, 정말이지 괴로운 일이야. 그렇기 때문에 너희를 찾아온 거란다, 아이야."

클레어가 아란을 돌아봤다. 클레어의 검붉은 눈동자는 서글프게 빛나고 있었다.

"너희의 힘은 아모른 님께서 인간에게 주신 축복. 정혈귀에게 있어 아혈귀의 태양만큼이나 강력한 축복이란다."

"그게 무슨……?"

"네가 가진 그 힘은 혈귀에게 대항할 수 있도록, 아모른 님께서 직접 인간에게 내려주신 힘이지."

"……."

"아모른의 권능이란다."

* * *

어둠과 피, 그리고 죽음.

가장 불길하다 해도 과언이 아닌 단어다.

어둠과 피와 죽음이 모여 만들어진 생물이 있다. 긴 송곳니와 날카로운 손톱을 가진 혈귀가 바로 그것이다. 그들은 태양 아래서 살아갈 수 없으며, 인간의 피를 주식으로 삼는

다. 평범한 인간의 눈으로 쫓을 수 없을 만큼 빠르기에, 인간들은 그들의 희생물이 될 수밖에 없었다.

그러한 인간들을 불쌍히 여겨, 태양신 아모른께서 한 가문에 축복을 내려 주셨다. 피와 어둠의 색을 가진 오르데안 공작 가(家)가 바로 그 가문이다. 오르데안 가문의 혈통을 잇는 이들은, 피와 어둠의 색을 흩날리며 혈귀에게 죽음을 선사했다. 혈귀의 모든 것이라 할 수 있는 어둠과 피, 그리고 죽음이 도리어 오르데안 가문에 힘을 실어준 것이다.

오르데안 가문은 아모른께서 내려주신 축복의 힘을 빌려 수많은 혈귀에게 죽음을 안겨 주었고, 대륙의 영웅이라 불리기도 했다.

하지만 혼란기 때에 오르데안 가문 역시 소리 소문 없이 사라지고 말았다. 오르데안 가문이 사라지면서 혈귀 또한 모습을 감추었으며, 항간에서는 오르데안 가문이 자신들의 명성을 위해 혈귀를 만들어 낸 것이라는 소문이 돌기도 했다.

<세계의 전설 ; 어둠의 생물 편 중>

"오르데안 가문이라…… 이건 그냥 전설집이잖아. 요샌 어린 애들도 안 믿는 얘기인데."

레드가 내민 책을 쭉 읽은 유키가 말했다. 라울이 고개를 끄덕였다.

“맞아요. 우리들 부모님 어릴 적만 해도 ‘오르데안 공작이 잡으러 온다.’라고 하면 그게 협박이 됐었죠. 어둠의 생물을 만들어 낸 오르데안 가문. 하지만…… 요샌 그런 협박도 안 통할걸요. 우리들 어렸을 때도 오르데안 이야기를 하면 비웃었었잖아요.”

“응, 맞아. 맞아.”

유키가 고개를 끄덕거렸다.

“네가 뭘 안다고 고개를 끄덕여? 자기도 어린 주제에.”

“정신 연령은 레드가 더 어리거든? 악! 때리지 좀 마!”

유키가 두 손으로 머리를 감싸 쥐었다. 레드는 유키를 무시하고 말했다.

“전설이라는 건 있을 법한 이야기잖아. 가끔은 정말로 있었던 이야기가 흐릿해지면서 전설이 되는 경우도 있고.”

“확실히…… 드래곤이 실존하는 생물이라는 게 알려진 것도 3백 년 정도밖에 안 됐죠. 그 전에는 전설 속의 생물이었는데.”

“응. 오르데안 가문이랑 혈귀의 전설은 유명해.”

“하지만 그걸 믿는 사람은 없어. 혈귀가 기승을 부리는 지금도, 혈귀의 존재를 아는 사람은 거의 없잖아.”

“그래. 하지만 이 전설 속에서 혈귀가 정말로 존재를 하고 있으니, 오르데안 가문도 실제로 있었다고 생각할 수 있지 않을까?"

"그럼…… 오르데안 가문이 혈귀를 만들어 내고 그걸로 영웅 대접을 받은 게 진실이었단 말이야?"

"거기까지는 모르겠지만…… 어둠과 피. 생각나는 거 없냐?"

레드의 질문에 유키가 미간을 모았다. 레드가 말을 이었다.

"피와 어둠의 색을 흩날린다. 난 이게 오르데안 가문이 사용하는 힘이라고 생각을 했었거든. 그런데 만약 말 그대로라면? 정말 어둠과 피의 색이라면?"

"어둠이면 검은색, 피면 붉은색. 검붉은 색……을 말하는 건가요?"

라울이 나직하게 중얼거렸다.

"그래. 검붉은 색. 오르데안 가문의 색. 현재의 대륙에는 알려지지 않은 색."

"하지만…… 이게 정말이라도 오르데안 가문이 사라진 지는 오래 됐어요. 혼란기는 천 년도 더 전의 일이잖아요."

"그 혈통이 쭉 이어져 왔을 수도 있는 거지."

"그게…… 클레어란 말이야?"

유키의 눈이 동그랗게 커졌다.

"그래. 그럴 싸 하지 않아? 아모른이 준 힘을 사용해서 혈귀들을 죽였어. 그 혈통을 이은 클레어가 정혈귀의 존재를 아는 거, 혈귀 다섯 마리를 혼자서 상대한 거, 전부 설명이 돼."

"하지만…… 그래도…… 이건 전설인데."

삼류 작가가 쓴, 팔리지도 않는 〈세계의 전설〉 같은 유흥 도서에 쓰인 내용이다. 쉽게 믿을 수 없는 게 당연했다.

"이걸 믿지 않는다면 클레어의 존재도 설명할 수가 없잖아."

"머리카락 색이나 눈동자 색은 상급 마력사면 바꾸는 게 가능해. 5성급 이상이면 어마어마하게 강하니까, 아혈귀를 상대할 수도 있었을 거고. 만약 클레어가 왕성에서 나온 거라면, 우리보다 대륙의 역사를 잘 알 테니까, 정혈귀에 대해 아는 것도 이상한 건 아니잖아."

"아무리 상급 마력사라고 해도 머리와 눈동자의 색을 바꾼 채로 오랫동안 유지할 수는 없어. 그리고 마력이 강하다고 혈귀를 느낄 수 있는 거라면, 세상이 이렇게 조용할 리가 없지. 은거하는 마력사들 중에서 몇 명은 모습을 드러내지 않겠냐?"

"레드 말이 맞아요. 난 클레어가 마력사가 아닐 것 같아요."

라울이 말했다.

"처음에는 마력사인 줄 알았지만…… 유키도 봤잖아요. 한 손으로 흑늑대의 목을 부러뜨린 거. 마력사는 육체적인 힘이 약해요. 흑늑대의 목을 부러뜨렸다는 건, 강철을 구부릴 만한 힘이 있다는 건데…… 클레어에게 그런 힘이 있는 걸로 보이진 않잖아요."

"아악! 어려워!"

유키는 투덜거리며 바닥에 털썩 주저앉았다. 책상다리를 하고 앉아 팔짱을 낀 유키는, 바닥을 노려보며 생각을 정리했다.

그동안 라울은 레드의 얼굴을 살폈다. 레드는 〈세계의 전설〉을 다시 읽고 있었다. 선이 굵고 잘생긴 얼굴은 살짝 굳어 있었고, 푸른 눈동자는 형형한 빛을 내뿜었다. 책을 읽는 사람의 분위기가 아니었다.

"레드."

걱정스러웠다.

레드는 초조해 보였다. 그게 단지 정혈귀의 존재를 알게 되었기 때문만은 아닌 것 같았다. 레드는 클레어에 대한 확신이 필요한 듯 보였고, 그것을 위해 조급하게 자신의 생각을 밀어붙였다. 레드답지 않다. 정말이지, 레드답지 않다.

"레드, 괜찮은 거예요?"

"내가 뭘?"

"정말로…… 클레어가 오르데안 혈통일 거라고 생각하는 거예요?"

레드의 파란 눈동자가 흔들렸다.

"클레어에 대해 다른 생각을 가지고 있는 거 아닌가요?"

레드의 미간이 좁아졌다.

"아니. 아니야."

"……그래요."

미심쩍기는 하지만 일단 넘어가기로 했다. 예민한 레드를 자극하고 싶지 않았다.

"그으러엄……."

고민을 끝낸 유키가 발딱 일어났다.

"우리 이제부터 어떻게 해? 클레어를 믿어, 믿지 마?"

"어떻게 할까요, 레드?"

유키와 라울이 쳐다보자 레드가 결심한 듯 책을 덮었다.

"일단 클레어에게 너무 정 주지 마. 정체를 드러내면 언제든 죽일 수 있도록 긴장을 늦추지 마. 그리고……."

거기까지 말했을 때, 딸랑— 종소리와 함께 아란이 들어왔다. 클레어도 함께였다.

심각한 표정으로(항상 심각하긴 하지만) 들어온 아란은 레드 일행을 돌아보며 말했다.

"회의 좀 하자."

* * *

아란은 레드 일행에게 '아모른의 권능'이라는 힘에 대해 이야기했다. 이 힘을 강하게 만들 방법을 찾아야 한다는 이야기도. 누구보다 경계심 강한 아란이 이야기를 해서인지, 다들 반박하지 않고 받아들였다.

모두가 잠들었을 때, 클레어는 조용히 지붕 밖으로 나왔다.

클레어는 지붕 위에 앉아 하늘을 올려다봤다. 회청빛 하늘에는 둥근 달이 차가운 은색으로 빛나고 있었다. 오래전 보았던 달과 조금도 달라지지 않은 모습이다. 클레어의 모습 또한 그때와 달라진 것이 없었다.

"아모른의 권능이라고?"

뒤에서 레드의 음성이 들려왔다. 레드가 서 있다는 것은 처음부터 알고 있었다. 클레어는 돌아보지 않았다.

"우리가 가진 이 이상한 힘이 아모른의 권능이었단 말이지?"

경비초소에서 나오기 전, 아란은 클레어에게 말했다.

"널 믿는 건 아니다. 하지만 네가 가진 정보를 버릴 수는 없군. 당분간은 네 정체를 숨겨주지. 잭이 정말 정혈귀인지 확인하고, 테드를 그놈의 손에서 구해낼 때까지만."

그리고 덧붙였다.

"레드에게 상처를 주면 널 죽인다."

말해 주고 싶었다. 붉은 머리의 아이에게 상처를 입히는 것만으로 날 죽여 줄 수 있다면, 미안하지만 그리하겠다고. 이 저주받은 삶을 끝내기 위해서, 나는 누구에게든 상처를 줄 수 있다고.

하지만 클레어는 알고 있었다. 아란의 힘으로는 그녀를 죽일 수 없다는 것을.

레드 일행은 아모른의 권능을 완전히 일깨우지 못했다. 아모른의 권능을 제대로 받아들인다면, 이들은 클레어가 없어도 혈귀의 위치를 알아내고, 정혈귀를 가늠할 수 있게 될 것이다.

그렇다면 저 하늘의 지긋지긋한 달과도 이별이다. 이들의 힘을 빌려 그 남자를 죽이고, 이 몸 또한 죽는다면 그보다 기쁜 일은 없다.

상념에 젖은 클레어의 옆에, 레드가 앉았다. 클레어는 살며시 시선을 옮겨 레드의 옆모습을 바라봤다. 달빛 아래서도 레드의 머리카락은 붉었다. 어두운 핏빛이 아닌, 불타오르는 듯한 붉음. 그 깨끗한 열기가 클레어를 자극했다.

"너에게도 아모른의 권능이라는 게 있냐?"

레드가 하늘을 응시한 채 물었다.

"나는 없다."

"그래? 그런데 용케 정혈귀를 알아보는군."

"……."

"이 힘을 더 강하게 만들 방법은 기억나지 않는 거고?"

"그래, 기억이 나지 않는구나."

"엄청 수상쩍은 거 아냐? 정혈귀는 알려 주지만 그들을 해치울 방법은 기억이 안 난다면서 안 알려 주는 거. 네가 정혈귀의 사주를 받고 우리에게 접근한 걸지도 모른다는 생각이 드는데 말이야."

"그런 것치고는 이제 내 정체를 묻지 않는구나."

"그거야……!"

레드와 시선이 부딪쳤다. 레드의 푸른 눈동자는 혼란스럽게 흔들리고 있었다. 클레어는 레드가 무엇에 이리 동요하는 건지 알 수 없었다.

"그거야 네가……."

입술을 달싹거리던 레드는 신경질적으로 고개를 돌렸다. 짜증이 나는지 한 손으로 머리칼을 흐트러뜨린 레드가 뒷말을 이었다.

"쓸쓸해 보이니까."

"……내가 쓸쓸해 보인다고?"

"그래. 쓸쓸해 보여. 그렇게 쓸쓸한 표정을 짓는 사람이 작정하고 사기를 치려고 하지는 않을 거라고 생각한다."

"……."

"내가 사람을 잘못 보는 건가. 원래 난 사람 보는 눈이 없거든. 사람 보는 눈은 아란이 예리하지."

쑥스러움을 감추기 위해 중얼거리는 레드를 향해, 클레어가 희미한 미소를 지었다.

"붉은 머리의 아이야. 넌 역시 다정하구나."

머리를 쓰다듬어 주고 싶어서 레드를 향해 손을 뻗던 클레어는, 움찔 손을 멈췄다. 머리를 쓰다듬다니. 그런 행동은 해선 안 된다.

인간의 삶은 길어봐야 100년일 뿐이다. 그 짧은 생을 가진 생물에게 정이 들까 두려워 이름도 부르지 않고 있다. 정이 들면 함께 하는 시간이 너무도 빠르게 흘러가 버릴 것이고, 그 시간이 끝나고 나면 또다시 길고 긴 시간을 홀로 보내야 한다. 끝나버린 그들의 생을 슬퍼하면서.

피를 마시지 못하는 것보다 괴로운 것이 그리움이었다. 반지의 주인을 향한 그리움, 얼굴도 기억나지 않는 가족들을 향한 그리움. 그것이 독한 독이 되어 클레어의 혈관을 타고 번져나갔다.

또다시 그러한 존재를 만들고 싶지는 않았다.

손을 거둬들인 클레어는 허벅지 위에 두 손을 가지런히 얹고 하늘을 올려다봤다. 그런 클레어의 머리에 따뜻한 것이 닿았다. 놀라서 돌아보는 클레어의 눈에, 그녀의 머리를 쓰다듬는 레드가 보였다.

"널 믿진 않아."

클레어의 머리에 손을 대고, 레드가 말했다.

뿌리쳐야 한다. 온몸을 지배한 그리움이란 독을 밀어내고 스며들려는, 그의 따뜻한 손을 뿌리쳐야만 한다. 따뜻한 손에서부터 시작되는 다정함에 전염되지 않도록, 그 다정함을 받아들이지 않도록 그의 손을 뿌리쳐야만 한다.

"너에게 정을 주지도 않을 거다."

하지만 클레어는 뿌리칠 수가 없었다.

가슴 깊은 곳에 살아 있던 인간의 마음이, 가뭄 속에서 물을 만난 물고기처럼 날뛰었다. 다정함을 찾아, 온기를 찾아 날뛰는 마음을 억누를 수가 없었다.

"하지만 네가 아는 것이 우리에게 도움이 되는 한, 난 널 지킬 거야. 무슨 말인지 알겠냐?"

"……."

"그러니까 배신하지 마라. 내가 널 믿을 수 있을 때까지."

*　*　*

수도에서 사람이 찾아왔다. 나탈리는 정장을 하고 그를 맞아들였다. 앳된 얼굴에 피부가 고운 젊은 사내였다. 나탈리는 입 안에 고이는 침을 삼키며, 사내를 향해 부드럽게 웃었다. 고혹적인 미소를 마주한 사내는 여자 경험이 별로 없는지 시선 둘 곳을 찾으며 얼굴을 붉혔다.

"마력사……인가요?"

입을 떼지 못하는 사내를 향해, 나탈리가 먼저 물었다. 사내는 고개를 끄덕이다가 정신을 차리고 대답했다.

"네, 왕성 마력사입니다."

목소리엔 자부심이 차 있었다.

"그래요? 몇 성인가요? 4성? 5성?"

"부, 부끄럽지만 아직 3성입니다. 곧 4성에 도달할 수 있을 것 같습니다. 좋은 스승님을 만나 수행 중이지요."

"그래요? 왕께서 기대가 크시겠네요. 요샌 마력사가 부족하니까요."

"네, 카세 님께 도움이 되기 위해 노력하고 있습니다."

사내가 홍조 띤 얼굴로 말했다. 나탈리는 붉은 입술에 미소를 띠며 다리를 꼬았다. 옆이 트여 있는 드레스는, 다리를 꼬자 그녀의 매끄럽고 흰 허벅지를 드러나게 했다. 사내는 침을 꿀꺽 삼키며 시선을 돌렸다.

"무슨 일로 온 건가요?"

"아, 왕태자님께서…… 전언을……."

"왕태자님께서요?"

"네, 이걸 전해드리라고 하셨습니다. 누구에게도 새어 나가서는 안 된다고 언질을 주셨습니다."

그렇게 말한 사내는 그제야 듣는 이가 없는지 주위를 둘러봤다. 넓은 응접실에 아무도 없는 것을 확인한 사내가 품에서 고급 양피지로 만든 두루마리를 꺼냈다. 두루마리에는 황실의 인장이 찍혀 있었다.

나탈리는 두루마리를 받아 왕성이 있는 방향을 향해 살짝 고개를 숙인 후 펼쳐 들었다. 두루마리 안에 익숙한 글씨체가 보였다.

라볼르에서 연금술사를 찾아 데려오라. 최대한 빠르게, 비밀스럽게 행동해야 할 것이다. 반드시 살려서 데리고 와야 한다.

나탈리를 웃게 만든 것은 명령 끝에 덧붙인 추신이었다.

그 어린 마력사는 선물이다. 3성급에 여자 경험까지 없으니 피가 맑을 것이다.

젊은 마력사는 아무것도 모르는 순진한 얼굴로 나탈리의 허벅지를 흘끔흘끔 훔쳐보고 있었다. 나탈리는 조용히 군침을 삼켰다.

대륙에서 마력사를 거의 찾아볼 수 없게 된 이유는 혈귀 때문이었다. 아혈귀는 피의 맛을 가리지 않지만, 정혈귀는 이왕이면 맛 좋은 피를 마시고자 했다. 마력을 받아들여 피가 맑아진 마력사들은 정혈귀에게 고급 식량이었다.

마력이 섞인 피는 맛이 깔끔하고 신선해 감로주를 마시는 것 같으며, 그 안에 담긴 마력 덕에 평범한 인간의 피를 마신 것보다 훨씬 더 큰 힘을 선사해 주었다. 한때 정혈귀들은 마력사의 피에 중독되어 무분별한 마력사 사냥에 나섰고, 때문에 남아 있는 마력사가 거의 없는 세상이 되기에 이르렀다.

귀한 마력사의 피를 마시게 되었다. 나탈리는 들뜬 마음으로 두루마리를 돌돌 말아 품에 넣었다. 나탈리의 녹색 눈동자는 젊은 마력사에게서 떠나지 않았다.

나탈리의 뜨거운 눈빛에 마력사는 숨이 막히는지 연신 마른 침을 삼켰다. 나탈리는 느릿하게 일어나 엉덩이를 살풋 흔들며 마력사에게 다가갔다.

"일어나요. 보여주고 싶은 게 있어요."

*　　*　　*

"클레어. 무슨 생각해?"

클레어에게 임시로 방 하나가 주어졌다. 서점 2층 구석에 있는 방으로, 레드의 옆방이었다. 침대 하나에, 책상 하나만 있는 단출한 방이었다.

클레어는 침대 끝에서 두 손을 가지런히 모은 채 앉아 있었고, 유키는 그 앞에 의자를 끌고 와 클레어를 마주 보고 있었다. 그러기를 한 시간째. 미동조차 하지 않는 클레어 때문에 지루해진 유키가 결국 먼저 입을 열었다.

"기억을 떠올리고 있단다, 금빛의 아이야."

"내 이름은 유키라니까. 유키."

"……."

"기억 좀 나는 게 있어?"

"너도 내 정체가 궁금한 게냐?"

"뭐, 궁금하긴 하지만…… 죽을 만큼 궁금한 건 아니야. 레드도, 아란도 널 믿으니까 나도 믿어."

"그 두 아이가 나를 믿는다고?"

"이 방을 줬잖아. 레드도 그렇지만, 아란이 레드한테 얼마나 끔찍하다고. 널 믿지 않았으면 레드랑 한 집을 쓰는 걸 그냥 놔두지 않았을걸. 옆에서 보면 완전 극성맞은 엄마 같다니까."

"호오. 그렇구나. 의외의 조합이로고."

"그치? 둘 다 근육질에 덩치는 산 만한데, 엄마 아들 놀이하는 거 보면 소름이 돋아. 나 정도 되니까 그걸 참고 견디는 거지."

"그래. 넌 참을성이 좋은 아이인가 보구나."

"응. 참을성이 없으면 레드랑 같이 지낼 수가 없지. 하여간 내가 궁금한 건, 우리가 강해질 방법이야."

유키가 클레어의 옆으로 와 침대에 벌렁 드러누웠다. 유키의 황금빛 고수머리가 침대 위에 흐트러졌다. 클레어는 유키에게 애잔한 시선을 보냈지만, 유키는 그것을 눈치채지 못했다.

"있잖아. 난 원래 노예가 될 몸이었어. 갓난아기일 때 엄마가 날 버렸나 봐. 시장 구석 쓰레기통에서 울고 있는 날 발견한 건 어떤 상인이었는데, 내가 다섯 살 때까지 그 사람이 날 키웠어. 나, 엄청 맞았다? 밥도 제대로 못 먹었고. 그 상인도 그렇지만, 상인 부인이 날 엄청 싫어했거든. 내가 커갈수록 점점 예뻐지니까 질투가 났나 봐. 때리고 밟고 꼬집고…… 난 원래 인생이라는 게 그런 건 줄 알았어. 끊임없는 고통, 끊임없는 어둠."

유키의 얼굴이 또래답지 않게 어두워졌다.

"노예상이 50실버에 사겠다고 했대. 50실버. 그게 내 값이었어. 혈귀가 나타난 건 바로 그날 밤이었어. 그건 정말…… 빠르더라. 그리고 잔인했지. 혈귀들이 상인이랑 상인 부인을 붙잡았어. 나는…… 그날도 엄청 두드려 맞고 부엌 싱크대 아래에 숨어 있었거든. 그래서 그놈들이 날 발견하지 못했어. 아니면 너무 더럽고 쓸모가 없어서 버리려고 했던 걸지도 모르지. 상인이랑 상인 부인은 비명도 지르지 못하고 혈귀에게 죽어갔어. 그때, 짜잔."

유키가 두 손을 들며 싱긋 웃었다.

"레드가 등장한 거야. 엄청 멋있지 않아? 레드랑 아란이 함께였어. 혈귀는 두 마리뿐이었는데 레드랑 아란은 힘들게 싸우더라. 그래도 이겼지. 그 두 사람은 날 발견하지 못하고 그 집에서 나가려고 했어. 난 나도 모르게 밖으로 나가서 그 둘을 향해 손을 뻗었고…… 내 손에서 물이 뿜어져 나왔어. 네가 말한 그, 아모른의 권능인지 뭔지 하는 그거."

"……."

"레드랑 아란은 서로 마주 보더니 자기들이랑 같은 힘인 거 같다는 둥, 그런 소리를 하다가 나한테 같이 가자고 하더라. 그래서 난 여기에 왔고, 라울이 날 치료해 줬어. 나는 있지, 무서워."

일행들 앞에서는 흔들림 없던 유키의 호박색 눈동자가 불안하게 떨렸다.

"내 힘이 없었으면 레드는 날 데리고 오지 않았을 거야. 레드들한테 필요한 건 내 힘이었어. 그런데 난 약해. 물이야, 물. 레드는 불을 사용해서 놈들을 태우고, 아란은 바람으로 놈들을 날려. 라울은 다친 우리를 치료해 주고. 하지만 물은…… 물은 정말……."

"……."

"쓸모없잖아. 50실버도 비싸게 쳐준 거였을 거야. 물이라니…… 어차피 그놈들, 숨도 안 쉬어서 물 안에 가둬봤자 죽지도 않는데."

"……."

"그래서 강해지고 싶어. 얼른 더 많이 강해져서 놈들을 해치우고 싶어. 그러면 레드들도 날 필요로 할 테니까. 적어도 50실버의 가치는 한다고 생각할 테니까. 나는 있지…… 레드들이랑 같이 지내면서 처음으로 세상이 그렇게 고통스럽지도, 어둡지도 않다는 걸 알게 됐어. 그래서…… 떠나기 싫어. 버림받기 싫고. 하지만 엄마도 날 버리고, 날 주은 상인도 날 버리려고……."

유키의 머리카락 위에 클레어의 손이 닿았다. 섬뜩할 정도로 차가웠지만, 기분이 나쁘지 않았다. 유키는 눈을 들어 클레어를 응시했다. 클레어의 검붉은 눈동자는 온화하게 빛나고 있었는데, 그 눈동자를 마주하는 순간 참고 있던 눈물이 흘러나왔다.

어째서일까? 어째서 저 눈동자를 보는 게 이리도 가슴 아픈 걸까?

클레어는 조용히 유키의 머리를 쓰다듬어 주었다. 유키는 소리를 죽이고 흐느꼈다. 레드 일행과 함께 살기 시작하면서, 단 한 번도 울지 않았다. 약한 마음을 드러내지도 않았다. 자칫 잘못하면 버림받을지도 모른다는 생각에.

버르장머리 없는 꼬맹이인 척하지만, 자신을 지키는 방법이었다. 이런 식으로 행동하면 레드가 화를 내면서도 즐거워하니까, 이렇게 반박을 하면 라울이 웃으면서 편을 들어 주니까.

"아이야, 왜 모르는 것이냐."

클레어의 허스키한 음성이 유키의 가슴에 내려앉았다.

"네 머리카락은 황금보다 아름답단다. 저들에게 너는, 황금 몇 상자로도 바꿀 수 없는 존재가 되었단다."

"정말? 정말 그럴까? 난 이렇게 쓸모가 없는데?"

"너는 그 아이들이 강해서 좋은 것이냐?"

"……."

"소중함이라는 것은 단지 도움이 되느냐, 안 되느냐에서 비롯되는 것이 아니란다."

"그, 그럼? 그럼 언제 생기는데?"

클레어가 부드럽게 웃었다. 인형 같은 얼굴에 떠오른 미소는 눈이 시리도록 아름다웠다. 서서히 번졌다가 순식간에 사라지는 꿈결 같은 미소에, 유키는 간신히 멈췄던 눈물을 다시 흘릴 뻔했다.

"함께 시간을 보내며 신뢰를 쌓아가다 보면 저절로 생기는 것이지. 너와 함께 하는 이들을 믿거라, 금빛의 아이야. 의심하고 두려워하기에는 너무도 짧은 삶이 아니더냐."

라울은 옆을 졸졸 따라오는 로타를 향해 빙긋 미소를 지었다.

"라볼르예요?"

"네. 이번에 삼촌이 라볼르에 볼일이 있어서 가시는데, 같이 데려가 주신다고 했어요. 여행은 처음이라 굉장히 즐거워요."

"그래요. 가서 즐기다가 오세요. 로타는 어머니를 도와 드리느라 늘 애썼으니까요."

"헤헤. 아, 라울 님. 라볼르 특산품 중에 뭐 갖고 싶은 거 없으세요? 제가 용돈 받은 걸 모아둔 게 있거든요. 사다 드릴게요."

"괜찮아요, 로타. 라볼르에는 맛있는 게 많다고 하니까 맛있는 거 많이 먹고 예쁜 세공품도 사고 그러세요."

"하지만…… 뭔가 해드리고 싶어요."

"정말로 괜찮아요."

"그래도……."

로타가 풀이 죽자 라울이 어쩔 수 없다는 듯 웃으며 말했다.

"그럼…… 라볼르 물소 가죽으로 만든 가죽끈을 하나 사다 주겠어요?"

"네, 그럴게요! 제일 예쁜 걸로 사올게요. 라울 님이랑 어울릴 만한 걸로요."

"그래요."

"아! 전 여기서 밀가루를 사야 돼요. 라울 님은……."

"난 더 안으로 들어갈 거예요. 여기서 헤어져야겠네요."

"네. 그럼 다음에 봬요. 가게 놀러오세요."

열심히 손을 흔드는 로타를 뒤로하고, 라울은 정육점으로 향했다. 오늘 아침 찾아온 아란이 라울에게 당부한 것이 있었다.

"고기. 신선한 고기가 들어올 예정이다. 반드시 사 놔."

검은 눈을 번뜩거리며 말하는 폼이, 안 사놓으면 죽이겠다는 것 같아서 서둘러 시장으로 나왔다. 또 가게를 보게 된 레드가 화를 냈지만 어쩔 수 없었다. 아란에게 고기는 반드시 필요하다.

무심한 아란이지만, 건드려서는 안 될 것이 딱 두 개 있다. 하나는 레드. 또 하나는 아란 몫의 음식.

아마 레드보다 음식이 우위를 차지할 것이다. 아란이 아끼는 레드지만, 아란의 음식에 손을 댈 수는 없다. 레드의 말로는 아란이 어릴 적에 배고프게 살아서 그렇다고 했다.

"어이쿠, 라울 아닌가?"

낯이 익은 정육점 주인이 라울을 반갑게 맞이했다.

"아란 소장님 고기를 사러 왔는가?"

"네. 오늘 신선한 고기가 들어올 거라고 하던데요."

"응. 서쪽 마을 사냥꾼들이 커다란 산돼지를 세 마리나 잡아 왔거든. 얼마나 가져갈 텐가? 한 마리 다 다듬어 줄까?"

"음. 네, 그게 좋겠네요. 아니. 한 마리에, 반 마리 더 얹어 주세요."

"오호. 군식구 때문인가? 가게에 새 여인이 등장했다고 하던데."

"그게 여기까지 소문이 돌았나요?"

"여자들 수다스러운 거 알잖나. 책 파는 가게에 여자가 있다고 어찌나 떠들어 대던지…… 레드의 이거라면서?"

주인이 고기를 썰며 새끼손가락을 들어 보였다. 라울은 피식 웃었다.

"그럴지도 모르겠네요."

"붉은 사자도 남자는 남자구만. 평생 여자 안 볼 것처럼 굴더니 결국은…… 붉은 사자에게 전해 주게. 즐기기만 하고 결혼은 하지 말라고. 결혼을 하는 순간……."

"쓸데없는 소리 말아욧!"

안쪽에서 주인 부인의 날카로운 외침이 들려왔다. 주인은 어깨를 으쓱하며 그쪽을 가리켰다.

"봤지? 내 꼴 나."

"네, 반드시 전해 주겠습니다."

주인은 솜씨 좋게 자른 고기를 가죽 주머니에 집어넣었다. 워낙 양이 많아 주머니 하나에 전부 들어가지 않았다. 다 넣고 나니 꾸러미가 세 개나 되었다.

"다 들고 갈 수 있겠나?"

"네. 가격은?"

"아란 소장님이 드실 고기인데 싸게 해 줘야지. 100탈렌만 주게."

"너무 깎아 주시는 것 같은데요."

"괜찮아, 괜찮아. 아란 소장님 아니었으면 우리도 이렇게 편하게 지낼 수만은 없었을 테니까. 자, 자. 100탈렌만 쳐줘."

"늘 감사합니다."

라울은 100탈렌을 지불하고 정육점에서 나왔다. 100키로가 넘는 가죽 주머니를 어깨에 짊어진 라울은 힘든 기색이 없었다. 남들이 보면 가죽 주머니에 든 것이 아무것도 없다고 여길 것이다.

간간이 아는 얼굴을 마주칠 때마다 반갑게 인사를 하며 가게로 돌아가던 라울은, 맞은편에서 걸어오는 남자를 보고 걸음을 멈췄다. 잭이었다.

라울은 고개를 들어 하늘을 올려다봤다. 하늘은 구름 하나 없이 맑았고 햇빛이 쨍쨍했다. 그 태양 아래에서, 잭은 아무렇지도 않게 걷고 있었다. 괴로운 기색은 조금도 없었다.

"라울 님."

라울을 발견한 잭이 반갑게 웃으며 다가왔다.

"오랜만이에요, 잭. 여긴 어쩐 일로……?"

"주인님께 맛있는 식사나 대접해드릴까 해서 내려왔습니다. 요새 주인님께서 많이 울적해 보이셔서요."

"아, 그런가요?"

"저녁 때 잠깐 들러 주시지 않겠습니까? 라울 님이 오시면 기뻐하실 텐데."

"오늘 저녁엔……."

아란이 일을 끝내고 오자마자 고기를 찾을 것이다. 하지만 테드가 마음에 걸렸고, 잭 역시 마음에 걸렸다. 잭이 이곳에 내려온 이유가 단지 음식을 사기 위해서가 아니란 생각이 들었다. 테드는 맛있는 걸 먹는다고 기운을 차리는 남자가 아니었고, 잭은 그 사실을 누구보다 잘 알고 있을 터였다.

"그래요. 유키를 데리고 찾아가죠."

"감사합니다. 아, 드시고 싶으신 건 없으십니까?"

"딱히 없어요. 알아서 준비해 주세요."

"그럼 신선한 해산물 요리를 준비하도록 하겠습니다. 테드 님께서 많이 기뻐하실 겁니다."

잭과 헤어져 가게로 돌아온 라울은, 가게 문에 [닫음] 팻말이 달려 있는 걸 보고 인상을 찌푸렸다. 레드에게 가게를 맡겨두고 오는 게 아니었다. 레드는 귀족으로 자라서인지, 돈에 대한 개념이 부족했다.

가게 안엔 역시 아무도 없었다. 라울은 살짝 인상을 찌푸렸다가 위층으로 올라갔다.

주방에서 두런두런 이야기 소리가 들려왔다. 주방 안의 8인용 긴 나무 식탁에는 레드와 유키, 클레어가 앉아 있었다. 레드와 유키는 나란히 앉아 있었고, 클레어는 그 맞은편에 자리를 잡았는데, 마치 취조를 하는 것 같은 분위기였다.

클레어가 먼저 라울을 돌아봤다. 클레어의 눈동자는 라울의 어깨에 짊어진 커다란 주머니를 향하고 있었다.

어째서일까.

순간 라울은 섬뜩함을 느꼈다. 주머니를 바라보는 클레어의 눈동자가 인간의 것처럼 느껴지지 않았다.

'아니죠. 처음부터 당신이 인간일 거라는 생각이 들지 않았죠.'

아란이 믿으니까, 그리고 레드가 받아들였으니까 라울도 그녀를 받아들인 것뿐이다. 정이 많은 유키는 그저 클레어가 예쁘다는 이유로 그녀를 믿는 것 같지만, 라울은 여전히 그녀에 대한 의심을 완전히 거둘 수가 없었다.

"어, 왔냐? 그건 고기?"

라울의 속도 모르는 레드가 건성으로 물었다.

"네, 아란이 사오라고 당부했어요."

"두 눈을 짐승처럼 번뜩거리면서?"

"네. 무시무시하더라고요."

"많이도 사왔네."

"식객이 늘었으니까요."

라울은 싱긋 웃으며 클레어를 향해 미소를 지었다. 호의적인 미소를 보내는데도 클레어는 무표정했다.

"무슨 얘기들 해요?"

라울은 클레어의 옆자리에 앉으며 물었다.

"있잖아, 라울. 레드 때문에 아주 죽겠어!"

유키가 바락 소리를 높였다.

“저 성질 드러운 짐승이 또 무슨 짓이라도 했나요?”

“한 짓이야 손에 꼽을 수도 없지. 게으르지, 가게 일은 제대로 안 하지, 자기 배알 꼴리면 주먹질 하지…….”

“그건 하루 이틀 있었던 일이 아니잖아요. 조금이라도 제대로 된 쪽이 참고 견디는 게 속 편해요.”

“라울은 대단해. 어떻게 이런 짐승한테도 웃어 줄 수가 있어?”

“그 짐승한테 웃어 주다보면 세상 모든 사람들에게 웃어 줄 수 있게 된답니다.”

“어이…… 나, 어디 안 갔거든?”

레드가 두 사람 눈앞에서 손을 저으며 말했다.

“무슨 일이에요?”

라울은 레드를 없는 사람 취급했다.

“레드가 글쎄, 그동안 테드한테 들었던 정보를 숨기고 있었던 거 있지?”

“숨기긴 누가 숨겨? 말을 안 한 것뿐이다.”

“그게 숨긴 거지, 뭐. 보나 마나 뻔해. 귀찮은 일 생길까 봐 아무 말도 안 하고 있었던 거잖아.”

반박할 말이 없어진 레드는 입술을 달싹거리다가 유키의 머리를 때렸다.

퍼억—

“악! 이것 봐! 자기 불리하면 주먹부터 나오고!”

“무슨 정본데요?”

“그게 말이야…….”

“라볼르에 연금술사가 있댄다.”

유키의 말을 끊으며 레드가 말했다.

“연금술사요? 연금술이라는 게 진짜로 있었던가요?”

“테드 말로는 연금술이라기보다는 발명 같은 거 아니겠냐고 하더라. 뭐가 됐든 물질을 잘 다루면…….”

“우리 무기를 개선할 수 있어!”

유키가 복수하듯 끼어들었다.

“확실히…… 우리 무기가 약하긴 하죠. 혈귀의 목을 베고 나면 부러지기 일쑤니까.”

“응. 화살 같은 건 소모품이니까 어쩔 수 없다 쳐도, 검은 좀 개선하는 게 좋을 것 같아. 여차하는 순간에 사용하는 건데, 부러지면 위험하잖아. 저번에 라울도 큰일 날 뻔했고.”

“그 사람에 대한 정보는 더 없나요?”

라울이 레드를 돌아봤다. 레드는 당황한 듯 라울의 시선을 피했다.

4장
신뢰

"귀찮은 일 생길까 봐 물어보지도 않은 거예요, 레드?"

"……상황이 안 좋았다."

"대체 당신한테 좋은 상황이라는 건 언제쯤 돼야 나타나는 거죠? 하는 일이라고는 빈둥거리면서 가게에 온 손님 쫓아내는 것밖에 없으면서, 그 정도도 알아보질 못해요? 그 빌어먹을 머리통이랑 주둥이는 왜 달고 다니는 거예요?"

"……웃는 얼굴로 욕하지 말지?"

"내 얼굴 지적하지 말고 당신 머리통이나 지적해요."

상냥한 표정과 말투로 몰아붙이는 라울에게는, 레드도 당해낼 수가 없었다. 레드는 작게 한숨을 쉬며 말했다.

"……알았어. 알아오면 되잖냐."

"어차피 오늘 테드의 만찬에 초대 받았으니, 아란이 오면 다 함께 하도록 하죠."

"테드의 만찬?"

"시장에서 잭이랑 마주쳤어요."

잭의 이름이 나오자 유키와 레드의 표정이 굳었다. 라울은 반사적으로 클레어의 표정을 살폈지만, 클레어는 무심히 허공을 응시하고 있었다.

"뭐래?"

"테드가 쓸쓸해하니 놀러오라더군요."

"시장은 왜 왔대?"

"저녁 찬거리 사러요. 테드의 기분을 북돋아 주기 위해서."

"말도 안 되는 소리를 지껄이는군. 테드가 뭘 먹는다고 기분이 나아지는 녀석이 아닌데 말이야."

"그렇죠. 처음에는 잭이 정말로 혈귀일까 싶었지만…… 오늘은 좀 의심스럽더군요."

"그래. 겸사겸사 가 봐야겠군."

"만약에 말이야. 그 연금술사라는 게 진짜로 있으면 어떡할 거야? 우리 라볼르에 가는 거야?"

먼 곳까지 여행을 가본 적 없는 유키가 눈을 반짝반짝 빛냈다. 라울이 어깨를 으쓱했다.

"유키는 못 가요. 나랑 같이 가게를 지켜야죠. 아란도 경비초소 일이 있으니 자리를 비우기 힘들 거고."

"뭐야아…… 그럼 레드랑 클레어만 가는 거야?"

정체 모를 클레어를 레드 혼자 가는 길에 딸려 보낼 수는 없었다.

"클레어도 우리랑 있어야 돼요. 레드 혼자 다녀와요."

"아, 내가 왜!"

"그럼 레드가 가게를 볼래요?"

"읏……."

"난 내가 다녀와도 상관없어요."

"잔인한 놈. 세상에서 너보다 성격 더럽고 잔혹한 놈은 없을 거다."

연금술과 라볼르에 대해 이러저러한 이야기를 나누고 있을 때, 아란이 돌아왔다. 아란은 비어 있는 식탁을 흘끗 보더니 낮은 음성으로 물었다.

"고기는?"

"테드네 만찬에 초대받았댄다. 거기나 가자."

"메뉴는 뭐지?"

"해산물 요리를 할 거라던데요."

라울의 대답에 아란의 표정이 굳어졌다.

"나는 오늘, 고기를, 먹을, 예정이었다."

"알겠으니까 그만 예정, 그렇게 심각하게 말하지 마라."

레드가 아란의 머리를 툭툭 두드리고는 주방에서 나갔다. 유키와 라울도 아란이 폭발하기 전에 얼른 레드의 뒤를 따랐다.

"갈 건가?"

아란이 클레어에게 차가운 시선을 보내며 물었다.

"네가 싫다면 여기 있으마."

"잭이 널 알아볼 가능성은?"

"글쎄다. 보통 자기보다 강한 정혈귀는 잘 알아보지 못한단다."

"잭이 너보다 약하다는 말인가?"

"모르겠구나. 나는 혈귀가 된 후 인간의 피를 마셔본 적이 없다. 그 아이는 마셔왔을 테니, 가늠할 수가 없구나."

"그래? 그렇다면 넌 여기 있어라. 너 때문에 위험한 상황을 만들고 싶지 않으니까."

아란이 매몰차게 말하고 돌아섰다.

가게 밖에서 기다리던 유키가 고개를 갸우뚱하며 물었다.

"클레어는?"

"식욕이 없다는군."

"그래서 혼자 놔뒀다고?"

레드가 인상을 찌푸렸다.

"그래. 문제 있나?"

"……나도 식욕이 없다. 안 갈래."

가게로 들어가려는 레드를, 라울이 붙잡았다.

"아니죠. 레드는 가야죠. 책임이 있는데."

"너란 놈은 진짜!"

"그럼 내가 남을게! 테드네 집까지 올라가기도 힘든 데다가, 책을 보면서 아무렇지도 않은 표정을 짓지 못할 것 같아."

유키가 손을 번쩍 들며 말했다. 이번엔 라울도 쉽게 허락했다.

"그렇게 해요. 이왕이면 혈귀에게서 멀리 떨어져 있는 게 좋겠죠."

"아, 왜 유키는 되고, 나는 안 되는 건데!"

"어른이면 어른답게 굴어, 레드. 원래 꼬맹이는 제멋대로 하는 법이잖아."

유키가 짐짓 성숙한 표정을 지으며 말하자, 레드는 한 대 때려주고 싶은 듯 몸을 부르르 떨었다. 하지만 결국 라울에게 질질 끌려가고 말았다.

"유키."

아란이 허리를 숙이고 유키의 귀에 속삭였다.

"무기를 가지고 있어라."

"무기? 왜?"

"우린 아직 클레어에 대해 잘 모르니까."

"하지만…… 아란 형이랑 레드 형은 클레어를 받아들인 거 아니었어?"

"받아들였다고 신뢰하는 건 아니다."

"……."

"긴장을 풀지 마."

유키의 머리를 쓰다듬어 준 아란은, 걱정되는 듯 유키를 바라보다가 발길을 돌렸다.

* * *

테드의 저택에 잭은 없었다. 하지만 훌륭한 만찬이 준비되어 있었다. 화려한 샹들리에가 빛나는 드넓은 연회홀, 40명이 앉아도 남을 거대한 고급 테이블. 날개 달린 아모른의 전령 듀니스를 조각해서 만든 여러 개의 촛대가 테이블 위를 빛내고 있었다.

"좋군."

예정대로 고기를 먹을 수 없어서 오는 내내 불만에 찬 표정을 짓던 아란은, 테이블 위에 차려진 수십 가지의 요리를 보고 만족스러운 듯 자리에 앉았다. 테드는 레드 일행이 찾아온 것이 즐거워 연신 웃고 있었다.

"잭은?"

레드가 물었다.

"나 대신 물건을 좀 떼러 갔네."

"흐응. 그래? 저번에 라볼르의 연금술사 얘기를 했었지? 그것 좀 말해 봐."

레드가 다짜고짜 명령했다.

"라울한테 혼났나 보지?"

"혼나긴 누가 혼나? 누차 얘기하지만 난 주인, 이놈들은 내 노예다."

"테드, 오늘 저녁에 초대해 줘서 고마워요. 일단 연금술사에 대한 얘기를 좀 듣고 싶어요."

라울이 정중하게 말했다. 아란은 이미 음식을 먹는 중이었다.

"나도 자세히는 모르는데…… 일단 드시게. 먹으면서 얘기하지."

테드의 권유에 라울도 포크를 들었다. 신선한 해산물로 만든 각종 음식이 맛있는 냄새를 풍기고 있었다. 상큼한 초를 친 해산물 샐러드와 조개를 넣어 걸쭉하게 끓인 스프, 커다란 새우살 위에 연노란 치즈 소스를 부은 요리와 두툼한 스테이크까지. 어지간한 귀족 만찬에서도 찾아보기 힘든 음식들이 즐비했다.

"혹시나 자네들이 찾아올까 싶어서 알아봤는데 말이야. 그 연금술사, 미치광이라고 하더군."

"미치광이?"

"자기 연구를 위해서는 어린애들도 데려다가 죽인다는 소문이 있어. 인체 개조 같은 걸 한다던가."

"흐음."

"뭐, 가끔 쓸모 있는 물건을 만들어 내는 모양이야. 마력만으로 달리는 마차 같은 것도 만들었다던데? 마력석이 워낙 비싸서 여러 대 만들지는 못했지만, 제국에서도 그 기술을 탐내는 것 같아."

"그런 놈이 왜 여전히 라볼르에 있는 거지?"

"라볼르엔 광물이 많으니까."

"그걸 금으로 바꾸기라도 하는 건가?"

"그럴지도 모르지. 하여간 상당한 괴짜라고 들었네. 사람 만나는 걸 싫어하고, 어디 사는지도 알려져 있지 않다고 하더군."

"어디 사는지도 모른다고? 그럼 아예 없는 인물인 거 아냐?"

"아냐, 아냐. 아주 가끔씩 도시에 와서 음식을 사가기는 한대."

"이름은?"

"이름이…… 흠…… 아, 그래. 헤론. 헤론이라고 했던 것 같네. 뭐, 본명인지는 모르겠지만."

거기까지 이야기를 끝냈을 때, 접시도 거의 비워졌다. 그들이 대화를 하는 동안, 아란이 쉴 새 없이 먹어댔기 때문이다. 정신을 차린 레드는 아란의 뒤통수를 후려쳤다.

"이 자식아! 네 주둥이만 주둥이냐?"

"음식 앞에 두고 수다 떠는 거 아니다."

"하여간 이 자식은 진짜! 네놈은 먹을 것 때문에 친구도 팔 놈이야!"

"음식을 구할 방법이 그것밖에 없다면 팔 수밖에 없겠지."

"그를 만나러 갈 건가?"

테드가 물었다. 싸우는 레드와 아란은 버려두고, 라울이 대신 대답했다.

“가 보려고요. 역시 무기가 문제라서.”

“내일 라볼르로 가는 배가 있다던데.”

“내일이요? 내일은 너무 빠른데…….”

“내일 놓치면 15일 후에나 배가 있을 걸세. 그자가 사는 곳도 찾아야 하고, 무기를 만드는 데도 시간이 걸리니 빨리 가보는 게 좋지 않겠나.”

“흐음. 테드. 왜 이렇게 우릴 거기에 보내고 싶어 하는 거죠?”

라울이 눈을 가늘게 뜨자, 테드가 헛기침을 했다.

“흠흠. 그게…… 허허. 라볼르에서 약초꾼이 푸슈리를 캤다고 하더군. 그걸 좀 사다줄 수 있겠나?”

“푸슈리를요?”

푸슈리는 신비의 약초라고 불릴 만큼 발견이 어려운 약초였다. 달여서 먹으면 죽어가던 사람도 살리고, 말린 가루를 뿌리면 깊게 벌어진 상처도 아물게 하는 약초다. 발견이 어렵고 효능이 좋은 만큼, 가격은 어마어마했다.

“그 비싼 걸…….”

“약초꾼에게서 직접 사면 그렇게 비싸진 않을 거야. 제국 쪽에 가져다가 팔면 두 배는 남길 수 있겠지.”

“내일 출발한다고 해도, 라볼르까지는 보름이 넘게 걸려요. 그때까지 남아 있을까요?”

“라볼르에서 사려는 사람은 별로 없을 거고, 육지로 소식이

들어온 건 바로 오늘이니까…… 사려는 사람이 있으면 이제 막 출발할 거야. 개인 상인이 그 비싼 약초에 손 댈 일은 없으니, 상단이 움직일 텐데…….”

“상단이 움직이려면 준비기간이 필요하죠.”

“그래, 상단은 이래저래 시끄럽게 구니까. 라울 군, 부탁 좀 하겠네.”

“받은 도움이 많으니 그 정도는 당연히 해드릴게요. 할 거죠, 레드?”

여태 아란과 싸우느라 대화 내용을 못 들었던 레드가 멍청한 표정으로 물었다.

“뭘?”

“할 거죠, 레드?”

“뭘!”

“할 거예요, 안 할 거예요? 또 그 주둥이에 먹을 것만 집어넣고 할 일은 안 할 생각인가요? 그런 행동을 하는데 개, 돼지와 다를 바가 뭐겠어요?”

“할게! 하면 되잖아! 웃으면서 악담 좀 퍼붓지 말라고!”

“하겠다네요.”

라울이 생긋 웃으며 테드를 돌아봤다. 질린 표정으로 라울의 ‘미소 악담’을 지켜보던 테드가 얼떨결에 고개를 끄덕였다.

“그, 그래. 그럼 배편과 여비를 준비해서 내일 새벽에 가게에 들르겠네.”

* * *

아란이 무기를 가지고 있으라는 말은 했지만, 유키의 무기는 자기 몸뚱이만큼 커다란 검이었다. 아무 일도 없는데 무기를 지니고 있으면 클레어가 이상하게 생각할 것이다. 하지만 아란의 말을 무시할 수도 없는 노릇이었다.

'클레어가 정말 딴마음을 품고 있을까?'

오늘 낮에 유키의 머리를 쓰다듬어 주던 클레어는, 몹시 부드럽고 정겨웠다. 아무 표정 없는 인형 같은 얼굴도, 공허한 눈동자도 그 다정함을 지우진 못했다.

하지만 결국은 아란의 뜻을 따라 검을 가지고 2층으로 올라갔다. 클레어는 주방에 앉아 조용히 정면을 응시하고 있었다.

사람들은 혼자 있을 때 누워서 뒹굴거나 책을 읽거나 잠을 자는 등 무언가를 한다. 하지만 클레어는 그러지 않았다. 레드 일행과 대화를 할 때가 아니면 조용히 정면을 응시하고 있다. 그곳에서 무언가를 찾는 듯이. 레드 일행의 눈에는 보이지 않는 그것이, 저 앞 어딘가에 존재한다는 듯이.

무엇을 찾는 건지 궁금했다. 잃어버린 과거를 찾는 걸까? 앞으로의 계획을 찾는 걸까? 물어보고 싶었지만 함부로 입을 열 수가 없었다. 클레어는 다정하지만, 그만큼 먼 존재처럼 느껴졌다. 인간으로서는 도저히 이해할 수 없는, 멀고 먼 존재.

'인간이…… 아닌 건가? 하지만 인간이 아니라면 대체…… 뭐지? 라티족? 라티족인 걸까?'

엘프보다도 아름답다는 라티족. 그 아름다움 때문에 태양신 아모른의 예쁨을 받아, 아무것도 하지 않아도 종족을 번식시킬 수 있다는 라티족.

'하지만 라티족은 게으르잖아. 그 게으름뱅이들이 이런 곳까지 올 리가 없지.'

라티족이 하는 거라고는 자신들의 둥지에 틀어박혀 노래를 하고 그림을 그리는 것뿐이었다. 그들이 목적을 이루기 위해 세상 밖으로 나왔다는 이야기는 단 한 번도 들은 적 없다.

간혹 운 좋은 노예상들이 둥지를 찾아내 그들을 공격해도, 라티족은 반항하지 않고 붙잡힌다고 들었다. 단지 움직이기 귀찮다는 이유만으로.

유키는 의자를 끌어다가 클레어의 옆에 앉았다. 클레어는 유키의 검을 보고도 왜 가지고 왔냐고 묻지 않았다. 그 이유를 알고 있다는 듯이. 그래서 유키는 변명하듯 말했다.

"요새 혈귀…… 아, 그러니까…… 아혈귀들이 기승이니까, 혹시나 싶어서. 오늘 밤은 레드도 없고, 아란도 없잖아. 내가 지켜야지."

"그러냐."

클레어는 흥미 없다는 듯 중얼거리고는 다시 정면을 응시했다.

"클레어. 있잖아……."

정말로 기억나는 것이 없냐고 물어보려고 했는데, 갑자기 클레어가 벌떡 일어났다. 올려다보는 유키의 머리를 살짝 누른 클레어는,

"그냥 있거라. 다녀오마."

라고 말한 후, 순식간에 사라졌다. 유키가 그녀의 말을 제대로 받아들이기도 전에 일어난 일이었다.

유키는 눈을 휘둥그레 뜨고, 방금 전까지 클레어가 앉아 있던 의자를 멍하니 쳐다봤다. 알림벨이 울린 것은, 클레어가 사라지고 10분쯤 지난 후였다.

아혈귀의 움직임을 느꼈다. 서쪽 관문 밖에서 시작된 움직이었다. 그들이 들어오기 전에 해치우는 것이 좋을 것 같다. 인간의 눈에 띄면 귀찮아진다.

클레어는 지붕 위로 올라가 달리기 시작했다. 펠타 시는 늦은 시간에도 통행인이 많아, 거리를 달리는 것이 힘들었기 때문이다. 어두운 빛의 옷과 머리카락 색 덕분에, 지붕 위에서 움직이는 클레어를 눈치챈 사람들은 없었다. 설령 이상한 느낌에 올려다본다고 해도, 클레어는 그 위치에서 사라진 지 오래일 것이다.

서쪽 관문의 경비대원들은 아무것도 모른 채 잡담을 나누고 있었다. 아혈귀들은 아직 관문밖에 있다. 마지막 건물에서 서

쪽 관문의 벽까지는 상당한 거리가 있었다. 클레어는 그 거리를 가늠한 후 힘껏 도약했다.

관문 밖의 거대한 대지는 갈리트 백작의 소유였다. 비옥하지는 않지만 평균 수준의 밀을 수확할 수 있어서, 상당한 수의 농가들이 자리를 잡았다. 축산업과 농업을 병행하는 농가들이었다.

관문 밖의 벽 아래로 내려간 클레어는 잠시 몸을 웅크리고 주위를 살폈다. 레드 일행과 있는 동안 짐승의 피조차 마음껏 마시지 못해 심장이 찢어지는 듯한 고통이 느껴졌다. 그 고통은 심장에서부터 시작되어 혈관을 타고 번져나갔다. 고통 때문에 집중하는 것이 힘들었다.

아랫입술을 깨물고 어둠 속을 노려봤다. 바람을 타고 간간이 소와 돼지의 울음소리가 들려왔다. 그리고……

'왼쪽.'

평상시와 다른 인간의 심장 소리들. 공포를 마주했을 때 내는 격렬한 심장 박동 소리가 클레어의 예민한 청각을 자극했다.

장소를 짐작하자마자 클레어는 빠르게 움직였다. 불빛 하나 없는 어둠, 달조차 구름에 가려져 한 치 앞도 분간하기 힘든 어둠이었지만 클레어에게는 문제가 되지 않았다.

저 멀리 목적지가 보이기 시작했다. 손톱을 빼내려던 클레어는 뭔가 다른 느낌에 움직임을 멈추고, 옆에 보이는 축사 건물 뒤로 몸을 감췄다.

'다른 게 있군.'

아혈귀만 있는 것이 아니다. 느껴지는 아혈귀의 기운은 셋. 인간의 심장박동은 넷. 그리고 한 명이 더 있었다.

클레어는 흘러나가려는 기운을 억누르며, 20미터 앞에 있는 건물을 응시했다. 놈들은 농가 안에 있는지 보이지 않았다. 조금 더 가까이 다가가면 소리를 들을 수 있을 것 같지만 관뒀다. 저 안에 있는 누군가와 마주쳐선 안 될 것 같다는 느낌이 들었다.

그때, 한 여자가 농가에서 천천히 나오기 시작했다. 화려한 연분홍색 드레스를 입은, 주홍빛 머리카락의 여자였다. 여자의 품엔 태어난 지 두 달도 안 되어 보이는 갓난아기가 안겨 있었다.

"갓난아이는 시끄럽지만 맛은 있거든."

여자가 말했다. 그 뒤로 아혈귀 셋이 각자 한 명씩 붙잡은 인간의 입을 틀어막고 밖으로 나왔다. 그들의 입술 위로 비집고 나온 송곳니가 흉포하게 빛났다. 붙잡힌 인간들은 공포로 정신이 없어 보였다.

'부부와…… 아이 둘인가?'

중년의 사내와 여인. 그리고 유키 또래로 보이는 소녀와 여자의 품에 안긴 갓난아기. 엄마로 보이는 여자는 공포보다 더 큰 감정을 느끼고 있었다.

'슬퍼하는구나.'

인간 여자의 눈은 자신의 아이에게 향해 있었다. 소녀와 갓난 아기를 번갈아 보며 쉴 새 없이 눈물을 흘렸다. 자신에게 꽂힌 송곳니보다 자신의 아이들에게 닥친 위험이 무섭고 슬프다는 듯이.

구하고 싶다.

'하지만…….'

숨을 쉬지 않아도 되는 클레어지만, 이럴 때는 습관처럼 한숨이 나왔다.

클레어는 나설 수 없었다. 주홍빛 머리의 여자는 정혈귀였다. 그것도 상당히 강한 정혈귀.

아혈귀들이 그녀의 말을 따르는 것으로 봐선, 그녀에게 희생당했던 아혈귀들일 것이 분명했다. 아혈귀들은 짐승 같지만, 자신을 아혈귀로 만든 정혈귀만큼은 따른다. 지금 공격하면 아혈귀 셋과 여자를 동시에 상대해야만 했고, 이길 가능성은 제로에 가까웠다.

"흐응……."

주홍빛 여자가 클레어의 기척을 느낀 듯 주위를 둘러봤다. 여자의 눈동자가 정확히 클레어가 있는 건물에서 멈췄다. 클레어는 주먹을 꽉 쥐었다.

"이 아이를 살리고 싶니?"

다행히 클레어의 존재를 눈치채지 못한 듯, 주홍빛 머리의 여자가 인간 여자를 보며 물었다. 인간 여자는 잡힌 상태에서도 고개를 열심히 끄덕거렸다.

주홍빛 머리의 여자가 웃으며 손을 올렸다. 평범했던 그녀의 손에서 순식간에 손톱이 길어졌다. 날카로운 손톱이 인간 여자의 뺨을 살며시 그었다.

"난 인간일 때도 엄마인 적이 없어서, 너 같은 인간을 보는 게 참 웃겨. 인간 여자들은 자기 자식을 살리려고 뭐든 하거든. 그게 자기 목숨 갉아먹는 짓이라도 말이야. 아주 역겹지. 그런 걸 가지고 인간에게만 있는 감정이네, 어쩌네 하는 거 말이야."

손톱이 여자의 볼을 파고들어갔다. 상처가 벌어지며 피가 흘러내렸다. 고통스러울 것이 분명한데, 자식의 걱정 때문에 정신이 없는 여자는 자기가 피를 흘리는지도 모르고 아이들을 쳐다봤다.

"걱정 마. 너무 어린애는 내 취향이 아니거든. 맛있지만 너무 작잖아."

주홍빛 머리 여자의 말에 인간 여자가 안도한 표정을 지었다. 하지만 그것도 잠시였다.

"눈독을 들이고 있었어. 이 집에 애가 태어났다고 했을 때부터. 일 년쯤 기다리려고 했는데, 이 멍청한 것들이 먼저 손을 쓸 줄이야. 일 년이야. 이 아이를 일 년은 살려둘게. 시끄럽긴 하지만 좋은 우유를 먹이고 보살폈다가, 일 년 후에 먹어 줄게."

인간 여자의 눈에서 희망의 빛이 사라졌다.

"너무 슬퍼할 거 없어. 곧 아무것도 모르게 될 테니까. 너도

이 애들처럼 될 거거든."

주홍빛 머리의 여자가 아혈귀들을 가리키며 말했다.

"인간들은 말하지. 자기는 아혈귀가 돼도 인간일 때의 기억을 잃지 않을 거라고. 하지만 아니야. 널 아혈귀로 만들면, 넌 네 사랑스러운 자식들의 목을 물어뜯게 될 거야. 제 자식인지도 모르고."

경악과 공포로 일그러지는 인간들의 표정을 보는 것이, 주홍빛 여자는 즐거운 듯했다. 그녀의 목소리가 가늘어지며 노래를 하듯 흥겹게 울렸다.

그때, 클레어는 뒤에서 누군가 다가오는 기척을 느꼈다. 빠른 속도로 달려오는 그것은……

'금빛 머리의 아이가 오는구나.'

알림벨이라는 것이 울렸을 것이다. 인간의 남자는 집 밖으로 끌려나오기 전부터 상처를 입은 듯 보였다. 그 피가 레드 일행의 알림벨을 울리게 했을 것이다.

클레어는 휙 돌아서서 유키를 향해 달려갔다. 저들과 마주쳐서는 안 된다. 클레어와 유키, 두 사람이 함께 공격한다고 해서 주홍빛 머리의 여자를 이길 수 있을 것 같지 않았다.

탁탁탁탁.

유키와 가까워질수록 그가 흙길을 밟으며 달려오는 소리가 커졌다. 정혈귀의 청각은 무시 못 한다. 주홍빛 머리의 여자는 이미 유키의 존재를 눈치챘을 것이다.

어둠 속에서도 반짝거리는 금발 머리가 보였다. 클레어는 힘을 감추지 않고 최대한의 속도를 끌어냈다. 그리고 한 팔로 유키를 끌어안았다.

유키가 비명을 지르기도 전에 클레어는 달렸다. 바람이 귓가를 스쳤다.

“크, 클레어?”

유키는 자신을 낚아챈 것이 클레어라는 것을 뒤늦게 눈치챘다.

“왜……? 혈귀는……?”

클레어는 대답하지 않았다. 주홍빛 머리의 여자가 움직이기 시작했다. 한 인간을 들고 달리는 속도로 그녀를 이길 수 있을까?

걱정할 시간은 길지 않았다. 어느새 클레어를 따라잡은 주홍빛 머리의 여자가 둘의 앞을 막아섰다. 클레어는 그녀의 형태를 보자마자 달리기를 멈추고 유키를 입을 틀어막았다.

“어머나.”

여자는 여전히 갓난아이를 안고 있었다. 무슨 수를 쓴 건지, 아기는 뒤척거리지도 않았다.

“펠타 시에 정혈귀가 또 있는 줄은 몰랐네. 아까부터 훔쳐보던 게…….”

웃으며 다가오던 여자가 멈칫하고는 클레어를 물끄러미 응시했다. 여자의 얼굴에서 미소가 사라졌다.

"어머, 나보다 강하신가 봐요? 기척을 읽을 수 없다니."

"……."

"나탈리라고 해요. 존함을 알 수 있을까요?"

"……."

클레어가 아무 말 하지 않자 나탈리가 유키를 쳐다봤다. 유키의 호박색 눈동자는 경악과 공포로 크게 뜨여 있었다.

"제가 식사를 방해한 건가요? 심기가 불편해 보이시네요. 저보다 강한 분의 식량을 빼앗을 생각은 없습니다. 그저 반가워서요. 펠타 시엔 어쩐 일이시죠? 그분의 명령으로 오신 건가요?"

"……."

"라볼르에는 이미 사람을 보냈어요. 그분께는 시키신 일을 잘 처리하고 있다고 전해 주세요."

'그분'이 누군지 알 수 없었다. 어쩌면 루시드를 말하는 건지도 모르겠다.

하지만 섣불리 질문할 수는 없었다. 이대로 조용히 있으면, 나탈리는 자기편이라 오해한 채 클레어를 보내 줄 터였다.

"아, 그런데…… 그 애, 어디서 본 것 같은데…… 혹시 붉은 사자의 일행 중 한 명 아닌가요? 금빛 머리에 호박색 눈동자를 가진 아이. 이름이 뭐랬더라? 음…… 아, 그래. 유키."

"그분의 명령으로 이들을 감시하고 있었다."

클레어는 되는 대로 말했다. 다행히 나탈리는 의심하지 않았다.

"아, 그래요? 잭이 그다지 믿음직스럽지 못했나 보죠? 뭐, 그 이도 열심히 하려고 노력 중이기는 해요. 그렇게 강하진 않지만."

"……."

"그런데…… 아직 손대지 말라고 들었는데, 어째서 그 애를 건드리신 건가요?"

나탈리의 눈이 의심스러운 듯 클레어와 유키를 한 번씩 쳐다봤다. 하지만 깊은 의심은 아니었다. 정혈귀 사이에서 배신이란 있을 수 없는 일이기 때문이다.

"정혈귀로 만들려고 한다. 이 아이는…… 내 곁에 두고 싶구나."

클레어의 말에 나탈리가 빙그레 웃었다.

"그래요. 그 애, 귀엽긴 하죠. 그래도 좀 더 자라게 하면 더 예쁜 청년이 될 텐데. 아이 모습으로 남기기엔 좀 아쉽지 않나요?"

"내…… 취향이다."

"그런가요? 하여간 붉은 사자 일행이 눈치채지 못하게 해 주세요. 라볼르에서 연금술사만 데리고 오면, 우리 계획도 반쯤은 완성될 테니까요."

"그러지."

"그럼 전 볼일이 있어서요."

나탈리는 살짝 고개를 숙여 인사하고는, 아까의 농가로 달려갔다. 그녀가 사라지자, 유키가 버둥거리기 시작했다. 클레어의 손에서 빠져나오기 위해서였다. 하지만 클레어를 이길 수는 없었다. 클레어는 그대로 유키를 붙잡은 채 다시 달리기 시작했다.

클레어가 멈춘 곳은 항구에서 조금 벗어난 곳에 있는, 인적 드문 바위 해변이었다. 클레어는 유키를 놔주었다. 클레어에게서 벗어나자마자 유키는 거대한 검을 뽑아, 클레어의 목에 겨눴다. 유키의 호박색 눈동자가 경악과 분노, 그리고 슬픔으로 빛나고 있었다.

"너…… 진짜로 정혈귀였어?"

* * *

"어서 돌아가자."

테드의 집에서 나오자마자 아란이 발길을 서둘렀다. 레드가 미심쩍은 눈으로 아란을 쳐다봤다.

"뭘 감추고 있는 거냐?"

레드의 질문에 아란은 살짝 미간을 좁혔다. 레드의 푸른 눈이 아란을 찌를 듯 응시했다.

"너, 아까부터 이상하다."

"배가 많이 고팠다."

아란은 무심한 척 대답하며 걸음을 옮겼다.

"아니, 그런 이유가 아니겠지. 클레어가 테드네 집에 가지 않겠다고 한 건, 너 때문일 거다. 맞지?"

"클레어 스스로 결정한 일이다."

"그럴 리가. 클레어는 강해. 오늘 잭이 없었으니 다행이지, 여차하는 순간 잭이 우리를 공격하면 클레어가 어떻게든 해 줄 수 있었어."

"그래서?"

"그런데 넌 클레어를 두고 왔지."

"말했잖아. 클레어 스스로 결정한 일이라고."

"또 하나 이상한 건…… 왜 유키한테 무기를 지니고 있으라고 했지?"

정곡을 찌른 질문에 아란의 움직임이 흐트러졌다. 아주 짧은 순간이었지만 레드의 눈을 피할 순 없었다.

"그 여자를 완전히 신뢰할 수는 없으니까."

"클레어를 받아들이자고 말한 건 너다."

"그 여자가 가진 정보가 필요할 것 같았기 때문이다. 그 여자를 완전히 믿는 건 아니다."

"그래?"

"그래."

"다른 이유는 없고?"

"없다."

레드의 눈동자엔 여전히 의심이 남아 있었다. 그러나 레드는 더 이상 질문하지 않았다.

"유키가 걱정이 되네요. 좀 더 서두르죠."

조용히 둘의 이야기를 듣던 라울이, 대화하느라 걸음이 느려진 두 사람을 재촉했다. 그들은 날듯이 험한 산을 내려왔다. 숨을 돌릴 틈도 없이 가게에 도착했을 때, 유키와 클레어는 없었다.

레드가 알림벨을 확인했다.

"울렸었군."

"그럼…… 둘 다 혈귀를 잡으러 갔겠군요."

라울이 중얼거리며 무기를 점검했다.

"울린 지 두 시간쯤 지났다."

레드의 말에 아란의 표정이 굳었다.

"두 시간이나 지났다고요? 클레어와 함께 갔다면 금방 처리를 했을……."

"어디서 울렸지?"

아란이 라울의 말을 끊으며 물었다.

"서문 밖."

레드는 이미 가게를 나서는 중이었다. 아란이 그 뒤를 따랐고, 라울은 불안한 마음으로 두 사람을 따라 달려갔다.

* * *

클레어는 유키가 겨눈 검에는 관심이 없다는 듯, 유키의 눈을 물끄러미 응시하고 있었다. 유키는 클레어의 검붉은 눈동자를 똑바로 바라보는 것이 힘들었다. 그녀의 눈동자는 정말이지, 서글펐다.

아혈귀와 눈이 마주친 적이 있다. 그들의 눈동자에는 피를 향한 욕망 이외의 것은 담겨 있지 않았다. 번들거리는 탐욕과 광기, 살기.

클레어의 눈에선 그것들을 전혀 찾아볼 수가 없었다. 정혈귀란 전부 이런 것일까? 이토록 슬프고 외로운 눈빛을 갖고 있는 것일까?

때마침 하늘을 가리고 있던 구름이 사라지며 달이 모습을 드러냈다. 그 달이 클레어의 눈동자에 갇혀 부드럽게 흔들렸다. 그 흔들림에 따라 유키의 마음도 덩달아 일렁거렸다. 검을 잡은 손에서 힘이 빠지려 했다.

"그래, 정혈귀란다."

클레어의 대답에 유키는 정신을 차렸다.

"날 속인 거야?"

"……."

"우리를 속인 거야?"

"……."

"내 머리를 쓰다듬어 주면서 동료들을 신뢰하라고 했던 건, 전부 거짓이었던 거야? 우리 일행을 감시하기 위해서, 내 마음을 안심시키기 위해서 그런 거짓말을 했던 거야?"

"금빛의 아이야."

"집어치워! 그런 식으로 날 부르지 마!"

"……."

"어째서? 어째서 그런 짓을 하는 건데? 왜 우리를 감시하는 건데? 우리가 혈귀를 죽여서? 우리가 너희한테 위협이 돼? 네가 말한 그 아모른의 권능인지 뭔지가, 혈귀에게 그렇게까지 위협이 되는 거야?"

"……."

"왜, 왜 속였어? 왜 나한테 웃어 줬어? 왜 나한테 따뜻한 말을 해 준 거야? 그런 짓 하지 말지. 감시를 하러 온 거면, 그냥 감시만 하지. 왜 내 마음에……."

"……."

"대체 왜……."

유키의 목소리에서 물기가 묻어나왔다. 커다란 눈에도 물기가 젖었지만 그것이 맺혀 흐르진 않았다. 유키는 자신의 검을 바라보고는 쓰게 웃었다.

"이게 널 죽이진 못하겠지?"

클레어는 대답하지 않았다.

"이걸로 네 목을 베어도, 넌 다시 살아나겠지? 그런 확신이 있으니까 전혀 움직일 생각도 안 하는 거겠지?"

"……."

"아니면 다른 생각이 있는 거야? 내가 검을 휘두르는 순간, 아까 보여줬던 그 속도로 날 공격하려는 거야?"

"나는 살인마가 아니란다, 아이야."

"아니긴 뭐가 아니야! 혈귀잖아! 정혈귀잖아! 그게 어떻게 살인마가 아닐 수가 있어? 식량으로 삼는 거니까 괜찮다는 말을 하려는 거야? 생을 유지하기 위해서 어쩔 수 없으니까 이해하라는 말을 하려는 거야?"

"뭔가 오해를 하는구나. 혈귀는 인간의 피를 마시지 않아도 살아갈 수는 있단다."

"뭐?"

"죽지는 않지만, 죽는 게 더 나을 것 같은 상황에 빠지게 되지. 그래서 마시는 거란다."

"죽는 게 더 나을 것 같다니?"

"전에 아혈귀를 한 마리 잡아서 실험해 봤다고 들었다."

"응. 굉장히 고통스러워했어. 그 비명을 계속 들을 수가 없다고, 레드가 죽여 버렸어."

"그래. 그 아이는 정말 다정하구나."

"……."

"혈귀는 인간의 피를 마시지 않으면 온몸이 부서지는 고통을 받는단다. 뼈와 살이 분리되고 거대한 망치가 뼈를 잘게 부수는, 그런 통증이 찾아오지. 손가락 끝에서부터 시작된 고통은 마치 날카로운 검에 잘게 다져지는 것처럼 끔찍하단다. 단 한순간의 쉼도 없이, 그 고통에 지배를 당하게 되지."

클레어는 마치 자신이 경험을 해 본 듯이 말했다.

"하지만 정말로 두려운 것은 고통이 아니란다. 고통 때문에 이성을 잃게 되는 순간이지. 고통이 뇌까지 지배해서 제대로 생각할 수가 없게 되고, 그러면 간혹 미치기도 하고 기억을 잃기도 하지. 그 고통이 너무 커서 말이다."

클레어가 하늘을 올려다봤다.

"많은 것을 잃게 되고, 자신이 누구인지조차 잊게 되는 그런 상황이 두려워서, 정혈귀들은 피를 마시는 거란다. 물론 아혈귀들은 그저 식탐 때문에 마시는 거지만 말이다."

"너는……."

얼마나 마셨다고 물어보려던 유키는, 무언가 떠오르는 생각에 입을 다물었다. 클레어는 인간의 피를 마시지 않았을 때 찾아오는 고통과 여파를, 마치 자신이 경험한 것처럼 알고 있었다. 그리고 클레어는……

"넌…… 기억을 잃었지?"

클레어가 유키를 돌아보지 않고 대답했다.

"그래, 난 기억을 잃었단다."

유키의 눈에 또다시 눈물이 고였다. 그녀의 목을 겨누고 있는 유키의 거대한 검 끝이 가늘게 떨렸다.

"피를…… 마시지 않았던 거야?"

클레어가 고개를 돌려 유키와 눈을 맞췄다. 그녀의 눈동자는 여전히 맑고 서글프게 빛나고 있었다.

"그래, 금빛의 아이야. 나는 인간의 피를 마시지 않았단다. 그것이 나를 미치게도 하고, 기억을 잃게도 했지."

눈빛과 다르게 그녀의 허스키한 음성은 무감정했다. 높낮이가 불분명한 목소리로, 클레어는 말을 이었다.

"허나 너희들을 찾은 후, 나는 조금씩 나 자신을 되찾고 있단다. 너희들의 힘이 언젠가는 내 기억을 일깨워 주었으면 좋겠구나."

* * *

어둠에 휩싸인 농가에선 간간이 소와 돼지의 울음소리가 들려왔다. 고통을 호소하는 듯한 가축의 소리가 어둠을 더욱 기괴하게 물들였다.

레드 일행은 참혹한 광경에서 눈을 떼지 못했다. 갈가리 찢긴 시신이 흙바닥에 뒹굴고 있었다. 크기로 보아 어린아이의 것 같았고, 흩뿌려진 피가 당시의 잔인함을 알려주었다.

"머리가 없군."

레드가 말했다.

남겨진 시신은 미라처럼 바짝 말라붙어 있었다. 거기서 혈귀의 흔적을 찾는 데 집중하던 아란과 라울이 흠칫 놀라 레드를 쳐다봤다. 레드는 그들에게 시선을 주지도 않고, 어두운 농가 안쪽을 노려봤다.

농가의 문은 열려 있었고, 불빛이 전혀 없어 캄캄했다. 그들을 다른 세상으로 이끌려는 듯 아가리를 벌린 어둔 공간을 향해, 레드가 거리낌 없이 걸어갔다.

"뭔가 남아 있을지도 몰라."

아란이 레드의 팔을 잡으며 말했다. 레드의 입가에 차가운 미소가 떠올랐다.

"뭐가? 아혈귀가?"

"……."

"팔자 좋게 아직까지 남아 있을 리가 없잖아."

레드는 아란을 뿌리치고 안으로 들어갔다. 레드의 손가락 끝에서 불길이 일었다. 레드의 머리칼만큼이나 붉은 불꽃은, 그의 옷자락에 닿았는데도 옷을 태우지 않았다.

일렁이는 불꽃으로 인해 주위가 환해졌다. 농가 안은 잔뜩 어질러진 상태였고, 바닥엔 점점이 피가 떨어져 있었다. 그리고 그 끝에, 아이의 머리가 뒹굴고 있었다.

겁에 질린 채 눈을 크게 부릅뜬 어린 소녀의 머리를, 레드는 가만히 응시했다. 아란이 다가와 레드의 어깨에 손을 얹었다.

"유키와 클레어의 흔적이 없다."

"이상하지 않아?"

"뭐가?"

"머리는 무사해."

"뭐?"

"피를 빨지 않았어. 살아 있을 때 머리를 잘라냈다는 거지. 게다가 저 밖의 몸뚱이는 산산조각이 나 있었다. 아혈귀들은 저런 짓을 하지 않아. 몸을 찢으면 아까운 피가 바닥으로 떨어지니까. 우리, 한 번도 저렇게 찢긴 시체를 본 적이 없잖아."

"그거야……."

"게다가."

레드가 아란의 말을 끊으며 고개를 돌렸다. 레드의 새파란 눈이 차갑게 얼어붙은 채 아란을 응시하고 있었다.

"누가 봐도 이상하게 여길 만한 이 상황을, 누구보다도 예리한 아발란체 경은 눈치채지 못했지."

"레드."

"무슨 생각을 하고 있는 걸까?"

불꽃이 일렁이는 레드의 손이 서서히 아란의 얼굴을 향했다. 그 손이 아란의 볼에 닿았을 때, 불꽃은 사라진 후였다.

"눈치 빠른 아발란체 경은."

아란은 입안이 바싹 말랐다. 레드의 음성은 낮게 가라앉아 있었고, 이건 레드가 몹시 화났음을 시사했다.

레드는 일행이 자신에게 무언가 감추는 것을 싫어했다. 그것이 혈귀에 관한 일이라면 더했다. 레드는 집요했고, 모든 것을 알아야 한다고 생각할 만큼 오만했다.

눈치가 빠르고 예리한 쪽은 아란이 아닌 레드였다.

'그런 것치고는…….'

그런 레드의 성정을 되새기고 나자, 다른 쪽으로 생각이 옮겨졌다.

'클레어에 대해서만큼은 모르는 채로 잘도 견디는군.'

레드는 클레어의 정체에 대해 캐묻지 않았다. 누구보다도 클레어를 의심스럽게 생각하는 게 레드일 텐데, 클레어를 닦달하지 않고 가만히 내버려 두었다. 클레어가 무엇이든 상관없다는 듯, 클레어의 정체 따위는 아무래도 좋다는 듯. 그저 클레어를 곁에 둘 수 있다는 것만으로도 안심이라는 듯.

'그런가?'

아란의 검은 눈동자가 주위를 둘러싼 어둠보다 더욱 어둡게 가라앉았다.

'넌 클레어에게 연정을 품게 된 건가?'

그렇게 생각하면 지금껏 레드가 보인 기이한 행각들이 전부 설명이 됐다.

"너는……."

물어보려던 아란은 도로 입을 다물었다.

여자 경험이 없고 여자 자체를 싫어하는 레드가 자신의 마음을 깨달았을 리 없다. 그런 레드에게 구태여 그 마음을 알려주어 자각하게 할 필요는 없었다.

클레어는 정혈귀다. 저주를 받은 생물. 아니, 숨조차 쉬지 않는 그것을 생물이라 할 수 있을까? 심장이 뛰지 않는 그것은 생물조차 아니다. 이 세계에 있어서는 안 될 어둠의 찌꺼기, 사라져야만 할 저주의 배설물일 뿐.

아란은 클레어를 믿지 않았다.

그녀가 인간의 피를 마신 적 없다는 것도, 저주받은 삶이 괴롭다고 말한 것도 전부 믿을 수 없었다.

클레어가 이쪽에 접근한 이유를 알 수는 없지만, 무슨 꿍꿍이속을 가지고 있든 그녀에게서 빼낼 정보는 모조리 빼낼 작정이었다. 살려두는 것은 그때까지만이다.

아무리 강한 정혈귀라지만 죽일 방법은 분명 있을 테고, 그걸 알자마자 클레어를 제거할 계획이다. 레드의 원망을 사도 상관없었다. 아모른의 저주를 받은 것을 옆에 둘 수는 없다.

아란이 갑자기 입을 다물자 레드의 짙은 눈썹이 움직였다.

"왜 말을 하다 말지?"

"너는 유키와 클레어가 걱정되지도 않나?"

"뭐?"

"두 사람은 분명 알림벨을 듣고 여기로 왔겠지. 이 상황은 기이하기 짝이 없고. 어쩌면 두 사람의 신변에 무슨 일이 생겼을지도 모른다는 생각을, 왜 못 하는 거지?"

가볍게 질책하는 말에 레드의 표정이 굳었다. 그제야 유키가(아니, 그보다는 클레어가) 걱정이 되는지 레드는 황급히 돌아섰다. 달려 나가는 레드와 마침 들어오던 라울이 부딪쳤다. 라울이 눈을 크게 떴다.

"레드?"

"클레어랑 유키에게 무슨 일이 생겼을지도 모르겠다. 일단 찾아보자."

"아니, 두 사람이라면……."

라울을 밀치고 밖으로 나간 레드는 바로 문 앞에 서 있던 사람과 세게 부딪쳤다.

"뭐야!"

진로를 방해받아 버럭 외치는 레드를 향해, 담담한 목소리가 날아들었다.

"아이야. 왜 물 밖에 나온 물고기처럼 날뛰는 게냐?"

클레어와 유키가 나란히 서서, 자기가 잘못한 주제에 성질을 내는 레드를 물끄러미 바라보고 있었다.

그러자 큰일이 생긴 줄 알고 일렁이던 마음이 순식간에 가라앉으며, 무사한 클레어를 끌어안고 싶단 충동이 레드를 지배했다.

아아, 다행이다. 네가 다친 곳이 없어서 다행이야.

레드는 갑작스레 밀려오는 충동을 자제하지 못하고 클레어를 향해 손을 뻗다가, 가까스로 정신을 차리고 움직임을 멈췄다.

유키가 화들짝 놀라 클레어와 레드의 사이를 가로막았다.

"레드! 이제 클레어한테도 손찌검을 하려는 거야?"

"레드. 당신이 남녀노소 가리지 않고 손을 날리는 되먹지 못한 인간이라는 건 알지만, 제발 내 앞에서는 참아줘요."

어느새 다가온 라울도 레드를 말렸다. 레드는 눈썹을 실룩거리며 뒤로 돌아섰다. 클레어를 때릴 생각은 추호도 없었지만, '아아, 다행이야.'라든가, '안고 싶어!' 같은 생각을 들키느니 차라리 오해를 받는 편이 나을 것 같았다.

농가에서 나온 아란이 팔짱을 끼고 서서 레드를 지켜보고 있었다. 아란의 검은 눈동자는, 방금 레드의 생각을 전부 읽었다는 듯 날카롭게 빛나고 있었다.

'난 네가 무슨 생각을 하는지 안다.'

그 눈빛이 마음에 들지 않았다.

네가 알긴 뭘 알아? 나도 내 생각을 모르겠는데.

"유키, 어디 갔던 거예요?"

라울이 유키에게 물었다.

"그래, 너 대체 어디에 갔던 거냐? 당연히 여기 있을 줄 알았는데 없어서 큰일이라도 생긴 줄 알았잖아!"

아란의 눈빛이 버거웠던 레드는, 기회는 이때다 싶어 유키를 나무랐다. 유키는 큰 검을 등에 짊어진 채로 눈을 깜빡깜빡하다가 어색하게 웃었다.

"있지, 여기 오긴 왔었어. 그런데……."

구름이 달을 가리고 있었다. 유키의 얼굴이 잘 보이지 않아, 레드는 손에 불꽃을 모았다. 일렁이는 붉은 불꽃 때문에 유키의 얼굴이 붉게 상기된 듯 보였다.

시선이 느껴졌다. 클레어가 레드의 손에 맺힌 불꽃을 응시하고 있었다. 그녀의 눈빛을 보는 순간, 일렁, 불꽃이 흔들렸다. 하마터면 꺼질 뻔한 불꽃을, 레드는 얼른 갈무리했다.

클레어는 여전히 무표정했다. 그러나 레드는 그녀가 울고 있다고 생각했다. 어째서일까? 저 메마른 눈에 물기 따위는 조금도 없는데, 왜 울고 있다고 느껴지는 걸까.

"정혈귀가 있었어."

유키의 말에 레드는 정신을 차렸다. 아란이 다가와 레드의 옆에 서며 물었다.

"정혈귀가 있었다고?"

유키가 고개를 끄덕였다.

"응, 정혈귀가 있었어. 나랑 클레어가 알림벨을 듣고 달려가 봤지만, 싸울 수가 없었어. 정혈귀 하나가 아니라, 아혈귀도 있었거든."

"그런가?"

아란이 클레어를 향해 미심쩍다는 시선을 던졌다. 아란의 시선을 느낀 유키가 클레어를 대신해 말했다.

"클레어가 아니었으면 난 죽었을 거야. 그 정혈귀, 정말 인간 같았어. 우리들, 잭이 정혈귀라는 걸 알긴 하지만 그가 움직이는 모습을 본 적은 없잖아. 난 오늘 처음 봤어. 정혈귀라는 게 어떤 건지. 우리랑 똑같아. 똑같이 말도 하고…… 심지어 웃기도 해. 손톱도, 송곳니도 길지 않고. 하지만 정말 빠르더라. 정말로."

유키의 표정이 어두워졌다.

"클레어가 정혈귀라는 걸 알려 줬고, 우린 숨어 있다가 항구 쪽으로 도망쳤어. 될 수 있도록 멀리 떨어져 있어야 한다고 생각했거든. 그러다가 가게로 가봤는데 형들이 들어왔던 흔적만 있더라고. 혹시 알림벨을 보고 이쪽으로 온 게 아닐까 싶어서 서둘러 달려온 거야."

유키의 변호에도 클레어를 향한 아란의 시선은 차가웠다. 은빛 매라 하여, 왕궁에서도 탐낼 만큼 강한 인물의 시선을 클레어는 담담히 받아냈다.

"그리고 있잖아."

유키가 어색하게 웃으며 아란의 팔을 잡았다. 그제야 아란은 클레어에게서 시선을 떼고 유키를 내려다봤다. 유키는 호박색의 커다란 눈동자로 아란을 올려다보며 말했다.

"그 여자, 우리도 아는 여자야."

"우리가 아는 여자라고요?"

"캐서린이냐?"

레드가 소망이 가득 담긴 목소리로 물었다.

"그랬으면 좋겠지만…… 아니야. 그 여잔……."

망설이던 유키는 작게 한숨을 쉬며 말했다.

"갈리트 백작 부인이었어."

*　　*　　*

백작가로 돌아온 나탈리는 침대에 누워 편히 자고 있는 갈리트 백작의 모습을 내려다보며 찬 미소를 흘렸다. 이 어리석은 남자는 자신의 부인이 밤에 무엇을 하고 돌아다니는지 꿈에도 모를 것이다.

'하여간 인간들은 하잘것없어.'

제 부인이 정혈귀인지도 모르는 자를, 최고의 시장이라며 추켜세우는 인간들을 생각하니 웃음이 나왔다. 나탈리는 침대 옆에 있던 수면향을 껐다. 수면향의 효과는 4, 5시간씩 지속된다. 저택 구석에 있는 지하 감옥을 다녀오는 데 그 시간이면 충분했다.

안으로 들어가자 가둬둔 인간들의 신음 소리가 노랫가락처럼 울려 퍼졌다. 얼마 전 노예상에게서 구입한 노예들 때문에 평소보다 소리가 컸다.

두고두고 감상하다가 하나씩 처리할 생각이었는데, 긴 선박생활로 지친 노예들은 상태가 좋지 않았다. 건장한 남자들을 제외하고는 대부분 병들어 죽어 가고 있었다. 병든 자의 피는 맛이 별로다. 받아서 목욕이라도 해야겠다고 생각하며, 나탈리는 여태껏 잠들어 있는 농가의 갓난아이를 구석에 던졌다.

수면향의 효과가 남아 있어서인지, 아니면 피를 너무 많이 흘려서인지 아이는 몸을 뒤척이지도 않았다. 1년쯤 자라게 두었다가 그 피를 마실 생각이었는데, 이래서야 오늘 밤을 넘기기 힘들 것 같다.

'의사가 있었으면 좋았을 텐데.'

천적이랄 것이 없는 정혈귀에게는 의사가 필요하지 않았다. 정혈귀의 몸에 상처를 입힐 만큼 강한 자는 없고, 혹여 상처를 입는다 해도 피가 흐르기 전에 아물었다. 그 때문에 치유 계통의 능력을 가진 인물을 굳이 이쪽으로 끌어들일 이유가 없었다.

하지만 인간을 쟁여 두고 오랜 시간 구경하다가 죽이는 나탈리에게는 인간의 생명을 좀 더 오래, 싱싱하게 유지시켜 줄 의사가 필요했다. 햇빛을 받지 못하는 인간들은 더 쉽게 앓기 때문에, 배가 고프지 않아도 피를 마셔야만 하는 사태가 발생했다.

공포와 어둠 때문에 죽어가다니. 참으로 한심한 생명체들이다.

'조만간 정혈귀를 하나 더 만들어야겠어.'

정혈귀를 만들기 위해서는 인간에게 자신의 피를 먹여야만 한다. 피를 주식으로 삼는 정혈귀가 오히려 제 몸의 피를 뽑아낸다는 것은 상당한 체력 소모를 야기했다.

잭을 정혈귀로 만들었을 때, 한동안 빈혈과 견디기 힘든 통증을 경험했다. 동시에 놀랍도록 힘이 약해졌다는 것을, 그녀 자신도 느낄 수 있었다.

강하지 않다는 느낌. 누군가에게 공격당할지도 모른다는 그

느낌을 두 번 다시 겪고 싶지 않았다. 그래서 나탈리는 정혈귀를 만들어 내는 대신에 본인의 힘을 키우는 것에 집중했다.

하지만 잭이 멀리 떨어져 있으니 불편했다. 수족으로 부릴 만한 정혈귀가 필요하다. 이왕이면 그 뒤에 있는 배경이 강한 자로.

'은빛 매를 내 것으로 만들고 싶은데…… 역시 건드리면 안 되겠지?'

나탈리는 전에 멀리서 보았던 아란을 떠올리며 입맛을 다셨다. 태양 아래서 찬란하게 빛나던 아름다운 은빛 머리칼과 매서운 눈매가 딱 나탈리의 취향이었다. 그분의 당부만 없었더라면 진작 정혈귀로 만들어 곁에 두었을 것이다.

"으에에에……."

아이가 신음 같은 울음소리를 내며 몸을 뒤척였다. 찢어진 옷 사이로 벌어진 깊은 상처가 보였다. 나탈리는 옷에 넣어 두었던 붉은색 치유제를 꺼내 아이의 몸에 아낌없이 쏟아 부었다. 효과가 좋은 치유제였지만 상처가 깊어서 그런지, 피만 멎었을 뿐 아물진 않았다.

'그 계집!'

농가의 여인은 아혈귀에게 물렸다. 먹성 좋은 아혈귀들이 그녀의 피를 다 빨아버리기 전 멈추게 했다. 여자는 얼마 지나지 않아 아혈귀가 되었다. 인간일 때의 기억을 모조리 잊고 피를 갈망하는 어둠의 종족.

나탈리는 여자에게 그녀의 딸을 던져 주었다. 여자는 딸의 피를 빠는 대신 손톱을 휘둘러 딸의 머리를 베어내고, 나탈리의 품에 안긴 아이까지 공격했다. 그리고 떨어진 딸의 머리를 들고 농가 안으로 도망쳤다.

예기치 못한 사태에 당황한 나탈리는 여자의 뒤를 따라 농가 안으로 들어갔다. 여자는 딸의 머리를 끌어안고 비명인지, 신음인지 모를 소리를 지르고 있었다.

전에 다른 정혈귀에게 이와 비슷한 일이 있었다고 들었다. 가끔 아혈귀가 된 후에도, 잠시 동안은 자식에 대한 애정을 기억하는 여자들에 대한 이야기. '그럴 리가. 말도 안 되지.'라고 쉽게 넘겼는데, 실제로 목격하니 기분이 더러웠다.

"제 딸이 아혈귀가 되는 꼴은 차마 볼 수 없었나 보지?"

농가의 여자는 곧 모성을 잃고 제 남편에게 달려들었지만, 그걸 보면서도 기분은 영 나아지지 않았다. 모성입네, 사랑입네 하는 것들을 보면 역겨울 뿐이다.

'그건 그렇고…….'

나탈리는 농가 근처에서 만난 기이한 여자를 떠올렸다. 검붉은 머리와 눈동자, 유행이 지난 허름한 드레스 차림. 잭에게 들었던 그 여자가 분명했다.

'그 여자가 그분이 보낸 정혈귀였을 줄이야. 그분도 참 세심하지가 못하셔. 서신을 보낼 때 언질이라도 해 주셨으면 좋았잖아. 하마터면 나보다 강한 분을 공격할 뻔했네.'

고르돈 국내의 모든 정혈귀가 뜻을 합쳤다고는 하지만, 잔혹한 성격은 어쩔 수가 없었다. 강한 정혈귀들은 자신에게 대드는 다른 정혈귀를 좋게 넘어가 주는 일이 별로 없다.

서늘하게 번지는 냉기와 깊이를 알 수 없는 흑적색 눈동자. 그녀와 마주쳤을 때 같은 편임에도 불구하고 어둡게 가라앉은 무감각한 눈동자에 잡아먹힐 것 같아 오싹함을 느꼈다.

'옷이 낡았던데 다음에 고급 드레스라도 사서 인사를 가야겠어. 오늘 밤의 무례를 사과도 할 겸.'

* * *

가게로 돌아온 유키는 일행에게 갈리트 백작 부인을 봤던 일에 대해 설명했다.

"그러니까 그 농가에서 갈리트 백작 부인이, 정체 모를 다른 정혈귀랑 대화를 나누고 있었다는 거냐?"

레드가 미간을 좁히고 유키의 눈을 똑바로 응시했다. 새파란 눈동자가 속을 꿰뚫어 보는 것 같아서, 유키는 시선을 옆으로 피했다.

"으, 응. 다른 정혈귀는 누군지 모르겠어. 처음 보는 얼굴이었거든."

유키는 레드와 라울에게 클레어의 정체를 감춰야 한다는 생각 때문에, 열심히 거짓말을 지어내는 중이었다.

“갈리트 백작 부인이 라볼르로 연금술사를 찾으러 사람을 보냈다고 했다고요?”

라울이 물었다.

“응. 자세한 얘기는 듣지 못했지만 정혈귀까지 나서서 찾으려는 걸 보면 대단한 사람인가 봐. 우리도 빨리 연금술사를 찾아야 할 것 같아. 아, 그리고 잭이 우리를 감시하고 있다는 얘기도 했어.”

“이걸로 잭이 정혈귀인 게 확실해졌군.”

레드가 중얼거리며 몸을 뒤로 젖혔다. 레드의 시선에서 벗어난 유키가 속으로 안도의 한숨을 쉬며 말했다.

“그 여자가 말하기를 ‘그분’의 명령이래.”

“그분? 그게 누군데?”

“그걸 모르겠어. ‘그분’의 이름은 한 번도 안 나왔거든.”

“넌? 너도 모르겠냐?”

레드의 눈동자가 클레어를 향했다.

“그래, 나도 모르겠구나.”

“너는 아는 게 없냐? 대체 그 머리통은 왜 달고 다니는 거야?”

“네가 빈정거리기를 좋아하는 사내라는 건 알겠구나.”

“내가 뭘! 이래 봬도 난…….”

“‘그분’이라는 게 우리를 주시하고 있다. 정혈귀가 ‘그분’이라고 하는 걸 보면 상당히 강한 자겠지.”

“야, 아란. 이 몸이 아직 말하고 있잖아!”

"장난칠 시간 없어요, 레드. 우리, 상당히 위험해졌다고요. 아직 정혈귀를 상대할 방법도 모르는데 눈에 띄다니."

"응, 정말 큰일이야. 정혈귀라는 걸 알게 된 지도 얼마 안 됐는데…… 놈들이 뭘 생각하는 건지 전혀 모르겠어."

유키가 입술을 비쭉 내밀었다.

"잭이 테드에게 접근한 지 상당한 시간이 지났다. 놈들이 노리는 게 뭐든, 오래전부터 계획을 해 왔다는 말이 되겠지. 하필이면 우리를 주시하고 있다는 건, 우리의 아모른의 권능이라는 것을 알고 있다는 말이 되겠고. 의외로 이 힘이 놈들에게 위협적일 수도 있나 보군."

아란이 손바닥을 내려다보며 차갑게 말했다.

"위협은 개뿔. 무기가 없이는 아혈귀 한 마리 제대로 상대도 못 하는데. 다른 이유로 우리를 주시하는 걸지도 모르지."

레드가 신랄하게 말하며 테이블을 손가락으로 톡톡 두드렸다. 다들 말을 멈추고 레드를 바라봤다. 그가 답을 내리기를 기다리는 것이다.

이윽고 고개를 든 레드가 말했다.

"정혈귀가 라볼르로 사람을 보냈다. 때마침 잭도 자리를 비웠지. 라볼르로 향하는 것은 아마도 잭일 거야. 잭은 우리 얼굴을 알고 있으니, 최대한 마주치지 않는 게 좋겠다."

"라볼르로 가는 상선에, 잭도 탈 예정일까요?"

"글쎄. 그럴 수도, 아닐 수도 있겠지. 하지만 놈과 같은 배를 타는 게 두려워서 라볼르 행을 포기할 수는 없지. 최대한 마주치지 않는 게 좋겠지만, 만약 같은 상선을 타게 된다면 끝까지 모르는 척하는 걸로 가자."

"가자, 는 말은?"

아란이 레드를 쳐다봤다.

"라볼르로, 우리 모두 같이 간다. 여기도 정혈귀가 있고, 거기도 정혈귀가 있다면 뭉쳐 있어야 돼. 우린 약하니까. 아란, 경비초소 일 당분간 정리해라. 상선은 내일 아침 출발이다. 그때까지 항구로 와."

"그러지."

아란이 두 말 않고 일어나 밖으로 나갔다. 레드는 남은 유키와 라울에게 말했다.

"놈들이 연금술사를 찾고 있다면, 우리도 그냥 내버려 둘 수는 없다. 그놈이 뭘 하는 놈인지는 모르겠지만, 놈들이 찾는다는 건 놈들에게 전력이 될 가능성이 있다는 말이니까."

"한동안 휴업해야겠군요. 유키랑 가게를 정리하겠습니다."

라울이 유키와 함께 아래로 내려갔다. 회의실에는 레드와 클레어만 남았다. 늘 그렇듯 무감각한 눈으로 허공을 응시하는 클레어를, 레드는 바라봤다.

"클레어."

레드의 부름에 클레어가 고개를 들어 레드와 눈을 맞췄다. 레드는 본인이 어떤 표정을 짓고 있는지 알 수 없었다. 왜 그녀의 이름을 부른 건지도 알 수 없었다. 그래서 다시 입을 다물고 클레어를 바라보는데, 클레어가 천천히 일어나 레드에게 다가왔다.

차가운 손이 레드의 어깨에 닿았다. 클레어에게서 퍼져 나오는 냉기는 도무지 익숙해지지 않았지만, 레드는 그녀의 손을 뿌리치지 않았다.

"걱정 말거라, 아이야."

클레어가 나직한 음성으로 말했다.

"내 힘이 닿는 한, 너희를 지킬 것이다."

* * *

유키는 도통 잠을 이룰 수가 없었다. 처음 경험한 정혈귀의 속도, 떨어져 있어도 느낄 수 있던 그 강함. 그리고 클레어.

'클레어가 정혈귀였다니…….'

여전히 믿어지지 않았다. 본인은 모르는 모양이지만, 클레어는 다정한 눈빛을 가지고 있었다. 무언가 그리운 듯 유키를 바라보는 그녀의 눈빛. 그런 클레어가 정혈귀라는 것을 믿기 힘들었다.

'하지만 엄청 빨랐어.'

유키를 들고 뛰는 건데도, 숨을 쉬기 괴로울 만큼 빨랐다. 그리고 몸에서 전해지는 그 냉기. 겨울에 느끼는 차가움과는 다른 냉기였다. 그것은 어둠 속으로, 한없는 절망으로 끌어들이려는 차가운 올가미.

떠올리는 것만으로도 몸이 부르르 떨렸다.

클레어가 무섭지 않은 건 아니었다. 그러나 그녀가 유키를 바라볼 때, 그 눈동자에 담긴 그리움이 무엇인지 조금이나마 알 것 같았다.

'클레어는 얼마나 오랫동안 혼자 살아온 걸까?'

정혈귀가 된다는 것은 인간일 때의 생활을 버린다는 말이다. 사랑하는 가족도, 친구도, 연인도 모조리 버리고 살아가야 한다. 그 기간이 10년이든, 100년이든 사랑하는 이와 함께 하지 못하는 삶은 외롭고 고독할 것이 분명했다.

그 생각이 드는 순간, 유키는 클레어의 목을 겨누고 있던 검을 거두는 수밖에 없었다. 그립고 외로운 길을 걸어온 자를 죽일 수 있을 만큼, 유키의 마음이 모질진 못했다.

똑똑.

노크 소리에 유키가 상체를 일으켰다.

"누구?"

"아란이다. 안 자나?"

"응."

"들어간다."

"응."

아란이 들어와 침대 발치에 앉았다. 창문으로 들어오는 달빛에 아란의 은빛 머리카락이 아름답게 빛났다.

"경비초소 일은 어떻게 됐어?"

"제프에게 맡겼다. 강한 녀석이니까 한동안은 괜찮겠지."

"응, 다행이다."

"유키."

아란이 유키를 똑바로 응시했다. 어떤 일에도 흔들림 없는 그의 검은 눈동자가 유키의 머릿속을 꿰뚫으려는 듯 빛났다.

"오늘, 무슨 일이 있었던 거지?"

"아까, 아까 말했잖아."

"아니. 넌 거짓말을 했다."

"……."

"말해라. 무슨 일이 있었던 거지?"

"아란이 눈치챘다면, 레드도 눈치챘겠네."

유키가 쓴웃음을 지었다.

"그래. 눈치챘겠지."

"그런데 왜 안 물어보는 걸까?"

"그거야……."

거기까지 말한 아란은 작게 한숨을 쉬었다.

연정을 품고 있기 때문일 것이다. 그녀에 대한 연정 때문에 그녀의 존재를 눈치챘으면서도, 끊임없이 부정하고 있는 것이리라.

"있지, 아란. 난 클레어가 좋아."

유키가 아란에게 다가가 앉았다.

"그녀가 정혈귀인데도?"

"응, 정혈귀라도."

"그건 살아 있는 생물이 아니다. 몬스터보다 못한 존재지. 숨도 쉬지 않고 심장도 뛰지 않아. 게다가 인간의 피를 주식으로 살아간다. 그녀가 어디서 누구의 피를 마시며 살아왔는지, 아무도 모를 일이야. 어쩌면 네 어머니의, 혹은 내 친우의 피를 마셨을지도 모르지."

"클레어는 인간의 피를 마신 적 없댔어. 그래서 기억을 잃은 거고."

"그런 건 속이려면 얼마든지 속일 수 있다, 유키."

"아니야. 그건, 그건 거짓말이 아니야. 난 클레어를 믿어."

"유키."

"난 클레어가 우릴 배신하지 않을 거라고 생각해."

"왜 그렇게 그 여자를 믿는 거지?"

"클레어가 그랬어. 함께 하는 이들을 믿으라고. 그걸 의심하기엔 짧은 삶이 아니냐고. 그래서 난 믿기로 했어."

"그 여자는 우리랑 달라."

"뭐가?"

"유키, 그 여자는 정혈귀다. 인간의 피를 마시는 저주받은 존재야. 그 어떤 말로 꾸며낸다고 해도 그 사실은 변하지 않아."

"그럼 형이나 레드, 라울은 다를 게 뭔데?"

"뭐?"

"나한테 있어서 형들이랑 클레어랑 다를 게 뭔데? 종족을 빼면, 결국 형들도 클레어도 나랑 피가 통해 있지 않은 건 마찬가지야. 언제든 서로를 배신하고 버릴 수 있는 사이라는 거지. 나는 늘 형들한테 버림받을까 봐 무서워. 내가 약하면, 이 힘이 어느 날 갑자기 사라지면, 내 부모가 그랬듯, 내 양부모가 그랬듯, 형들도 날 버릴 것 같아서 무섭거든."

가만히 듣던 아란이 황당하다는 듯 말했다.

"그럴 리가 없잖아!"

"클레어가 그랬어. 형들의 마음을 믿으라고. 형들은 날 소중히 하고 있을 거라고. 만약 클레어를 믿지 못한다면, 난 형들도 믿을 수가 없어져. 계속 버림받을 거란 불안에 떨면서, 억지로 웃으면서 형들 옆에 있어야 돼."

"유키."

아란이 한 팔로 유키를 끌어안았다.

"나는 널 버리지 않아."

"응, 이제 그걸 믿어. 클레어가 그렇게 말해 줬거든. 그러니까, 아란. 난 클레어도 믿을 거야."

유키가 아란의 품에서 벗어나, 그 앞에 서서 말했다. 유키의 눈동자는 흔들림이 없었다.

"만약 그 여자가 우릴 배신한다면?"

"그럴 가능성은 생각도 해 보지 않았어. 클레어를 믿으니까."

"그래, 넌 믿어라. 유키. 하지만 난 믿지 않아. 만약 그 여자가 우릴 배신하면……."

아란이 일어났다.

"그 여자를 죽일 거다. 그땐, 날 말리지 마라."

아란이 서늘한 눈으로 유키를 내려다보며 말했다.

"말리면 너도 같이 베어 버릴 테니까."

* * *

유난히 북적거리는 항구는 라볼르로 떠나는 상선 때문이었다. 말이 상선이지, 여행객도 상당히 많아서 떠나려는 자와 배웅을 하려고 나온 자들로 인산인해였다.

"저건가?"

레드가 손으로 햇살을 가리며 커다란 배를 살펴봤다.

"라볼르로 가는 배는 크다더니, 정말 크네요."

라울이 감탄했다.

"재미있겠다. 배는 처음 타."

유키가 신나서 웃었다.

"그나저나 너, 꼴이 진짜 웃긴다."

레드가 옆에 서 있는 아란을 돌아보며 말했다. 아란은 잿빛 두건을 쓰고 있었다. 동쪽 초소의 경비소장이 한동안 자리를 비운다는 걸 알리고 싶지 않았기 때문이다.

"시끄러."

심기가 불편한 아란은 차갑게 대꾸하며 주위를 둘러봤다.

"일단 책은 안 보이는군."

"이미 탔을지도 모르지. 아무튼 우린 힘든 일상에서 벗어나 라볼르로 여행을 가는 거다."

"너한테 힘든 일상이랄 게 있긴 했나? 모든 걸 라울에게 맡겨 뒀으면서."

"그 라울을 관리했던 게 바로 나다. 너도 알 텐데. 관리하는 것이 얼마나 힘든 일인지."

"그건 제대로 일을 했을 때의 일이지. 네놈이 하는 건 가게 구석에서 뒹굴거리는 것뿐이잖아."

"말이 심하다, 아란. 해체되고 싶냐?"

"사양하지."

"사양한다고 해서 사양할 수 있는 게 아니다. 네게 해체되는 영광을 주마."

"그런 영광은 개나 줘버려."

레드와 아란이 툭탁거리고 있을 때, 뒤에서 새된 목소리가 들려왔다.

"어머, 라울 님!"

이름을 불린 라울보다, 레드가 먼저 고개를 돌려 목소리의 주인을 쳐다봤다.

"호오. 찻집 꼬맹인가? 이 사람 많은 거리엔 어쩐 일이지? 라볼르로 가는 노예상에게 붙잡혀서 평생 노예 생활을…….”

“그 주둥이 다물어 두지 못해요?”

라울이 레드의 악담에 파랗게 질린 로타를 감싸고 나섰다.

“넌 그 말버릇을 좀 고쳐야 돼.”

“어린애나 협박하는 팔푼이한테 그런 소리 들을 이유는 없어요!”

“팔푼이라고!”

버럭 하는 레드의 팔을, 아란이 잡았다.

“그보다 배 타기 전에 해야 할 일이 있다.”

심각한 어조에 레드가 장난기를 버리고 미간을 좁혔다.

“뭔데?”

“고기.”

“……뭐?”

“고기를 사둬야 돼. 식량이 떨어질 수도 있으니. 게다가 난 내일 정오쯤 신선한 해산물이 먹고 싶을 예정이다.”

“그런 걸 예정하지 좀 마!”

“해산물도 사와야겠군.”

“장난하냐!”

큰일인 줄 알고 덩달아 심각해졌던 레드가 언성을 높였지만, 아란은 표표히 근처 상가를 향해 떠났다.

“준비성이 좋은 아이로구나.”

소리 없이 일행을 지켜보던 클레어가, 멀어지는 아란의 뒷모습을 보며 말했다.

"속편한 소리하지 마. 준비성이라니. 먹을 건 배에도 충분히 있어. 저놈은 저게 문제야."

"식량을 준비하는 것은 중요한 일이지."

아란의 식량에 대해 논하고 있을 때, 표를 구한 테드가 다가왔다.

"자네만 가는 줄 알았는데 다들 간다고 해서 놀랐네. 표가 다 팔리는 바람에 여행객들 상대로 비싸게 샀어."

"고생했다."

레드가 테드의 손에서 표를 건네받았다.

"너도 같이 가지 그래?"

"아니, 난 됐네."

"잭도 없잖아, 테드. 저택에 혼자 있으려면 심심하지 않겠어? 라볼르에 갔다가 오려면 두 달도 넘게 걸릴 텐데."

유키가 걱정스레 말했다. 테드는 빙그레 웃으며, 유키의 금빛 머리카락을 쓰다듬었다.

"걱정은 고맙네만, 난 저택에 있고 싶다네. 큰 상선이니 크게 위험할 일은 없겠지만, 바다에선 무슨 일이 생길지 몰라. 라볼르 가는 길에는 몬스터가 출몰하는 구역도 있고. 다들 몸조심해서 다녀오게나."

테드는 레드 일행이 또 붙잡을까 봐 서둘러 돌아섰다. 유키는 라울과 이야기하는 로타에게로 향했고, 레드는 조용히 서 있는 클레어를 돌아봤다.

"너, 배 타본 적 있냐?"

"그래, 있단다."

"언제?"

"잘 기억나지는 않지만, 뱃전에 부딪치는 파도 소리와 바다의 냄새를 기억한단다. 하늘을 날아가던 흰 새와 간혹 튀어 오르던 물고기도 기억하지."

"그래? 다행이군. 배 처음 타는 사람들은 뱃멀미를 심하게 하거든."

"걱정해줘서 고맙구나."

"널 걱정한 게 아냐. 네가 뱃멀미라도 하면 귀찮아질 것 같아서 그랬다."

"그래."

클레어는 여전히 무표정했다. 도대체 이 여자는 무슨 말을 해야 미소를 지을까?

'아니, 미소를 짓든 말든 나랑 뭔 상관이냐고!'

레드는 괜히 근처에 있던 유키의 머리를 쥐어박았다.

"아, 좀! 난 어린애니까 때리지 말라고!"

로타와 여행에 대해 이야기하다가 봉변을 당한 유키가 빽 소리를 쳤지만, 레드는 무시하고 주위를 둘러봤다. 이제 슬슬 배가 출발할 시간이다. 잭이 먼저 승선한 게 아니라면, 이 배에는 잭이 타지 않는다는 게 확실하다.

'다른 배를 타고 라볼르로 간 건가? 갈리트 백작 부인의 힘이 뒤에 있다면, 개인적으로 라볼르 행 배편을 움직이는 게 가능한 일이겠지.'

마른 고기와 훈제 고기를 잔뜩 짊어진 아란이 돌아왔다.

"책은?"

"항구엔 없는 게 확실해. 갈리트 백작 부인이 배를 마련해 준 게 아닌가 싶다."

"그렇다면 그쪽이 먼저 도착하겠군."

"연금술사가 잘 숨어 있기를 바라는 수밖에 없겠어."

"갈리트 백작도 정혈귀일까?"

"글쎄. 부인이 정혈귀니 백작 나리도 정혈귀겠지."

"우리가 전부 떠나면 펠타 시가 위험하지 않을까?"

"우리가 여기 남아 있다고 해서 정혈귀를 상대할 수 있는 것도 아니잖아."

"그건 그렇지."

"내가 얼마나 무력한지, 하루하루가 지날수록 통감한다. 화가 치밀어."

레드의 눈동자가 서늘하게 빛났다.

"어떤 희생을 치러서든 강해지려고 하는 놈들의 마음이 이해가 된다. 거대한 힘에 떠밀려서 이리저리로 허둥대야 하는 게 아주 마음에 안 들어."

"그래. 마음에 안 들지."

아란은 레드의 마음을 이해할 수 있었다. 아혈귀도 간신히 상대하는 마당에 정혈귀의 존재가 새롭게 드러났다. 정혈귀를 알게 되었지만 상대할 수도 없고, 그들의 목적을 알 수도 없었다. 레드의 말대로, 보이지 않는 힘에 나뭇잎처럼 여기저기로 흔들리는 기분이다.

부우우우우우—

승선을 알리는 뱃고동 소리가 울렸다. 사람들이 입구로 모여들기 시작했다.

"우리도 가죠."

라울이 말했다. 저 멀리서 수염이 덥수룩한 남자가 로타를 불렀다. 로타는 아쉬운 듯 라울을 한번 쳐다보더니 그 남자에게로 달려갔다.

"저 꼬맹이도 배를 타나 보지?"

"삼촌이 볼일이 있어서 가는 김에 데려가 주기로 했다고 하네요. 첫 여행이라고 들떠 있는 걸 보면 귀여워요."

"팔자가 늘어졌구만."

"로타는 어린 나이에 어머니 일도 열심히 도와줬잖아요. 이 정도 여유는 부려도 되죠. 그에 비해 레드는……."

"내가 뭘! 우리가 라볼르에 놀러 가냐?"

"그쪽이 발 벗고 뛰어다니진 않을 거잖아요."

"그쪽? 야, 우리 호칭 정리를 할 필요가 있는 것 같다."

레드가 짐짓 심각하게 말했다.

"일단 날 대장이라고 불러라."

엄지로 당당하게 자신을 가리키는 레드를 보며, 라울은 빙그레 웃었다.

"놀고 자빠지셨네요."

"어이."

"레드, 진짜……."

유키가 라울을 따라가며 검지로 머리 옆에 빙글빙글 원을 그렸다. 아란은 안쓰럽다는 듯 레드를 흘끗 보고는 두 사람의 뒤를 따랐다. 마지막으로 남은 클레어가 레드를 지그시 바라보며 말했다.

"대장."

"……넌 됐고."

* * *

고르돈 왕국의 수도 가쿠타에는 '어둠의 거리'가 있다. 성에서 조금 벗어난 곳에 있는 '어둠의 거리'는 이름답지 않게 밤에도 마력석으로 밝힌 불이 꺼지지 않는 향락가였다. 그 어느 도시보다도 경비가 강한 수도에서 이 향락가가 무탈하게 존재하는 이유는, 어둠의 거리의 주인인 타니하르 덕분이었다.

한 때 해상을 지배했던 대해적 타니하르는 왕에게 큰 뇌물을 바쳐 자신의 영역을 보장받았고, 거금을 들여 어둠의 거리를 만들었다. 해적을 그만둔 후에도 그를 따르는 이들이 많았기에, 설사 뇌물을 바치지 않았다 해도 선불리 건드릴 수 없는 존재였다.

어둠은 사람은 매혹시킨다. 처음에는 어둠의 거리를 부정적으로 바라보던 귀족과 왕족들까지, 어느새 신분을 감추고 어둠의 거리로 몰려오게 되었다.

큰돈이나 노예를 걸고 하는 도박장, 세계 각국의 아름다운 여인들을 모아 놓은 술집, 미남미녀가 출연하는 연극을 보여주는 극장…… 화려한 모든 것들이, 지루한 나날을 보내는 귀족들을 이끌기에 충분했다.

고르돈 왕국의 왕인 카세 3세의 다섯 번째 아들 에녹도 그런 이들 중 하나였다. 이곳에 오는 왕족들이 그러하듯, 에녹도 검은색 두건을 뒤집어쓰고 있었다. 그 뒤를 가느다란 체구의 그림자가 조용히 따르고 있었다.

"저 여자들 좀 봐. 역시 어둠의 거리 여자들이 몸매가 죽여준다니까. 다 데려다가 내 유모로 쓰고 싶다."

"이제 유모를 쓸 나이가 아니십니다."

따라오던 그림자가 나직하게 대꾸했다.

"빡빡하게 굴지 마, 잔느. 유모를 쓰는 데 나이가 어디 있어? 게다가 난 아직 정신 연령이 바닥이야."

"그걸 알고 계시다니, 참으로 다행입니다."

"자꾸 차갑게 굴기야?"

잔느가 작게 한숨을 쉬었다.

"에녹 님. 지금 이런 곳을 다니실 때가 아닙니다."

"어둠의 거리를 다니는 데 적당할 때가 있나? 마음 내키면 다니는 거지. 오오, 저 꼬치 맛있겠는데? 하나 사줄까?"

"전 괜찮습니다."

"난 하나 먹어야겠어. 후회하지 마라."

"안 합니다."

에녹은 노점상으로 달려가 커다란 새우를 통째로 구운 꼬치 두 개를 사왔다. 하나를 잔느에게 내밀자 잔느는 한숨을 쉬면서도 그것을 받아 들었다.

"한숨 자꾸 쉬면 빨리 늙는다. 늙은 여자는 매력 없어."

"제 매력은 아무래도 좋습니다."

"걱정 마. 아직 폐하는 건강하시잖아. 형들이 너무 이른 욕심을 부리는 거고, 거기에 나까지 개입할 필요는 없어. 입 닥치고 조용히 있다 보면 싸움은 끝나겠지."

"에녹 님이 왕이 되셔야지요."

"잔느."

에녹이 걸음을 멈추고 뒤에서 따라오던 잔느를 돌아봤다. 에녹은 녹색 눈동자를 빛내며 말했다.

"잔느. 다시 한 번 말하지만 난 왕위에 욕심 없어. 왕이 되면 자유롭지 않잖아. 이렇게 나와서 놀기도 힘들고. 난 그냥 조용히 호의호식하면서 살래. 괜히 형들 다툼에 끼었다가 죽는 것보단 낫지. 난 형들처럼 강한 것도 아닌데."

"전 왕위에 가장 잘 어울리는 분은 에녹 님이라고 생각합니다."

"그건 네 생각이고. 넌 날 너무 좋게 봐준다니까."

에녹이 씩 웃고는 다시 돌아섰다.

그런 에녹의 뒷모습을 바라보는 잔느의 표정은 한없이 어두웠다.

에녹의 말대로 왕이 죽어가는 것도 아닌데, 왕궁에선 벌써 왕위 다툼이 시작되었다. 은밀하게 벌어지는 암투였기에, 왕만 모르고 있을 뿐 공공연히 알려진 사실이었다. 왕의 차남이자 왕세자인 마하딘과 그걸 납득하지 못한 장남 다뉴얼의 싸움. 1년 동안 계속되는 싸움 때문에 왕궁의 신하들과 귀족들도 '왕세자 파'와 '다뉴얼 파'로 나뉘고 있었다.

왕이 신하들의 반대를 무릅쓰고 둘째인 마하딘을 왕세자로 선택한 이유는, 다뉴얼의 흉포한 성정 때문이었다. 다뉴얼은 싸움을 즐겼고, 늘 전쟁을 일으키고 싶어 했다. 그가 왕위에 오른다면 고르돈 왕국은 피로 뒤덮이게 될 것이다.

그에 비해 마하딘은 머리가 좋고 사려가 깊었다. 일개 신하들에게도 베풂이 적지 않고, 권력욕을 내비치지도 않았다. 어디를 다녀오든 가장 먼저 아버지의 건강을 걱정하는 효자이기까지 했다.

왕실 내 대부분은 그러한 마하딘의 편이었지만, 일부는 마하딘이 왕이 되기엔 너무 무르다고 싫어했다. 그들이 다뉴얼의 편으로 돌아선 것이다.

하지만 잔느의 눈에는 검을 차고 돌아다니는 다뉴얼보다 은은한 미소를 띠고 있는 마하딘이 더 무서워 보였다. 마하딘은 미소 뒤에 무언가 감추고 있는 게 분명했다. 그가 왕이 된다면 이 나라가 피에 잠길 것 같다는, 원인 모를 공포가 생겼다.

그러나 그런 이야기를 아무한테나 할 수는 없었다. 왕세자를 비하하는 말을 하는 것은 왕권에 대한 모독. 아무리 에녹의 가드라 해도 사형에 처해질 것이다.

그때 에녹이 걸음을 멈췄다.

"응? 마하딘 형님이 여긴 어쩐 일이지?"

에녹의 녹빛 눈동자는 골목길이 시작되는 곳에 있는 한 남자를 향하고 있었다. 술집 종업원으로 보이는 예쁘장한 여자를 끼고 있는 남자는, 두건을 쓰고 있어서 얼굴이 잘 보이지 않았다.

"왕세자께서 이런 곳에 오실 리 없잖습니까."

"아냐. 형님이 맞아. 형님이 이런 곳에도 오다니…… 의왼데?"

에녹이 놀랍다는 듯 걸음을 빨리 했다.

"에녹 님."

"가보자."

"그만 두세요, 에녹 님. 설령 왕세자 님이 맞다 해도, 이 거리에서는 서로 모르는 척을 해야 하는 거 아닙니까."

"하지만 신기하잖아. 마하딘 형님 같은 분이 술집 여자를 끼고 돌아다니다니. 어, 골목으로 들어갔다. 저 어두운 골목에서 과연 무엇을 하려는 걸까나? 후후후."

에녹은 잔느의 말을 들은 채도 안 하고 음흉한 웃음을 흘렸다. 잔느는 서둘러 에녹의 뒤를 따랐다. 앞뒤 생각하지 않고 행동부터 하는 에녹 때문에 골치가 아팠지만, 그렇다고 에녹을 혼자 가게 둘 수도 없는 노릇이었다.

아무 가게도 없는 골목은 빛 하나 없이 어두웠다. 향락가에서 흘러들어가는 빛이 끝나는 곳에서부터, 끝을 알 수 없는 어둠이 펼쳐져 있었다. 깊은 바다 속과도 같은 숨 막히는 어둠. 무엇이 있는지 알 수 없는 비밀스러운 어둠.

그저 가로등이 없는 골목일 뿐인데, 어째서 긴장되는 건지 모르겠다고 생각하며, 잔느는 검 자루에 손을 얹었다. 이곳으로 들어간 사람은 마하딘 뿐이지만, 무언가가 불시에 공격을 해올 것 같았다.

"너무 캄캄해서 안 보이는데? 가보자."

"에녹 님."

"형님이랑 마주치면 그냥 산책하는 길이었다고 하면 되잖아."

에녹이 겁도 없이 발을 내디뎠다. 잔느는 작게 신음을 흘리며 그의 뒤를 따랐다.

저벅. 저벅.

어느 순간, 향락가에서 흐르는 음악 소리조차 차단된 느낌이 들었다. 깊은 어둠과 숨 막히는 고요. 거기에 존재하는 것은 두 사람의 발소리뿐이었다.

"으앗!"

갑자기 비명을 지르며 휘청거리는 에녹의 팔을, 잔느가 얼른 붙잡아 일으켰다.

"괜찮으십니까?"

"어, 괜찮은데…… 뭔가에 발이 걸렸어."

에녹이 아래를 내려다보고 있었다. 어둠에 익숙해진 눈에 거뭇한 덩어리가 보였다. 잔느는 그것의 정체를 확인하기 위해 한 쪽 무릎을 굽혔다. 에녹도 쭈그리고 앉았다.

"이건……!"

"으아앗!"

그것의 정체를 알게 된 에녹이 비명을 지르다가 뒤로 넘어졌다. 하지만 잔느는 그런 에녹을 살필 겨를이 없었다.

"이건……."

"그 여자야."

에녹이 주저앉은 채로 말했다.

"그 여자라고요?"

"아까 형님이 데리고 있던 여자."

확실히 그녀와 같은 옷을 입고 있기는 했다. 하지만 믿을 수가 없었다. 조금 전에 보았던 여자는 살집이 있고 혈색이 좋았다.

“어떻게 이렇게…….”

여자는 바싹 말라 있었다. 온몸의 피가 모조리 빠져나간 듯이. 뼈와 가죽만 남아 있는 시체는, 오랫동안 건조한 지역에 버려져서 말라붙은 것처럼 보였다. 하지만 이 여자가 입고 있는 옷, 그리고 헤어스타일까지 아까 본 그 여자가 분명하다.

“어떻게 이렇게 된 걸까요? 이렇게 순식간에.”

“그걸 내가 어떻게 알아?”

“주위에 피도 없습니다. 정말 아까 그 여자가 맞을까요?”

“알잖아. 나 그런 거 틀린 적 없다는 거.”

확실히 에녹은 사람을 보는 눈이 정확했다. 누가 어떻게 꾸몄든, 에녹은 한 번 본 사람의 움직임과 형태, 머리색을 정확하게 기억했다. 아까 마하딘을 봤다는 에녹의 말을 믿었던 것도, 그런 이유에서였다. 두건으로는 체형과 움직임을 감출 수 없다.

“피를 흘린 흔적이 없습니다. 도대체 그 피가 다 어디로 간 건지.”

잔느가 여자의 몸을 샅샅이 검사하기 시작했다.

“이상한 전염병 같은 게 걸린 거 아닐까? 순식간에 말라비틀어지는 전염병.”

“그런 병은 들어본 적도 없습니다. 게다가…… 공격당한 흔적이 있어요.”

“공격을? 뭐로?”

“그걸…… 모르겠습니다.”

잔느는 간신히 찾아낸 작은 흔적을 가리켰다. 여자의 피부가 쭈글쭈글해서 알아보기 힘들었지만, 여자의 목에는 작은 구멍이 두 개 나 있었다.

“이게 뭐지?”

“여기로 피를 빼낸 것 같은데요.”

“우리가 멀쩡한 상태의 이 여자를 본 지 얼마 안 됐어. 대체 뭐가 이렇게 순식간에 피를 빼낼 수 있단 말이야?”

에녹은 공포 때문에 혼란스러운 듯 고개를 저었다.

“게다가 마하딘 형님도 안 보여. 이 여자를 공격한 놈이 마하딘 형님을 납치했을지도 몰라!”

거기까지 생각이 미친 에녹이 벌떡 일어났다.

“궁으로 가 봐야겠어!”

왕궁을 둘러싼 높은 담, 그중 에녹이 드나드는 동쪽 담 바로 안쪽에는 왕실 기사들의 숙소가 있었다. 늘 기사들이 주군하고 있는 곳이라, 오히려 담을 넘나드는 사람에 대한 수비가 부실했다.

담이 보이자 에녹은 땅을 박찼다. 에녹의 작은 몸이 공중으로 붕 떠올랐다. 에녹이 팔을 뻗자 소매에 감춰져 있던 긴 막대가 스륵 밖으로 나왔다. 그걸 잡은 에녹은 끝을 담벼락에 꽂아 그것에 체중을 지탱해 부족한 점프를 보강했다.

에녹이 무사히 담을 넘는 것을 확인한 잔느는, 가볍게 발을 굴러 공중으로 몸을 띄웠다. 막대의 도움 없이도, 잔느는 담을 넘을 수 있었다.

기사들이 잘 오지 않는 곳까지 달려간 에녹은 상체를 앞으로 숙이고 숨을 몰아쉬었다. 매일 체력 단련을 해 왔는데도, 어둠의 거리에서 왕성까지 최고 속도로 달려온 것은 무리가 있었다.

숨이 차서 폐가 터질 것 같은 에녹과 달리, 잔느는 담담하게 에녹을 지켜보고 있었다. 어느 정도 숨을 고른 에녹이 피식 웃었다.

"넌 정말 얄미울 정도로 강해, 잔느."

"에녹 님을 지키기 위해서입니다."

"일단 마하딘 형님 방으로 가 봐야겠어. 만약 형님이 안 계시면, 누군가 형님을 납치한 걸 거야. 왕세자 납치…… 비상사태가 될 거야."

"무사하시기를 바라야겠군요."

무사할까?

아니, 에녹은 그러지 않을 거라 생각했다. 그 어두운 골목은 단순한 살해 현상 이상의 것을 품고 있었다. 피비린내 하나 없었는데도, 지독한 공포가 들어차 에녹의 의식을 지배하려 했다.

순식간에 온몸의 피가 사라진 채 죽은 여자, 그 여자의 목에 뚫려 있는 두 개의 작은 구멍.

실체가 없는 살인범을 향한 공포에 소름이 돋았다.

마하딘의 방 앞에는 무장한 경호기사 두 명이 날카롭게 눈을 빛내며 서 있었다. 에녹이 다가가자 기사들이 그 앞을 막았다.

"비켜 줘. 형님을 봬야 돼."

"아무도 들이지 말라는 분부입니다."

"형님이…… 안에 계신가?"

"네."

"정말이야? 언제 확인했는데?"

"저녁 식사 후……."

"그럼 비켜! 형님이 무사하신지 확인해야겠으니까!"

에녹이 막무가내로 기사들을 밀쳤다. 기사들이 검을 뽑았다. 에녹이 왕의 아들이라고는 하지만, 기사들은 그보다 귀한 왕세자를 지키는 몸이었다. 왕세자 마하딘을 지키기 위해서라면 누구든 벨 수 있다. 그것이 왕의 아들이라 할지라도.

챙—

에녹에게 날아들던 두 개의 검은 잔느의 검에 막혔다. 검 하나로 두 개의 검을 손쉽게 막아 낸 잔느가 기사들을 노려봤다.

"감히 왕세자님을 거역할 셈인가!"

"내 주인은 에녹 님이시다."

"에녹 님 역시 왕세자 님의 아래에 있을 터!"

"아직 이 나라의 주인이신 폐하께서 건재하신데, 그 무슨 망발이지?"

기사들이 이를 악물고 검을 밀어내며 뒤로 물러났다. 후퇴가 아니라 재정비를 위해서였다. 잔느도 살기를 지우지 않고 검을 비스듬히 세워 올린 자세로 기사들을 노려봤다.

에녹은 뒤에서 일어나는 싸움은 아무래도 좋다는 듯 방문을 두드렸다.

쾅쾅쾅—

"형님. 마하딘 형님. 저 에녹입니다. 형님!"

그때, 문이 열렸다.

"소란스럽구나. 에녹, 이 시간에 무슨 일이지?"

마하딘이 에녹을 내려다보며 부드럽게 미소를 지었다. 에녹은 마하딘의 진청색 눈동자를 바라본 채로 굳었다.

"응? 너희들은 왜 검을 빼 들고 있는 거지? 어서 집어넣어라."

"하지만 에녹 님이……."

"에녹은 내 아우다. 어느 때고 드나들 수 있는 것이 당연하잖느냐. 앞으로 에녹에게는 절대 검을 겨누지 말거라. 알아들었느냐?"

"네, 죄송합니다."

"주의하겠습니다!"

기사들이 검을 집어넣자 잔느도 검을 집어넣고 한 걸음 뒤로 물러섰다. 그때까지도 에녹은 굳어 있었다. 마하딘이 웃으며 에녹의 머리를 쓰다듬었다.

"이 녀석, 또 밤놀이를 다녀왔나 보구나. 그래, 어쩐 일이지?"

"아, 형님이……."

"응?"

"형님이 요새 늘 지쳐 보이셔서, 함께 밤놀이를 가고 싶어 찾아왔습니다."

"호오. 그래?"

마하딘이 환하게 웃었다.

"내 동생이 이리 내 생각을 해 주다니. 그거 참 즐거운걸? 고맙다, 에녹. 하지만 오늘은 좀 쉬고 싶구나. 조만간 내가 먼저 네게 청하러 가마."

"네, 형님. 저…… 맛있는 꼬치구이 가게를 발견했습니다. 꼭 같이……."

"오냐. 가서 쉬어라. 오늘 내 기사들의 무례는 용서해다오. 왕실이 흉흉하니 이 녀석들도 예민해져서."

"물론입니다, 형님. 늦은 밤에 예의 없이 굴어서 죄송합니다. 편히 쉬세요."

에녹은 꾸벅 인사를 하고 돌아섰다. 잔느는 에녹의 행동에 당황했지만 겉으로 드러내지 않고 그의 뒤를 따랐다. 마하딘의 방문이 닫히는 소리가 들렸다. 에녹은 뒤도 돌아보지 않고 걸음을 빨리 했다. 무언가에 쫓기는 듯한 행동이었다.

"에녹 님."

방에 들어온 후에야, 잔느는 입을 열었다. 에녹은 말없이 침대 아래에서 커다란 가방을 꺼냈다. 언젠가 왕궁 밖을 마음껏 돌아다닐 나이가 되면 사용하겠다고 사둔 가방이었다. 에녹은 거기에 비싸지만 작은 물건들을 챙기기 시작했다.

"에녹 님. 대체……."

"도망가야 돼, 잔느."

"도망이라니, 갑자기 무슨……?"

"저건 마하딘 형님이 아니야."

"네?"

"그리고 저것도 내가 그걸 깨달았다는 걸 눈치챘을 거야."

잔느는 에녹이 무슨 소리를 하는지 알 수 없었다. 멀리 떨어져서 보긴 했지만, 마하딘은 분명 마하딘이었다. 다른 인물로는 도저히 생각할 수 없었고, 마력의 기운도 느껴지지 않았다.

"저게 그 여자를 죽인 게 분명해."

짐을 다 싼 에녹이 어깨에 가방을 멨다.

"여기 머물면, 난 저것의 손에 죽게 될 거야."

* * *

"재미없어."

유키가 말했다.

"배에서 생활하는 건 너무너무 재미없어."

"투덜거리지 마, 꼬맹이. 너만 심심한 게 아냐!"

배가 펠타 항을 떠난 지 7일이 지났다. 바람은 순풍. 배는 순조롭게 나아가고 있었다. 한 마디로 '아무 일' 없었다.

매일같이 낮에는 가게 일을 하고, 밤에는 아혈귀를 잡으러 돌아다니던 레드 일행에게 아무 일 없는 7일은 그야말로 지옥 같은 시간이었다. 무료함을 견디다 못한 아란은 어젯밤부터 훈련을 하겠다고 어딘가로 사라진 터였다.

"너무 심심하면 아란이랑 같이 훈련이라도 하는 게 어때요?"

"아란이랑은 싫어. 무서워. 너무 사정없이 몰아붙인단 말이야."

"그럼 내가 상대해 줄까?"

레드가 상체를 반쯤 일으키며 물었다.

"아니, 형은 내 훈련에 별 도움이 안 돼."

"별 도움이 안 된다니. 내가 쏘는 화살을 다 피해 보기나 하시지."

"대체 왜 나한테 화살을 쏘려는 건데?"

"네가 얄미운 꼬맹이니까!"

"그래, 맞아. 난 얄미운 꼬맹이야. 그렇게 말해서 형 마음이 즐겁다면 계속 그렇게 말하도록 해. 내가 이해할게."

"어른스러운 척하지 마! 해체되고 싶냐, 이 밉살맞은 고양이 녀석!"

참다못한 레드가 유키에게 달려들었다. 툭탁거리는 두 사람을 한심하게 쳐다보던 라울이 문득 고개를 돌렸다.

"그러고 보니, 클레어는 어디 간 걸까요?"

아란은 배 후미에서 팔짱을 끼고 흰 물보라를 감상하고 있었다. 어느새 다가온 클레어가 아란의 옆에 서자, 아란은 돌아보지도 않고 말했다.

“여전히 기척 없이 움직이는군.”

“기척을 내주었으면 하느냐?”

“그런 건 됐다. 할 말 있나?”

“훈련을 한다기에 눈요기나 할 참이었다.”

“남의 훈련으로 눈요기할 생각하지 마.”

“저 물보라를 바라보는 것이 훈련인 것이냐?”

“이런 생각이 들더군. 내 검술은 더 이상 오를 곳이 없다.”

“호오. 자신감이 넘치는 아이로구나.”

“하지만 이 검술을 가지고 혈귀 하나 제대로 상대하지 못하지. 그들의 속도를 따라잡기도 힘든데, 연습을 해서 뭘 하나 싶다.”

“그래, 맞는 말이다.”

“쉽게 납득하니 기분 나쁘군.”

“좀 더 부정해 주길 바라는 게냐?”

아란이 인상을 찌푸리고 클레어를 노려봤다.

“너의 그 화법은 문제가 있다.”

“그래?”

“맞으면 맞고, 아니면 아니라는 식의 그 화법은 좋지 않아. 듣는 입장에서 아주 기분이 상하지.”

"지적해 줘서 고맙구나."

아란은 짜증이 확 밀려왔지만 가까스로 가라앉혔다. 레드가 클레어에게 자주 발끈하는 이유를 알 것 같다. 클레어의 말투엔 문제가 많다. 계속 이런 식의 화법을 사용한다면 다른 사람들과도 분란을 일으킬 것이다. 클레어와 다른 사람들의 관계 따위는 아무래도 상관없지만, 레드 일행에게까지 불꽃이 튀면 귀찮아진다.

"혼자 살아온 기간이 길어서 타인과 대화하는 법이 잘 기억나지 않는구나. 많이 가르쳐다오."

클레어가 말했다.

"정혈귀가 된 지 얼마나 됐지?"

"글쎄다. 지나간 시간을 일일이 세어보진 않았다."

"오래 됐나?"

"아마도 그렇겠지."

"네 가족에 대한 기억은?"

"……조금."

처음으로 클레어의 목소리에 감정이 담겼다. 아란은 클레어의 얼굴을 흘끗 쳐다봤지만, 표정의 변화는 없었다. 그녀의 눈동자는 여전히 공허하게 정면을 응시하고 있을 뿐이었다.

"기억을 되찾을 방법은 없나?"

"인간의 피를 마신다면 기억이 날지도 모르지."

"하지만 넌 인간의 피를 마시지 않고?"

"그래."

"그런 소리는 유키에게나 통하겠지. 유키를 아주 잘 구워삶았더군."

"그 아이는 참으로 순수하더구나."

"그래. 순수하지. 넌 그 순수함을 이용하고 있고."

클레어는 대답하지 않았다. 아란도 더는 입을 열지 않았다. 두 사람이 묵묵히 흘러가는 물결을 바라보고 있을 때 레드가 다가왔다.

"훈련한다더니 팔자 좋게 물보라나 구경하고 있냐?"

"팔자가 좋은 건 너겠지."

"무슨 말씀을. 유키를 단련시켜 주고 오는 길이다."

"어린애랑 진심으로 싸워 대는 건 자제 좀 해라. 보기 안 좋다."

"싸워대다니! 단련시켜 줬다고! 훈련 모르냐, 훈련?"

아란이 말없이 레드를 응시했다.

"난 네놈이 날 그렇게 쳐다볼 때가 제일 싫다. 아주 구워버리고 싶어져."

"내가 널 어떻게 쳐다봤는데?"

"한심하다는 듯이 쳐다보잖아!"

"그래, 느꼈다니 다행이군."

"바싹 구워 주지!"

둘의 모습을 지켜보던 클레어가 말했다.

"참으로 돈독하구나."

"돈독하긴 누가 돈독해!"

"넌 역시 화법에 문제가 있다."

레드와 아란이 동시에 말했다. 둘의 반응이야 아무래도 좋다는 듯, 클레어는 휙 돌아섰다.

"어디 가?"

레드가 물었다.

"아래에 도박장이 있더구나."

"같이 가."

레드가 클레어의 뒤를 따르다가 문득 아란을 돌아봤다.

"이건 클레어가 문제를 일으킬 것 같아서 따라가는 거다. 알아들었냐?"

묻지도 않았는데 자기 행동에 변명을 하는 레드를 향해, 아란은 한심하다는 눈빛을 던졌다.

* * *

레드 일행이 타고 있는 '아칸 호'에는 각종 유흥거리가 준비되어 있었다. 커다란 도박장도 그중 하나였다.

여러 개의 테이블마다 각기 다른 게임이 진행되었다. 몸매가 드러나는 빨간색 미니 드레스를 입은 여성들이 테이블에 배치되어 게임을 이끌어가고 있었다. 도박장은 예쁘장한 종업원들의 몸매를 감상하러 온 남자들과 게임을 구경하러 온 사람들, 게임에 참가하려는 사람들로 북적거렸다.

"승객들이 다 여기에 모인 것 같군."

사람 많은 곳을 싫어하는 레드가 투덜거리며, 흐트러진 머리를 뒤로 쓸어 넘겼다. 몇몇 여성들이 레드를 발견하고는 매혹적인 미소를 지었지만, 레드는 그들에게 눈길도 주지 않았다.

"게임 좀 할 줄 아냐?"

레드는 조용히 도박장 안을 둘러보는 클레어에게 물었다.

"네가 하는 걸 구경하고 싶구나."

"흐음. 뭐, 좋아. 일확천금이라는 게 어떤 건지 보여 주지."

레드는 주사위 게임을 하는 테이블로 향했다. 불투명한 컵 안에 들어 있는 두 개의 주사위 숫자를 맞추는 간단한 게임으로, 그 숫자가 더블인지 아닌지까지 맞추면 판돈의 다섯 배까지 벌 수 있었다.

레드와 클레어가 둥근 테이블 주위에 있는 의자에 앉자, 게임을 하던 사람들이 흘끗흘끗 두 사람을 쳐다봤다. 사내들의 시선이 클레어에게 향하는 것을 알아차린 레드는 원인 모를 불쾌함을 느꼈다.

넋을 놓고 클레어의 얼굴을 감상하던 사내들은, 레드의 차가운 눈동자가 잡아먹을 듯 자신을 노려보는 걸 깨닫고는 마른침을 삼키며 얼른 시선을 돌렸다. 레드는 주머니를 뒤져 100탈렌을 꺼냈다.

"이게 내 전 재산이다. 이걸로 집 한 채 살 돈을 벌어주지."

레드가 의기양양하게 선포했다.

"그래, 기대하마."

클레어는 허벅지 위에 두 손을 가지런히 모으고 레드가 하는 것을 지켜봤다. 종업원은 부드럽게 웃으며 주사위 두 개가 담긴 컵을 흔들었다.

다라락. 다라락.

안에 담긴 주사위가 부딪쳐 경쾌한 소리를 냈다.

탁.

한동안 컵을 흔들며 매혹적으로 엉덩이를 움직이던 종업원이 테이블에 컵을 내려놨다. 종업원이 묘한 미소를 지으며 레드에게 물었다.

"얼마 거시겠어요?"

"7에 10탈렌."

전 재산을 걸 것처럼 굴더니 고작 10탈렌을 걸었다. 10탈렌은 이 도박장에서 걸 수 있는 최소 금액이었다.

"옹졸한 아이로구나."

클레어의 말에 레드는 발끈했다.

"시끄러. 이건 책략이라고 하는 거다."

"그래, 네가 그렇다면 그런 거겠지."

클레어의 얼굴을 감상하다가 레드 때문에 시선을 돌렸던 남자들은, 레드가 거는 터무니없이 적은 금액에 실소를 흘렸다.

그리고 과시하려는 듯 너도나도 앞 다투어 큰 금액의 돈을 걸기 시작했다.

"4에 100탈렌."

"난 9에 500탈렌!"

"더블 2에 400탈렌!"

레드를 제외하고도 열 명의 남자들이 돈을 걸었다. 남자들 앞에 놓인 지폐를 확인한 종업원은 생긋 웃으며 컵을 올렸다.

숫자는 6과 6. 12였다.

"안타깝네요."

돈을 딴 사람은 없었다. 종업원은 남자들이 걸었던 돈을 하나, 하나 거둬갔다. 레드의 돈을 수거해가던 종업원의 하얀 손이 레드의 손등에 살짝 부딪쳤다. 레드의 손은 돈 가까이에 있지 않았기 때문에 우연히 부딪칠 만한 상황이 아니었다.

"너, 내 몸에 손대지 마라. 못생긴 게."

레드가 종업원을 노려보며 으르렁거리듯 말했다. 차디찬 눈빛에 질린 종업원은 미소를 지우고 고개를 끄덕였다.

"어이, 돈 못 딴 걸 가지고 이 아가씨한테 화풀이를 하면 안 되지."

"맞아, 맞아. 어차피 잃은 돈도 얼마 안 되면서 왜 성질을 내?"

"게임 계속하고 싶으면 이 아가씨한테 사과해!"

레드가 실수하기만을 기다리던 사내들이 기회를 잡았다는 듯 레드에게 한마디씩 하기 시작했다. 레드는 자신을 질책하는 무리들을 천천히 돌아본 후 말했다.

"닥쳐."

"뭐야!"

그중 젊고 건장한 사내가 벌떡 일어났다. 근육 잡힌 몸에 흉터가 많은 팔을 보니, 고운 일을 하며 자란 사내는 아니었다. 레드는 자신보다 두 배는 큰 사내를 흘끗 쳐다보고는 피식 웃었다.

"용기가 가상하니 이번엔 그냥 넘어가 주지. 게임 해야 되니까 닥치고 앉아."

"이 자식이!"

사내가 레드를 향해 달려들었다. 레드는 의자에 앉은 채로, 사내의 주먹을 가볍게 피했다. 표적을 맞추지 못한 주먹이 레드의 옆에 있던 클레어에게 날아갔다.

하지만 그 주먹이 클레어에게 닿기 전, 슬쩍 일어난 레드가 사내의 굵은 팔을 잡아 등 뒤로 꺾었다. 레드는 그 손을 그대로 더 위로 올려 사내의 머리카락을 잡아 고개를 뒤로 세게 젖혔다.

순식간에 벌어진 일에 다들 입을 다물지 못했다.

"말했지? 그냥 넘어가 주겠다고."

"이, 이 자식! 죽여 버린다!"

"입만 산 놈은 재미가 없어. 재미가 없는 놈은 꼴도 보기 싫지. 네가 나를 위해 죽어줘야겠는데? 어떻게 죽을래? 해체시켜 줄까? 아니면 구워 줄까?"

"여기서 소란을 피우시면 안 됩니다."

종업원이 침착하게 말했다. 도박장에서 싸움이 일어나는 건 흔히 있는 일이었다.

"경비를 부르기 전에 다들 자리에 앉아주세요."

평소의 레드였다면 시작된 싸움을 중간에 멈추지 않았을 것이다. 하지만 레드는 도박장에 가고 싶다고 한 클레어의 말을 기억하고 있었기에, 순순히 사내를 놓아주었다. 사내는 오만상을 찌푸리고 있었지만, 다시 레드에게 덤비진 않고 자기 자리로 돌아갔다.

종업원은 사태가 진정되었다는 것을 확인하고는 다시 컵에 주사위를 넣었다.

"게임, 시작하겠습니다."

5장
라볼르의 연금술사

레드와 클레어가 도박장에 가고 나서도 아란은 배를 따라오는 물길을 바라보고 있었다. 그런 아란의 옆에 라울이 다가왔다. 라울의 갈색 머리가 바람에 나부꼈다.

"그 머리 좀 어떻게 해라."

"아란이 할 소린 아니에요."

아란의 긴 머리 역시 이리저리 흩날리고 있는 상황이었다.

"레드는요?"

"클레어랑 도박장에."

"같이 가지 그랬어요? 검술 훈련을 하는 것도 아니면서."

"마음을 날카롭게 갈고 닦는 중이지."

"놀고 자빠졌네요. 보나 마나 오늘 저녁 메뉴에 대해 생각하고 있었겠죠. 다시 한 번 말하지만, 방에 불 피워서 요리를 하는 건 반댑니다. 그러다가 배에 불이라도 나면 여기 탄 승객들 전부 바짝 익어서 물고기 먹이가 될걸요. 맛 좋은 고기가 되는 건 사양입니다.”

화법으로 따지자면 라울도 클레어와 막상막하일 정도로 문제가 많았다. 아란은 온화한 표정으로 인간 고기에 대해 이야기하는 라울을 물끄러미 응시하다가 작게 고개를 저었다.

“그나저나 레드가 문제나 안 일으켰으면 좋겠네요.”

“클레어가 같이 있으니 별 문제는 없겠지.”

“누구랑 함께라고 해서 조용히 있는 인물은 아니잖아요. 게다가 도박장은 돈이 걸려 있어서 다들 예민한 상태고. 누가 야유 좀 퍼붓는다고 주먹다짐이라도 하면 어째요.”

“그런 멍청한 짓을 하진 않겠지. 우리가 대놓고 움직이는 상황도 아닌데.”

“난 그런 멍청한 짓을 할 거라는 데 100탈렌 걸게요.”

“나도.”

“……뭘 하자는 겁니까?”

“돈이 걸린 문제에는 신중할 수밖에 없지. 멍청한 짓을 할 거라는데 100탈렌 건다.”

“그럼 내기가 안 되잖아요.”

“유키한테 안 할 거라는 데 걸게 해.”

그래서 두 사람은 로타와 놀고 있는 유키를 찾아내 내기에 대해 설명했다. 유키는 두 번 생각할 것도 없이 말했다.

"멍청한 짓을 할 거라는 데 200탈렌."

자신감 넘치는 태도로 책략을 펼친 레드는 10탈렌씩 9번 도전을 했다. 그리고 한 번도 따지 못했다. 마지막 10탈렌을 손에 쥐고 참담하게 주사위를 노려보는 레드에게, 클레어가 말했다.

"입만 살았다는 건 널 두고 하는 소리로구나."

"시끄러. 구워지고 싶냐?"

"요샌 집 한 채가 10탈렌에 거래되는 게냐?"

"아, 시끄럽다고!"

레드가 버럭 외쳤다. 클레어가 레드를 향해 손을 내밀었다. 클레어의 작고 하얀 손을 내려다보던 레드는 아무 생각 없이 그 손 위에 자신의 손을 올렸다. 클레어가 말했다.

"손 말고 돈을 다오."

레드는 민망했다.

'내가 뭔 짓을 한 거지!'

차라리 클레어가 큰 소리로 비웃으면 그나마 낫겠는데, 클레어는 옅은 미소조차 짓지 않았다.

'비웃어! 날 마구 비웃으라고! 그런 냉정한 표정으로 돈을 요구하지 말란 말이야!'

그 속마음을 사람들 앞에서 드러낼 수는 없었다. 레드는 아무렇지도 않은 척 클레어의 손 위에 마지막 남은 돈을 올려놨다.

"뭐하게?"

"내가 하마. 네게 집 한 채를 선물해 주지."

"참도 그러겠다."

레드가 빈정거렸지만 클레어는 대답하지 않고, 종업원이 흔드는 컵을 주시했다. 이윽고 컵을 내려놓은 종업원이 물었다.

"얼마 거시겠어요?"

여기저기서 돈을 거는 소리가 들렸다. 클레어는 10탈렌을 내려놓으며 말했다.

"더블 2에 10탈렌."

더블 2라면 2가 두 개 나와야 했다. 종업원이 컵을 열었고, 주사위 숫자를 확인한 레드가 저도 모르게 클레어를 끌어안았다.

"땄다!"

레드의 단단한 팔은 클레어의 차가운 체온도 느껴지지 않는지 그녀의 몸을 거세게 옥죄고 있었다. 레드에게 폭 안긴 클레어는 아주 잠깐 놀란 표정을 지었지만, 곧 무표정으로 돌아왔다.

"고작 이 정도에 이리 기뻐하다니, 참으로 욕심이 없는 아이로구나."

클레어의 높낮이 없는 목소리에 레드는 정신을 차렸다.

'내가 뭔 짓을 한 거야!'

레드는 떠밀다시피 클레어를 떼어 냈다. 클레어는 불쾌한 기색 없이 종업원이 주는 40탈렌을 받았다. 이것으로 소유한 돈은 50탈렌이 되었다.

게임은 계속 진행되었지만, 레드는 거기에 집중하지 못하고 클레어를 끌어안은 일에 대해 고민했다.

'내가 왜 클레어를 끌어안은 거지? 끌어안을 이유가 없잖아. 50탈렌 땄다고 세상을 얻은 것도 아닌데! 아니, 세상을 얻었다고 해도 클레어를 끌어안을 이유는 없어. 그리고 클레어는 왜 아무 말도 안 하는 거야? 여자라면 여자답게 비명도 좀 지르면서 왜 끌어안는 거냐고 새침하게 굴어야 할 것 아냐! 왜 이 문제에 대해 아무 언급도 안 하는 거냐고! 변명을 해야 되나? 내가 먼저 얘기를 꺼내봐야 하는 건가?'

맥락도, 결론도 없는 고민을 하는 동안, 클레어는 계속 돈을 땄다. 레드가 가까스로 정신을 차렸을 때는 10탈렌으로 시작한 돈이 5000탈렌, 즉 5실버까지 불어나 있었다.

"너…… 뭔 짓을 한 거냐?"

클레어의 앞엔 지폐가 쌓여 있었다.

"게임을 했단다. 50탈렌을 걸면 100탈렌이 되고, 100탈렌을 걸면 200탈렌이 되지. 5000탈렌을 버는 건 어려운 일이 아니란다. 요새 집 한 채 가격이 얼마나 되지?"

클레어는 정말로 집을 한 채 사 줄 생각이었나 보다. 거절할 이유는 없지만, 한 게임으로 너무 많은 돈을 따는 것은 문제가 됐다.

아니나 다를까, 험상궂은 외모의 사내들이 레드와 클레어를 향해 걸어오고 있었다. 레드는 또다시 돈을 걸려는 클레어의 팔을 붙잡았다.

"그만하자."

"이 돈이면 집을 살 수 있는 게냐?"

"집은 이제 됐고."

거기까지 말했을 때, 험악한 사내가 레드의 어깨에 손을 올렸다.

"같이 좀 가셔야겠습니다."

*　　*　　*

수도에서 한참 멀어졌는데도 에녹은 쉴 생각을 하지 않았다. 밤에는 노숙을 하고 낮에는 해가 사라질 때까지 걷는 나날이 반복되었다. 왕궁에서 편하게만 지내던 에녹에게 하루 종일 걷고 노숙을 하는 삶이 편안할 리 없는데도, 그는 밤에 깊이 자지 못하고 뒤척거렸다. 단지 잠자리가 불편하기 때문은 아니었다.

잔느는 묻고 싶은 게 많았지만, 잔뜩 겁에 질린 에녹을 몰아붙일 수가 없었다.

사람들은 에녹이 놀기 좋아하는 방탕아에, 왕위도 노려보지 못하는 패기 없는 사내라 생각했지만, 매일 에녹의 곁에서 그를 지키는 잔느는 그가 얼마나 심지 굳은 사내인지 알고 있었다. 에녹은 누구보다도 열심히 학문을 닦았고, 누구보다도 열심히 검술을 배웠다. 단지 그것을 드러내지 않았을 뿐이다.

그런 에녹이 이토록 겁에 질려 도망치는 데는 이유가 있을 것이다. 잔느는 잠자코 에녹을 따르며, 그가 스스로 입을 열기만을 기다렸다.

두 사람은 어느 작은 마을을 지나 숲으로 들어갔다가 허물어져 가는 폐가를 발견했다. 사냥꾼이나 나무꾼이 사용하다가 버린 집 같았다. 무너지기 직전이기는 했지만, 노숙보다는 나을 것 같아서 그 안으로 들어갔다.

슬금슬금 지는 해가 오렌지빛 노을을 뿌렸다. 나무가 만들어 내는 그림자 때문에 숲은 금세 어두워졌다. 잔느는 집 앞에 모닥불을 피우고, 오는 길에 잡았던 토끼를 손질했다. 큼지막한 돌에 걸터앉아 잔느를 지켜보던 에녹이 드디어 입을 열었다.

"혈귀……라고 알아?"

"네, 들어봤습니다."

잔느는 당혹감을 감추고 대답했다.

혈귀. 아주 오래된 전설로, 예전에는 어린애들을 겁주는 용도로 끄집어냈다고는 하지만, 최근에는 애들도 믿지 않는 전설상의 몬스터였다.

긴 도망 생활 중에 처음으로 꺼낸 말이 '혈귀'라니. 잔느는 피곤과 허기 때문에 지친 에녹의 정신상태가 이상해진 것은 아닌가 하는, 불경스러운 생각마저 들었다.

그녀의 걱정스러움을 아는지 모르는지 에녹은 담담히 말을 이어갔다.

"혈귀는 실제로 존재해, 잔느. 그걸 아는 사람이 드물어서 그렇지, 분명 존재해."

"하지만……."

반박하려는 잔느를, 에녹이 한 손을 들어 막았다.

"나라가 무언가를 감추려고 하는 이유는, 혼란을 막기 위해서야. 지금 대륙은 평화기야. 포장된 평화이긴 하지만 야만족을 제외하고는 전쟁도 없이 조용히 지내고 있지. 그런 와중에 강력한 힘을 지닌 한 종족이 겉으로 드러나게 되면, 어느 나라는 그 종족과 맞서 싸우려고 할 거고, 어느 나라는 그 종족과 화친을 맺어 이용하려고 할 거야. 게다가 혈귀는 다른 몬스터들이랑 달라. 몬스터들은 인간과 싸우긴 하지만 인간을 주식으로 삼진 않지. 하지만 혈귀의 주식은 인간이야. 인간의 피가 아닌 다른 피는 마시지 않는다는 말이야. 그런 존재가 알려지면 백성은 혼란에 빠질 거야. 밤길을 다니지 못하게 될 거고, 왕실에 큰돈을 가져다주는 어둠의 거리도 문을 닫게 되겠지. 사람들은 사냥을 하러 산에 들어가는 것도 두려워할 거고, 밭일을 하면서도 두리번거리게 될 거야. 밤잠을 자지도 못하겠지."

잔느는 마른침을 삼켰다.

"전에 군 장관이랑 기사단장이 하는 이야기를 엿들은 적이 있어. 어둠의 거리에서 가끔 실종사건이 벌어진다는 이야기였어. 그리고 기사단장이 그러더군. '그놈들의 소행인 것 같다.'고. 그놈들이 누군지 알고 싶어서 난 계속 듣고 있었고, 그 대화 끝에

'혈귀'라는 호칭이 등장했어."

혈귀를 전설 속의 몬스터로만 알고 살아왔던 잔느로서는 쉽게 믿을 수가 없는 이야기였다. 국가가 혼란을 막기 위해 혈귀라는 종족을 감추려고 하는 이유 자체에 대해서는 알겠다.

하지만 정말로? 정말로 혈귀라는 게 존재한단 말인가? 인간의 피만을 주식으로 하는 생물이?

"나도 혈귀에 대해서는 전설로만 알고 있었어. 하지만 군 장관이랑 기사단장쯤 되는 인물들이 갑자기 애들도 안 믿는 전설 이야기나 해대진 않을 거 아냐. 그래서 그때부터 혈귀에 대해 조사하기 시작했어."

스산한 바람이 두 사람 사이를 스쳐 지나갔다. 모닥불에 걸어 두었던 토끼 고기가 새까맣게 타들어 가고 있었지만, 잔느는 그것조차 잊고 에녹의 이야기에 빠져들었다.

"혈귀. 어느 나라에서는 흡혈족, 혈족, 흡혈귀, 흡혈마. 다양한 호칭으로 전해지지만 일단 혈귀라고 통칭할게. 혈귀라 불리는 것들은 천여 년 전에 통일 대륙을 들썩이게 만든 몬스터들이야. 인간의 피를 마시지. 하지만 무엇보다 무서운 건, 피가 빨려 죽은 인간들이 되살아난다는 거야. 혈귀가 되어서. 그리고 오르데안 가문이 바로 그 혈귀를 부리던 저주받은 가문이었다는 거. 여기까지가 흔히 알려진 사실이야."

"감춰진 사실도 있다는 겁니까?"

"어느 나라에나 혈귀 전설이 있는 걸로 봐서는, 혈귀가 존재했고 현재도 존재하는 게 분명해. 하지만 이상한 건, 모든 책을 모아뒀다는 왕궁 도서관에도 혈귀에 대한 서술이 담긴 책은 애들도 안 읽는 삼류 전설집이 전부야. 그렇게 많은 나라에서 전설로 이어져 왔다면, 학자 한두 사람쯤은 그것에 대한 논평을 남겼을 법도 한데, 그런 것조차 없어. 몇백 년 전까지는 허구의 생물이라고 여겨졌던 드래곤 전설에 대한 것도, 논평집이 남아 있을 정도인데 말이야. 그렇다는 건, 누군가 일부러 진실성 있는 글들을 전부 없애 버렸다고 생각해야 돼."

"장관과 기사단장이 한 짓일까요?"

잔느가 물었지만 에녹은 대답 없이 땅만 쳐다봤다. 갑자기 생각을 잃어버린 사람 같았다. 한참을 기다려도 말이 없기에, 잔느는 타서 못 먹게 된 토끼구이를 끄집어내고 모닥불을 발로 밟아서 껐다.

"여기 오는 내내 생각을 했어. 그 이상한 시체. 목에 뚫린 작은 구멍. 난 그게 혈귀의 짓이라고 생각해."

문득 고개를 든 에녹이 말했다.

"10년 전에 마하딘 형님 암살 사건이 있었던 거 알지?"

"네, 압니다."

10년 전, 마하딘이 왕세자로 책봉된 직후 그 일이 벌어졌다. 누군가 마하딘을 납치했고, 그는 그날 밤 어둠의 거리 골목에서 발견되었다. 살아 있기는 했지만 원인 모를 독에 당해 얼굴이 엉망으로 뭉개진 상태였다. 왕실 마법사와 치유사가 힘을 합쳐 간신히 그의 얼굴을 원상태로 복구시켰다.

마하딘의 왕세자 책봉을 반대하는 무리의 짓이라고 추측하고 왕실 모든 사람들이 나서서 범인을 찾으려 했지만, 결국 밝혀내지 못해 미스터리로 남게 되었다.

"그 사건 때문에 제가 에녹 님의 가드가 되었죠."

"그래. 그것 때문에 모든 왕자들에게 실력 좋은 가드를 한, 두 명씩 붙여 줬으니까. 그 당시만 해도 나는 너무 어렸고, 마하딘 형님은 왕세자씩이나 됐으니 가까이할 수 없는 분이었어. 먼발치에서 뵌 게 전부였지. 하지만 치료를 끝낸 마하딘 형님을 처음 뵀을 때, 뭔가 이상하다는 생각을 했어. 뭔가 다르다. 마하딘 형님이 아닌 것 같아. 그런 생각. 하지만 큰 문제는 없었기 때문에 깊이 생각하지 않고 잊고 지내 왔지."

이제 본론으로 들어간 것 같다. 잔느는 숨을 멈추고 에녹의 입술을 주시했다. 에녹은 혀로 마른 입술을 축인 후, 힘겹게 말했다.

"그 여자를 그렇게 만든 건 마하딘 형님인 게 분명해. 마하딘 형님은…… 혈귀야."

"하지만!"

"그래, 맞아. 마하딘 형님은 낮에도 잘 돌아다니시지. 혈귀는 태양이 닿으면 타들어 가서 죽는다고 알려져 있는데."

"전설일 뿐이기는 하지만, 그 사실을 부정한다면 혈귀의 존재 역시 부정해야 합니다."

이 나라의 왕세자가 혈귀라니.

에녹을 믿는 잔느지만, 방금 그가 말한 것만큼은 부정하고 싶었다. 만약 지금 에녹의 이야기가 다른 사람의 귀에 들어간다면, 에녹의 목숨은 보장할 수 없을 것이다. 에녹이 왕의 아들이기는 했지만, 고작해야 다섯 번째 아들. 감히 왕세자와 견줄 수 있는 위치가 아니었다.

"하지만 잔느. 내가 말했잖아. 누군가 진실성 있는 글들을 없앴다고. 만약에, 만약에 말이야. 햇빛 아래에 서 있어도 무사한 혈귀가 있다면 어떨까? 인간과 똑같이 먹고 말하고 웃는, 그런 혈귀가 있을 수도 있는 거 아니겠어?"

"에녹 님."

"나도 아닐 거라고 몇 번이나 내 생각을 부정했어. 그런데 아무리 생각해도 내 생각이 맞아. 왕실에서 본 그건, 내가 오래전에 보았던 그 마하딘 형님이 아니야. 그건…… 그게 나를 보는 눈빛은……."

에녹의 목소리가 떨렸다. 에녹은 마지막으로 마하딘과 마주쳤을 때의 일이 생생하게 떠오르는지 하얗게 질린 얼굴로 몸을 부르르 떨었다.

"먹잇감을 노리는 눈빛이었어."

잔느는 반박할 힘을 잃었다. 에녹은 정말로 두려워하고 있다. 근거 없는 두려움이 아니다. 일주일 내내 이곳으로 달려오면서, 에녹은 고민하고 또 고민했을 것이다. 몇 번이나 자신의 생각을 부정하고 고치려 들었을 것이다. 결국 도출해낸 결론이 '마하딘은 혈귀다.'라면, 그 말이 옳을 것이다.

잔느는 에녹을 그녀 자신보다 더 믿었다.

마하딘이 혈귀다. 이 나라의 왕세자가 인간의 피를 마시는 종족이다.

"앞으로…… 어떻게 해야 할까요?"

이윽고 정신을 차린 잔느가 메마른 목소리로 물었다. 에녹은 그의 연갈색 머리카락을 쥐어뜯으며 괴로운 목소리로 답했다.

"모르겠어. 정말 아무리 생각해도 어떻게 해야 될지 모르겠어. 인간이랑 똑같은 혈귀가 있는 거라면, 대체 누굴 믿어야 되는 거지?"

* * *

갇혔다.

같이 좀 가셔야겠다고 말했던 험상궂은 남자들은 레드와 클레어를 '아칸 호' 지하로 데리고 갔다. 그리고 아무 설명 없이 두꺼운 밧줄로 두 손을 꽁꽁 묶어, 감옥에 밀어 넣었다. 밀항자나 죄수, 노예들을 가둬 놓는 감옥이었다.

"어이, 이게 뭐야? 설명이라도 좀 해봐."

남자들은 레드의 말을 무시하고 감옥 문을 세게 닫고 나가 버렸다. 레드는 한숨을 쉬며 벽에 기대어 주르륵 미끄러지듯 앉았다. 클레어도 그 옆에 다소곳이 앉아, 묶인 손을 허벅지 위에 올려놓았다.

"참으로 의외로구나."

클레어가 말했다.

"뭐가?"

"네가 이리도 순순히 잡힐 줄은 몰랐단다."

"난 원래 순순히 잡혀 주는 남자야."

"그래, 전혀 몰랐구나."

"……왜 너랑 얘기를 하다 보면 울화통이 터질까?"

"은빛 머리의 아이 말로는 내 화법에 문제가 있다고 하더구나."

"그럼 좀 고치지 그래?"

"오랜 버릇을 고치는 건 힘이 든단다, 아이야."

'넌 그런 것도 모르니?'라는 듯한 클레어의 눈빛을 무시하고, 레드는 벽에 뒤통수를 쿵쿵 박았다.

"제기랄. 아무 말도 없이 가둬 둘 줄은 몰랐네. 대체 도박장 주인이 누구기에, 아칸 호 감옥을 마음껏 사용하는 거지?"

"우리가 무엇을 잘못해서 갇힌 건지 모르겠구나."

"우리가 아니라 네가 잘못한 거야. 네가."

"그래?"

"원래 게임 하나를 가지고 많은 돈을 따면 시선을 모으게 되어 있거든. 10탈렌으로 5실버를 만들었으니, 도박장 주인의 심기가 불편하기도 하겠지."

"잃는 이가 있으면 따는 이도 있는 것 아니냐? 전 재산을 잃었다고 보상해 주는 것도 아닌데, 왜 많이 따는 걸로 갇혀야 하는 게지?"

"세상 돌아가는 게 그렇더라."

"인생 다 산 말투로구나."

"인생 다 산 말투는 네가 하는 그 말투를 말하는 거고. 난 깨달음을 얻은 자의 말투인 거지."

"그러하냐."

"그나저나 네가 도박에 흥미가 있을 줄은 몰랐다."

갇혀 있는 무료한 시간, 대화나 해 보자는 생각에 의미 없이 던진 말이었다. 하지만 돌아온 대답은 레드가 예상치 못한 강력한 파동을 지니고 있었다.

"내가 사랑하는 이가 도박을 참으로 좋아했지."

클레어의 담담한 말투 속에 담긴 의미를 깨닫기도 전에, 심장에 강한 격통을 느꼈다. 기이한 통증에 인상을 찌푸리며, 레드는 클레어를 돌아봤다.

클레어는 정면을 응시하고 있어서, 레드에게 보이는 것은 그녀의 옆모습뿐이었다. 알맞게 둥근 이마, 부드러운 곡선을 가진 콧날, 도톰한 입술. 그 입술에 보기 힘든 미소가 맺혀 있었다. 그것은 마치 눈물과도 같아서, 레드는 그녀가 울고 있는 것 같다는, 바보 같은 생각을 하고 말았다.

"참으로 신기하지 않으냐. 많은 기억을 잃었단다. 그의 이름도, 얼굴도, 목소리도 기억이 나지 않는데 아주 간혹 그가 좋아했던 것들, 그와 함께 보냈던 날들이 떠오른단다. 차라리 모두 지워지면 아프지 않을 것을, 간간이 떠오르는 기억이 칼날처럼 심장에 박히는구나."

평소처럼 감정 없는 목소리였다. 하지만 레드의 귀에는, 그녀의 음성 안에 담긴 수많은 감정이 휘몰아쳐 들어왔다. 그것은 슬픔과 아픔과 후회와 그리움으로 점철된, 농밀한 감정. 심장이 저밀 만큼 쓸쓸한, 고독의 감정이었다.

듣고 싶지 않았다. 그녀가 사랑하는 남자에 대해서는 알고 싶지도 않고, 그녀가 울 것 같은 목소리로 그의 추억을 말하는 것도 싫었다. 하지만 싫은 것만큼 듣길 원했다. 처음으로 드러난 그녀의 감정을, 그녀의 옛 이야기를 듣고 싶었다.

혼란스러운 가운데 레드는 마음을 정했다.

"그 남자는 지금 어디 있는데?"

클레어는 긴 고민 없이 대답했다.

"아모른의 곁으로 돌아갔단다."

"……죽었다고?"

"그래. 죽었지."

"그, 그 반지의 주인이냐?"

지금껏 눈여겨보지 않았던 그녀의 반지를 살펴봤다. 그녀의 가느다란 손가락 중, 약지와 검지에 끼어 있는 얇은 금반지.

"그래, 이 반지의 주인이란다."

불쾌하다.

레드는 무엇이 이리도 불쾌한 건지 알 수 없었다. 그저 알고 지내는 한 여자에게 연인이 있었다는 이야기를 들은 것뿐이다. 그건 화가 날 일도, 가슴이 아플 일도 아니었다. 그저 그뿐인 거다.

하지만 견디기 힘든 분노와 짜증이 레드를 덮쳐 왔다. 레드는 소리를 지르고 싶었고, 주먹으로 벽을 내리치고 싶었다. 욕설을 내뱉고 싶고, 누구라도 때리고 싶었다.

하지만 그 무엇도 하지 못한 채 묶인 손을 꽉 움켜쥐며, 레드는 천천히 호흡했다.

"그 남자가, 보고, 싶냐?"

묻지 마.

그리 생각했지만 질문이 먼저 튀어나왔다. 그래서 속으로 애원했다.

대답하지 마. 아무 말도 하지 마. 그 남자가 보고 싶다는 말 따위, 절대로 하지 마.

"그리워 무엇 하겠느냐. 어차피 볼 수도 없는 것을."

그녀의 대답은, 보고 싶다는 대답보다 훨씬 깊었다. 허탈하게 흘러가는 음성 안에 진득한 그리움과 아픈 애정이 넘치도록 담겨 있었다. 그 음성만으로도 레드는, 그녀가 그를 얼마나 사랑했는지 알 것 같았다.

더는 그녀의 얼굴을 볼 수 없어서, 레드는 고개를 돌렸다. 이 감옥 안에서 뛰쳐나가고 싶다. 두 손을 묶어 클레어와 한 방에 가둔 놈들을, 그리하여 듣고 싶지도 않은 이야기를 듣게 만든 놈들을 한 명, 한 명 고통스럽게 해체해 주고 싶다.

레드는 이를 악물고 터져 나오려는 포효를 꿀꺽, 꿀꺽, 한없이 삼켜야만 했다.

* * *

아란과 라울과 유키는 식당의 원형 테이블에 둘러앉아 서로를 바라보는 중이었다. 맛있는 냄새를 풍기던 조개 스프는 이미 식어버린 후였고, 빵도 딱딱해졌다. 결국 아란이 결론을 내렸다.

"일단 먹자."

빵을 향하는 아란의 손을, 라울이 찰싹 때렸다.

"지금 그 예쁜 주둥이에 빵을 처넣을 때가 아니잖아요!"

"해가 졌다. 난 아직 저녁을 안 먹었지. 바로 이 순간이야말로 빵을 처넣을 때라고 생각하는데."

아란이 조곤조곤 설명했다.

"하지만 레드랑 클레어의 행방이 묘연하잖아. 이런 상황에서 빵이 목에 넘어가?"

유키가 툴툴거렸다. 아란은 어깨를 으쓱했다.

"내가 빵을 먹지 않는다고 레드와 클레어가 나타날 거라면 그렇게 하겠다. 어떠냐, 유키. 내가 먹지 않으면 두 사람이 나타날 거라고 확신하나? 네 검을 걸고 얘기해봐라."

"그런 걸로 유키 좀 협박하지 마세요!"

"음식이란 생명과 밀접한 관계가 있지. 사람이 집과 옷 없이는 살 수 있어도, 음식 없이는 살 수 없는 거니까."

"그런 정론을 펼칠 때가 아니잖아요."

도박장에 간다고 했던 레드와 클레어가 실종됐다. 저녁 시간이 다 될 때까지 나타나지 않아서 이리저리 찾아다녔는데, 어디서도 발견할 수가 없었다. 혹시 사고라도 일어난 게 아닐까 싶었지만, 사고가 일어났다는 보고는 없다고 했다. 도박장에 있던 사람들에게 물어봐도 모르겠다고만 말했다.

"도박장에 있던 사람들, 뭔가 숨기는 것 같지 않았어요?"

"뭐, 도박하다가 대박이라도 터져서 감옥에 갇혔나 보지."

그새 빵을 하나 집어든 아란이 대수롭잖다는 듯 말했다. 유키가 눈을 크게 떴다.

"배에도 감옥이 있어?"

"이 정도 큰 배라면."

"그럼 큰일이잖아요. 레드 성격에 분명 문제를 일으킬 텐데."

"문제를 일으키려면 벌써 일으켰을 거다. 아직까지 조용한 걸로 봐서는 레드도 기회를 노리는 모양이지."

"아란. 아란은 레드한테 너무 후해. 레드가 정말 기회를 노릴 만한 성격이라고 봐?"

"원숭이도 오래 살면 검술을 익히는 법이다. 레드라고 평생 바보로 살까."

"난 검술 쓰는 원숭이 한 번도 못 봤는데?"

"나도."

아란이 듣고 보니 그렇다는 듯 고개를 끄덕였다.

"그럼 대체 뭔 소리를 하고 싶은 건데! 레드가 바보에서 벗어날 거라는 거야, 못 벗어날 거라는 거야?"

"승객이니까 죽이진 않겠지. 본보기로 일주일쯤 가둬 뒀다가 풀어 줄 테니, 그냥 둬라."

"밥은 제대로 줄까요?"

라울이 걱정스럽게 중얼거렸다.

"안 주겠지. 쫄쫄 굶겨서 초췌해진 모습으로 내보내야 본보기가 될 테니."

"아란, 당신은 그걸 알면서도 지금 빵이 넘어갑니까?"

"아까 말했다시피 음식이란 생명이랑……."

"그 빌어먹을 생명 타령 그만해요! 당신은 일주일 동안 밥 안 주고 감옥에 가둬두면 가만히 있을 겁니까?"

라울의 말에 아란이 차갑게 웃었다. 그의 검은 눈동자가 섬뜩하게 빛났다.

"다 죽여 버릴 거다. 가둬둔 놈도, 날 버려둔 놈도."

"……."

* * *

감옥에는 빛 한 점 들어오지 않았지만, 어둡진 않았다. 레드의 손끝에서 타오르는 불꽃 덕분이었다. 클레어는 그 불꽃에 묘한 시선을 던지고 있었다.

마음이 진정된 레드는, 아까부터 궁금했던 것을 물었다.

"그런데 너 주사위 게임은 어떻게 그렇게 잘하는 거냐?"

"그 게임은 별로 어렵지 않단다. 주사위는 각 면마다 미세하게나마 차이가 있지."

"차이?"

"흠집이나 굴곡 같은 거."

"그래서?"

"소리를 들어 두면 된단다. 각 면이 컵에 부딪칠 때마다 내는 소리가 다르지. 컵을 테이블에 대고 엎었을 때, 주사위가 떨어지면서 내는 소리도 마찬가지다. 그걸로 주사위 눈의 숫자를 맞출 수 있단다."

레드가 놀란 듯 눈을 크게 떴다.

"그게 가능하냐?"

"가능하지."

"나도 할 수 있을까?"

"역시 집 한 채를 사고 싶은 게냐?"

"집은 됐고. 도박으로 돈 좀 벌 수 있다면 해서 나쁠 게 없잖

아. 테드한테 기대기만 하는 것도 미안하고."

"호오. 네게 염치라는 것이 있다니, 놀랍구나."

"난 원래 염치가 넘치는 남자거든. 나랑 알아온 기간도 길지 않으면서 내 성격을 다 파악했다는 듯이 굴지 마라."

레드의 퉁명스러운 말에 클레어가 순순히 고개를 끄덕였다.

"오냐. 그리 하마."

"그래서, 그 소리를 파악할 수 있는 방법은 뭔데?"

클레어가 레드의 손에 맺힌 불꽃을 가리켰다.

"그 불꽃을 잘 보거라."

"봤다."

"이제 그 불꽃을 끄거라."

"껐다."

레드의 손에서 불꽃이 사라지자마자 칠흑 같은 어둠이 덮쳐왔다. 아무것도 보이지 않아서인지, 곁에 앉은 클레어의 냉기가 더욱 강하게 느껴졌다.

"눈을 감고 네 몸 안에 그 불꽃으로 공을 만든다고 생각해 보거라. 아주 동그란 공. 그리고 그것을 그대로 위로 밀어서 귓가로 보내면 된다."

레드는 클레어의 말대로 해 보려고 했다. 하지만 아무리 애를 써도 불꽃으로 만든 둥근 공이 형상화되지 않았다. 간신히 하나 만들었다고 생각했는데, 레드의 몸 안이 아닌 바깥쪽에 둥둥 떠 있었다.

"못 해 먹겠네!"

결국 레드가 버럭 소리를 질렀다.

"참으로 인내심이 없는 아이로구나."

"인내심이고 뭐고, 뱃속에 불공을 만든다는 게 말이 안 되잖아! 만들었다가는 내장이 타버린다고."

"그러냐?"

"그래! 정체를 알 수 없는 네놈은 할 수 있을지 몰라도, 난 무리다. 내가 했다가는 죽을 거야."

레드가 갑자기 벌떡 일어났다.

"이 빌어먹을 감옥에 갇혀 있는 것도 이제 지긋지긋하다. 나가자."

"나갈 수 있겠느냐?"

"왜 못 나가?"

레드는 묶인 손으로 바지춤을 뒤져 단검을 꺼냈다. 두 손으로 검 손잡이를 잡은 레드는, 크게 심호흡을 하며 둘을 가두고 있는 나무 칸막이를 노려봤다. 두꺼운 나무를 십자 모양으로 겹쳐서 만든 칸막이었다.

레드는 단검을 들어 올려 사선으로 그었다. 두꺼운 나무가 종잇조각처럼 쉽게 잘려졌다. 레드가 다시 반대쪽 사선으로 단검을 그어 내리자, 지탱할 것이 없어진 나뭇조각들이 둔탁한 소리를 내며 바닥으로 떨어졌다.

"손 내밀어."

레드가 어느새 옆에 와서 선 클레어에게 말했다. 클레어가 두 손을 내밀자, 레드는 단검으로 밧줄을 잘라냈다. 두 손이 자유로워진 클레어가 레드를 향해 손을 내밀었다. 단검을 달라는 뜻이었지만, 레드는 검을 도로 바지춤에 집어넣었다.

"난 내 무기 아무한테나 안 준다."

"그러냐. 그럼 손을 다오."

레드가 묶인 손을 내밀자, 클레어는 고개를 숙이고 그것을 풀기 시작했다. 클레어의 손등이 닿을 때마다 냉기가 스며들었다. 손가락 끝이 얼어붙을 것 같지만, 레드는 말없이 클레어를 내려다봤다.

레드가 만들어 내서 띄워둔 둥근 불꽃 때문에 클레어의 머리카락이 붉게 빛나고 있었다. 그것은 피처럼 섬뜩하기도 하고, 꽃처럼 아름답기도 한 색깔이었다.

레드의 손을 결박하고 있던 밧줄이 스르륵 떨어졌다.

"됐구나."

클레어가 말했다. 레드는 손을 조금 더 위로 올렸다. 그의 손은 주저 없이 그녀의 긴 머리카락으로 향했다. 피가 묻어나올 것 같은 붉은 머리. 그녀의 머리카락은 질 좋은 비단처럼 부드러웠다.

자신이 무엇을 하는지도 모르는 채, 레드는 손에 잡힌 그녀의 머리카락을 살살 만지고 있었다.

"무엇을 하는 게냐?"

클레어의 질문에 화들짝 놀란 레드는 뒤로 물러나고 말았다. 클레어는 의아한 듯 레드를 올려다보고 있었다. 어째서인지, 그 모습이 말도 못 하게 사랑스러워서, 레드는 하마터면 클레어를 끌어안을 뻔했다.

불쑥 찾아온 충동을 간신히 억누르며, 레드가 말했다.

"머리에, 뭐가, 묻었더라."

* * *

어마어마하게 혼났다. 두 사람이 선실로 돌아가자마자 라울이 악담을 퍼부었고 유키는 발로 차댔다. 아란은 진지하게 빈정거렸는데, 유키가 기다렸다는 듯이 레드에게 일러바쳤다.

"저래도 아란 형은 자기 먹을 거 다 먹어댔어. 형이랑 클레어는 그냥 놔두면 일주일쯤 굶겼다가 풀어줄 거라면서!"

결국 레드는 아란과 주먹다짐을 했다. 한참 북적거린 후에야 사정을 설명했고, 5실버를 받아오지 못한 걸 한탄했다.

그러고 있을 때, 갑자기 선실 문이 부서질 듯 거세게 열렸다. 레드의 감옥 탈출을 눈치챈 도박장의 주인이 덮쳐 온 건 줄 알고 검을 빼 들었던 일행은, 문 앞에 서서 껄껄 웃는 인물의 모습에 입을 쩍 벌리고 말았다. 의연하게 그를 바라보는 것은 클레어 뿐이었다.

"탄?"

레드는 황당함을 감추지 못했다. 탄이라고 불린 인물이 "으하하핫!" 호쾌하게 웃었다.

"변함없이 멍청한 꼴이로구만! 잘들 지냈나?"

"대체 왜 네놈이 여기…… 설마, 네가 저 빌어먹을 도박장 주인이었던 거냐?"

"그렇지. 바로 그거지. 아칸 호쯤 되는 선박의 도박장은 다 내 소유지."

"이 천하의 욕심쟁이 같으니! 내 5실버 내놔!"

레드가 달려들었다. 레드도 작은 몸집이 아닌데, '탄'에게 매달린 레드는 고목나무의 매미 꼴이었다.

"진정해, 진정해."

"진정하게 생겼냐, 지금? 네놈 때문에 5실버도 못 받고 하루 종일 감옥에 갇혀 있었다고!"

"사기를 쳐서 게임에 이기면 돈을 안 주는 게 당연하지. 아무리 지인이라도 그리 호락호락 넘어가진 않아."

"사기라니! 정당하게 게임을 했다. 애초에 주사위 게임이라는 게 사기를 칠 건더기가 없잖아!"

"하여간 5실버는 가져왔으니까 진정 좀 하고 앉아."

'탄'이 한 손으로 레드를 뚝 떼어 냈다.

"그나저나 다들 내가 반갑지도 않은 거야? 왜 다들 그런 표정을 짓고 있어?"

탄의 말에 라울이 어이없다는 표정으로 대꾸했다.

"그거야…… 가쿠타 시 어둠의 거리의 주인을 이런 곳에서 만날 줄 몰랐으니까 그렇죠."

아란이 앞으로 나왔다.

"오랜만입니다, 타니하르."

그들의 방을 습격한 '탄'은 과거 대해적이라 불렸고, 현재 어둠의 거리의 주인인 타니하르였다.

타니하르는 레드 일행을 자신의 방으로 불러들였다. 특급 선실인 타니하르의 방은 호화롭기 그지없었다. 깨끗하고 커다란 침대보다, 방 한가운데에 놓여 있는 거대하고 화려한 욕조가 눈에 띄었다. 흰 대리석으로 만든 욕조는 가장자리가 진주로 장식되어 있었고, 한 가운데 사자 동상이 놓여 있었다.

"변함없이 돈 낭비를 하시는구만. 이런 데 쓸 돈이 있으면 나한테 좀 달라고."

레드가 욕조 옆에 쭈그리고 앉아 진주를 떼어 내려고 애쓰며 말했다.

"레드 공은 여전히 모양 빠지는 짓을 하는구먼. 사내가 되었으면 스스로 돈 벌 생각을 해야지, 일확천금이나 누리려 하다니."

"그런 놈들한테서 돈 뺏어가는 네놈이 더 썩을 놈이거든?"

"세상에 안 썩은 인간이 어디 있나? 안 그래?"

타니하르가 껄껄 웃었다.

종업원 여러 명이 들어와 커다란 테이블 위에 각종 요리를 차리기 시작했다. 저녁을 먹지 못한 레드는, 다 차려지지 않은 음식에 손을 댔다.

"세상에 손을 앞쪽으로 결박하는 멍청이가 어디 있겠나? 풀기 쉽게 결박했을 때부터, 딱 나라는 걸 눈치챘어야지!"

타니하르의 말에 레드가 인상을 찌푸렸다.

"그런 멍청이가 없으라는 법도 없잖아. 게다가 네놈이 이 배에 타고 있을 줄 누가 알았어? 두 번 다시는 뱃생활 안 하겠다면서 내륙으로 들어간 게 너야. 잊었냐?"

"그나저나."

자신에게 불리한 말이 튀어나오자, 타니하르가 말을 돌렸다.

"저 아가씨는 누군가? 레드 공의 이건가?"

타니하르가 클레어를 보며 새끼손가락을 들어보였다.

"응."

"아마도요."

"그래."

유키와 라울과 아란이 동시에 대답했다. 레드는 발끈해서, 들고 있던 커다란 돼지 다리를 집어던졌다.

"아니라고!"

아란이 가볍게 그걸 받아냈다.

"네 몸은 던질지언정, 음식은 던지지 마라."

클레어가 타니하르를 바라보며 말했다.

"클레어라고 한다, 아이야."

어김없이 튀어나오는 '아이야'라는 호칭에 유키와 라울은 눈을 크게 떴다. 타니하르는 누가 봐도 클레어의 아버지뻘로 보였기 때문이다. 어지간한 타니하르도 놀랐는지 눈을 부릅떴다가, 곧 크게 웃었다.

"으하하하하! 이 나이에 아이라고 불리는 기분도 상큼하구먼! 좋은데, 아가씨. 내 여자가 되지 않겠나?"

타니하르의 머리를 향해 접시가 날아갔다. 레드가 던진 접시였다. 타니하르는 가볍게 머리를 움직여 접시를 피했다. 레드는 그런 타니하르를 차갑게 노려보며 말했다.

"말 함부로 하지 마라, 타니하르."

타니하르가 씩 웃으며 새끼손가락을 들었다.

"역시 레오나드 공의 이거였구먼."

유키가 도도도 달려가 타니하르의 새끼손가락을 접고, 대신 엄지를 펼쳤다.

"아니, 탄. 그것보다는 이거."

"호오. 레오나드 공이 밀리는 입장인가?"

"클레어한테 꼼짝도 못 해."

"이거, 이거. 그런 재미있는 일이 시작됐으면 날 불렀어야지! 무료한 바다 생활에서 자그마한 즐거움을 찾게 되었군."

"시끄러."

레드가 으르렁거렸지만 타니하르에게는 통하지 않았다. 타니하르는 신기한지 한참 동안 클레어를 살펴봤다.

"타니하르. 라볼르에는 어쩐 일로 가는 겁니까?"

아란의 질문에 타니하르가 볼에 난 수염을 쓰다듬었다.

"요새 왕실이 시끄러운 거 알지?"

"왕위 계승 문제라면 알고 있습니다."

"그래. 왕은 아직 건재하신데, 아들놈들이 야단이지. 특히 다뉴얼이 날뛴단 말이야. 마하딘은 큰일 없이 조용히 끝내고 싶은 모양이지만, 둘 중 한 놈이 죽어야 끝날 싸움이야. 다뉴얼은 독한 인물이니까."

"하지만 난 다뉴얼 님 마음도 이해가 돼. 원래 첫째 아들한테 왕위를 물려주는 게 당연하잖아. 그런데 둘째인 마하딘 님이 왕세자가 되었으니, 아버지한테 버림받은 기분이 들지 않을까?"

타니하르가 다정하게 웃으며 유키의 금빛 고수머리를 쓰다듬었다.

"그래, 유키 공은 여전히 생각이 깊구먼. 그런 마음이야 이해 못 할 것도 아니지만, 누가 봐도 마하딘이 훨씬 생각이 깊고 배움도 깊으니. 나라 일이라는 건 감정에 휘둘릴 수 없는 일이잖나. 그렇지?"

"그야, 그렇지."

"하여간, 문제는…… 왕실이 시끄러운 틈을 타서 잠시 도둑질을 하러 사람을 보냈지."

"……뭘 하자는 거냐, 너?"

레드가 어이없다는 표정으로 타니하르를 쳐다봤지만, 그는 별일 아니라는 듯 어깨를 으쓱했다.

"대단한 걸 노린 건 아니었어. 내가 시킨 건, 왕실 지하 도서관에 있는 진실이 담긴 책이었거든."

"진실이 담긴 책?"

"그래. 통일 대륙 때 기록된 역사서. 나라가 찢어진 후, 각 나라마다 역사서를 몇 권씩 나눠 갖게 됐지. 어느 나라에서는 귀한 보물로 삼고, 어느 나라에서는 태워 버린 모양이지만…… 고르돈 국에선 지하 도서관에 모셔뒀거든. 공공연한 사실이지."

"해적인 주제에 왜 역사에 관심을 갖는 거지?"

레드의 질문에 타니하르의 잿빛 눈동자가 반짝 빛났다.

"거기에 혈귀에 대한 진실이 기록되었을 가능성이 높으니까."

타니하르는 최근 어둠의 거리에서 벌어지는 수상쩍은 실종 사건에 대해 이야기했다.

"워낙 사람들이 많이 드나드는 거리다 보니, 누가 있고 누가 없는지는 잘 파악이 안 돼. 게다가 거리의 여자들은 거취를 옮기는 일이 잦으니까, 몇 명쯤 사라진다 해도 큰 문제가 아니지. 그런데 말이야. 내가 예뻐하던 여자가 한 명이라도 사라졌을 땐 그게 큰 문제가 되는 거야."

"당신한테 질려서 도망친 게 아닐까요?"

"으하하하핫! 라울 공의 독설은 여전히 매콤하구먼! 허나, 그런 문제가 아니야. 그 여자는 날 떠날 수 없는 입장이었어."

"인질이라도 잡고 있었냐?"

"아니. 이 몸을 사랑했거든!"

"……놀고 앉아 있네."

"하여간 그 여자가 사라진 후로 조사를 좀 해봤는데, 갑자기 사라진 사람들이 많더군. 가족들도 그 거취를 알지 못하고. 이건 좀 이상하지 않은가?"

"혈귀의 짓이라고 생각하는 겁니까?"

아란의 질문에 타니하르가 고개를 끄덕거렸다.

"맞아, 아발란체 공. 난 수도에 혈귀가 '다수' 존재한다고 보네."

"혈귀는 어디에든 있습니다. 수도에 있다고 해서 라볼르에 가는 이유가 되진 않습니다만."

"이거, 이거. 아발란체 공은 여전히 예리하군. 라볼르에 가는 이유는, 왕실에 들여보내 놨던 첩자가 물고 온 소식 때문이야. 마하딘이 라볼르로 사람을 보내려고 한다더군."

"왕세자가?"

레드가 달려들 듯 물었다. 갑자기 거칠어진 레드의 행동거지에, 타니하르는 놀랐다.

"그래. 왜 보내는지 궁금하기도 하고, 혈귀들이 어둠의 거리를 노리고 있는 거라면 위험하기도 해서, 겸사겸사 라볼르에 가는 길이라네."

"왕세자…… 왕세자였나?"

타니하르가 이야기를 마무리 지었지만, 레드는 더 이상 타니하르의 말에 관심을 주지 않았다. 타니하르는 전에 없이 심각한 표정을 짓고 있는 레드의 행동이 의아하기만 했다.

"왕세자라고 생각하나?"

아란이 레드에게 물었다.

"'그분'이라고 하잖아. 높은 위치에 있으니 '그분'이라고 하는 거겠지. 게다가 백작 부인까지 부릴 정도라면……."

"하지만 정혈귀들은 단지 인간들의 지위 상하 관계를 가지고 '그분'이라고 하지는 않잖아. 게다가 높은 분들은 혈귀의 존재를 알고 있으니까, 그거 때문에 따로 라볼르에 사람을 보내려고 하는 걸지도 모르고."

유키가 반박했다.

"그래, 꼬맹이. 네 말도 가능성이 있어. 하지만 왕세자가 혈귀일 가능성도 염두에 둬야 돼."

"왕세자가 혈귀라면…… 그거 정말 골치 아파지겠는데요?"

라울이 찡그리며 중얼거렸다.

"정말 골치 아파지겠지. 나라를 적으로 돌리게 되는 거니까."

레드 일행의 대화를, 타니하르는 어리둥절하게 듣다가 물었다.

"네놈들, 대체 뭔 소리를 해 대는 거냐? 마하딘은 가식적이고 재수 없는 놈이기는 하지만, 햇빛 아래서도 멀쩡하게 돌아다녀. 송곳니랑 손톱도 없고. 혈귀일 리가 없잖아."

"아아, 타니하르는 모르죠."

라울이 타니하르에게 정혈귀의 존재에 대해 설명했다. 인간과 다를 게 없는 혈귀. 송곳니와 손톱의 길이를 마음껏 조절할 수 있고, 태양 아래에서도 아무 제약 없이 행동할 수 있는 혈귀.

믿을 수 없는 이야기였지만, 온 바다를 누비던 타니하르였다. 있을 수 없다고 생각했던 온갖 것들을 봐 왔던 타니하르는 정혈귀의 존재조차 쉽게 받아들였다.

"그래, 그런 게 있을 법도 하군. 그거 참…… 힘들겠구먼."

타니하르는 남의 일이라는 듯 라울의 어깨를 툭툭 두드렸다.

"그래, 힘들게 됐지. 그러니까 탄."

레드가 양손에 단검을 하나씩 쥐고 타니하르에게 달려들었다.

"돈 좀 내놔!"

채앵—

어느새 자신의 검을 손에 든 타니하르가, 레드의 검을 가볍게 막아 냈다. 불시에 공격을 당했으면서도 타니하르는 껄껄 웃었다.

"이거 참. 젊은이라 그런지 혈기가 왕성하구먼."

"닥쳐, 이 자식아! 돈 내놔, 돈!"

나머지 일행은 돈독 오른 레드를 한심하다는 듯 지켜보고 있었다. 보다 못한 클레어가 나섰다.

"붉은 머리 아이야. 내가 집 한 채 살 돈을 마련해 준다 하지 않았느냐."

"뭐야, 클레어. 레드가 클레어한테까지 빌어먹고 있었던 거야?"

"레드, 제발 체통 좀 지키세요. 평생 그렇게 남의 돈 뺏으면서 살 생각이에요?"

"창피하다, 레드."

일행이 한마디씩 하자, 레드가 얼굴을 붉혔다.

"니들은 닥쳐! 내가 나 먹고살자고 뺏냐? 니들 무기 사 주려고……!"

풀썩—

갑자기 벌어진 일에 레드의 눈이 커졌다.

가장 먼저 쓰러진 것은 유키였다. 아무런 징조도 없었다. 그 다음 라울과 아란이 거의 동시에 바닥에 쓰러졌다.

"야, 니들!"

말을 끝내기도 전, 레드가 타니하르의 몸뚱이를 밀어붙이듯 쓰러지고 말았다. 타니하르는 이미 뒤로 넘어가고 있던 터였다.

클레어는 두 손을 가지런히 모은 채, 죽은 듯 너부러진 일행들을 둘러봤다. 그녀의 인형 같은 얼굴에는, 그 어떤 감정도 묻어 있지 않았다.

* * *

"타니하르는 어떻습니까?"

잔느의 말에 에녹이 고개를 저었다.

"아니, 안 돼. 타니하르는 왕실에 어마어마한 돈을 갖다 바치고 있어. 뭔가 알고 있으면서도 함구하고 있는 게 분명해."

"그도 혈귀라고 보십니까?"

"모르겠어."

잔느는 아랫입술을 살짝 깨물었다.

혈귀에 대한 것을 이야기한 후, 에녹은 더욱 혼란스러워 보였다. 속으로 생각만 하던 것을 실제 꺼내어 보니, 그것이 더욱 뚜렷한 진실로 다가오는 모양이었다.

벌써 몇 시간째 믿을 만한 인물들의 이름을 끄집어내보았지만, 에녹은 모두를 부정했다. 심지어 장관들과 왕실 기사단의 단장까지도 의심했다.

잔느가 아는 이름은 모두 나왔다. 다음은 에녹 차례였는데, 바깥 경험이 별로 없는 에녹이기에 아는 것은 잔느랑 비슷했다.

"하이엘른으로 가지 않으시겠습니까?"

잔느가 힘겹게 제안했다. 에녹이 고개를 번쩍 들었다.

"거기에…… 너희 일족이 남아 있어?"

하이엘른은 라볼르에서 더 남쪽으로 내려간 곳에 있는 커다란 섬이었다. 오래전 그곳엔 블랙엘프의 피가 섞였다는 '헤른족'이 살고 있었다. 잔느는 헤른족의 피를 이어받았다.

"어머니 말씀이 몇 명은 숨어서 살고 있다고 했습니다. 헤른족은 부족의 피를 이어받은 자를 모르는 척하지 않으니, 혹시라도 위험에 처하게 되면 의탁하라 하셨습니다."

"그래. 그렇구나."

에녹의 표정이 조금은 밝아졌다.

하이엘른은 대륙에서 멀리 떨어진 곳에 있다. 게다가 오래전 학살에서 살아남은 헤른족에게 몸을 의탁한다면, 한동안은 눈에 띄지 않고 살아갈 수 있을 것이다.

"그것은 내가 하이엘른에 갈 거라고는 생각도 못 할 거야. 그치?"

에녹은 마하딘을 더 이상 형님이라 부르지 않았다.

"네, 하이엘른은 아무도 찾지 않는 곳이니까요."

"우선 펠타 항으로 가야겠군. 거기서 배편을 구해 보자. 하이엘른으로 가는 배가 있을까?"

"일단 라볼르에 갔다가 거기서 배편을 구해야 할 겁니다."

"응. 돈이 있으니까 어떻게든 되겠지. 그 전에 따라잡히지 않게 서두르자."

잔느는 에녹이 기운을 차린 것 같아서 안도했다. 다시 숲에 나가 토끼를 잡아와, 부실하긴 하지만 저녁을 먹었다. 잔느가 검을 끌어안고 벽에 기대어 잠들었다. 하지만 에녹은 잠들 수 없었다.

'난 뭘 하고 있는 거지?'

이 나라의 왕세자가 혈귀다. 에녹이 모를 뿐, 다른 누군가가도 마하딘처럼 인간과 똑같은 혈귀일 것이다. 어쩌면 왕이, 장관이, 대마력사가…… 권력을 쥐고 있는 자들이 혈귀가 되어 나라를 손에 넣으려고 한다.

'난 도망쳤어.'

수많은 백성은 그 존재조차 모른 채 살아가고 있는데, 그들을 버리고 도망치려 하고 있다. 내 몸 하나 살자고, 맞설 생각도 하지 않은 채 멀리 떠나려고 한다.

이 얼마나 한심한 노릇인가.

에녹의 녹색 눈동자가 부풀어 올랐다가 방울져 떨어졌다. 볼을 타고 흐르는 뜨거운 눈물을 손등으로 훔치며, 에녹은 흐느꼈다.

* * *

방금 전까지만 해도 시끌벅적했던 아칸 호는 침묵에 휩싸였다. 배 안에 깨어 있는 사람이 아무도 없었다. 고요한 침묵에 쌓인 아칸 호는 마치 유령선처럼 바다 위에 둥둥 떠 있었다.

그런 배 위로 올라오는 이들이 있었다. 이끼와도 같은 진녹색 비늘이 덮인 거대한 몬스터들이었다. 손톱이 긴 손가락에는 물갈퀴가 있었고, 얼굴은 물고기와 인간이 합쳐진 듯 흉측했다. 그 덩치는 인간들의 두 배, 큰 것은 네 배가 넘었다.

그것들이 바로 세이렌이라 불리는 몬스터였다.

아름다운 노래로 인간을 유혹한다고 알려져 있지만, 사실 그들이 부르는 노래는 인간의 청력으로는 들을 수 없었다. 인간이 듣지 못하는 노래가 시작되면, 그 범위 안에 있는 인간들은 속수무책으로 잠에 빠져든다. 노래가 끝난 후에도 한참 동안 지속되는 깊은 잠. 꿈도 꾸지 않는, 암흑 속의 잠.

세이렌은 흉포한 성격의 몬스터라서 단지 즐거움 때문에 인간 남자들을 죽였다. 여자들은 그대로 잡아다 자신들만이 갈 수 있는 섬에 가둬 두고 그들의 아이를 낳게 했다. 세이렌이란 종족은 여자가 태어나지 않기 때문이었다.

철벅. 철벅.

열 마리의 세이렌들이 갑판을 걸어왔다.

늦은 시간이라 갑판에 나와 있다 잠든 인간들은 선원들뿐이었다. 세이렌 하나가 잠든 남자 한 명을 들어 올렸다. 그리고 그의 목을 부러뜨리려고 손에 힘을 주는 순간,

툭—

세이렌의 두 팔이 바닥으로 떨어졌다. 그와 함께 들어 올려졌던 사내도 바닥에 떨어졌지만, 사내는 잠에서 깨어나지 않았다.

"크아아아아아아!"

팔이 잘린 세이렌이 한 발 늦게 비명을 질렀다. 세이렌의 포효가 아칸 호를 뒤흔든 것은 아주 짧은 시간이었다.

투둑—

비명을 지르던 세이렌의 머리가 바닥에 뒹굴었다. 아칸 호는

다시 정적에 휩싸였다.

무엇이 자신을 공격하는지, 세이렌들은 알 수 없었다. 잠든 선원들이 바닥에 널려 있지만, 그것을 잡을 생각조차 하지 못하고 주위를 두리번거렸다. 그 사이로 검은 바람이 휙 불어 들어갔다.

투둑— 투두둑—

또 세 마리의 목이 잘렸다. 동료들의 목이 보이지 않는 것에 의해 잘려나가자, 세이렌들은 우왕좌왕하기 시작했다. 두 팔을 휘적거리며 비늘을 세우는 그들의 앞에, 한 여자가 나타났다. 언제, 어디서 나타났는지도 모를 만큼 갑작스럽게 그들 앞에 서 있었다.

검붉은 머리카락이 바람에 흩날렸다.

"가거라."

여자가 말했다.

"살생을 하고 싶지 않구나. 사는 곳으로 돌아가거라."

세이렌은 성격이 잔혹하고 사나웠다. 아무리 강한 인간을 앞에 둬도 뒤로 물러서는 법이 없었다. 그러나 이번만큼은 달랐다. 세이렌들은 눈앞에 있는 자그마한 여자에게 덤빌 생각을 조금도 하지 못하고 와들와들 떨었다.

"크으으으으."

세이렌들의 목에서 기이한 신음 소리가 흘러나왔다.

그들은 눈앞의 상대를 건드려선 안 된다는 걸 직감했다. 거대한 녹색 무리가 작은 여자를 앞에 두고 덜덜 떨며 뒷걸음질을 치기 시작했다. 세이렌들이 모두 바다에 뛰어들 때까지, 클레어는 조용히 서서 지켜보고 있었다.

바닥엔 세이렌의 시체 4구가 뒹굴고 있었다. 클레어는 그중 하나를 집어 들었다.

일주일 동안 피를 마시지 못했다. 안 그래도 가축우리에 있는 돼지를 한 마리 훔쳐야겠다고 생각하고 있던 터였다.

클레어의 입술 사이로 날카로운 송곳니가 삐져나왔다. 클레어는 망설이지 않고 녹색 비늘로 덮인 세이렌의 몸에 이를 꽂아 넣었다.

바다향이 섞인 비릿한 피가 식도를 타고 내려갔다. 인간의 것이 아닌 피는 클레어의 몸 안에서 요동치기 시작했다.

"이게 아니야. 내가 원하는 건 이 피가 아냐."

클레어의 내부에 있는 저주가 비명을 질렀다.

"나는 인간의 피를 원해. 그들의 향긋하고 달콤한 피를 원한다고!"

클레어는 저주의 비명을 무시하려 애쓰며, 세이렌의 피를 빨아들였다. 제 욕심을 채우지 못한 저주는 클레어의 육체를 괴롭히기 시작했다. 클레어는 바싹 마른 세이렌의 시체를 떨어뜨리고, 두 손으로 배를 움켜쥐었다.

피로 가득한 위장이 뒤틀린다. 인간의 것이 아닌 피를 뱉어내려 한다.

클레어는 꿀꺽, 꿀꺽, 넘어오려는 피를 억지로 삼켰다. 그러자 살을 저미는 고통이 온몸으로 번져갔다. 익숙해지지 않는 날카로운 통증 때문에 뇌가 뒤흔들렸다.

'안 돼.'

클레어의 손톱이 길어졌다. 클레어는 그것을 망설임 없이 자신의 팔뚝에 박아 넣었다.

'참아.'

긴 손톱이 찌르고 들어갔는데도 클레어의 몸에선 피가 흐르지 않았다. 클레어는 몇 번이나 자신의 몸에 상처를 냈지만, 그것은 순식간에 아물었다.

"으아아아아아!"

결국 비명이 터져 나왔다. 클레어는 손톱을 팔에 박아 넣은 채, 하늘을 올려다보며 고통에 찬 비명을 내질렀다.

"으아아아아아!"

그녀의 비명에 달이 흔들렸다. 영원한 밤, 클레어의 괴로움을 지켜봤던 달이 붉게 물들었다.

그 달을 보며 끔찍한 고통을 이겨낸 클레어는 비틀거리며 일어났다. 그런 클레어의 등에, 차가운 것이 닿았다.

"내가 방금 뭘 본 건지 설명해 줘야겠는데."

지긋지긋할 정도로 바다에서 굴러먹었던 타니하르다. 세이렌에 대한 방비책 정도는 늘 하고 있었다. 타니하르의 귀에 매달린 두 개의 링 귀걸이는, 세이렌의 노래로부터 보호해 주는 힘을 지니고 있었다.

잠든 척하고 기회를 엿보다가 세이렌들을 상대할 작정이었다. 불시에 습격할 생각으로 침대에 드러누웠는데, 놀랍게도 클레어가 잠들지 않았다. 조용히 일행을 둘러본 클레어는 표표히 선실 밖으로 걸어 나갔고, 타니하르는 뒤늦게 그녀의 뒤를 따랐다.

간판에 나갔을 때는 모든 일이 끝난 후였다. 세이렌들은 겁에 질린 듯 뒷걸음질을 쳐서 도망쳤고, 클레어는 바닥에 떨어져 있던 세이렌의 시체에 송곳니를 박았다.

송곳니, 그리고 긴 손톱.

정혈귀에 대한 이야기를 들은 지 얼마 안 된 터에, 그 정혈귀를 목격했다. 기묘한 느낌을 풍기는 아름다운 여자라고만 생각했지, 정혈귀일 줄은 꿈에도 몰랐다.

인간의 피를 마셔야만 하는 정혈귀가 몬스터의 피를 마시고 괴로워하는 이유는 알 수 없었지만, 하여간 정혈귀다. 저주받은 종족.

타니하르는 클레어가 방심한 틈에 그녀의 등에 검을 겨눴다. 검술은 자신 없지만, 혈귀에게 마력이 통하지 않는다는 것은 이미 알고 있다. 마력으로 상대하는 것보다는, 차라리 검에 목숨을 걸어보는 것이 낫다.

"흰 수염 아이로구나."

검이 등을 거의 찌르다시피 누르고 있는데도, 클레어의 음성은 담담했다.

'그만큼 자신이 있다는 건가?'

그렇다면 먼저 공격에 들어가면 된다.

타니하르는 검에 힘을 실어 깊이 내질렀다. 날카롭게 벼린 검 끝이, 클레어의 살을 파고들었다.

푸욱—

박혔다.

검 끝이 클레어의 배로 빠져나왔다. 클레어는 고개를 숙여 그것을 물끄러미 응시했다.

"아이야. 이런 걸로는 날 죽일 수 없단다."

"으하하하하. 그럼 난 이제 죽은 목숨인 건가?"

타니하르는 크게 웃으며 다시 검을 빼냈다. 고통이 상당할 텐데도 클레어는 아무 소리 내지 않았다. 타니하르는 검을 사선으로 그어 올렸다. 분명 클레어의 등을 베었는데, 피가 흐르지 않았다.

타니하르는 포기하지 않았다. 검을 휘둘러 클레어의 팔을 잘라냈지만, 그 팔은 바닥에 떨어지기도 전에 먼지처럼 흩어졌다. 그리고 잘린 자리에 새 팔이 생겼다.

"놀랍군."

무엇을 해도 반응이 없으니, 어릿광대가 된 기분이 든다. 수십 년의 바다 생활을 하면서도 참담함을 느껴본 적 없었는데, 타니하르는 처음으로 자신의 무력함을 실감했다. 그야말로 참담하다.

"흰 수염의 아이야."

클레어가 타니하르 쪽으로 돌아섰다. 그녀와 눈이 마주친 타니하르는 마른침을 삼켰다.

클레어의 공허한 눈동자엔 심해와도 같은 어둠이 담겨 있었다. 무엇이 존재하는지 알 수 없는 깊고 깊은 해저. 빛이 닿지 않는 그 미지의 세계. 그것이 클레어의 눈동자 안에 있었다. 팔뚝에 소름이 돋았다.

"무슨 짓을 해도 난 죽지 않는단다. 너도, 나도 힘 뺄 것 없지 않겠느냐."

"재미있는 소리를 하는구먼. 힘은 나 혼자 뺀 것 같은데."

"상처가 나면, 나는 허기가 진단다. 이 배 안에서는 더 이상 배고프고 싶지 않구나."

"혈귀란 건 인간의 피만 마시는 줄 알았는데."

"그래. 허나 나는 인간의 피를 마시지 않는다."

"재미있는 거짓말을 하는구먼."

"거짓이 아니다."

"레오나드 공에게 접근한 이유가 뭐지? 누구의 사주를 받은 거냐?"

"그 아이들이 날 받아들여 줬단다."

타니하르가 인상을 찌푸렸다.

"뭐? 그럼 레오나드 공도 네가 혈귀라는 걸 안단 말이냐?"

"그 아이는 모른단다. 은빛의 아이와 금빛의 아이만 알고 있지."

"아발란체 공과 유키 공이 네 정체를 알고 있다고? 으하하하하하하! 그거 참 유쾌한 거짓말이로구먼!"

클레어는 말없이 타니하르를 응시했다.

"그놈들이 널 받아 줄 이유가 없지. 네가 그 어떤 말로 구워삶아도 흔들리지 않을 놈들이거든. 누구보다도 혈귀를 증오하는 놈들이 정혈귀랑 같이 다닌다고? 넌 지금 나한테 그런 말도 안 되는 거짓말을 하고 있는 거다!"

타니하르는 다시 클레어에게 덤벼들었다. 보통 사람은 보기 힘들 정도로 빠르게 움직이는 검을, 클레어는 힘든 기색 없이 몇 번이고 막아 냈다. 그 어떤 방법을 써도 소용이 없자, 타니하르는 숨을 헐떡거리며 마력을 모았다. 타니하르가 다루는 마력이 점점 뜨거워지기 시작했다. 그것이 불꽃으로 형상화하기 직전, 클레어가 타니하르에게 달려들었다.

클레어의 손바닥이 타니하르의 가슴을 누르는 순간, 타니하르는 이 힘을 이기지 못하리라는 걸 깨달았다. 그대로 뒤로 쓰러진 타니하르의 배 위에, 클레어가 살포시 올라섰다.

"아이야."

간신히 모았던 마력이 흩어졌다. 하지만 아쉽진 않았다. 그것을 제대로 만들어 던졌어도, 이 여자는 이기지 못했을 것이다. 저 하얀 피부에 작은 상처 하나 만들어 주지 못했을 것이다.

생전 처음으로 절망감이 똬리를 틀었다.

"그런 것으로 죽을 수 있다면 이미 죽었을 것이다."

클레어가 말했다.

"저주받은 자를 믿지 못하는 네 마음을 이해한다."

타니하르의 얼굴에 비릿한 조소가 떠올랐다.

"이해한다고? 인간의 피를 마시는 괴물 따위가, 인간의 마음을 이해한다고? 으하하하하하. 이제 슬슬 짜증이 나기 시작했다."

타니하르는 퉁상스럽게 말하며 검을 쥐고 있던 손을 휘둘렀다. 클레어의 다리 하나를 베어냈지만, 손을 베었을 때와 마찬가지로 금세 다시 생겨났다.

"대체 어떻게 생겨먹은 몸이지? 레오나드 공이 혈귀를 상대하는 걸 본 적이 있다. 네 몸처럼 그렇게 되진 않았었지. 너, 정말 혈귀가 맞긴 한 거냐?"

"그래, 맞다."

타니하르가 클레어를 노려보다가 웃음을 터뜨렸다.

"으하하하하. 정직한 척을 하는 건가, 아니면 진짜로 정직한 건가? 혈귀가 아니라 했으면 날 달래기도 쉬웠을 것을."

"……."

"내려와라. 뭘 해도 소용없으니 더 이상 공격하진 않겠다."

클레어는 말없이 옆으로 내려왔다. 끄응, 하며 몸을 일으킨 타니하르는 틈을 노려 클레어의 목에 검을 가져갔지만, 클레어는 미동조차 하지 않았다.

"목을 베어내도 아까처럼 되나?"

"그래."

"굉장하군. 불사신이라는 걸 너 같은 걸 두고 하는 말인가?"

"……."

"고통이라는 걸 느끼기는 하나?"

"그래, 느낀다."

"느낀다고? 검으로 찌르거나 베어도?"

"그래. 피를 흘리지 않아도 아픔은 느낀단다."

"그런 것치고는 멀쩡하더군."

"진짜로 고통스러운 것은 칼에 베이는 것이 아니란다."

"그럼? 뭐가 널 아프게 할 수 있지? 그 반반한 얼굴이 일그러지는 꼴을 한 번 보고 싶은데?"

"아이야."

클레어가 고개를 돌려 타니하르를 응시했다.

"나는 지금도 고통을 느끼고 있단다."

클레어의 눈동자가 천천히 움직여 하늘에 덩그러니 떠 있는 달을 응시했다.

"내 아버지도, 어머니도, 사랑하는 오라버니와 동생도 너무나 그리운데…… 아무리 노력해도 그들의 얼굴이 떠오르지 않는구나."

"……."

"그것이 너무도 아프고 슬퍼서."

"……."

"나는 매일, 매순간이 고통스럽단다."

여자의 눈물은 믿지 않는다. 감정에 호소하는 외침도 타니하르에게는 쓰레기나 다름없었다. 그러나 클레어의 말에 흔들린 이유는, 무감정한 얼굴과 단조로운 음성 때문이었다. 눈물 한 방울 흘리지 않고, 떨림 한 번 없는 목소리가 도리어 타니하르의 심장을 두드렸다.

혈귀에게 인간의 감정이 남아 있을 거란 생각은 단 한 번도 해보지 않았다. 피에 미친 짐승처럼 인간을 공격하는 괴물. 타니하르에게 있어서 혈귀는 딱 그뿐인 존재였다.

그런데 눈앞의 여자는, 세이렌의 피를 마시고 비명을 질러댔던 이 여자는, 감정을 갖고 있다. 넘치도록 수많은 감정을, 심해 같은 눈동자 안에 꾹꾹 눌러 담아 숨기고 있다.

해적으로 살면서 수많은 사람을 상대해 왔다. 많은 감정을 마주하며 살아왔다. 그래서 타니하르는, 오래 지나지 않아 클레어의 마음을 이해할 수 있었다.

"넌 정말로 죽고 싶은가 보군."

클레어는 바람에 나부끼는 머리카락을 뒤로 넘기며 말했다.

"그래, 죽고 싶구나."

"레오나드 공이 널 죽일 수 있을 것 같아서 따라다니는 건가?"

"지금 저들의 힘으로는 날 죽일 수 없단다. 저들은 너무도 약하지."

"그놈들이 약하다고?"

타니하르는 기가 막혔다.

아란의 검술은 왕실 기사단이 탐낼 만큼 대단했고, 레드는 알려지지 않아서 그렇지 아란을 상대할 정도의 기술을 가지고 있었다. 라울의 총은 백발백중이었고, 유키는 자기 몸뚱이보다 큰 검을 자유자재로 다뤘다. 타니하르가 해적 현역이었다면, 그들을 어떻게든 자신의 해적단에 끌어들이기 위해 노력했을 정도로 그들은 걸출한 인재들이었다.

그런데 너무도 약하다니.

"내 목적은 하나란다."

클레어가 말했다.

"저 아이들의 힘이 강해지면 한 남자를 죽여 달라고 하고 싶구나."

"한 남자? 그게 누구지?"

"날 이렇게 만든 자이자, 모든 혈귀의 위에 서 있는 자란다. 혈귀들은 그를, 왕이라 부르지."

* * *

"왕이라……."

마하딘은 투명한 잔에 담긴 액체를 응시하며 빙긋 웃었다. 핏빛 액체는 피탄 제국에서 들여온 값비싼 포도주였다. 마하딘은 그 안에 손가락을 살짝 담갔다가 꺼내, 손끝에 묻은 포도주를 혀로 핥았다.

"슬슬 왕위에 오르셔야 하지 않겠습니까?"

마하딘의 모습을 지켜보던 알프레드가 참을성 없이 말했다. 마하딘은 빙그레 웃으며 알프레드를 응시했다. 긴 금발이 아름다워, 태양의 알프레드라 불리는 그는 현재 왕실 기사단의 단장이었다.

그를 정혈귀로 만든 지는 올해로 9년째다. 9년 전까지만 해도 알프레드는 기사단의 단원일 뿐이었지만, 그의 아름다움과 충성심을 높이 사서 정혈귀로 만들어 곁에 두었다. 알프레드는 인간일 때와 마찬가지로 충성심이 넘쳤지만, 가끔 그의 충성심 때문에 귀찮을 때가 있었다.

마하딘은 짜증을 감추고 그에게 손짓했다. 알프레드가 직수굿하게 다가와 마하딘의 앞에 한쪽 무릎을 꿇고 앉았다. 마하딘은 그의 부드러운 금빛 머리카락을 만지작거리며 말했다.

"왕을 처리하는 건 쉬운 일이 아니야."

"하지만……."

"들어봐, 알프레드."

마하딘이 참을성 있게 말했다.

정혈귀로서의 삶을 단 9년 살아온 알프레드는 모른다. 그들에게 남아 있는 시간은 길고도 길다. 인간일 때처럼 짧은 시간 내에 모든 것을 이루기 위해 아등바등할 필요가 없다는 얘기다.

"그분의 계획을 완성하기 위해서는 섣불리 인간들의 의심을 사선 안 돼. 계획의 기초가 세워질 때까지는, 인간들이 혈귀의 존재를 몰라야만 해. 왕은 아직 건장하고, 성기사들이 지켜 주고 있어. 그런 왕이 갑자기 죽어버리면 의심을 살 거야. 우린 아직 은밀하게 움직여야 할 필요가 있어."

"귀족들 중에 다뉴얼에게로 돌아선 자들이 많이 있습니다. 이대로 가다가는 다뉴얼이 반란을 일으킬지도 모릅니다."

마하딘은 피식 웃었다.

"그놈은 버러지만도 못 해. 정혈귀로 만들고 싶지도 않은 놈이고. 그놈은 조만간 아혈귀가 돼서 어둠을 헤매게 될 거야."

마하딘의 설명을 들었으면서도 알프레드는 불만스러워 보였다.

'이거 위험한데?'

대부분의 정혈귀들은 자신을 정혈귀로 만든 자를 주인으로 섬긴다. 하지만 간혹 주인보다 더 많은 피를 마시고 강해진 자들은 주인에게 반기를 들기도 했다. 그분이 정혈귀들을 한 데 모아

한 가지 목표를 주기 전까지는, 그런 일이 비일비재했었다.

'뭐, 괜찮겠지. 인간의 피를 아무리 많이 마셨어도 9년밖에 안 됐으니, 400년을 살아온 나를 이길 순 없을 거야.'

마하딘은 차갑게 웃으며 알프레드의 머리카락을 끌어당겼다. 갑작스럽게 당겨지는 힘에, 알프레드가 기우뚱하다가 쓰러졌다. 마하딘은 발치에 엎드린 알프레드의 머리 위에 발을 올렸다. 알프레드는 움직이지 않았다.

"알프레드. 에녹은 찾았나?"

"아직 찾지 못했습니다. 수도 주위의 마을에 사람들을 보냈지만 흔적을 찾을 수가 없었습니다. 아무래도 길이 아닌 곳으로 다니는 것 같습니다."

"그래? 뭐, 별거 없는 놈이니 상관없겠지. 그보다는 라볼르에서 올 연금술사를 위한 연구실이나 제대로 관리해 둬."

"그자도 정혈귀로 만드실 생각이십니까?"

"그래. 똑똑한 놈이라고 들었다. 그놈이 가진 기술이 우리한테 도움이 될 거야."

* * *

타니하르는 잠에서 깨어난 일행에게,

"세이렌의 공격이 있었지만, 이 몸이 처리했지."

라고 설명했다. 타니하르의 능력을 아는 레드 일행은 의심하지 않고 넘어갔다.

몇 번인가 폭풍에 휘말리고, 몇 번인가 암초에 부딪칠 뻔했지만 큰 사건은 일어나지 않았다. 타니하르는 일주일에 한두 번씩 클레어를 불러 살아 있는 돼지를 한 마리씩 던져 주었다. 긴 바다 생활 중에 느끼게 될 허기가 걱정이었던 클레어로서는 감사한 일이었다.

아칸 호가 라볼르 항에 입항한 것은 펠타 항에서 출발한 지 25일가량 지난 후였다.

라볼르는 대륙에서 남쪽으로 한참 떨어진 곳에 있는 섬이었기에, 대륙보다 기후가 높고 이국적인 분위기를 물씬 풍겼다. 항구에서부터 보이는 높은 나무에는 대륙에서 볼 수 없는 길고 뾰족한 잎사귀가 있었고, 작은 도마뱀이 심심치 않게 돌아다니고 있었다.

선객들이 내리자마자 기념품 상인들이 몰려들었다. 다들 넓고 판판한 나무판자에 끈을 달아 목에 매고 있었고, 판자 위에는 상인들이 파는 갖가지 수공예 제품들과 말린 음식들이 진열되어 있었다.

"몸에 좋은 도마뱀 구이가 단 돈 1탈렌!"

"솜씨 좋은 장인이 직접 만든 칼집입니다. 튼튼해요!"

"신발 팝니다, 신발! 더운 라볼르에서 시원하게 신고 다닐 수 있는 신발 팔아요!"

클레어와 나란히 배에서 내려오던 레드는, 클레어의 시선이

한 상인에게 향하고 있는 걸 발견했다. 그 상인은 반짝거리는 조개를 박아 넣은 비녀를 팔고 있었다.

"너도 여자는 여잔가 보다? 저런 거에 관심을 갖는 걸 보면."

"아이야, 너는 내가 남자인 줄 알았던 게냐?"

"말이 그렇다는 거지. 하나 갖고 싶냐?"

"아니, 됐다. 보는 것만으로도 좋구나."

"왜? 얼마 하지도 않는구만."

클레어가 말릴 새도 없이, 레드가 상인에게 손짓했다. 상인이 대번에 밝은 표정을 지으며 레드와 클레어의 옆으로 달려왔다. 아란과 라울, 유키가 무슨 일인가 싶어 걸음을 멈추고 레드의 하는 양을 지켜봤지만, 레드는 그들의 존재 자체를 잊고 있었다.

'웃을까?'

레드의 머릿속엔 그 생각뿐이었다.

'이걸 사주면 클레어가 웃을까?'

레드는 파란색과 하늘색, 흰색이 섞인 비녀를 골랐다. 10탈렌이라고 했다. 아무 생각 없이 10탈렌을 꺼내는데, 아란이 레드의 손을 잡았다.

"뭐야?"

"비싸다."

"뭐?"

"10탈렌이면 너무 비싸다고."

아란이 차갑게 말하며 상인을 노려봤다. 상인이 찔끔해서 시선을 피했다.

"아줌마처럼 굴지 마, 아란."

"모든 물건은 적절한 금액을 지불해서 사는 게 옳다."

라고 말한 아란은 상인을 쏘아보며 말했다.

"1탈렌."

"장난 치냐!"

과연 얼마나 부르려고 하는 건가 싶었던 레드는 버럭 언성을 높이고 말았다. 1탈렌이라니. 꼬치구이 한 개 가격이다.

하지만 아란은 아랑곳하지 않고, 다시 한 번 무게감이 느껴지는 목소리로 말했다.

"1탈렌."

아란의 서늘한 눈빛에 질린 상인은 달달 떨면서도 용기를 내서 말했다.

"나리, 1, 1탈렌은 너무합니다요. 원가도 안 됩니다."

"그럼 얼마를 원하지?"

"아무리 그래도 7, 7탈렌은 주셔야겠습니다."

"그런가? 그럼 2탈렌."

"나, 나리. 정말 너무하십니다. 저희도 하루 벌어 하루 먹고 사는 장사인데……."

상인이 우는 소리를 했지만 아란은 흔들리지 않았다.

"2탈렌. 여기서 한 푼도 올려 줄 수 없다."

"나리……."

아란이 평민이 아니라는 걸 간파한 상인은, '안 팔아! 딴 데 가서 사!'라는 말도 하지 못하고 쩔쩔맸다. 그 모습을 지켜보던 클레어가 말했다.

"은빛의 아이야. 넌 참으로 쪼잔하구나."

아란은 클레어를 한 번 노려보더니 어쩔 수 없다는 듯 말했다.

"3탈렌."

몇 번의 실랑이가 있은 후, 결국 3탈렌에 비녀 하나를 구입했다. 아란의 가격 흥정 기술에 넋이 나간 레드는, 자신이 왜 비녀를 사려고 했는지도 잊었다. 아란이 의기양양하게 건네주는 3탈렌짜리 비녀를 손에 들고 멍하니 서 있었을 뿐이다.

라볼르는 관광객이 많은 섬이라서 항구에서부터 섬 안쪽까지 번화가가 쭉 이어졌다. 각종 음식점과 잡화점이 즐비한 길을 따라 들어가다 보면 넓은 광장이 나왔다. 라볼르의 명물인 아모른의 석상이 있는 광장이었다. 광장 한가운데는 아모른과 그를 감싼 드래곤을 조각한 거대한 석상이 세워져 있었다.

광장 근처에 있는 숙박업소는 깨끗하고 호화롭지만 가격이 비쌌다. 레드는 비싼 여관에 묵고 싶었지만, 아란이 반대했다.

"우린 돈을 아껴야 돼. 연금술사란 녀석이 요구하는 돈이 우리가 가진 돈을 넘어설지도 모른다."

"그러게 탄을 협박해서 돈 좀 뺏었어야지! 그놈 욕조에서 진주

몇 개만 빼냈어도 저 여관에서 열흘은 묵을 수 있었을 거다!"

레드가 툽상스럽게 말했지만 아란은 깨끗이 무시하고 광장을 가로질러 걸어갔다. 광장의 밖으로 나가면 조금 허름하지만 가격은 저렴한 여관들이 있었다. 대부분의 선객들이 거기서 숙소를 구하기 위해 두리번거리고 있었고, 여관 종업원들은 밖으로 나와 호객 행위를 하고 있었다.

아란은 그중 젊고 건장해 보이는 남자와 가격 흥정을 했다. 이번에도 터무니없이 싼 가격으로 방을 구한 아란이 흡족하게 남자의 뒤를 따랐다. 레드는 제멋대로 방을 구한 아란의 행동이 마음에 안 들었지만, 대세에 따르는 수밖에 없었다.

저렴한 비용을 들인 것에 비해 방은 훌륭했다. 6인실 하나와 1인실 하나. 클레어는 1인실을 사용하기로 했다.

"일단 식사를 하면서 연금술사에 대한 정보를 모으죠."

라울이 짐을 풀며 말했다.

"탄은 어쩔 거래?"

"일단은 따로 움직이겠다고 하네요. 연금술사를 찾게 되면 알려 주겠다고 했어요."

"탄은 라볼르에도 아는 사람들이 있을 테니, 우리보다 빨리 찾을지도 모르겠군."

"문제는 잭이에요. 이미 라볼르에 와 있을 것 같은데……."

"만약 잭 말고 다른 정혈귀가 있으면 어쩌지?"

유키가 걱정스럽게 물었다. 레드는 허리에 손을 얹고 창밖을 내다봤다. 혈귀에 대해 아무것도 모르는 사람들은 관광할 생각에 들뜬 얼굴로 거리를 오가고 있었다.

"싸워야지."

레드가 말했다.

"이길 수 있을지는 모르겠지만, 그게 진실을 아는 자가 짊어지고 가야 할 짐이겠지."

1인실 방에 혼자 들어간 클레어는 조용히 창밖을 내다봤다. 여행객들의 열기가 여기까지 전해졌다. 아무것도 모르는 사람들은 즐겁고 흥분한 기색으로 신기한 나무들을 올려다보고, 바닥을 기어 다니는 도마뱀을 눈으로 좇았다. 부모님 손을 잡은 어린아이들이 까르르 웃는 소리가 음악처럼 공기를 울렸다.

참으로 사랑스럽다.

사랑스러워서 가슴이 아팠다. 이름도, 얼굴도 기억나지 않는 동생도 저런 식으로 웃었던 것 같다. 참으로 예뻐했던 그 아이가 웃는 모습을, 딱 한 번만 더 볼 수 있으면 얼마나 좋을까.

똑똑.

노크 소리가 들렸다. 대답도 하기 전에 문이 열렸다. 레드였다.

레드는 문간에 어깨를 기대고 비스듬히 서서 클레어에게 말했다.

"애들 밥 먹으러 간댄다."

“난 괜찮다.”

“먹어 두지 그래? 배에서도 잘 안 먹었잖아.”

“괜찮단다, 아이야.”

레드가 안으로 들어왔다.

“너, 옷 좀 사야겠다. 저번에 봤을 때보다 더 엉망이 됐는데? 거긴 왜 찢어진 거냐?”

타니하르의 검에 베어 여기저기 찢긴 부분을, 레드가 가리켰다.

“그럴 일이 있었다.”

에둘러 대답했지만 레드는 더 깊이 캐묻지 않았다.

“뭐, 아무래도 좋아. 돌아서 봐라.”

“왜 그러는 게냐?”

“머리.”

레드가 자기 머리를 톡톡 쳤다. 클레어는 레드가 무슨 말을 하는 건지 알 수 없었지만, 직수굿하게 돌아섰다. 레드의 손가락이 클레어의 머리카락 끝을 붙잡았다.

“비녀 꽂아 줄게.”

레드의 손길은 따뜻하고 다정했다. 클레어의 머리카락을 붙잡고 부드럽게 움직이는 손길에 취해, 클레어는 잠시 자신이 혈귀라는 것을 잊었다. 인간이었을 적 그녀의 머리를 만져주던 손길이 떠올라 가슴이 아릿해졌다.

레드의 손가락이 언뜻언뜻 클레어의 목덜미를 스쳤다. 그의 손이 닿을 때마다 클레어는 움찔했지만, 겉으로 드러내진 않았다. 가슴이 술렁거린다. 더는 뛰지 않는 심장이 울렁거린다.

클레어는 두 눈을 질끈 감았다.

안 된다. 아니 된다. 인간의 손길에 반응해선 안 된다. 이 손이 아무리 다정할지언정, 그것에 익숙해져서는 안 된다. 다정함은 참으로 덧없이 짧게 끝나버리니까. 인간의 삶은 사막의 모래와도 같이 쉽사리 흩어져버리니까. 그러니 이 손길에 마음을 주고 매달리면 안 된다. 또 다른 그리움을 만들어 내서는 안 된다.

"나한테 무슨 짓을 한 거지?"

그때, 레드의 낮은 음성이 들려왔다. 레드의 입술이, 클레어의 얼굴과 아주 가까운 곳에 있었다.

"왜 널 앞에 두면 다른 생각을 할 수 없게 될까?"

그의 음성은 부드럽고 애잔했다.

"어째서 난……."

레드의 손이 클레어의 목 뒤를 살며시 붙잡았다.

"네가 웃는 얼굴을 보고 싶은 걸까?"

클레어는 칼로 심장이 찔린 고통을 느꼈다. 그리운 목소리 하나가 머릿속을 울렸다.

"네가 웃는 얼굴을 보고 싶어."

클레어는 신음을 참아내려 이를 악물었다.

"네가 나한테 무슨 짓을 한 게 분명해."

그리운 목소리에 겹쳐져, 레드의 음성이 들려왔다.

"죽일 테냐?"

클레어는 간신히 한 마디 내뱉었다. 레드가 작게 웃었다. 듣기 좋은 웃음소리였다.

"아니, 용서해 주지."

레드는 솜씨 좋게 클레어의 머리를 틀어 올리고 비녀를 꽂아 주었다. 그리고 클레어를 자기 쪽으로 돌려세운 후, 한 걸음 뒤로 물러서 클레어를 바라봤다.

"나쁜 기분은 아니거든."

클레어는 대답할 수 없었다.

"잘 어울린다, 그거."

창문에서 들어오는 햇살은 레드보다 밝지 않았다. 붉은 머리의 아이는 눈이 따끔거릴 정도로 반짝거려서, 햇빛을 무색케 만들었다.

레드는 길고 긴 밤 속에서 발견한 하나의 빛이었다. 보텔로 산중턱에서 마주했을 때부터, 나뭇잎 사이에 몸을 감추고 있는 그와 눈이 마주쳤을 때부터, 레드는 클레어의 단 하나뿐인 빛이었다.

아무리 부정하려고 애를 써도 그 사실은 변하지 않았다. 오히려 그 빛이 더욱더 밝아져, 클레어의 어둠을 몰아냈다. 둘러싼 암흑을 밀치고 클레어의 내부까지 들어오려 했다.

‘나는 왜…….’

클레어는 절망스러웠다.

‘나는 왜 훗날의 고통을 알면서도…….’

클레어는 레드를 똑바로 보지 못하고 시선을 돌렸다.

‘인간에게 정을 주려 하는가?’

많은 것들이 사라졌다. 그때마다 절규하고 고통스러워했지만, 사라진 것들을 붙잡을 수는 없었다. 그리하여 사라질 것들에게는 정을 주지 않으리라, 그 어떤 감정도 품지 않으리라 결심했다.

하지만 저주 속에서도 죽지 않고 남아 있는 한 조각 인간의 마음이 클레어를 자유롭게 놓아주지 않았다. 클레어는 타인의 정을 갈망하고, 또한 타인에게 정을 줄 수밖에 없었다. 그것이 나중에 얼마나 큰 아픔이 될지 알면서도.

“나가자.”

클레어의 눈앞에 레드의 손이 내밀어졌다. 클레어는 그 손이 무척 따뜻하다는 것을 알고 있었다.

“내가 여기서 입을 만한 옷을 한 벌 사 주지.”

때문에 클레어는 그 손을 잡을 수밖에 없었다. 차디찬 어둠 속을 외로이 걸어가는 자는, 따뜻함을 갈망할 수밖에 없기에.

* * *

라볼르는 섬 한가운데에 산이 있는 지형이었다. 산을 향해 들어갈수록 번화가가 사라지고 농가가 나타났다. 라볼르에서만 자라는 진귀한 과일을 재배하는 농가와 거대한 소를 방목해서 키우는 축가였다.

"우리가 해야 될 일이…… 일단 헤론을 찾아야 하고, 약초꾼을 만나서 푸슈리를 사야 하는 거죠."

농가들 사이에 있는 작은 주점으로 향하며, 라울은 할 일을 정리했다.

아직 이른 시간이라, 주점에는 사람이 별로 없었다. 피곤한 기색이 역력한 주인과 반쯤 취한 듯한 남자 두 명이 전부였다. 마을의 작은 주점과는 어울리지 않는 레드 일행이 들어가자, 주인과 손님 두 명이 수상쩍다는 시선을 던졌다. 대부분의 여행객들은 항구와 광장 근처의 깨끗한 식당을 가지, 이런 곳까지 찾아오진 않기 때문이다.

레드 일행은 그들의 시선을 모른 체 하고 둥근 테이블에 앉았다. 주인장이 느릿하게 걸어왔다.

"뭐 시킬 거유?"

불친절한 말투였지만 레드는 불쾌한 기색 없이 씩 웃으며, 주머니에서 1실버를 꺼냈다. 타니하르의 도박장에서 딴 돈이었다.

은색으로 반짝거리는 동전을 본 주인장의 표정이 밝아졌다. 레드는 테이블 위에서 동전을 살살 굴리며 말했다.

"몇 가지 궁금한 게 있는데 말이지."

"뭐, 뭡니까요? 아는 건 전부 말씀드리겠습니다요!"

주인이 성급하게 말했다.

"여기……."

"추천 메뉴가 뭐지?"

아란이 레드의 말을 끊었다. 주인은 진심인가 싶어서 어리둥절한 표정으로 아란을 쳐다봤다. 레드가 아란의 뒤통수를 세게 때렸다.

"이 자식아! 장난하냐?"

아란이 불만스러운 듯 인상을 찌푸리고 맞은 곳을 문질렀다. 누가 봐도 귀족처럼 보이는 아란을 함부로 다루는 레드의 행동에, 주인이 어깨를 움츠렸다. 레드는 낮게 욕설을 내뱉고는 하려던 질문을 꺼냈다.

"여기 헤론이란 놈이 살지?"

레드의 질문에 주인의 눈이 커졌다.

"헤, 헤론이요?"

"잘 아나 보지?"

"그야…… 워낙 미친놈이니까요. 이 근방에서 유명합니다."

"미친놈이라고? 들어보니까 여러 가지 기구를 만들어서 도움을 준다고 하던데."

"도움이라니요."

주인이 끔찍하다는 듯 몸을 부르르 떨었다.

"그 미친놈이 만들어 주는 물건 중엔 제대로 된 물건이 없습니다. 쓸 만 한 것 같아서 사용하다 보면 폭발하기 일쑤라니까요. 얼마 전에도 마을 어린애가 타고 놀던 장난감이 폭발하는 바람에, 얼굴에 화상을 입었어요! 그놈은 우리를 가지고 자기 물건들을 실험하려고 하는 게 분명합니다! 아주 죽일 놈입니다요!"

그동안 쌓아 놓았던 분노가 폭발한 듯 주인이 빠르게 쏟아 냈다. 레드 일행은 서로의 얼굴을 쳐다봤다.

미친놈이라는 평가야 그렇다 쳐도, 만든 물건들이 폭발하다니. 그래서야 무기를 부탁할 수 없잖은가.

하지만 여기까지 와서 그냥 돌아갈 수는 없는 노릇이었다.

"어디 사는데?"

"찾아가 보시려고요? 관두십쇼. 이게 다 손님 생각해서 드리는 말씀입니다. 그놈, 가까이 해서 좋을 게 없습니다."

"흐음."

레드는 말없이 동전을 던졌다가 받았다. 주인의 눈동자가 은빛 동전을 향해 올라갔다가 내려갔다. 주인은 혀로 마른 입술을 축였다.

"자, 자세한 위치는 모릅니다. 저 산 어딘가에 살고 있다는 것만 알아요. 저 산이 이쪽은 괜찮지만 반대쪽으로 넘어가면 워낙 위험한 곳이라서…… 아마 그놈이 사는 집을 찾기 힘든 걸 보면, 반대편에 사는 게 분명합니다. 하지만 거긴 몬스터들이……."

"자세한 위치를 아는 사람은 없나?"

"네, 워낙 비밀스럽게 사는 사람이라……."

"음."

레드가 동전으로 테이블을 톡톡 두드렸다. 주인은 안절부절못하며 동전을 바라봤다.

"그럼 또 하나 질문. 라볼르에서 약초꾼이 푸슈리를 찾았다는 얘기를 들었는데."

"아! 그거 이미 헤론이 다 사갔습니다."

"헤론이? 대체 왜?"

"뭔가 실험을 할 거라고 하더군요. 기분 나쁘게 웃던 걸 보면 이상한 걸 만들려는 게 틀림없습니다요. 어쩌면 몬스터를 만들어낼지도 모르겠어요."

구석에 앉아 주인의 이야기를 듣던 취객이 덧붙였다.

"저 산 몬스터들도 헤론이 만들어 낸 게 분명하다는 소문이 있잖아!"

라볼르에서 헤론의 평판은 최악인 모양이다.

"그래. 아, 혹시 얼마 전에 빤질빤질하게 생긴 놈 하나가 찾아오지 않았어? 그러니까……."

레드는 잭의 생김새를 설명했다. 주인이 고개를 저었다.

"아뇨. 여기 오신 분은 손님들이 처음입니다."

"음, 그래? 우리가 먼저 도착한 건가? 하여간 알았어. 정보 고마워."

레드의 말에 주인이 밝은 표정으로 손을 내밀었지만, 레드는 동전을 도로 주머니에 넣었다. 주인이 의아하다는 표정으로 레드의 주머니를 가리켰다.

"저, 그건……."

"응? 나 이거 준다는 말 안 했는데?"

대번에 주인의 표정이 일그러졌다. 주인은 험악하게 인상을 구기고 테이블을 발로 걷어찼다.

"이 자식들! 당장 꺼져!"

주인이 길길이 날뛰는 데다가 주인과 친해 보이는 취객들까지 합세하는 바람에, 그들은 순순히 주점에서 나오는 수밖에 없었다. 쫓겨난 레드는 팔짱을 끼고 고개를 끄덕거렸다.

"좋았어."

"좋긴 뭐가 좋다는 거지? 너 때문에 이 지역의 특식을 맛볼 수 없게 됐다."

아란은 몹시 심기가 불편한 표정이었다. 레드가 웃으며 아란의 어깨를 두드렸다.

"그런 건 언제든 먹을 수 있잖아. 공짜로 정보를 얻은 걸 감사해야지. 아까 네가 홍정의 기술을 보여 줬잖냐."

"난, 공짜로, 비녀를, 뺏은 적, 없다."

아란이 한 단어씩 끊어 말했다. 깍지 낀 손을 뒤통수에 댄 유키가 중얼거렸다.

"거의 공짜로 뺏은 거나 마찬가지지, 뭐."

아란이 불같은 시선을 보냈지만 유키는 라울의 뒤에 숨어 날름 혀를 내밀었다. 라울이 유키의 머리를 쓰다듬으며 말했다.

"일단 다른 곳도 가보죠. 사람 하나 찾자고 저 산을 전부 뒤질 수도 없는 거니까."

라울의 제안에 따라 마을을 돌아다니며 헤론에 대해 물었지만, 그가 사는 곳을 정확히 아는 사람은 아무도 없었다. 주점 주인처럼 산 반대쪽에 살고 있으리라 추정할 뿐이었다. 게다가 다들 헤론의 이름만 나와도 험악해져서, 제대로 대화가 이어지지 않았다.

결국 그들은 아무 소득 없이 시간을 낭비했다.

"곧 해가 지겠는데요. 어두우면 몬스터들을 상대하기 더 힘들어질 텐데."

라울이 서쪽으로 기운 태양을 보며 말했다.

"일단 돌아가서 탄한테 정보를 빼내보자. 뭐라도 알아냈겠지."

하지만 타니하르도 별로 아는 바가 없었다. 사람들을 풀어서 여기저기 쑤시고 다녔지만, 산 반대편에 살고 있을 거란 추측만 알아냈을 뿐 자세한 위치는 알 수 없었다고 했다.

"더럽게 꽁꽁 숨어 있구먼!"

타니하르가 파이프를 뻑뻑 빨아대며 외쳤다.

"뒤가 구린 놈인 게 확실해! 안 그러면 이렇게까지 숨어 있을 이유가 없잖아! 안 그런가, 꼬마 아가씨?"

라울을 보러 왔다가 타니하르 때문에 잔뜩 겁에 질린 로타가 얼떨결에 고개를 끄덕였다. 클레어는 구석에 서서 가만히 로타를 지켜보고 있었다. 로타는 눈을 동그랗게 뜨고 주위를 둘러보다가 유키에게 속삭였다.

“저기, 근데 헤론이란 사람은 왜 찾는 거야?”

“넌 알 거 없어.”

유키가 퉁명스럽게 말했다. 로타가 입술을 비쭉거렸다.

“왜? 나도 도움이 될 수도 있잖아. 삼촌이 라볼르 자주 오시니까 한번 물어볼게.”

“라볼르 사는 사람들도 모르는데 너네 삼촌이 알겠냐? 하여간 꼬맹이가 끼어들 일 아냐. 너, 그만 가라.”

“야, 너도 꼬맹이잖아!”

로타와 유키가 티격태격 싸우는 걸 물끄러미 바라보던 클레어가 조용히 일어나 밖으로 나갔다. 레드도 그 뒤를 따랐다.

“야, 넌 진짜 눈치 없다.”

이런 와중에도 라울의 얼굴을 보며 헤실헤실 웃는 로타에게, 유키가 차갑게 말했다. 로타가 얼굴을 붉히고 유키를 쏘아봤다.

“내가 뭘?”

“넌 여기 놀러왔겠지만 우린 여기 일 때문에 온 거거든. 라울 얼굴 보는 것도 좋은데, 지금은 좀 자리를 피해 줘야겠단 생각이 안 드냐?”

“나, 나는 꼭 라파엘 님 얼굴 보려고 온 건 아니거든? 그냥 라볼르까지 왔으니까…….”

“하여간 좀 가라. 여기 다 남자들밖에 없는데 조심성 없이 같이 있고 싶냐?"

"뭐, 뭐가! 그…… 클레어 님도 여자잖아!"

"클레어도 나갔잖아."

로타는 분한 마음에 울컥 눈물이 나오려 했지만, 꾹 참았다. 라울에게 화를 이기지 못하고 우는 여자로 보이고 싶지 않았기 때문이다.

'지도 나랑 같은 나이면서.'

또래의 유키가 유세를 부리며 쫓아내려는 이유를 알 수 없었다. 로타가 아는 레드는 작은 서점의 주인이었고, 라울은 서점의 종업원이었다. 게다가 유키는 그 서점에 빌붙어 사는 처지가 아닌가. 라볼르에 온 이유도 고작해야 여행 아니면 구하기 힘든 책을 찾으러 온 걸 텐데, 왜 이리 심각한 척하는 걸까?

"유키, 그만해요."

심상찮은 분위기에 라울이 유키의 어깨에 살며시 손을 얹었다. 로타는 그가 자신의 편을 들어준다는 생각에, 금세 환한 표정으로 라울을 올려다봤다. 라울이 로타를 향해 미소 지었다.

"로타. 긴 여행 때문에 우리 유키가 신경이 날카로워졌네요. 오늘은 이만 돌아가 주겠어요?"

"아……."

로타의 얼굴이 다시 빨개졌다. 어린 로타지만 라울이 짓고 있는 미소의 의미를 모르진 않았다. 라울은 웃고 있지만 그 미소는 여느 때와 달리 차가웠다.

라울에게까지 거부당하자, 로타는 부끄러움을 이길 수가 없었다. 결국 벌떡 일어나 가겠다는 인사도 없이 쌩하니 나가 버렸다.

"오냐오냐해 줄 필요 없잖아."

유키가 투덜거렸다. 라울은 유키의 밝은 금색 머리카락을 쓰다듬었다.

"로타는 우리가 뭘 하는지 모르잖아요. 가벼운 마음에 놀러온 건데, 다들 매몰차게 대해서 당황했을 거예요."

"아무것도 모르면서 실실 웃고 있는 걸 보면 기분 나빠."

"그게 좋은 거예요. 알게 되면 밤에 잠도 못 자고 누굴 만나도 의심하게 될 텐데, 그런 것보다는 낫잖아요."

유키가 작게 한숨을 내쉬었다.

"그거야 그렇지만……."

라울이 유키를 달래는 동안, 아란과 타니하르는 라볼르의 지도를 들여다봤다.

타원형의 섬인 라볼르의 중앙에는 섬이 있었고, 그 섬을 기점으로 남북이 나뉘어져 있었다. 관광지와 민가는 항구가 위치한 북쪽에만 몰려 있었고, 남쪽으로는 아무것도 없었다. 아마 몬스터 때문인 것 같다.

"주민들 얘기를 들어보면 대략 산 남쪽 어딘가에 살고 있는 것 같은데…… 산이 험해서 수색이 쉽진 않겠구먼."

"타니하르 님께서 손을 빌려 주실 수 있습니까?"

"뭐, 나도 그 연금술사란 작자가 궁금하니까."

아란이 산꼭대기에서 아래까지 여러 개의 선을 그려 쪼갰다.

"타니하르 님과 우리 일행까지 합치면 다섯 명입니다."

"다섯? 클레어는 일행에 안 들어가나 보지?"

아란이 입가 근육이 굳었다.

"뭐, 좋아. 그래. 계속해 봐."

타니하르가 건성으로 손을 휘휘 저었다. 아란은 작게 기침을 하고는 말을 이었다.

"남쪽은 우리가 이렇게 구역을 나눠서 수색해 올라가는 게 좋겠습니다. 북쪽은 타니하르 님 아래에 있는 사람들에게 부탁했으면 합니다. 북쪽 수색을 포기할 수는 없으니까요."

"해가 뜨자마자 시작해야겠구먼. 내 사람들까지 포함하면 산 전부를 샅샅이 수색하는 데 삼, 사 일쯤 걸릴 게야."

"생각보다 오래 걸리는군요."

"모두 아발란체 공처럼 강하진 않으니까. 연금술사 놈을 찾느라 내 사람들을 죽일 수는 없잖은가."

타니하르의 말대로였다. 연금술사 헤론이 어떤 힘을 가지고 있는지 전혀 모르는 상태에서, 그를 찾느라 이쪽의 목숨을 걸 수는 없는 노릇이었다. 막상 찾았는데 별 볼 일 없는 사람일 수도 있다.

문득 이 일에 대한 의심이 생겼다. 정혈귀 쪽에서 책을 통해 레드 일행을 감시하고 있다. 만약 그들이 미끼를 던진 거라면?

라볼르의 연금술사 따위 아무것도 아닌데, 그들을 라볼르에 끌어들이기 위해 흘린 정보라면?

라볼르에 정혈귀들이 포진하고 있다면 달아날 방도가 없었다. 게다가 대륙까지 흘러갈 정보를 막기에도 용이했다. 그들이 작정하고 라볼르 내의 모든 인간을 죽이려고 한다면, 충분히 그럴 수 있을 것이다.

분간하기 힘든 속도로 움직이는 정혈귀. 자신에게 무슨 일이 일어났는지도 모른 채 죽어가는 사람들. 여기저기서 울려 퍼지는 절규.

한번 시작된 상상이 끝도 없이 이어졌다. 아란은 유키가 그의 다리 위에 앉아 품에 파고들었을 때에야 정신을 차렸다. 눈앞에서 태양처럼 밝은 금색 머리카락이 찰랑거렸다.

"아란? 괜찮아?"

유키가 고개를 젖히고 아란을 바라봤다. 호박색 맑은 눈동자 한가득 걱정이 담겨 있었다.

괜한 생각을 하느라 걱정을 끼쳤다. 아란은 서둘러 표정을 갈무리 하고 유키의 머리를 쓰다듬었지만, 의문이 남았다.

과연 이것이 괜한 걱정인 걸까?

클레어는 지붕 위에 가만히 앉아 거리를 내려다보았다. 바람에 실려 오는 물비린내가 코끝을 간질였다.

심장이 멎었는데도 감각이 살아 있는 이유는 무엇일까? 아무것도 느끼지 못하면 이보다는 편할 터인데.

냄새도, 맛도, 감촉도 느낄 수 있다는 것이 더욱 큰 고통이었다. 느낌이 있기에 그리움이 있었고, 그리움이 있기에 아픔이 있었다. 정혈귀들은 피를 향한 갈망만이 남은 아혈귀를 불쌍타하지만, 클레어는 오히려 정혈귀가 불쌍했다.

"넌 지붕 위에 있는 걸 좋아하더라."

나직한 음성이 들려왔다. 클레어는 대답하지 않았다. 레드는 대답 같은 걸 바라지 않았다는 듯 그녀의 옆에 와서 섰다.

레드의 붉은 머리카락이 달빛 아래서 루비처럼 빛났다. 그것은 몹시 아름다워서, 클레어는 저도 모르게 그의 머리카락을 만질 뻔했다. 움찔, 움직이는 손가락을 얼른 거둬들인 클레어는, 훌쩍 지붕에서 뛰어내렸다.

"야, 어디 가?"

레드가 클레어의 뒤를 따라 뛰어내리며 물었다.

"산에 가 볼까 한다."

클레어가 빠르게 걸음을 옮기며 말했다.

"산엔 왜?"

"연금술사가 산에 있다 하지 않았느냐."

"잠깐!"

레드가 클레어의 팔뚝을 세게 움켜쥐었다. 클레어는 걸음을 멈추고 레드를 돌아봤다.

"이 시간에 산에 가겠다고? 말도 안 되는 소리하지 마."

"왜 말이 안 되느냐?"

클레어가 담담히 레드를 올려다봤다.

"왜 안 되냐니…… 넌 우리가 지금 산에 안 들어가는 이유가 뭐라고 생각하냐?"

"어둡기 때문이 아니냐."

"그래! 아는 녀석이……."

"난 괜찮다."

클레어는 가볍게 대꾸하고 레드의 팔을 떼어 내려 했지만, 레드가 잡고 있는 힘은 생각보다 강했다. 그의 손을 떼어 내려면 세게 뿌리쳐야 하는데, 그러고 싶진 않았다.

"안 괜찮아."

레드가 말했다.

"널 이 시간에 산에 보낼 순 없어."

"아이야. 난 강하단다."

"그래, 강하겠지. 하지만 강하다고 해서 무적인 건 아냐."

진지하게 응시하는 레드에게 알려주고 싶었다. 무적과도 같다고. 저 산의 몬스터에게 찢겨도 죽지 않는 몸을 가지고 있다고. 누군가 목을 베어내도 다시 생겨난다고. 그것은 몹시 고통스럽지만, 그렇다고 해서 죽는 것은 아니라고.

하지만 어째서일까.

말이 나오지 않았다. 난 정혈귀란다, 죽지 않는 존재지. 누구에게나 할 수 있었던 그 쉬운 말이 나오질 않아, 클레어는 입술을 달싹이지도 못했다.

사실은 말하지 못하는 이유를 알고 있었다.

저 다정한 눈동자에 차가운 거부가 새겨지고, 이 따뜻한 손을 두 번 다시 만질 수 없을까 봐서, 저를 걱정해 주던 저 입술이 냉혹한 욕설을 담게 될까 봐서.

레드를 만나는 순간 각오했던 그것들이, 이제는 그 무엇보다 두려워서 클레어는 사실을 밝힐 수가 없었다.

이리도 빨리 인간의 다정함에 물들게 될 줄은 몰랐다. 홀로 살아온 기간이 긴 만큼, 그리움을 견뎌온 시간이 오래된 만큼, 마음이 단단하게 굳어서 인간의 정에 쉽게 휘둘리지 않게 되리라 생각했다.

하지만 클레어가 간과한 것이 있었다.

오랜 시간 그립고 간절했기에, 마주치는 순간 젖어버린다는 것을. 그가 보여 준 다정함이 텅 빈 가슴을 가득 채워버린다는 것을.

"가게 두어라."

클레어가 간신히 말했다. 레드는 묵묵히 클레어를 노려보다가 고개를 끄덕였다.

"그래, 가라. 대신 나도 간다."

"아이야."

"뭐라 해도 소용없어. 널 혼자 보내진 않아."

클레어의 팔에서 손을 뗀 레드가 자신의 굳은 결심을 보여주

듯 앞장섰다. 마음만 먹는다면 레드가 잡을 수 없는 만큼 빠른 속도로 산에 진입할 수 있었지만, 클레어는 결국 레드의 뒤를 따라 걸었다.

*　　*　　*

씩씩거리며 항구 쪽으로 걸어가던 로타는 문득 걸음을 멈추고 어둑한 하늘을 올려다봤다.

"유키, 너 진짜 짜증나!"

똑같이 어린애인 주제에 자기만 잘 알고 있다는 듯이 행동하는 게 얄미웠다. 잘난 체 하는 콧대를 콱 밟아 주고 싶은데 좋은 방법이 떠오르지 않았다. 한심하다는 듯 쳐다보는 노란색 눈동자도, 정말이지 미워서 견딜 수가 없었다.

"어후. 진짜 확! 어후!"

때려줄 수도 없는 노릇이라 발로 바닥을 탁탁 구르면서 분통을 터뜨리던 로타의 머리에, 좋은 생각이 하나 떠올랐다.

"그래, 헤론이라는 사람을 찾는다고 했지?"

로타는 휙 뒤로 돌아 저 멀리 보이는 산을 바라봤다. 높고 험한 산이라고는 하지만, 로타의 눈에는 별로 높아 보이지 않았다.

"내가 이래 봬도 몬스터 천지인 보텔로 산 앞에서 태어나고 자랐다구! 라볼르의 산 따위는 하나도 안 무서워."

로타는 왔던 길을 되돌아가며 중얼거렸다.

"내가 헤론이란 사람을 찾을 거야. 그래서 라파엘 님한테도 인정받고, 유키 코도 밟아 줘야지. 내가 먼저 찾아내면 엄청 놀라겠지?"

한밤중의 산은 몬스터가 없는 곳이더라도 위험하다는 생각 따위는 로타의 머릿속에서 사라지고 없었다. 로타의 머릿속을 가득 채운 것은 그저 라울과 유키의 놀란 표정뿐이었다. 그건 상상하는 것만으로도 가슴이 부풀 정도로 즐거워서, 로타는 빠르게 걸음을 옮겼다. 거의 달리다시피 걷고 있는 데도 힘들다는 생각이 들지 않았다.

라볼르의 산은 눈에 보이는 것보다 먼 곳에 위치했다. 한참을 달렸는데도 가까워질 생각을 않자, 로타는 잠시 걸음을 멈췄다. 어느새 번화가에서 벗어난 곳에 있는 농가 지역까지 와 있었다. 집들은 모두 어두웠고 어딘가에서 남자들의 웃음소리가 들려왔다. 주점에 모인 사람들의 웃음소리겠지만, 어둠 속에서 울리는 그 소리가 몹시 기괴하게 느껴졌다.

그제야 로타는 부르르 떨었다. 역시 이렇게 어두울 때 혼자 산에 가는 것은 무리다. 로타는 자신이 산짐승을 상대할 힘조차 없다는 것을 깨달았다.

'도, 돌아가야겠어.'

갑작스럽게 덮쳐 온 공포 때문에 다리가 후들거렸다. 라울이나 유키의 놀란 표정 같은 것은 머릿속에서 깨끗이 지워졌다. 그리고 언젠가 보았던 몬스터에게 당한 남자의 끔찍한 시체가 그

자리를 채웠다.

간신히 몸을 돌린 로타는 자신의 앞을 가로막은 한 남자의 모습에 짧게 비명을 질렀다.

"꺅!"

하지만 곧 그것이 사람이라는 것을 깨닫고 안도했다. 작게 한숨을 쉬며 말을 걸려고 할 때, 그 남자가 움직였다. 로타가 자신에게 무슨 일이 벌어진 건지 깨달을 새도 없이, 남자는 그녀의 입을 틀어막았다.

* * *

레드는 농가에서 말을 한 마리 훔쳤다. 클레어가 한심하다는 듯 쳐다보자,

"나중에 돌려주면 되는 거잖아."

하고 오히려 역정을 냈다.

레드가 동행하는 바람에 제 속도를 낼 수 없었던 클레어는, 훔친 말에 타는 수밖에 없었다. 고삐는 레드가 잡았다.

"꽉 붙들어라."

레드의 말에 클레어는 잠시 망설이다가, 그의 허리에 손을 댔다. 따뜻한 체온이 옷 너머로 전해졌다. 레드가 움찔 하는 것이 느껴졌다. 아마도 이 손의 차가움 때문일 것이다.

갈색 말은 거친 콧김을 내뿜으며, 라볼르 산 가장자리를 빙 둘

러 난 길을 달렸다. 멀리서 볼 때보다 큰 산이라서, 반대쪽 지역으로 향하는 데만도 한참이 걸렸다.

산의 가장자리를 따라가 봤지만 올라가는 입구가 보이지 않았다. 몬스터가 많다고 하더니 통행인이 전혀 없었던 모양이다. 사람들에 의해 자연스럽게 생긴 길조차 없어서, 그나마 풀이 자라지 않은 곳을 헤치고 올라가는 수밖에 없었다.

하지만 이번엔 말이 문제였다. 말은 산으로 발을 들여놓으려고 하지 않았다. 레드가 아무리 어르고 위협을 해도 꿈쩍도 하지 않았다.

"몬스터의 문제가 아닌 것 같은데."

포기한 레드가 먼저 말에서 내려와 클레어에게 손을 내밀었다. 클레어는 레드의 도움을 받지 않고 훌쩍 말에서 뛰어내렸다. 레드는 민망해진 손을 바지에 쓱쓱 문지르며 산을 올려다봤다.

"보텔로 산에도 몬스터가 많지만 말이 이런 식으로 행동하는 건 못 봤거든."

그렇게 말하며, 레드는 말의 엉덩이를 툭툭 쳤다. 말은 기다렸다는 듯 크게 콧김을 내뱉고는 마을 쪽을 향해 달리기 시작했다.

"저리 보내는 것이냐?"

클레어의 말에 레드가 어깨를 으쓱했다.

"별 수 없잖아. 알아서 찾아들어가겠지."

"아이야, 너는 참으로 도덕심이라는 것을 찾아볼 수가 없구나."

"도덕심이 밥 먹여 주냐?"

레드는 콧방귀를 뀌고는 걸음을 옮겼다.

산은 나무와 풀로 빼곡했다. 땅을 덮고 있는, 허리까지 올라오는 풀은 억세서 자칫 잘못하다가는 피부가 베일 것 같았다. 레드는 단검을 꺼내 풀을 베어냈다. 혼자라면 슥슥 헤치고 지나가겠지만, 뒤에서 따라오는 클레어가 마음에 걸렸다.

"의외로 조용한걸?"

아무 계획 없이 앞으로 나가던 레드가 문득 걸음을 멈추고 말했다. 클레어는 그의 뒤에 서서 가만히 눈을 감았다.

집중을 하면 인간의 심장 소리를 들을 수가 있다. 그것은 인간의 피를 주식으로 하는 자에게 부여된 능력이었다.

가장 먼저 들려온 것은 레드의 심장 소리였다. 그의 심장 소리는 평소보다 조금 빠르게 뛰고 있었다. 이상하게 생각되었지만 구태여 눈을 떠서 확인하진 않았다. 아마도 험한 길을 올라와 그런 것이리라.

한참 더듬어가다가 작은 심장 소리 하나를 발견했다. 클레어가 서 있는 곳에서 왼쪽으로 비스듬히 올라간 곳의 중턱. 그곳에 사람이 있었다.

발견하자마자 눈을 떴다.

눈을 뜨는 순간 보인 것은, 레드의 얼굴이었다. 레드의 얼굴이 아주 가까운 곳에 있었다. 흐트러진 루비색의 머리카락, 반듯한 이마와 짙은 눈썹, 그 아래에 차양처럼 드리워진 긴 속눈썹과 하늘보다 새파란 눈동자.

맑은 눈동자 안에 자그마한 여자가 갇혀 있었다. 그 순간 클레어는, 자신이 이 세계에 존재한다는 것을 실감했다.

어디에도 속하지 않아 흐르는 바람처럼, 공기처럼 지내 왔다. 그러나 레드는 클레어를 이 세상에 존재하는 사람으로서 똑바로 보고 있었다. 그의 눈동자 안에 담긴 클레어는 살아 있었다.

클레어의 손은 저도 모르게, 레드의 눈으로 향하고 있었다. 그녀의 손이 닿기 전, 레드는 자연스럽게 눈을 감았다. 클레어는 손가락 끝으로 그의 눈가를 쓰다듬었다. 부드러운 속눈썹이 손가락을 간질였다.

의식하지도 못한 채로 그의 눈가를 더듬는데, 레드가 클레어의 가느다란 손목을 잡았다. 레드가 눈을 감은 채로 물었다.

"뭘 하는 거지?"

클레어는 대답을 망설였다. 무어라 해야 할까. 자신조차 깨닫지 못했던 이 행동을 뭐라 설명해야 할까.

그래서 입술만 달싹이는데, 레드가 눈을 떴다. 사파이어처럼 파란 눈동자가 다시 반짝거렸다.

"뭐, 아무래도 좋아. 어디로 가 볼까?"

레드가 깊이 묻지 않아 다행이라고 생각하며, 클레어는 심장 소리가 들렸던 곳을 가리켰다. 레드는 어깨를 으쓱하고는, 클레어의 손목을 잡은 채로 걸음을 옮겼다.

한참을 걸었다. 갈수록 길이 험해져서 레드의 숨도 거칠어졌다. 무성한 나뭇잎 때문에 달빛조차 들어오지 않는 산은 몹시도 어두웠다. 레드는 괜한 힘을 낭비하고 싶지 않았지만, 어쩔 수 없이 힘을 사용했다.

'아모른의 권능인지, 뭔지. 이럴 때만 도움이 되는군.'

불을 밝히는 건 마력석을 가지고도 할 수 있는 일. 자신이 가진 능력이 이 정도 도움밖에 안 된다는 사실에 레드는 한숨이 나왔다.

'그나저나 클레어는 아까 왜 그런 거지?'

클레어가 갑자기 눈을 감는 바람에, 기절이라도 하려는 게 아닌가 싶어서 그녀의 얼굴을 들여다봤다. 희고 고운 얼굴을 보니, 둘러싼 상황도 잊고 심장이 뛰었다. 당황스럽지만 불쾌한 기분은 아니라서, 그녀의 얼굴을 빤히 응시하고 있었다.

충분히 가까운 곳에 그녀의 얼굴이 있는데도 부족하게 느껴졌다. 좀 더 가까이, 더 가까이. 하마터면 입술이 부딪칠 뻔했을 때, 클레어가 눈을 떴다.

큰 눈매 안에 갇힌 검붉은 눈동자가 몹시도 아름다워서, 그만 심장이 덜컥 내려앉았다. 거칠게 뛰던 심장이 갑자기 멈추는 바람에 이도저도 못 하고 있는데, 클레어가 레드의 눈가를 쓰다듬기 시작했다.

변함없이 차가운 손이었다. 손끝이 닿는 부분이 넓지도 않은데, 그 냉기가 온몸으로 퍼져 나갔다. 하지만 우습게도 몸 안은 뜨거웠다. 그녀의 손길이 계속될수록 점점 더 뜨거워지면서, 생각지 못한 충동이 레드를 점령했다.

'안고 싶어.'

클레어를 끌어안고 싶었다. 그녀의 목덜미에, 이마에, 그리고 도톰한 입술에 마음껏 입을 맞추고 싶었다. 그녀의 옷을 벗기고 그녀를 이룬 모든 것을 샅샅이 보고 싶었다. 어느 부분 하나 모르는 곳이 없도록, 그녀의 전부를 알고 싶어졌다.

그 충동이 폭발해 행동으로 옮겨가기 전, 레드는 그녀의 손을 잡아 멈춰 세웠던 것이다.

'아니, 클레어보다…… 난 왜 그런 미친 생각을 한 거지?'

헤론을 찾아야 된다는 생각보다는, 아까의 행동에 대한 궁금증이 더 강했다. 아까의 레드는 그 자신이 생각하기에도 설명할 수 없을 정도로 이상했다.

'내가 점점 미쳐가는 건가?'

혼란스러워하면서도 열심히 걸어간 지 얼마나 되었을까. 갑자기 클레어가 멈추는 바람에 레드도 걸음을 멈췄다.

"왜?"

돌아보니, 클레어가 정면을 가리키고 있었다. 레드는 클레어의 손가락 끝이 가리키는 곳으로 시선을 돌렸다. 그곳에는 도저히 뚫고 들어갈 수 없을 것 같은, 촘촘하고도 두꺼운 덤불이 길을 막고 있었다.

"막힌 길이군. 반대쪽으로 가야겠는데."

이 넓은 산을 단 두 사람이 수색한다는 건 말도 안 되는 일이다. 헤론을 찾을 가능성 역시 없었지만, 레드는 산을 내려가고 싶지 않았다. 클레어의 차디찬 손목을 잡고 걷는 것이 좋았다.

"아니, 저기다."

클레어가 말했다. 레드는 인상을 찌푸리고 덤불을 노려봤다.

"저기라고? 저건 하루이틀 자란 덤불이 아냐. 연금술사 놈은 종종 마을에 내려 갔었다는데, 저렇게까지 덤불이 자랐을 리가 없지."

"아니, 저곳이 맞다."

클레어가 고집을 부렸다. 레드는 어쩔 수 없이 클레어의 손을 놔주고 덤불을 향해 걸어갔다. 진녹색의 덤불에는 날카로운 가시가 돋아 있었고, 너무 질겨서 레드의 검으로도 잘 잘라지지 않았다. 몇 번을 시도하고 나서야 두, 세 줄기를 잘라냈을 뿐이다.

레드로선 단 몇 줄기라도 자르려고 시도해본 것이 굉장한 인내심을 발휘한 결과였다.

"아, 젠장! 짜증 나게 하네!"

더는 참을 수가 없어서 버럭 소리를 지르며 불꽃을 만들어 냈다. 순식간에 손바닥 위에 둥근 상을 이룬 불꽃이 덤불을 향해 쏘아졌다. 마른 덤불이 아니라서 불이 잘 붙지 않았다. 레드는 한 번 더, 한 번 더, 여러 개의 불꽃을 쏘아 보냈다. 열 번 넘게 시도를 한 뒤에야 덤불을 태울 수 있을 만큼 불이 붙었다.

레드는 상체를 구부리고 거친 숨을 몰아쉬며 덤불이 전부 타기를 기다렸다.

귀찮은 식물이 새까맣게 타버린 후, 레드는 까맣게 된 덤불을 발로 찼다. 그리도 안 잘리던 것이 순식간에 재가 되어 흩어졌다.

"거친 아이로구나."

쉴 새 없이 욕을 내뱉는 레드에게, 클레어가 말했다.

"시끄러."

덤불의 흔적이 깨끗이 사라지자, 그것이 감추고 있던 것이 모습을 드러냈다.

"동굴이잖아?"

레드가 들어가도 머리가 부딪치지 않을 정도로 큰 동굴이었다. 깜깜해서 안은 보이지 않았다.

"이 안에 그놈이 산다고? 뭐가 보이질 않는데."

"여기가 확실하단다."

"아, 고집쟁이 같으니."

레드는 구시렁거리면서도 동굴로 들어갔다. 레드가 만들어 낸 구형의 불꽃 덕분에 동굴 안을 둘러볼 수 있었다. 레드는 매끄러운 동굴 벽을 손으로 쓰다듬었다. 동굴은 바위산을 인공적으로 깎아서 만들어 낸 것 같았다.

"안으로 길이 있군."

"깊어 보이는구나."

"아직도 생각에 변함이 없냐?"

"그래."

"넌 진짜 고집불통이야. 만약 안으로 갔는데 아무도 없으면 어쩔래? 앙?"

"내가 무엇을 해 주기를 바라는 게냐?"

"무릎 꿇고 엎드려서 내 다리 사이로 기어가라."

"괴상한 것을 좋아하는구나. 만약 저 안에 연금술사 아이가 있으면 어쩔 테냐?"

"그럼 나도 똑같이 해 주지."

"아니다. 나는 사내아이에게 그런 짓을 시키는, 해괴한 취미가 없단다."

"어이, 나도 그걸 취미 삼은 건 아니거든!"

"네 취미에 대해 왈가왈부할 마음은 없으니 안심하거라. 원한다면 비밀로 해 주마."

"야, 그게 내 취미는 아니라고!"

졸지에 레드만 변태가 되었다.

"야, 취미 아니라니까!"

먼저 동굴 깊은 곳으로 걸어가는 클레어의 등에 대고 외쳤다.

"취미 아니라고! 빨리 알아들었다고 대답해!"

하지만 클레어는 대답하지 않았다. 동굴을 생각보다 깊었다. 한참 걸어 들어가니 두 갈래 길이 나왔다. 클레어는 망설이지 않고 오른쪽을 선택했다. 몇 번이나 선택해야 하는 갈림길과 마주쳤지만, 클레어는 고민하는 기색 없이 앞으로 나아갔다.

잘 걸어가던 클레어가 갑자기 벽을 향해 손을 뻗었다. 클레어는 무언가를 움켜쥐고 레드를 향해 돌아섰다.

“찌— 찌지직!”

클레어의 손에 잡힌 그것이 몸부림을 치며 괴상한 소리를 냈다. 그것을 불로 비춰본 레드는 인상을 찌푸렸다.

“이게…… 대체 뭐지?”

“쥐 같구나.”

“쥐? 이게 쥐라고?”

분명 쥐의 머리였다. 울음소리도 쥐와 비슷했다.

“하지만 이건…… 머리가 두 개잖아!”

레드의 말에 클레어가 고개를 갸우뚱했다.

“머리가 두 개인 것보다는 이 몸뚱이가 더욱 기이하지 않느냐.”

과연 그랬다.

그것의 몸뚱이는 쥐의 몸통이 아닌 전갈의 몸통이었다. 전갈의 몸통에 달린 두 개의 쥐머리. 기괴하다기보다는 끔찍하고 징그러운 생물체였다.

“대체 이게…….”

“호오. 또 있구나.”

클레어는 겁도 없이 또 손을 뻗어 비슷한 것을 하나 잡았다. 이번에는 머리가 하나이긴 했지만, 몸통이 사마귀의 그것이었다. 이름 모를 생물은 샤악— 이상한 소리를 내며 날카로운 앞발을 이리저리 휘둘렀다.

"야, 그냥 버려라. 이상한 거 옮겠다."

"참으로 신기하지 않으냐. 이런 것은 처음 본다."

순수한 호기심을 드러내는 클레어의 태도에, 레드는 기가 막혔다. 제아무리 강해도 여자 아닌가! 여자라면 이럴 때에 꺅 비명을 지르며 품에 안겨야 하는 법인데. 그러면 꼭 끌어안고 괜찮다고 말해 줄 텐데.

'아니, 아니, 아니! 품에 안아서 좋을 게 없잖아!'

레드는 그 자신이 한 생각에 발끈했다.

"아무리 봐도 이것은 아모른 님이 만드신 생물이 아닌 것 같구나."

양손에 하나씩 쥔 생물체를 꼼꼼히 살펴본 클레어가 말했다.

"그럼 그게 대체 뭐지? 설마…… 연금술사란 놈이 만든 게 아닐까?"

짝. 짝. 짝.

그때, 누군가가 치는 박수 소리가 동굴 안에 울려 퍼졌다. 그와 동시에 여기저기 숨어 있던 생물체들이 사사삭 재빨리 이동하는 소리도 들려왔다. 레드는 팔에 소름이 돋는 것을 느끼며 클레어의 어깨 너머를 노려봤다.

"이히히히히. 똑똑한데?"

거슬리는 웃음소리와 함께 한 남자의 실루엣이 보였다. 어두워서 자세히는 보이지 않지만, 레드보다 더 큰 키에 깡마른 체형

이었다. 레드는 남자를 향해 불을 쏘아 보냈다. 그는 놀란 기색도 없이,

"흐응. 이상한 재주를 가지고 있잖아."

라고 중얼거렸다.

일렁이는 불꽃 아래에 남자의 모습이 드러났다.

갸름하고 창백한 얼굴의 남자는 백색의 긴 생머리를 가지고 있었다. 회색에 가까운 청색 눈동자에는 뭐라 표현하기 힘든 광기가 서려 있었고, 짙은 다크서클이 그 광기를 더해 주었다. 입술은 얇고 핏기가 없었다.

레드는 반사적으로 양손에 단검을 빼 들었다. 남자가 풍기는 기괴한 느낌이 위험하다는 판단에서였다. 그런 레드를, 클레어가 한 손으로 막았다.

"괜찮다, 아이야. 저 아이가 바로 연금술사인 듯하구나."

클레어의 말에 남자의 눈동자가 클레어에게로 향했다. 클레어를 바라보는 남자의 눈빛이 변했다. 남자는 조금 놀란 듯 눈을 크게 떴다가 곧 심술궂은 미소를 지으며 반쯤 허리를 굽혔다.

"이히히히. 누추한 곳까지 잘 오셨습니다, 아가씨. 말씀대로 연금술사 헤론이라 하옵니다. 존함을 여쭈어도 되겠습니까?"

"클레어라 한다."

"클레어. 좋은 이름이군요."

헤론이 낄낄 웃었다. 빈정거리는 말투가, 레드의 마음에는 들지 않았다. 하지만 클레어는 무슨 생각을 하는지 알 수 없는 표

정으로 헤론을 응시하고 있었다.

"헌데 이상한 재주를 가진 시종을 데리고 오셨군요. 시종 놈의 이름은 무어랍니까?"

"시종이라니! 난 레드다."

"레드."

헤론은 새로운 사실을 알았다는 듯 빙긋 웃었다. 눈동자에 어른거리는 광기와 거슬리는 웃음소리만 빼면 놀랍도록 잘생긴 얼굴이었다.

"이히히히. 레드. 그렇군."

헤론은 짝— 손바닥을 마주치더니 자신의 뒤를 가리켰다.

"여기까지 들어왔으니 정중히 안내해 주지. 들어와. 들어오시지요, 클레어 님."

클레어를 대할 때와 딴판인 헤론의 태도 때문에 짜증이 치밀었지만 어쩔 수 없었다. 클레어와 레드는 함께 헤론의 뒤를 따라갔다.

잠시 걸어가자 막다른 길에 당도했다. 헤론은 아무것도 없는 벽을 톡톡톡 리듬감 있게 두드렸다. 그러자 소리 없이 벽이 움직이기 시작했다. 벽은 양쪽으로 벌어졌고, 그 사이로 밝은 빛이 뿜어져 나왔다. 레드는 눈을 찌푸리며 불꽃을 거둬들였다.

"제 연구실에 잘 오셨습니다, 클레어 님. 넌 오든 말든 상관없었지만."

헤론은 이중인격이 의심되는 환영 인사를 하며 두 사람을 자신의 연구실로 끌어들였다.

놀랍도록 넓은 공간 안은 마력석으로 만들어 낸 빛이 가득 채우고 있었다. 한쪽 벽은 서점을 하는 레드도 본 적 없는 책들이 가득 꽂혀 있었고, 다른 한쪽에는 온갖 이상한 도구들이 놓여 있었다.

수상쩍은 액체가 담겨 있는 수십 개의 병과 실험 중인 생쥐, 기묘한 동물 사체가 여기저기 널려 있는 모습에 구역질이 났다. 기분 탓인지는 모르겠지만 참기 힘든 역한 냄새도 나는 것 같았다.

레드는 한 손으로 입과 코를 막았다. 이 안의 공기를 들이마시면 밖에서 발견한 이상한 생명체로 변신하게 될 것 같았기 때문이다.

"이히히히히. 걱정 마, 걱정 마. 공기는 깨끗하니까. 늘 신선하게 유지하고 있지."

레드의 마음을 읽은 듯 헤론이 말했다.

헤론은 푹신한 의자를 끌어와 거기에 길쭉한 다리를 꼬고 앉아 두 사람을 올려다봤다. 어디 앉으라는 말도 없었다.

"손님맞이가 형편없군."

레드의 말에 헤론이 비릿한 미소를 지었다.

"손님맞이? 난 네놈을 초대한 적이 없는데? 아, 물론 아름다운 클레어 님의 방문은 늘 환영입니다. 하지만 안타깝게도 이 방에 의자라곤 이거 하나뿐이네요."

"그럼 그걸 클레어한테 주든가!"

"내 의자인데 그럴 순 없지. 이해하시겠지요, 클레어 님?"

"이해한다, 아이야."

제 자신이 이상해서인지, 헤론은 클레어의 범상치 않은 말투에 대해 지적하지 않았다.

"그래서?"

회청빛 눈동자가 레드를 쏘아봤다. 기분 나쁜 눈빛이었다.

"뭐가 그래서야?"

레드가 툽상스레 대꾸했다. 헤론이 묘한 느낌이 드는 미소를 지었다.

"이히히히히히. 숙일 줄 모르는 사내라는 건가? 재미있는데?"

"재미는 뭐가 재미있다는 거냐? 저 밖의 덤불은 뭐지? 여기 다른 입구라도 있나?"

"내가 키운 식물이지. 거기에 이걸 뿌려 주면 작아지고, 이걸 뿌려 주면 다시 무럭무럭 자라서 내 아늑한 연구실을 더욱 아늑하게 꾸며 주거든."

헤론이 책상 위에 있는 연두색 액체와 자주색 액체를 가리키며 말했다.

"밖에 있는 그 이상한 것들은?"

"이상한 것들? 이히히히히. 귀여운 것들이라는 말을 잘못한 거겠지? 저어엉말로 사랑스럽지 않아?"

그렇게 말하면서, 헤론은 옆에 있는 동물을 집어 들었다. 죽은 줄로만 알았던 그것이 헤론의 손길을 느끼고는 작은 울음소리를 냈다.

짹— 짹—

"그거…… 설마 새냐?"

"이히히히히."

헤론은 이렇다 저렇다 대답해 주지 않고 웃기만 했다. 레드는 당장 이 기묘한 공간에서 벗어나고 싶었다. 이상한 동물들, 정체를 알 수 없는 액체…… 모든 것이 레드의 목을 졸라대는 것 같았다.

헤론이란 작자는 미친 게 분명하다. 저 광기 어린 눈만 봐도 답이 나온다.

저런 남자에게 무기를 맡겨봐야 맡아 줄 리도 없거니와, 설령 맡아 준다 해도 이상한 것을 만들어낼 것이다. 아마 그건 레드 일행의 목숨을 빼앗게 될 것이 틀림없다.

"가자, 클레어."

레드는 클레어의 팔을 잡았다. 평소라면 말없이 레드를 따라 주었을 클레어가, 이번만큼은 움직이지 않았다. 클레어는 정상적이지 않은 헤론의 연구실에서도 단정하게 두 손을 모으고 서 있었다.

"아이야. 너는 정말로 연금술을 하는 게냐?"

"이히히히히. 연금술, 연금술이라. 사람들이 나를 연금술사라 부르기는 하지요. 하지만 그런 수상쩍은 재주는 가지고 있지 않습니다, 클레어 님."

'수상쩍어? 수상쩍기는 네놈이 더 수상쩍어!'

레드는 속으로 버럭 외쳤다.

"그래, 연금술이라 하는 것은 참으로 수상쩍지."

클레어는 헤론의 말에 동의하듯 고개를 끄덕였다. 레드는 클레어에게 묻고 싶었다.

'야, 너 여기 있는 저 이상한 것들이 안 보이는 거냐? 저게 더 수상쩍다고!'

하지만 동요하지 않은 척, 무표정하게 클레어와 헤론의 대화를 들었다. 헤론에게 속마음을 들키고 싶지 않았다.

"그럼 네 힘은 무엇이냐?"

클레어의 질문에 헤론이 자기 관자놀이를 톡톡 두드렸다.

"천재성이지요."

"자신감이 흘러넘치는군."

레드가 빈정거렸지만 헤론은 레드를 무시했다.

"클레어 님. 저는 늘 연구를 합니다. 어떻게 해야 더 강한 생명체를 만들 수 있을까, 어떻게 해야 더 편리한 물건을 만들 수 있을까. 이 동굴 안의 모든 것들은, 그렇게 만들어 낸 물건들이지요. 이히히히히. 재미있지 않습니까?"

"재미? 살아 있는 생명들을 저따위로 다루면서 재미있다고?"

결국 레드는 참지 못하고 나섰다. 헤론의 손에 있는 새(와 비슷한 생물)는 괴로워 보였다. 짹짹 소리를 내는 것조차 힘겨워했다.

"넌 미친놈이다, 헤론. 인간이 맞긴 한 거냐?"

레드의 말에 헤론의 얼굴에서 미소가 사라졌다. 헤론의 회청색 눈동자가 섬뜩하게 빛났다. 헤론의 색 없는 얇은 입술이 서서히 벌어지며, 생각지 못한 질문을 내뱉었다.

"그럼 내가 정혈귀라도 되는 것 같아 보이나?"

* * *

잭은 인상이 찌푸려지는 것을 막을 수가 없었다. 라볼르에 정혈귀가 한 명 있다는 이야기를 듣고 왔다. 나탈리는 라볼르에 있는 남자가 잭을 도와줄 거라고 했다. 모치라는 이름의 정혈귀는 400년 전에 정혈귀가 되었다고 들었다.

지금껏 잭이 만난 정혈귀들은 높은 자리에 있어, 그에 맞는 품격을 갖추고 있었다. 하지만 모치는 잭이 만나온 높은 지위의 정혈귀들과 달랐다.

라볼르에서 정혈귀가 되어 라볼르에서 살아온 모치는, 뱃사람들보다 품위 없고 거칠었다. 게다가 이상한 취미까지 있었다.

"식사를 하고 싶으신 거라면 어서 드시지요. 아무리 인적 없는 산이라지만, 무슨 일이 생길지 모릅니다."

잭의 말에 모치가 낄낄 웃었다.

"무슨 일은 뭔 놈의 무슨 일? 넌 아직 인간 한두 놈 상대하지 못할 정도로 약하냐?"

"상대하는 문제가 아닙니다. 그분의 계획을 그르칠까 두려워서 그렇습니다."

"두려울 거 없어. 헤론이란 작자는 괴상한 것들을 만들어 내지만 그래 봐야 인간일 뿐이야. 저 산 어딘가에 있는 걸 끌어내서 꽁꽁 묶어 데려가면 되는 거 아냐? 안 그래?"

"하지만……."

"그분의 계획, 좋지. 하지만 나도 즐길 거리는 있어야 할 거 아냐."

모치는 기분 나쁘게 웃으며 나무에 매달아둔 로타를 툭 쳤다. 로타는 기절해 있었다.

"이 계집은 대체 언제까지 기절해 있으려는 거지? 인간들이란 약해빠져서는."

모치의 이상한 취미는 바로 이것이었다. 모치는 공포에 질려 죽기 직전이 된 인간의 피를 마시는 걸 좋아했다. 공포가 스며든 피가 더욱 진하고 맛이 좋다는 이유였다.

몬스터가 많은 산의 나무에 로타를 꽁꽁 묶어 두고 기다린 지 한 시간이 흘렀다. 잭은 레드 일행이 먼저 헤론을 찾아낼까 봐 마음이 급했지만, 훨씬 강한 모치를 무시할 수도 없는 노릇이었다.

"이 산엔 말이지, 몬스터가 사는 게 아니야."

모치가 훌쩍 사라졌다가 다시 돌아왔다. 모치의 손에는 뭐라 말할 수 없는 생명체가 잡혀서 발버둥치고 있었다.

"이런 놈들이 살거든."

"이건 대체……?"

"헤론이란 놈이 만들어 낸 거지. 이런 작은 놈들이야 귀엽지만, 큰 놈들은 무시무시해서 말이야. 몬스터보다 끔찍한 것들이 많아. 그래서 인간들이 여기에 안 오게 된 거야."

"끔찍하군요."

"끔찍? 크하하하하. 인간들 눈에는 우리나 이놈들이나 비슷하게 끔찍하겠지. 적어도 이놈들은 인간의 피를 마시진 않잖아."

"……헤론이란 자는 정혈귀입니까?"

"아니, 심장이 뛰고 있어. 저쪽에서."

모치가 왼쪽 어딘가를 가리켰다.

"그런데 말이야. 심장 소리가 두 개야. 헤론을 찾아낸 놈이 있는 모양인데."

잭은 눈을 부릅뜨고 그쪽을 향해 귀를 기울였다. 작게나마 두 사람의 심장 소리가 들려왔다.

"이런……!"

"걱정할 거 없잖아? 그…… 뭐더라? 그…… 빨간 사자? 그놈들 때문이라면 걱정할 필요가 있나? 어차피 인간인데? 놈들이 우릴 상대로 뭘 할 수 있겠어?"

"그분께서 지켜보라 하신 데는 이유가 있을 겁니다."

"이봐, 잭."

모치가 잭의 어깨를 두드렸다.

"너무 빡빡하게 살지 마. 그분도 우리가 즐겁게 살길 바라서 이런 계획을 세운 거잖아. 그러니까 이왕이면 즐겁게, 편안하게 일을 하자고. 엉?"

"……."

그때 로타가 깨어났다. 시야가 뿌옇게 흐려져 있어서 눈을 끔뻑거리던 로타는 자신이 꽁꽁 묶여 나무에 매달려 있다는 사실을 깨닫고는 비명을 질러대기 시작했다. 잭은 소녀의 날카로운 비명 소리가 귀에 거슬렸지만, 모치는 노래라도 듣는 사람처럼 황홀한 표정을 지었다.

"그래, 바로 이거란 말이지."

"사, 살려 주세요! 살려 주세요! 꺄아아아아아아악! 누구 없어요? 살려 주세요! 아, 아저씨. 제발 살려 주세요. 살려 주세요!"

눈물범벅이 된 로타가 잭을 내려다보며 애원했다. 잭은 무심히 그녀를 응시하다가 고개를 돌렸다.

"제발! 제발요. 제발 살려 주세요! 아아아아악!"

모치가 손에서 손톱을 길게 뽑아냈다. 그걸 본 로타의 눈이 휘둥그레졌다. 모치는 씩 웃으며 날카로운 손톱 끝으로, 그녀의 연한 볼에 깊은 상처를 냈다.

"좀 더 비명을 질러봐, 인간. 더 나를 즐겁게 해줘."

로타는 몸부림을 치며, 작은 몸에서 나오는 거라고는 믿을 수 없을 만큼의 소리를 질러댔다. 하지만 그 비명은 숨어 있던 동물들을 흩어지게 만들었을 뿐, 로타가 원하는 도움의 손길을 불러 들이진 못했다.

"이제 됐지 않습니까?"

잭이 채근했지만 모치는 나무에 기대어 팔짱을 끼었다.

"아직 아냐. 좀 더. 목이 쉬어서 소리가 나오지 않을 때까지 기다려야지. 모든 걸 자포자기하는 그 순간, 바로 그 순간이 가장 맛있는 순간이거든."

"……."

"뭐, 기다리게 만들었으니 좋은 걸 하나 가르쳐 주지."

"좋은 거요?"

"그래."

모치가 싱긋 웃었다.

"빠르게 강해지는 법."

* * *

"그럼 내가 정혈귀라도 되는 것 같아 보이나?"

헤론이 그리 묻는 순간, 레드는 양손에 검을 들고 헤론의 뒤로 돌아갔다. 그리고 단도를 교차해 경동맥을 베어 버릴 듯 그의 목에 겨누었다. 그런데도 헤론은 두려운 기색 없이 자신의 목에 닿은 검을 내려다봤다.

"이히히히. 좋은 검은 아니군. 이런 걸로는 혈귀를 못 베지. 못

베고 말구!"

"뭘 즐거워하는 거야!"

"난 정혈귀가 아냐. 척 보면 모르겠냐?"

헤론이 손가락으로 레드의 검을 밀어내며 말했다. 레드는 헤론의 뒤통수를 노려봤다. 정말이지, 마음에 안 드는 사내다.

"척 봤을 때 정혈귀 같은데."

"이히히히히. 실례의 말을 하는군. 대체 내 연구실에 찾아온 이유가 뭐지? 정혈귀인 줄 알고 처리하러 찾아온 건가?"

"좋은 무기가 필요하단다."

레드는 정혈귀의 존재를 어떻게 아는 거냐고 물어보려 했는데, 클레어가 나섰다. 헤론이 낄낄거렸다.

"무기? 좋은 무기? 연금술사는 무기를 만들지 못합니다, 클레어 님."

"그래서 안 되겠느냐?"

"하지만 난 연금술사가 아니죠. 값만 제대로 치러준다면 뭐든 만들어드리겠습니다."

"필요 없어."

레드가 으르렁거리듯 말했다.

"네놈처럼 수상쩍은 놈이 만들어 주는 무기는 사용하고 싶지 않다. 대체 정혈귀에 대해 어떻게 아는 거지?"

"이히히히. 거만하시구만, 빨간 머리. 네가 모른다고 다른 사람들도 모를 거라 생각하면 안 되지. 세상에는 너보다 똑똑한 사람들이 셀 수도 없을 만큼 많이 존재하거든."

헤론이 대놓고 비웃었다.

"나라가 아무리 감추려고 해도 진실을 아는 자들은 있기 마련이지. 그래서…… 무기는 필요 없단 말이지?"

"그래!"

"아니, 필요하다."

레드와 클레어가 동시에 말했다. 레드는 눈을 부릅뜨고 클레어를 노려봤다.

"클레어. 이놈은 동물들을 저렇게 괴롭히는 놈이야. 저놈이 만들어 주는 무기도 해괴망측할 게 틀림없어."

"단검 두 개와 장총 하나, 대검과 장검이 필요하단다."

클레어는 레드의 말을 무시하고 헤론에게 말했다.

"알아 모시겠습니다, 클레어 님. 달리 또 필요하신 것은 없습니까?"

"없다."

"혈귀를 상대하는 무기입니까?"

"그래."

"이히히히히. 알았습니다. 굉장한 걸 만들어드리겠습니다. 일단…… 이틀쯤 걸릴 것 같군요."

"오냐. 그때 다시 찾아오도록 하마."

"클레어!"

"가자, 불꽃의 아이야."

클레어가 돌아섰다. 헤론은 의자에 앉은 채로 두 사람이 나가는 모습을 지켜봤다. 클레어와 레드가 밖으로 나오자마자 벽이 움직여 연구실 입구를 막았다.

"클레어, 난 저놈이 만든 무기는 절대로 안 써. 아마 다른 녀석들도 저놈에 대해 알게 되면 그 무기를 사용하려고 하지 않을 거다."

"아이야. 지금은 자존심을 접어둬야 할 때란다."

"어른스러운 척하지 마, 클레어. 기분 나쁜 생물들 봤잖아. 저런 짓을 하는 놈이 제정신일 리 없어. 저놈, 정말 인간 맞아? 정혈귀이거나 그런 건 아냐?"

"아니, 인간이다."

"그래, 뭐…… 네가 그렇다면 그런 거겠지. 하지만 역시 저놈은……."

"일단 두고 보자꾸나. 후에 와서 무기를 확인해 보고 판단해도 늦지 않을 게다."

"늦어. 무기 때문이 아니라면 이런 곳에서 며칠씩 체류할 이유가 없잖아."

"넌 참으로……."

거기까지 말한 클레어가 갑자기 걸음을 멈췄다. 저 멀리 동굴 입구가 보였다.

"아이야."

"어?"

"여기 있거라."

"뭐?"

"누군가 있구나."

"뭐? 무슨 소리야?"

무어라 질문하기도 전에 클레어가 움직였다. 레드는 그녀를 따라잡을 수가 없었다. 인간의 눈으로 좇을 수 없을 만큼 빠른 속도였기 때문이다.

"제길!"

달린다고 그녀를 따라잡을 수는 없겠지만, 레드는 땅을 박찼다. 찾아내면 두서없이 말하는 버릇 좀 고치라 해야겠다고 결심하면서.

* * *

모치의 괴롭힘 때문에 로타는 상처투성이였다. 이제는 울 힘도 없는지 히끅, 히끅 숨넘어가는 소리만 냈다. 시간이 자꾸 흘러감에 따라 잭은 점점 짜증이 치솟았다. 예정대로라면 지금쯤 연금술사를 붙잡았어야 했다.

"고작 이 정도야, 아가씨? 더 울어봐. 비명을 질러보라니까?"

잭의 마음의 모르는 모치는 킬킬거리며, 긴 손톱으로 로타의 팔을 꾹꾹 찔러댔다. 그럴 때마다 연한 피부에 손톱이 박혀 피가 흘러나왔다. 신선한 피를 보자, 얼마 전 식사를 했는데도 또 허기가 졌다. 그 허기 때문에 잭은 더 짜증이 났다.

"모치 님, 제발 좀 끝내 주십시오. 이제 슬슬 움직여야 합니다."

"하! 진짜 빡빡한 놈이네. 이봐, 아가씨. 어떻게 해 줄까? 너, 영원히 살아보고 싶지 않아?"

"정혈귀로 만들 생각입니까?"

"왜? 또 불만이냐?"

"그런 게 아니라…… 인간을 정혈귀로 만들면 한동안 힘이 떨어진다 들었습니다."

"뭐야? 너 아직 정혈귀 한 번 못 만들어 본 거냐?"

모치가 기분 나쁘게 웃었다.

"진짜 약해 빠진 놈을 보냈구만. 연금술사가 정말 중요한 인물이었으면 너 같은 놈을 보내진 않았을 거다. 척 보니 답이 나오는군."

"답이 나오다니요?"

"일단 한 번 찔러보겠다는 거지. 라볼르에서 꽤 유명하니까 데려다가 무슨 재주가 있는지 알아보고, 별 볼일 없으면 먹어버리겠다, 그 뜻 아니겠냐?"

"……."

"대단찮은 일을 맡은 주제에 빡빡하게 구는 꼴을 보니 역겨워. 아주 역겨워, 잭."

잭은 울컥 화가 치밀었지만 분노를 꾹 눌렀다. 모치는 상스럽게 행동하기는 해도 강하다. 강한 자에게 함부로 덤벼 일을 그르칠 만큼 바보는 아니었다.

"그럼 저 혼자서라도 다녀오겠습니다."

"그려. 어차피 둘이서 나설 일도 아니었어."

모치는 귀찮다는 듯 손을 휘휘 저었다. 잭은 물기 가득한 눈으로 자신을 바라보는 로타를 무시하고 돌아섰다.

한 걸음 떼는 순간, 잭은 오싹함을 느꼈다.

누군가 굉장히 빠른 속도로 이곳에 달려오는 소리가 들렸다. 그 속도는 인간이 낼 수 있는 것이 아니었다.

'혈귀?'

하지만 혈귀의 기운은 조금도 느껴지지 않는다.

'뭐지?'

잭은 모치에게 말해 줄까 하다가 관뒀다. 무슨 말을 해도 모치는 귀찮아하며 잭을 비방할 것이다.

훌쩍 뛰어 나무 위로 올라갔다. 그리고 온힘을 다해 기운을 갈무리했다. 갑자기 잭의 기운이 사라지자 모치가 이상하다는 듯 주위를 둘러봤지만, 곧 신경을 끄고 로타의 목에 긴 손톱을 찔러 넣었다.

"아가씨. 내가 영원한 삶을 주지. 이 귀여운 모습으로 영원히 살 수 있게 해 주마."

"으…… 으흑…… 시, 싫어…… 싫어! 싫어어어어!"

모치의 입술 사이로 날카로운 송곳이나 삐져나왔다. 로타는 몸부림을 쳤지만 소용없었다. 로타의 마지막 발악은 모치를 즐겁게 해 줄 뿐이었다.

그때였다.

푹!

모치의 등에 날카로운 것이 박혔다.

사악!

그리고 모치의 목이 베였다. 모치는 놀란 듯 눈을 크게 뜨고 뒤를 돌아보려 했지만, 그 전에 머리가 아래로 떨어졌다.

놀란 것은 모치뿐만이 아니었다.

'저 여자가 왜……?'

잭은 믿을 수가 없었다. 하마터면 비명을 지를 뻔했다.

'대체 어떻게……?'

놀라운 속도로 모치를 공격한 것은 클레어였다. 어느 날 갑자기 레드와 합류한 이상한 분위기의 여자. 그 여자가 정혈귀일 줄은 꿈에도 생각 못 했다.

하지만 문제는 클레어가 정혈귀라는 것이 아니었다. 정혈귀인 클레어가 같은 정혈귀를 공격했다는 것이 더 큰 문제였다.

'어째서……?'

정혈귀끼리도 싸우는 시대가 있었지만, 그것은 오래전의 일이라 들었다. 그분이 뜻을 밝힌 후, 모든 정혈귀들이 힘을 합치기로 했다. 그분의 명령은 절대적이었기에, 배신할 생각조차 할 수 없었다.

'그런데 왜……? 왜 같은 정혈귀를 공격한 거지?'

정혈귀가 된 후 처음으로 공포를 느꼈다. 클레어는 긴 손톱을 뽑아냈는데도 혈귀의 기운이 전혀 느껴지지 않았다. 강한 자만이 할 수 있는 일이다.

머리가 떨어져 나간 모치의 몸뚱이가 자신의 머리를 찾아 버둥거리고 있었다. 그동안 클레어는 로타를 묶은 밧줄을 끊었다. 로타는 자신을 구해 준 사람이 나타났는데도 기쁜 기색을 보이지 않았다. 오히려 아까보다 더 겁에 질려 클레어를 쳐다봤다.

"가거라."

클레어가 벌벌 떨고 있는 로타에게 말했다.

"서둘러 여길 벗어나거라, 아이야."

로타는 움직이려 했지만 피를 많이 흘린 데다가 두려움까지 더해져 제대로 걸을 수가 없었다. 떨고만 있는 로타에게 클레어가 손을 뻗었다.

"거, 건들지 마! 괴물!"

움직일 힘은 없어도 소리 지를 힘은 있는지, 로타가 몸을 움츠리며 꽥 비명을 질렀다. 클레어는 다시 손을 거둬들였다.

그제야 정신을 차린 로타가 휙 돌아서서 달리기 시작했다. 발에 채는 돌 때문에 비틀거리고 나뭇가지와 질긴 풀숲에 막혀 허둥대기는 해도 넘어지는 일 없이 열심히 달렸다.

로타가 멀어지는 것을 확인한 클레어가 이번에는 잭이 있는 곳을 정확히 노려봤다. 잭은 기운을 감추고 무성한 나뭇잎 사이에 몸을 숨기고 있는데도, 클레어가 자신을 보고 있다는 착각에 빠졌다.

"너도 가거라."

하지만 착각이 아니었다.

잭은 다른 때라면 공격을 시도했을 것이다. 하지만 클레어가 정혈귀였다는 충격과 그녀의 강함 때문에, 잭은 클레어의 명령을 듣자마자 도망칠 수밖에 없었다. 전신을 뒤덮는 공포는 이루 말할 수 없이 강렬했다. 온몸이 덜덜 떨렸다.

클레어가 다시 모치를 쳐다봤다. 모치는 간신히 자신의 머리를 찾아 잘린 곳에 붙이는 중이었다.

"제길!"

목이 붙은 모치가 욕설을 내뱉었다.

"네년은 뭐야? 엉? 왜 남의 즐거움을 방해하는 거지?"

"아이야."

"얼씨구. 아이? 아이이이?"

모치의 손톱이 최대한으로 길어졌다. 그것은 사람의 키보다 긴 길이었다. 모치는 예고도 없이 손톱을 휘둘렀다. 검보다 날카로운 손톱이 클레어의 허리 부분을 베어내려 했다. 하지만 그것은 시도일 뿐. 클레어는 이미 모치의 등 뒤로 돌아서 있었다.

클레어의 손톱이 또다시 모치의 목을 베어냈다. 머리가 떨어져 나갔지만, 모치의 몸통은 그대로 돌아서서 클레어를 공격했다.

사악—

긴 손톱이 클레어의 목을 베어냈다. 그녀의 머리가 떨어지는 것을 본 모치의 머리가 씩 웃었다.

하지만 곧 그의 눈이 놀라움으로 번쩍 뜨였다. 클레어의 머리가 바닥에 닿기 전 흩어지고, 잘렸던 곳에 다시 머리가 생겨난 것이다.

"무의미한 짓이다."

클레어가 아무 일 없었다는 듯 말하며 땅에 떨어진 모치의 머리 위에 발을 얹었다.

"이러한 짓은 나를 배고프게 할 뿐이다."

모치의 입이 뻐끔거렸다. 하지만 몸통과 떨어진 머리는 소리를 내지 못 했다. 모치는 묻고 싶었다.

'그건 대체 어떻게 돼먹은 몸뚱이야?'

400년을 살아왔지만 클레어처럼 잘린 곳이 흩어져 다시 생겨나는 현상은 단 한 번도 보지 못했다. 정혈귀도 몸이 잘리면 피가 흐른다. 하지만 클레어는 피 한 방울 흘리지 않았다.

단지 오래 살았다는 이유로 할 수 있는 일이 아니다. 700년 이상을 산 정혈귀도 저런 건 하지 못한다.

머리를 구하지 못한 모치의 몸은 되는 대로 공격을 하기 시작했다. 클레어는 모치의 머리를 들고 나무 위로 훌쩍 뛰어올라 갔다.

쌔액—

모치의 손톱이 클레어가 올라간 나무의 밑동을 베어 버렸다. 다시 땅에 내려선 클레어는 찔러 들어오는 모치의 손톱을 피했다.

모치의 몸통이 마구잡이로 손톱을 휘두르는 바람에 주위의 나무들이 베여 쿵, 쿵 쓰러졌다. 쓰러지는 나무를 피하는 것도 일이었다.

무의미한 싸움이다.

모치를 아무리 벤들, 그를 죽일 수는 없다. 정혈귀를 죽이기 위해서는 아모른의 힘이 필요하다. 하지만 그 힘을 어떻게 사용했었는지 기억이 나지 않았다. 아주 간단한 방법이었던 것 같은데.

지루하게 이어지는 싸움이지만 클레어는 허기가 지기 시작했다. 사실은 팔이 한 번 재생되었을 때부터 강렬한 허기가 밀려왔었다. 온몸에 바늘이 꽂히는 듯한 고통이 찾아 왔고 그것이 점점 강해졌다. 그리고 이젠 눈앞이 뿌옇게 흐려졌다.

'큰일이구나.'

레드가 이 산에 있다. 이대로 정신을 잃으면 이 남자는 분명 클레어를 사정없이 베고 심장 소리를 찾아 나설 것이다. 로타는 멀리 도망쳤고, 헤론은 저들에게 필요한 자니, 다음 공격 대상은 이쪽으로 오고 있을 레드였다.

클레어는 송곳니를 뽑아 입술을 깨물었다. 잠깐의 고통으로라도 잃을 것 같은 정신을 붙잡기 위해서였다. 하지만 정신을 차린 것은 아주 잠시. 해일처럼 밀려들어온 허기가 클레어를 잠식했다. 클레어의 몸이 기우뚱한 순간, 모치의 손톱이 클레어의 다리를 베었다. 치마와 함께 두 다리가 잘라졌다.

쿵—

클레어의 몸이 쓰러지며 들고 있던 모치의 머리도 바닥으로 굴렀다. 모치의 몸통이 자신의 머리를 집어 들려 했다.

'안 돼.'

잘린 다리가 아까보다 느리게 재생되고 있다. 몸이 피를 필요로 하기 때문이다.

'안 돼…….'

클레어는 두 손으로 바닥을 짚고 기어서 모치의 머리를 향해 다가갔다. 하지만 그동안 인간의 피를 충분히 섭취해 체력이 강한 모치를 이길 수는 없었다. 모치의 손이 자신의 머리를 향해 뻗어나갔다.

퍼어어엉—

폭발음과 함께 거대한 불덩어리가 날아온 것은, 바로 그 순간이었다.

지름이 3미터쯤 되는 불덩어리가 날아와 모치를 덮쳤다. 그 순간 모치의 몸통이 괴로운 듯 날뛰기 시작했다. 바닥에 구르고 있는 모치의 얼굴 역시 고통으로 일그러졌다.

일반적인 불은 정혈귀를 고통스럽게 하지 못한다. 이 불은 분명 레드가 쏘아 보낸 것이리라.

모치의 몸이 타들어갔다.

'아아…… 그래…….'

그 순간, 정혈귀를 처리하는 간단한 방법이 떠올랐다.

'그거구나…….'

어느 순간, 모치의 몸이 갑자기 새까매지더니 파스스 흩어졌다. 불이 붙지 않았던 모치의 머리 역시 몸통이 사라짐과 동시에 재가 되어 공기 중으로 날아갔다.

저 멀리 불꽃이 일렁거린다. 아니, 불꽃이 아니다. 레드다.

레드가 달려오고 있다.

'아이야. 오지 마라.'

와서는 안 된다. 이성을 잃기 직전이다. 근처에 인간이 있으면 이성을 잃은 채로 달려들게 될지도 모른다.

'오지 말거라.'

하지만 클레어의 바람과 상관없이 레드는 가까워졌다. 클레어는 옆에 뒹굴고 있는 나뭇가지를 들어, 자신의 손등에 찔러 넣었다. 나뭇가지는 클레어의 손등을 지나 땅에 깊이 박혔다.

레드를 갑작스럽게 공격하지 않으려면 이 방법밖에 없었다. 잠시 정신을 잃고, 또 잠시 이성을 잃겠지만 곧 정신을 차리게 될 것이다. 그때까지만 이 나뭇가지가 버텨 주었으면 좋겠다고 생각하며, 클레어는 눈을 감았다.

나무 쓰러지는 소리가 들리지 않았더라면 클레어를 찾을 수 없었을 것이다. 간신히 도착하기는 했지만 무언가가 보이지 않을 정도로 빠르게 움직여서 도저히 접근할 수가 없었다. 휙휙 날아다니는 두 개의 형체. 둘 중 누가 클레어인지 알 수 없었다.

다음 순간 클레어가 쓰러졌고, 레드는 온힘을 다해 불덩어리를 만들어 쏘아 보냈다. 무슨 도움이 될까 싶었지만, 뭐라도 해 보는 수밖에 없었다. 놀랍게도 머리가 잘린 채 움직이던 놈은 까맣게 탄 나무처럼 변하더니 재가 되어 흩어졌다.

레드는 클레어를 향해 달려갔다. 클레어는 한 손에 굵은 나뭇가지를 박아 넣은 채 기절해 있었다. 하얀 손에 박힌 나뭇가지를 보자, 그녀가 느낄 고통이 고스란히 전해져 저절로 인상이 찌푸려졌다.

레드는 쭈그리고 앉아 클레어의 손 위에 자신의 손을 겹쳤다.

"클레어."

길어져 있던 손톱이 스르륵 들어가 원래의 모양으로 되돌아갔다. 하지만 입술 사이로 송곳니는 여전히 삐져나와 있었다.

"클레어."

가슴이 뜯기는 것 같다. 단순히 숨이 차서 생기는 고통이 아니다. 심장이 갈가리 찢기는 아픔이 느껴졌다.

레드는 클레어의 손등에 박힌 나뭇가지를 뽑아냈다. 나뭇가지 때문에 손등에 거친 구멍이 생겼는데도 피가 흐르지 않았다. 그리고 순식간에 상처가 사라졌다.

레드는 작게 한숨을 내쉬며 클레어를 돌아 눕혔다. 핏기 없이 창백한 얼굴이 안쓰러워, 몇 번이나 그녀의 볼을 쓰다듬었다. 손이 시릴 정도로 냉기가 흘러나오고 있지만 개의치 않았다. 그녀의 차가움을, 아픔을 모조리 가져가고 싶었다.

"클레어."

몇 번이나 그녀의 이름을 불렀는지 모른다. 불러도, 불러도 부족한 기분에 자꾸만 그녀를 불렀다. 고통이 묻어나오는 음성이 제 것처럼 들리질 않았다.

피가 묻은 듯 붉은 입술 위로 비쭉 나온 두 개의 송곳니에서 눈을 뗄 수가 없었다.

레드는 그녀를 위해 무엇을 해야 할지 알 수 있었다. 그녀의 고통을 덜어주기 위해, 레드가 할 수 있는 일이 하나 있었다.

레드는 클레어의 턱을 잡아 살짝 아래로 눌렀다. 클레어의 도톰한 입술이 살며시 벌어졌다.

레드는 단검을 꺼냈다. 그리고 망설이지 않고 찔렀다. 자신의 손바닥을.

깊이 벌어진 상처에서 피가 흘러나왔다. 레드는 그 피를 클레어의 입술 사이로 흘려 넣었다. 상당히 많은 피가 들어가는데도 넘치지 않았다. 마치 스펀지처럼, 그녀는 입안으로 들어온 피를 빨아들였다.

얼마나 필요할지 몰라서 레드는 계속 피를 흘려보냈다. 떨어지는 피가 점점 줄어들기에, 또 한 번 손을 그었다.

몇 번이나 그렇게 하고 나니 피가 부족해서 어지러웠다. 눈앞이 일렁거렸고 몸이 휘청거렸다. 한 손으로 땅을 짚어, 쓰러질 뻔한 몸을 지탱했을 때였다.

"으으으……."

클레어의 입술에서 신음이 흘러나왔다.

"으으으으으아아아아아!"

신음은 괴로운 절규로 변했다. 억누른 절규가 땅을 흔들었다. 그리 크지 않은 소리인데도, 레드는 주위가 흔들리는 느낌을 받았다.

한참 동안 절규하며 몸부림을 치던 클레어가 다시 조용해졌다. 클레어의 뺨에 혈색이 돌기 시작했다. 그녀의 뺨에 혈색이 도는 것은 처음 봤다. 레드는 이제 충분하다는 것을 깨닫고, 자신의 옷자락을 찢어 상처를 동여맸다.

"클레어."

레드는 또 한 번 그녀의 이름을 부르고 눈을 감았다.

심장의 통증이 사라지지 않는다.

"클레어."

아무리 불러도, 몸을 가득 채운 갈증은 사라지지 않았다.

* * *

로타의 삼촌이 찾아와서 로타가 돌아오지 않았다는 사실을 알렸다. 처음에는 번화가 구경을 간 게 아니냐는 의견이 있었지만, 유키가 중얼거린 말에 상황이 바뀌었다.

"설마…… 자기가 헤론을 찾겠다고 나선 건 아니겠지?"

"설마요……."

라고 대꾸했지만 라울의 얼굴은 굳어 있었다. 로타가 자신에게 품은 마음을 알고 있었던 라울이다. 좋아하는 라울이 차갑게 대해서 당황하고 상처를 받은 로타가, 어쩌면 라울에게 보여 주기 위해 산 반대쪽으로 향했을지도 모른다는 생각이 들었다.

"사람 귀찮게 하는 아가씨구먼."

타니하르가 담배 파이프를 입에 물고 투덜거렸다.

라울은 벌떡 일어나서 밖으로 뛰어나갔다. 만약 로타에게 무슨 일이 생긴다면, 그건 로타의 어린 마음을 헤아려 주지 못한 자신 탓이다. 그런 생각에 가만히 있을 수가 없었다.

농가 지역은 모두 잠이 들었는지 조용하고 어두웠다. 불빛이 하나도 없어서 레드의 불꽃이 절실했다. 어둠 속을 헤치며 달려가는데 히이잉— 말 울음소리가 들렸다.

어둠에 익숙해진 눈에 저 멀리 말의 형체가 보였다.

'웬 말이……?'

이것저것 재볼 틈이 없었다. 라울은 말에게로 달려가 거기에 올라탔다. 왼쪽 길, 오른쪽 길 생각도 해 보지 않고 무작정 달렸다. 한참을 달려 산 반대쪽에 도착했다.

달려가는 동안 샅샅이 훑었지만 로타는 찾을 수 없었다. 말을 타지 않으면 상당히 먼 곳이다. 로타가 벌써 산에 들어갔을 거라고는 생각하지 않는다.

'반대쪽 길로 오고 있나?'

말을 세우고 두리번거리던 라울이 다시 달리려고 할 때였다.

바스락— 바스락—

풀숲을 헤치고 무언가 다가오고 있었다.

라울은 숨을 죽이고 총에 손을 가져갔다. 그것이 점점 가까워졌다.

거친 숨소리와 울음소리.

"로타?"

라울은 말에서 뛰어내렸다. 가슴 높이까지 자란 풀숲이 벌어지며 로타가 나타났다. 옷이 찢겨 있고 온몸이 상처투성이였다.

"로타!"

라울이 로타에게 달려갔다. 로타는 제정신이 아닌 듯 라울의 목소리도 제대로 듣지 못하고 두리번거렸다.

"로타, 왜 이렇게 된 거예요? 로타."

라울이 로타의 양어깨를 부여잡았다. 이리저리 헤매던 로타의 눈동자가 간신히 라울에게 고정되었다. 로타는 온몸을 떨고 있었다.

"라, 라파엘……님……."

"괜찮아요? 대체 이게 어떻게 된 일입니까?"

"괴, 괴물이…… 괴물이……."

"괴물이요?"

"손톱이…… 송곳니가……."

"로타. 진정해요."

"으…… 으흐으으으윽…… 으흑……."

"일단 여길 벗어나죠."

라울은 로타를 말에 태우고 자신도 로타의 뒤에 탔다. 손톱과 송곳니. 로타는 아마도 혈귀를 만난 것 같다.

'하지만 살아 있다니…….'

평범한 인간은 혈귀의 공격에서 살아남을 수 없다. 궁금한 것이 많았지만, 공포에 질려서 벌벌 떠는 로타를 진정시키는 것이 우선이었다.

라울은 한 손으로 고삐를 잡고, 다른 한 손을 로타의 등에 댔다. 라울의 손바닥에서 은은한 녹색 빛이 흘러나와 로타의 전신을 물들였다. 그러자 로타의 얼굴과 팔에 나 있던 상처가 아물어가기 시작했다. 공포에 질린 로타는 자신의 몸이 나아가는 것도 느끼지 못하고 훌쩍거렸다.

한참을 달려 농가가 보이기 시작하자, 로타의 떨림도 조금씩 잦아들었다. 로타의 몸에 있던 상처도 전부 사라졌다.

"괴물이에요."

문득 로타가 말했다.

"라파엘 님. 그 여자, 그 여자 괴물이었어요."

"그 여자라니요?"

"라파엘 님이랑 같이 있던 그 여자요. 그 여자…… 클레어."

“……”

“그 여자 괴물이에요. 손톱이, 손톱이 길어지고 송곳니도…… 괴물이었어요, 라파엘 님!”

라울은 말을 세웠다.

“그녀가 당신을 공격했습니까?”

“아니요. 아니요, 하지만…… 하지만 괴물이에요.”

“그녀가 당신에게 무슨 짓을 했죠?”

“그런 게 문제가 아니잖아요, 라파엘 님! 그 여자, 괴물이에요. 손톱이 어마어마하게 길어져서…… 그, 그놈 목을 잘라 버렸어요.”

“그놈이라니요?”

“절 납치해간 괴물이요. 그 괴물도 손톱이…… 길어져서…… 나를 이렇게…….”

“그럼 클레어가 그놈을 베고 당신을 구해 준 모양이군요.”

“하지만 괴물이에요!”

로타가 발작적으로 외쳤다. 라울이 자신의 속을 몰라줘서 답답한 듯했다.

“괴물이지만 당신을 도와줬죠.”

“괴물이라니까요! 얼마나…… 얼마나 무서웠는데요.”

“하지만 당신을 도와주지 않았습니까?”

“그걸 어떻게 알아요! 그 여자가 날 잡아먹으려고 한 걸지도 모르잖아요! 그놈을 죽이고, 날 잡아먹으려고요!”

“정말 그렇게 생각합니까?”

“라파엘 님은, 라파엘 님은 그 괴물 편인 거예요?”

저 멀리서 아란과 유키가 달려오는 것이 보였다. 로타는 잘 됐다는 듯 말에서 뛰어내렸다. 라울 역시 말에서 내려 로타의 뒤를 따라가 그녀의 어깨를 잡았다.

“로타, 그녀는 당신을 도와줬습니다.”

아란과 유키가 두 사람의 옆에 섰다.

“그녀의 정체가 뭐든, 그녀가 당신 목숨을 구해 준 겁니다.”

“하지만 괴물이었다니까요! 날 잡아먹으려고 했다고요! 그 손톱으로 나를 죽이려고 했다고요!”

로타가 빽 비명을 질렀다. 라울은 인상을 찌푸리고 로타의 어깨를 세게 움켜쥐었다.

“로타. 잘 생각해 보세요.”

공포에 질린 로타는 제대로 생각할 힘이 없었다. 그걸 아는 라울이지만, 이대로 로타를 사람들 사이에 들여보낼 수는 없었다. 그녀가 혈귀의 존재에 대해 떠벌리기 시작하면, 그리고 클레어에 대해 주위에 알리면 레드 일행은 행동하기가 더 어려워질 것이다.

“그녀가 당신에게 뭐라고 말했습니까?”

“나를! 나를 죽이려고 했다고요! 대체 왜 이러는 거예요! 그 여자가 나를! 손톱으로! 죽이려고 했다니까요! 그 여자가! 그 괴물이! 그…… 그 괴물이……!”

답답한지 발로 땅을 굴러가며 외치던 로타는 흥분을 이기지 못하고 픽 정신을 잃었다. 로타가 땅에 쓰러지기 전, 라울이 한 팔로 로타를 받아냈다.

고개를 들자 아란이 라울을 노려보고 있었다.

"언제 알았지?"

라울은 쓰러진 로타를 아란에게 건네며 말했다.

"당신이 클레어와 둘만 남게 된 유키한테 무기를 가지고 있으라고 했을 때."

"……그래."

"로타를 부탁합니다. 난 다시 그곳으로 가 봐야겠어요."

"혼자는 위험하다."

"클레어는 로타를 구했습니다. 난 남을 구하는 사람이 괴물이라고는 생각하지 않아요."

라울은 차갑게 말하고 말 등에 뛰어올랐다.

* * *

로타를 발견했던 곳에 도착하기 전, 라울은 어둠 속을 걸어오는 레드를 발견했다. 레드는 지쳐 보였고, 그의 품에는 정신을 잃은 클레어가 안겨 있었다.

라울은 말에서 내려 레드에게 다가갔다.

레드의 품에 안긴 클레어는 송곳니를 드러내고 있었다. 도톰한 입술 밖으로 나온 날카로운 송곳니.

"레드."

레드는 말없이 라울을 응시했다.

슬픔이 파란 눈동자를 가득 채우고 있었다. 그 눈을 마주하자, 아무것도 물어볼 수가 없었다. 묻지 않아도 알 수 있었다. 레드가 언제부터 클레어의 정체를 알고 있었는지.

"클레어는 괜찮습니까?"

그래서 다른 것을 물었다. 레드가 쉰 목소리로 대답했다.

"내 피를 먹였어."

"그렇습니까?"

레드는 라울에게 클레어를 건네고 말에 올랐다. 그리고 다시 두 손을 내밀었다. 라울은 차가운 클레어를 레드에게 건넸고, 레드는 그녀가 소중한 보물이라도 된다는 듯 소중히 보듬어 안았다.

라울은 말의 고삐를 잡고 걷기 시작했다.

"쭉 부정했는데."

문득 레드가 입을 열었다. 고통스러운 목소리였다. 그가 느끼는 아픔이 고스란히 전해져서, 라울은 입을 꽉 다물었다.

"아닐 거라고. 그냥 이상한 여자일 뿐이라고. 그렇게 쭉 부정했는데."

오랜 시간 레드를 알아왔지만 이토록 괴로운 음성을 듣는 것은 처음이었다.

"할 수만 있다면 끝까지 모르는 척하려고 했는데."

"……."

"그랬는데."

"……."

"그랬는데."

다시 침묵이 흘렀다.

달빛이 묵묵히 그들을 비추고 있었다. 라울은 고삐를 잡고 걸어가며 은빛 달을 바라봤다. 클레어는 저 하늘의 달을 얼마나 오랜 시간 보면서 살아온 걸까.

라울이 걷는 바람에 속도가 많이 늦어졌다. 농가 지역에 당도할 무렵엔 해가 뜨고 있었다. 동쪽에서 천천히 번지는 금빛이 은빛 달을 감싸 밀어내기 시작했다.

"내려야겠다."

농가 지역에 들어서자 레드가 말했다.

"숙소까지도 한참입니다."

"아니, 내려야겠어."

레드가 클레어를 안은 채로 말에서 내렸다. 그리고 자유로워진 말의 엉덩이를 세게 탁 때렸다. 말은 히힝— 작게 울고는 어딘가로 달려갔다. 아마 자신의 집으로 돌아가는 것이리라.

"클레어가 그러더라."

클레어를 안고 걸어가며 레드가 말했다.

"도덕심이 부족하다고."

"……."

"남의 말을 훔칠 수는 없지."

라울은 뭐라 대꾸할 말을 찾을 수가 없었다. 농담처럼 말하면서도 고통스럽게 일그러진 레드의 표정 때문에, 그 어떤 말도 할 수 없었다.

〈다음 권에 계속〉